D. H. Dublin

Blood Code

Thriller

Aus dem Amerikanischen von
Ursula Walther

W0224073

Ullstein

Besuchen Sie uns im Internet:
www.ullstein-taschenbuch.de

Umwelthinweis:
Dieses Buch wurde auf chlor- und säurefreiem Papier gedruckt.

Deutsche Erstausgabe im Ullstein Taschenbuch
1. Auflage Oktober 2009
© für die deutsche Ausgabe Ullstein Buchverlage GmbH, Berlin 2009
© 2006 by The Berkley Publishing Group,
a member of Penguin Group (USA) Inc.
All rights reserved including the right of reproduction
in whole or in part in any form.
Titel der amerikanischen Originalausgabe: *Blood Poison*
Umschlaggestaltung: HildenDesign, München
Titelabbildung: © Photosindia/Gettyimages
Satz: Pinkuin Satz und Datentechnik, Berlin
Gesetzt aus der Caslon
Druck und Bindearbeiten: CPI – Ebner & Spiegel, Ulm
Printed in Germany
ISBN 978-3-548-26951-1

Der pralle Müllsack blieb an einem Stein hängen und riss auf, als Dottie ihn über den Boden schleifte. Kaffeesatz, Eier- und Orangenschalen quollen heraus. Die Schalen hätten eigentlich gar nicht in dem Sack sein dürfen, aber das war ihr zu diesem Zeitpunkt egal. Bald war sie weg von hier und würde diesen Ort kein bisschen vermissen.

Sie brauchte beide Hände, um den Sack mit einem Ächzen über den Rand des Müllcontainers zu hieven. Gerade als sie losließ, spürte sie einen eigenartigen, schmerzhaften Druck, als würde ihr jemand heftig auf den Rücken schlagen. Gleichzeitig hörte sie ein stockendes Seufzen; es klang, als stamme es von weit her, aber dann begriff sie, dass der Laut über ihre eigenen Lippen gekommen war.

Überrascht versuchte sie, sich umzudrehen und nachzusehen, was hinter ihr vor sich ging, doch sie merkte, dass sie sich nicht rühren konnte.

Ein dumpfes Kribbeln breitete sich von den Füßen rasch über die Beine aus. Sie schwankte und streckte die Hand aus, um sich am Verandapfosten festzuhalten. Dabei streifte ihr Arm etwas Scharfes, Kaltes, Feuchtes, das tief in ihre Haut schnitt. Als sie den Arm hob, um die Wunde zu inspizieren, entdeckte sie, was die Ursache war: Eine Art Klinge ragte etwa fünfzehn Zentimeter zwischen ihren Brüsten hervor, blutverschmiert.

Es war ihr Blut.

Dottie schaute an sich herunter, während sich das Prickeln in ihrem Unterkörper in ein Taubheitsgefühl verwandelte. Verblüfft sah sie, dass ein Fuß stark zitterte. Sie spürte ihn überhaupt nicht mehr.

Die Klinge begann sich zu bewegen, erst ein wenig zurück, dann vor und schließlich vehementer. Ihr Körper wurde regelrecht durchgeschüttelt, bis sie einen schwächeren Druck im Rücken wahrnahm. Mit einem leichten Ruck und einem ekelhaft schmatzenden Geräusch verschwand die Klinge. Das einzige Anzeichen, dass sie überhaupt da gewesen war, war der hellrote Fleck, der sich nun schnell auf ihrem Oberteil ausbreitete.

Plötzlich fühlte sie sich frei, unbeschwert, als würde sie fliegen. Den Aufprall, als sie zu Boden ging, spürte sie kaum noch.

Blut quoll ihr in den Mund. Sie spuckte es aus, aber gleich darauf rauschte ein frischer Strom ihre Kehle hinauf und füllte den Mund mit einem grässlich metallenen Geschmack. Sie hustete einmal, zweimal und hörte ihr eigenes Röcheln, als die Flüssigkeit in ihre Lunge drang.

Jemand zog an ihren Füßen, und langsam glitt sie über den Boden. Ihre Wange schabte über die feste, raue Erde.

Jemand zerrte sie von den Mülltonnen weg.

Sie würde sterben.

In ihrer Benommenheit empfand sie nicht einmal Panik, als diese Erkenntnis den Schock durchbrach und in ihr Bewusstsein drang.

Noch während ihr Sehvermögen schwand, fragte sie sich, wie der Tod wohl sein würde. Sie hoffte, dass sich ihre vielen Kirchgänge auszahlten.

Kapitel 1

Tommy Parker lehnte an der Wand neben der Hintertür und überblickte die Szene. »Was hältst du von all dem, Neuling?«, fragte er mit seinem breiten Georgia-Akzent.

Drei Monate waren vergangen, seit Madison Cross eine vielversprechende medizinische Laufbahn abgebrochen hatte, um bei ihrem Onkel in einer Spurensicherungseinheit des Philadelphia Police Department zu arbeiten, und sie hatte in dieser Zeit bereits einige knifflige Fälle selbst gelöst. Deshalb wurmte es sie, dass Parker sie immer noch »Neuling« nannte. Allerdings war er, wie sie sich jetzt ins Gedächtnis rief, einer der besten Kriminalermittler des Departments. Er mochte eine Nervensäge sein, aber sie hatte in den letzten drei Monaten sehr viel von ihm gelernt.

Ein selbstgefälliges Grinsen breitete sich auf Parkers Gesicht aus. »Siehst du hier irgendwo Anzeichen eines Kampfes?«, fragte er und zitierte damit die Nachbarin, die den Leichnam entdeckt und die Polizei gerufen hatte.

»Na ja«, erwiderte sie in einem Tonfall, der ihn wissen ließ, dass sie verärgert war. Sie kauerte sich hin, um einen genaueren Blick auf den Toten werfen zu können. »Da sind Anzeichen eines Kampfes«, antwortete sie schließlich und wartete, um ihm die Gelegenheit zum Widerspruch zu geben. »Sieht aus, als hätte Mr Grant gekämpft, um sein Herz am Schlagen zu halten.« Sie lächelte bitter. »Dieser Kampf ist zumindest vorbei.«

Derek Grant lag auf dem Küchenboden. Einer der Stühle und ein kleines Bücherregal waren umgekippt. Kochbücher lagen überall verstreut. Ein Elektrokabel hatte sich um den Knöchel des Toten gewickelt; es gehörte zu einem kleinen tragbaren Fernseher, der gefährlich nahe am Rand des Küchentisches stand. Der Stecker des Kabels lag ganz in der Nähe einer Steckdose.

Eine kleine Lache aus orangefarbenem Erbrochenen war unter dem Gesicht des Toten in den fadenscheinigen Teppich gedrungen. Unter seinen Hüften hatte sich eine Mischung aus Stuhl und Urin ausgebreitet, die durch die khakifarbene Hose gesickert war. Die Ränder der Pfütze waren bereits zu einem verkrusteten Ring angetrocknet.

Bei geschlossener Küchentür war der Gestank beinahe unerträglich, und Madison bemühte sich, ihn zu ignorieren.

»Wir müssen noch einige Labortests durchführen, um ganz sicher zu sein«, sagte sie, während sie sich ins Esszimmer zurückzog, »aber wahrscheinlich war es Herzversagen.«

Parker nickte. »Ja, ich bin zu demselben Schluss gekommen.«

Die Nachbarin, die den Fund gemeldet hatte, ging draußen auf und ab und spähte hin und wieder über die Schulter des Streifenpolizisten, der ihr den Weg ins Haus versperrte, durchs Fenster. Helen Schloss, eine untersetzte Frau in den Sechzigern, rang die Hände. Sie konnte es kaum erwarten zu erfahren, was genau passiert war.

Sie bekam mit, wie Parker zu dem Streifenpolizisten sagte, dass die Todesursache eine Herzattacke sein könnte.

»Ein Herzanfall?«, rief sie erleichtert. Offenbar war sie froh, dass sich in ihrer Nachbarschaft kein Mord ereignet hatte, gleichzeitig wirkte sie traurig und schockiert. »Der arme Derek. Er war noch so jung.«

Madison wusste nicht, was sie sagen sollte, und Parker schien sich nicht um die Frau zu scheren.

»Vielen Dank für Ihre Hilfe«, brachte Madison heraus.

»Oh, das war doch selbstverständlich«, entgegnete Mrs Schloss. »Es ist nur so traurig.«

Der Streifenpolizist winkte Parker diskret, aber entschieden beiseite. Parker zögerte, verstimmt, weil ihn jemand herumkommandierte. Dann blieb er stehen, als er merkte, dass Mrs Schloss noch mit ihm redete.

»Es ist unfassbar, dass … Ich kenne ihn, seit er ein kleiner Junge war, verstehen Sie?« Sie schaute auf und schien Parkers Ungeduld zu erahnen. »Also dann … wenn Sie etwas brauchen, ich wohne gleich gegenüber.« Sie deutete auf ein kleines Haus auf der anderen Straßenseite.

Das Haus sah fast genauso aus wie das von Derek Grant, allerdings war der Garten nicht verwildert, sondern sorgsam gepflegt und mit Gartenzwergen, Keramikeichhörnchen und Kaninchen geschmückt, die die Ereignisse von gegenüber ebenso neugierig zu beobachten schienen wie Mrs Schloss selbst.

Parker ging zu dem Polizisten – sein Unmut trat jetzt noch deutlicher zutage. »Himmel, Ralston, was ist?«

Der Polizist kam ihm entgegen. »Dann handelt es sich also um einen natürlichen Tod, oder?«, erkundigte er sich hoffnungsvoll.

»Sieht so aus. Warum?«

Ralston war verlegen. »Na ja … meine Schicht ist eigentlich seit einer Stunde zu Ende … und mein Junge hat heute ein Fußballspiel.«

Parker schaute auf die Uhr und kaute auf der Innenseite seiner Wange. »Wo ist der Van? Hast du die Pathologie benachrichtigt?«

»Ich hab vor ungefähr zwanzig Minuten noch einmal dort angerufen. Sie sagten, der Wagen sei bereits unterwegs.«

Parker warf Madison einen Blick zu und runzelte die Stirn. »Okay.« Er seufzte. »Ja, gut – geh nur.«

Madison lächelte, und Parker funkelte sie an, als wollte er ihr verbieten, irgendwas dazu zu sagen.

Ralston atmete erleichtert auf. »Großartig. Danke, Parker. Ich schulde dir was, Mann.«

Parker nickte zustimmend.

»Was für ein Typ.« Madison sah Ralston schmunzelnd nach.

»Hmm«, brummte Parker. »Du hast gehört, was Ralston gerade gesagt hat, oder?«

»Was? Das ›Danke‹?«

»Nein, er sagte: ›Ich schulde dir was.‹ Und das tut er auch. Ich habe es gern, wenn mir jemand einen Gefallen schuldet, Neuling. So was muss man sich merken, denn Hilfe kann man immer gut gebrauchen.«

»Stimmt.«

Ralston stieg in seinen Streifenwagen, fuhr los und winkte ihnen zu, ehe er um die Ecke bog. Madison meinte, seine Eile hätte weniger mit dem Fußballspiel zu tun als damit, dass er Parker keine Gelegenheit bieten wollte, es sich noch anders zu überlegen.

»Und was jetzt?«, erkundigte sie sich.

Parker zuckte mit den Achseln. »Wir warten auf den Leichenwagen.« Er spähte die Straße rauf und runter. »Verdammt, sie müssten eigentlich jede Minute hier sein.«

Madison kam in den Sinn, dass sie gar nicht mit ihm zusammen warten musste, da sie mit zwei Autos hergekommen waren. Doch noch ehe sie den Mund aufmachen konnte, um ihre Idee kundzutun, klingelte Parkers Handy.

»Parker«, meldete er sich unverzüglich und wandte sich von Madison ab, während er zuhörte. »Gut ...«, sagte er. Er schielte kurz in ihre Richtung, drehte sich jedoch schuldbewusst wieder weg. »Ja, okay ... Ich bin gleich da.«

Als er das Handy wieder in die Tasche schob, mied er Madisons Blick.

»Was ist?«, wollte sie wissen.

»Wie?«

»Was ist los? Worum geht's?«

»Oh ... es ist nichts. Das war nur der Lieutenant.«

Der Lieutenant – damit war Lieutenant David Cross, ihr Boss, gemeint. Für Madison war er eigentlich Onkel Dave, der Mann, der sie mehr oder weniger großgezogen hatte.

»Und?«

»Eigentlich nichts. Nur ... sie haben eine Jane Doe, eine unbekannte Frauenleiche, am Fluss gefunden. In einem Gestrüpp an der Strawberry Mansion Bridge. Offenbar hat sie schon längere Zeit dort gelegen. Jedenfalls scheint Rourke irgendwo in einem Zug festzusitzen, und der Lieutenant braucht mich am Fundort.«

Melissa Rourke war eine Kollegin – nicht ganz so erfahren wie Parker, dafür wesentlich umgänglicher. Madison blitzte Parker an, schürzte die Lippen und wartete auf mehr.

»Also schön«, fuhr er lässig fort. »Ich denke, ich mache mich besser auf den Weg.«

»Scheiße.«

»Keine Angst«, besänftigte er sie mit einem verlegenen

Lachen. »Der Leichenwagen müsste jeden Augenblick auftauchen, okay?«

»Nein, es ist nicht okay. Du lässt deinen Kumpel gehen, damit er dir einen Gefallen schuldet, und ich soll den Babysitter im Haus einer Leiche spielen? Das ist echt scheiße, Parker, und das weißt du.«

Plötzlich lachte er laut los. »Ich weiß«, gab er ihr recht. »Es ist wirklich beschissen. Tut mir leid. Und außerdem ist es schade, weil du noch nie mit einer richtig verwesten Leiche zu tun hattest, und diese scheint sechs, vielleicht schon neun Monate tot zu sein. Sie haben Elaine Amber, eine forensische Anthropologin, hinzugezogen. Von Elaine kann man immer das eine oder andere lernen.« Er klatschte in die Hände. »Aber im Ernst, der Wagen ist bestimmt gleich da. Und dann könntest du ja nachkommen, oder? Ich versuche, den Abtransport der Leiche hinauszuzögern, damit du sie dir noch ansehen kannst, aber wenn ich mich jetzt nicht auf den Weg mache, wird mir der Lieutenant das Fell über die Ohren ziehen.«

»Du hast es gern, wenn dir jemand einen Gefallen schuldet, wie? Nun, ich schätze, jetzt stehst du in meiner Schuld, stimmt's?«

Parker gab keine Antwort.

»Stimmt's?«, wiederholte sie.

Parker tat so, als hätte er nichts gehört. »Ich muss los.«

Er zog die Schultern hoch, um Madisons Flüche von sich abprallen zu lassen, stieg in sein Auto und brauste davon, noch ehe er die Tür richtig zugemacht hatte. Die Straße war wieder leer und still.

Madison machte kehrt und schimpfte leise vor sich hin, als sie ins Haus zurückging. Die deftigen Ausdrücke gehörten zu den Dingen, die sie bei der Truppe der Ermittler gelernt hatte.

Kapitel 2

Als Madison die Küchentür aufstieß, schlug ihr der Gestank entgegen. Da niemand da war, der sie beobachtete, verzog sie angewidert das Gesicht.

Ihr Ärger gründete zum Teil auf der Tatsache, dass sie sich noch nicht daran gewöhnt hatte, Tote in ihrem natürlichen Umfeld zu sehen. Wenn sie auf einem Metalltisch, aufgeschnitten, ausgenommen und in Stücke zerteilt, vor ihr lagen, hatte sie keinerlei Probleme. Aber einen Mann tot auf dem Boden seiner Küche liegen zu sehen verursachte ihr immer noch Gänsehaut.

Dennoch fühlte sie sich verpflichtet, sich die Leiche noch einmal aus der Nähe anzuschauen.

Derek Grant machte nicht gerade den Eindruck, als würde er gleich die Augen aufschlagen und sich erheben. Sein Gesicht war gespenstisch weiß, fast bläulich, nur die Wange, die auf dem Boden lag, hatte sich violett verfärbt. Die Augen lagen tief in den Höhlen – ein deutliches Anzeichen für den Tod, schreckenerregend und gleichzeitig beruhigend.

Während Madison auf ihn hinabsah, dachte sie, ihr Unbehagen basiere möglicherweise auf dem Wissen, dass Derek im Grunde nicht tot war, nicht wirklich. Sein Herz hatte aufgehört zu schlagen, und die Atmung hatte ausgesetzt, aber sein Körper war noch am Leben.

Derek Grants Tod war in erster Linie ein Kommando- und Kontrollproblem. Die Zellen, aus denen sein

Körper bestand, waren noch am Leben, sie hatten nur nicht mehr das gemeinsame Ziel, das, was Derek Grant einst ausgemacht hatte, zu erhalten. Und währenddessen wuchsen die anderen Zellen, die sich in Derek Grant befanden und aus unerfindlichen Gründen nicht als ihm zugehörig angesehen wurden, unkontrolliert weiter.

Parker hatte sie gefragt, ob sie Anzeichen für einen Kampf entdeckt habe. Madison wusste, dass die lebenden Zellen, die als zu Derek Grant gehörig betrachtet wurden, gegen diejenigen, die in ihm lebten, jedoch nicht Teil von ihm waren, eine erbitterte Schlacht um sein Leben ausgefochten hatten. Einige dieser Kämpfer waren nützliche, ja lebensnotwendige Mikroorganismen und hielten andere, die potentiell als todbringend anzusehen waren, in Schach. Das, was Derek Grant gewesen war, hatte das empfindliche Gleichgewicht kontrolliert und aufrechterhalten.

Jetzt waren die Verhältnisse nicht mehr intakt, und obschon der Ausgang des Krieges mittlerweile unumstößlich feststand, fanden nach wie vor erbitterte Kämpfe statt. Madison kannte diese Schlachten und wusste, welche Seite den Sieg davontragen würde. Sogar noch während der Obduktion, der Einbalsamierung, des Begräbnisses und Wochen später tobte der Kampf weiter. Und selbst danach würde das, was im Grunde nicht mehr Derek Grant war, noch eine Weile am Leben bleiben.

Sie schüttelte den Kopf, um sich von diesen Gedanken zu befreien. Dann nahm sie ihr Handy aus der Tasche und tippte die Nummer vom Büro der Gerichtsmedizin ein.

Frank Sponholz meldete sich nach dem dritten Klingeln. »Pathologie.«

»Hey, Spoons. Hier spricht Madison Cross.«

»Hallo, Kleines, wie geht's?«

»Wo, zum Teufel, bleibt der Leichenwagen? Er sollte schon vor einer Stunde da sein. Ich sitze hier und passe auf diesen Typen auf – es wird allmählich langweilig. Er ist nämlich nicht gerade der beste Gesprächspartner.«

»Schon gut, schon gut. Liebe Güte! Der Wagen dürfte jede Minute bei Ihnen eintreffen, okay?«

»Ja. Aber wenn Sie von den Leuten hören, sagen Sie ihnen, sie sollen sich, verdammt noch mal, beeilen, ja?«

Frank unterbrach die Verbindung.

Madison warf einen Blick auf die Leiche. »Sorry.«

Derek Grants Anblick erinnerte sie wieder an den bestialischen Geruch. Sie wich zurück durch die Tür, schaute auf ihre Uhr und überlegte, wie lange Parker bis zur Strawberry Mansion Bridge brauchte. Als sie zwei Minuten später erneut auf die Uhr sah, vernahm sie ein Kratzen an der Haustür.

»Endlich«, murmelte sie und durchquerte das Zimmer.

Sie streckte gerade die Hand nach dem Knauf aus, als die Tür aufschwang und sie vor einem alten Mann in Rollstuhl mit kleiner Reisetasche auf dem Schoß stand.

»Oh!«, machte er verdattert und auch ein wenig erschrocken. »Hallo …« Er musterte sie verwirrt. »Wer sind Sie? Eine Freundin von Derek?«

Einen Moment lang stand Madison einfach nur da, sah den alten Mann an und überlegte, was sie sagen sollte. Ein Gedanke schoss ihr sofort durch den Kopf: *Dafür wird Parker bezahlen.*

»Äh … mein Name ist Madison Cross …«

»Okay – ist Derek hier?« Panik flackerte kurz in seinen Augen auf. »Wo ist Derek?«

»Sind Sie Dereks Vater?«

»Ja, das bin ich, aber … Wer sind Sie eigentlich?« Seine Miene wurde strenger. »Wo ist mein Sohn?«, wollte er wissen.

Ihn so von oben anschauen zu müssen bereitete Madison Unbehagen, deshalb kauerte sie sich vor den Rollstuhl. Doch das war auch nicht viel besser. »Mr Grant, stimmt's?«

Er sah ihr in die Augen und nickte kaum merklich. »Horace«, entgegnete er zaghaft.

»Mr Grant, ich fürchte, es ist etwas passiert.«

Die Augenlider des alten Mannes fingen an zu zucken.

»Wir nehmen an, dass es ein Herzanfall war, aber mit Gewissheit können wir das noch nicht sagen ... Mr Grant, Derek ist tot.«

Die Lider zuckten immer noch, während er sie fixierte. Einige Sekunden verstrichen.

»Es tut mir leid«, sagte Madison leise und erhob sich.

Tränen traten dem alten Mann in die Augen, und er starrte immer noch auf den Fleck, an dem kurz zuvor ihr Gesicht gewesen war. »Ich bin nach Hause gekommen, um ihn zu überraschen«, krächzte er. »Wann ...?«

»Das wissen wir noch nicht. Wahrscheinlich gestern oder vorgestern. Mrs Schloss von gegenüber hat gemerkt, dass etwas nicht stimmte, und uns angerufen.«

»Wo ist er?« Horace schaute auf. »Sie wissen es noch nicht? Wo ist er?«

Madison holte tief Luft. »Mr Grant, wir wurden erst heute benachrichtigt.«

»Was? Was sagen Sie da?«

»Wir haben heute Nachmittag den Anruf erhalten. Sein Leichnam ist noch hier, Mr Grant. Der Wagen, mit dem er abtransportiert werden soll, ist auf dem Weg hierher.«

»Was? Wo ist mein Derek?«, rief er aufgeregt und versuchte, an Madison vorbeizurollen. Doch sie trat ihm in den Weg.

»Mr Grant, ich rate Ihnen dringend, sich den Leichnam jetzt nicht anzusehen. Das würde Sie nur noch mehr aufregen.«

»Gehen Sie mir aus dem Weg, verdammt!«, brüllte er und machte Anstalten, einen Bogen um sie zu fahren.

Madison ging wieder in die Hocke und legte die Hände auf die Armlehnen des Rollstuhls. »Mr Grant«, sagte sie leise, aber immerhin so entschieden, dass er innehielt und den Blick auf sie richtete. »Ich kann Sie nicht davon abhalten, zu ihm zu gehen. Allerdings halte ich es ehrlich für besser, Sie würden es nicht tun.«

Als er ihr in die Augen schaute, verflüchtigte sich der Zorn und machte Tränen, Erschöpfung und Trauer Platz. »Mein kleiner Junge«, flüsterte er. »Er ist alles, was mir noch geblieben ist.«

Er beugte sich vor, schlang die Arme um Madison und hielt sie, während er von Schluchzern geschüttelt wurde.

Madison kauerte unbeholfen vor ihm, die Arme an den Seiten, während er haltlos weinte. Der alte Mann roch leicht nach Seife und weniger leicht nach Mottenkugeln. Sie versuchte, an die unbekannte Frauenleiche zu denken, die sie jetzt doch nicht zu Gesicht bekommen würde, und an den Anschiss, den Parker von ihr zu erwarten hatte – an irgendetwas, nur nicht an die Tragödie, in die sie hier geraten war. Doch die Trauer des alten Mannes war ansteckend; sie spürte, wie sein Körper bebte, und Tränen schossen ihr in die Augen. Es gelang ihr, einen Arm aus der Umklammerung zu befreien und ihn um seine schmalen Schultern zu legen. Sie tätschelte ihn sanft und redete leise auf ihn ein.

Nach einer kleinen Ewigkeit ließen die Schluchzer

nach, dann hörte auch das Schniefen auf, und der alte Mann stieß einen langen, tiefen Seufzer aus. Madison schliefen von der unnatürlichen Haltung fast die Beine ein. Endlich ließ er sie los und lehnte sich in seinem Rollstuhl zurück. Ein Hauch von Verlegenheit zeichnete sich auf seinem Gesicht ab.

»Tut mir leid«, hauchte er leise.

»Ist schon okay«, erwiderte Madison und stützte ein Knie auf den Boden, um es bequemer zu haben. »Mir tut es auch leid, Mr Grant.«

Mr Grant streckte wieder die Hand aus und drückte ihren Arm. »Ich bin Horace.« Er lächelte traurig. »Sie sind sehr nett. Derek hätte Sie gemocht.«

Da Madison nichts einfiel, was sie darauf erwidern konnte, beschränkte sie sich auf ein freundliches Lächeln.

Er betrachtete sie. »Also … Wer sind Sie?«

»Madison Cross.« Sie hielt ihm die Hand hin. »Ich arbeite im Kriminallabor der Polizei.«

Er streckte ihr die Hand zur Begrüßung entgegen, riss sie jedoch erschrocken zurück. »Polizei …?«

»Schon gut«, beschwichtigte sie. »Es gibt keinerlei Anzeichen für ein Verbrechen. Eine Nachbarin hat uns angerufen, und der Diensthabende hat uns hergeschickt, damit wir nach dem Rechten sehen.«

»Oh.« Er nickte bedächtig. »Und was machen Sie noch hier?«

»Ich warte nur, bis der Leichenwagen kommt.«

Wieder nickte er benommen, die Erklärung erschien ihm plausibel.

Als ihr Handy klingelte, stand Madison auf, um den Anruf im Esszimmer entgegenzunehmen.

»Cross«, meldete sie sich und wandte das Gesicht ab.

»Was ist los, Neuling? Was treibst du dort – begräbst du den Typen eigenhändig? Himmel, ich halte die Leute hier hin und tue so, als müsste ich mir Zeug ansehen, das gar nicht vorhanden ist. Jetzt wollen sie wirklich zusammenpacken. Kommst du noch her oder nicht?«

»Die Lage hier ist kritisch«, antwortete sie.

Parker lachte. »Scheiße, das weiß ich doch. *Ich* hab dich schließlich dort allein gelassen, schon vergessen?«

»Ja, aber es kommt noch besser.«

»Willst du damit sagen, dass der Leichenwagen immer noch nicht da ist? Guter Gott, hast du Spoons angerufen?«

»Natürlich!«, fauchte sie. »Selbstverständlich hab ich Spoons angerufen … Grants Vater ist aufgetaucht.«

»Oh.«

»Ja, ›oh‹.«

»Ist er im Augenblick in deiner Nähe?«

»Ja.«

»Und die Leiche liegt noch im Haus?«

»Ja.«

»Puh.« Parker atmete tief durch. »Und wie verhält er sich?«

»Ungefähr so, wie es zu erwarten war.«

»Puh.«

Madison schwieg. So leicht wollte sie Parker bestimmt nicht davonkommen lassen, aber ein anderer Anruf ging auf ihrem Handy ein. »Hör mal«, sagte sie, »da kommt ein anderes Gespräch rein – ich glaube, es ist Spoons.«

»Sieh zu, dass du die Sache rasch hinter dich bringst. Ich möchte, dass du dir das hier anschaust.«

Bevor sie antworten konnte, hatte er schon aufgelegt. Sie schaltete um zu dem anderen Anrufer. »Madison Cross.«

»Hey, Kleine.« Es war Spoons.

»Bitte sagen Sie mir, dass Ihre Leute schon vor der Tür stehen.«

»Tut mir leid, Kleine. Der Van hatte eine Panne. Wir müssen einen anderen losschicken. Er wird demnächst eintreffen.«

»*Demnächst*?«, wiederholte sie entsetzt.

»Tut mir leid.«

Damit beendete er das Telefonat.

Als Madison wieder ins Wohnzimmer kam, sah ihr Horace lächelnd entgegen. »Alles in Ordnung?«, erkundigte er sich.

Selbst in ihrer Verärgerung fiel Madison auf, dass er trotz allem, was ihm widerfahren war, so viel Umsicht aufbrachte, sich um ihr Befinden zu sorgen.

»Bestens«, antwortete sie und ließ sich auf dem Sofa ihm gegenüber nieder.

»Gibt es ein Problem?«

»Der Wagen wurde aufgehalten.«

Er nickte langsam. Als sich das Schweigen ausdehnte, schweifte sein Blick von ihr ab. Er wirkte gequält.

Alte Spielkarten, die von einem Gummiband zusammengehalten wurden, lagen neben einem zerfledderten Notizbuch und einem kurzen Bleistift auf dem Tisch. Madison nahm die Karten in die Hand und spielte mit dem Gummiband.

Die Bewegung machte Horace aufmerksam.

»Lust auf ein Spiel?«, fragte sie.

Er schüttelte den Kopf. »Eher nicht.«

»Ach, kommen Sie«, beschwatzte sie ihn. »Eine kleine Runde.«

Ein trauriges, mattes Lachen entfuhr Horace. »Also schön. Warum nicht?«

Madison mischte. »Gin Rommé?«

Ein schalkhaftes Grinsen huschte über sein Gesicht. »Fünfhundert?«

Madison schielte auf ihre Uhr. Allmählich wurde es spät. »Okay.«

Sie teilte aus. Als Horace eine Karte nach der anderen aufnahm, entdeckte Madison, dass ihm an der rechten Hand einige Fingerkuppen fehlten. Das schien ihn jedoch überhaupt nicht zu behindern, er hatte seine Karten bereits sortiert und ordentlich aufgefächert, noch ehe Madison ihre in die Hand nahm.

Anfangs schwiegen sie, und Madison hatte das Gefühl, dass er sie gewinnen ließ. Doch je länger sie spielten, umso mehr taute Horace auf. Ein Gespräch entspann sich.

Wie sich herausstellte, war Horace kaum eine Woche zuvor aus dem Haus ausgezogen, um sich in einem Heim mit betreutem Wohnen einzurichten, weil er, wie er sagte, Derek nicht länger zur Last fallen wollte. Aber das Heim war schäbig und deprimierend gewesen, und er war sich dort vorgekommen, als würde er nur auf den Tod warten.

Eine Woche habe er es ausgehalten, erzählte er, aber es sei zu schrecklich gewesen.

»Die Zimmer waren schmuddelig«, sagte er, »und nicht größer als eine Telefonzelle.«

Madison fühlte mit ihm und erzählte ihm von ihrem kleinen Apartment.

»Und dann noch diese Mitbewohner!«, fuhr er fort und berichtete, was ihm in dem Heim noch alles nicht gefallen hatte. Heute Morgen schließlich hatte er die Nase voll gehabt und sich eigenständig abgemeldet, um wieder bei seinem Sohn einzuziehen.

»Und ich musste mir ein Taxi rufen, weil sie mir nicht

erlaubt haben, meinen Van dortzubehalten. Sie wollten mich auf eine Warteliste für einen Parkplatz setzen. Drei Monate sollte ich ohne meinen Wagen auskommen!«

Madison warf eine Karte auf den Haufen, doch Horace sah nicht einmal auf. Seine Unterlippe bebte.

»Ich bin erst vor ein paar Monaten zurück nach Philly gekommen«, erzählte Madison leise, als würde sie ein Selbstgespräch führen. Horace' Blick richtete sich auf ihr Gesicht. »Ich bin hier aufgewachsen«, fügte sie hinzu, »wollte aber immer weg. Irgendwann bin ich dann tatsächlich fortgegangen.«

Horace hörte ihr aufmerksam zu. Sie hatte keine Ahnung, warum sie ihm ihre Lebensgeschichte erzählte – vermutlich nur, weil sie nicht stumm dasitzen und zusehen konnte, wie er immer mehr in Verzweiflung verfiel.

»Vor sechs Monaten habe ich mein Medizinstudium abgeschlossen und war bereit, meine Assistentenstelle anzutreten.«

»Und was ist passiert?«, fragte Horace mit echtem Interesse.

Sie lächelte vage. »Ich weiß es nicht. Ich habe einfach meine Siebensachen zusammengepackt, bin hierher zurückgekommen und habe bei der Einheit der Spurensicherung angefangen.«

Er überlegte einen Moment. Dann legte er eine Karte auf den Stapel und nahm die Partie wieder auf. Er gewann das erste Spiel mit über fünfzig Punkten.

Madison griff nach den Karten, um sie erneut zu mischen, doch Horace kam ihr zuvor. Er teilte den Stapel in zwei Hälften, blätterte sie auf und ließ sie geschickt ineinanderlaufen. Offensichtlich wollte er mit seinen Künsten angeben.

»Nicht schlecht«, bemerkte Madison beeindruckt.

»Nicht schlecht für einen alten Kauz mit acht Fingern, was?« Er schob die beiden Hälften zusammen.

»Was ist eigentlich mit Ihrer Hand passiert?«

Er grinste bitter. »Vietnam«, sagte er, während er die Karten austeilte.

»Haben Sie sich dort auch die Verletzung an den Beinen zugezogen?«

Sobald die Worte ausgesprochen waren, wurde Madison bewusst, dass sie zu weit gegangen war.

Horace hielt kurz inne, dann teilte er langsam die restlichen Karten aus. »Darüber möchte ich lieber nicht sprechen«, entgegnete er leise.

Das nächste Spiel lief schneller, stiller ab. Horace machte einen in sich gekehrten Eindruck. Madison wusste nicht, ob ihre taktlose Frage nach seinen Beinen oder die Tatsache, dass sein Sohn tot in der Küche lag, Ursache seiner Wortkargheit war.

Während sie die Punkte zusammenzählten, klopfte es an der Tür. Madison bedachte Mr Grant mit einem beruhigenden Lächeln, als sie sich erhob, um zu öffnen.

Madison kannte die beiden Männer von der Gerichtsmedizin – sie sahen aus, als hätten sie einen schlimmen Tag. Das hatte sie auch – dank ihnen.

»Auch schon da?«, flüsterte sie schneidend und machte die Tür hinter ihnen zu. »Lieber Himmel, Freddy, so früh hätte ich Sie gar nicht hier erwartet.«

Freddy Velasquez und Alvin Tate verdrehten gleichzeitig die Augen.

»Ja, schon gut«, murmelte Freddy.

»Tut uns leid, dass es so lange gedauert hat«, fügte Alvin hinzu. »Aber ich wette, Sie hatten mehr Spaß als wir.«

Madison bemerkte, dass die beiden Männer im Laufe der Unterhaltung immer wieder verstohlen auf ihren Busen starrten, obwohl sie einen weiten Rollkragenpulli trug.

»Vor allen Dingen«, schnaubte sie aufgebracht und verschränkte die Arme, »hänge ich hier mit dem Vater des Opfers herum. Er ist aufgetaucht, während ich auf euch gewartet habe. Ihr solltet zum Hintereingang gehen – die Leiche liegt in der Küche.«

Alvin wand sich. »Verdammt. Wusste er vorher davon, oder ist er einfach so hereingeschneit?«

»Keins von beidem. Er wusste es nicht, und er ist nicht hereingeschneit, sondern gerollt … im Rollstuhl.«

Freddy kicherte. »Na gut, dann hatten wir vielleicht doch mehr Spaß als Sie.« Er machte kehrt. »Wir tragen ihn durch die Hintertür hinaus.«

»Freddy!«, rief sie im Flüsterton. »Tun Sie mir einen Gefallen?«

Er drehte sich zu ihr um und musterte sie skeptisch.

»Da drin herrscht eine ziemliche Schweinerei. Können Sie den Teppich auch mitnehmen und ein wenig saubermachen?«

Er starrte sie schweigend an, während seine Gutmütigkeit mit dem Wunsch, so schnell wie möglich von hier zu verschwinden, rang. Schließlich seufzte er resigniert und ging los. »Ja, okay.«

Madison setzte sich wieder zu Horace, solange Freddy und Alvin Dereks sterbliche Überreste wegschafften. Sie arbeiteten schnell und leise. Dennoch zuckte Mr Grant bei jedem kleinsten Geräusch, das aus der Küche kam, zusammen. Kurz bevor sie losfuhren, war der alte Mann ein Nervenbündel.

»Wohin bringen sie ihn?«, fragte er mit belegter Stimme.

»In die Pathologie.«

Er nickte stumm, doch einen Moment später fragte er: »Warum?«

Madison zuckte mit den Achseln. »Das müssen sie.«

Als in der Küche ein Reißverschluss zugezogen wurde, wusste Madison, dass die beiden fertig waren.

»Also, Mr Grant«, sagte sie.

»Horace – schon vergessen?«, korrigierte er sie geistesabwesend.

»Gut, Horace. Sie hatten einen extrem traumatischen Tag. Gibt es jemanden, der bei Ihnen bleiben kann? Soll ich jemanden benachrichtigen?«

Er lächelte betrübt und schüttelte den Kopf.

»Was ist mit Mrs Schloss von gegenüber?«

Horace brach in Gelächter aus. »Helen Schloss? Diese Wichtigtuerin?« Er hörte auf zu lachen und dachte kurz nach. Dann lachte er noch lauter. »Da würde ich lieber nach Valley Glen zurückgehen«, sagte er und wischte sich mit dem Handrücken die Augen aus.

»Ich sage es nicht gern, aber das werden Sie vielleicht sogar müssen.«

Sein Blick verhärtete sich. »Dahin würde ich niemals zurückgehen, selbst wenn es möglich wäre, doch das ist es nicht …« Er grinste zufrieden. »Ich hab denen deutlich gesagt, was ich von ihrer Einrichtung halte, bevor ich gegangen bin.«

Madison schmunzelte. »Bestimmt bekommen die so was oft zu hören. Ich glaube nicht …«

»Als ich dann fertig war, haben sie mir gedroht, die Polizei zu rufen, wenn ich nicht sofort verschwinde«, erklärte er selbstgefällig.

»Aha.« Sie begriff, dass ihre Chancen, noch zu Parker zu gelangen, ehe Jane Doe abtransportiert wurde, gleich null waren.

Horace Grants Unterlippe fing an zu zittern, und sein Blick wurde leer. Dies würde eine lange Nacht für ihn werden, insbesondere, wenn er sie allein in diesem Haus verbringen musste.

»Wie heißt Ihr Hausarzt, Mr Grant?«, erkundigte sich Madison.

Seine Augen wurden schmal, als er sie ansah. »Nennen Sie mich Horace. – Wieso wollen Sie das wissen?«

Wieder kauerte sie sich vor ihn und sprach mit leiser, beschwichtigender Stimme auf ihn ein. »Horace, Sie hatten gerade ein erschütterndes Erlebnis. Und es ist noch nicht vorbei. Ihnen steht eine schwierige Nacht bevor, und ich kann nicht hier bei Ihnen bleiben. Ich muss mit Ihrem Arzt sprechen – vielleicht kann er Ihnen etwas geben, was die Nerven beruhigt.«

»Ha! Den Mist brauche ich nicht.« Gerade als er das aussprach, rollten Freddy und Alvin die Bahre am Fenster vorbei. Horace fuhr zusammen, und seine Lippe fing erneut an zu beben. Er wischte sich über die Nase.

Madison legte die Hand auf seine. »Doch, Sie brauchen ein Beruhigungsmittel.«

»Ich sage Ihnen den Namen meines Arztes nicht«, erwiderte er trotzig.

»Dann rufe ich den Polizeiarzt her. Möglicherweise weist er sie in eine Klinik ein.«

Er wirkte verletzt und seufzte niedergeschlagen. »Er heißt Chester, Dr. Chester. Er hat die Kurzwahlnummer drei.«

»Danke.«

Dr. Chesters wenig begeisterte Sprechstundenhilfe hörte sich teilnahmslos Madisons Anliegen an, bis sie erfuhr, dass ihre Gesprächspartnerin von der Polizei war. Danach versicherte sie eilends, dass der Doktor so bald wie möglich zurückrufen würde.

Um alle Möglichkeiten auszuschöpfen, wählte Madison noch die Nummer des Sozialdienstes. Sie boten an, Horace auf ihre Postverteilungsliste zu setzen und ihm Informationsmaterial zuzuschicken. Nachdem Madison der Dame klargemacht hatte, dass das nicht genügte, wurde sie unvermittelt mit der Mailbox einer Mrs Rowan, der Leiterin des Dienstes, verbunden. Madison erläuterte kurz die Situation und hinterließ ihre Nummer. Mit dem unguten Gefühl, dass das alles nichts fruchten würde, legte sie auf.

Obschon Horace Grant steif und fest behauptete, dass er schon klarkäme, war es Madison nicht recht, ihn allein lassen zu müssen.

»Hier«, sagte sie und reichte ihm ihre Visitenkarte. »Ich muss los, versuche aber, später noch einmal herzukommen. Ich werde sehen, ob ich irgendwo Hilfe für Sie organisieren kann; falls Sie bis dahin etwas brauchen, rufen Sie mich an.«

Kapitel 3

Die nichtidentifizierte Leiche lag im Gestrüpp unter einer Pappel in der Nähe des Parkplatzes am Martin Luther King Drive und der Strawberry Mansion Bridge. Der Bereich war mit straff gespannten weißen Stricken abgesichert, die im Abstand von etwa einem Meter an Holzstangen befestigt waren.

Parker kam auf sie zu, als Madison den Auffindeort inspizierte. »Den größten Teil der Show hast du verpasst.«

»Ach ja? Und worin bestand der genau?«

Parker lachte, stieg über das Seil und bedeutete Madison, ihm zu folgen. »Die kleine Lady mit dem großen Hut hat alles, aber auch wirklich alles hier fotografiert und alle paar Minuten herumgeschrien, was wo aufgehoben und mitgenommen werden muss.«

»Und wo ist sie jetzt?«, wollte Madison wissen.

»Sie hat Spoons bezirzt, mit ihr ein Käsesteak essen zu gehen. Sie meinte, das sei das Beste bei einem Besuch in Philly.«

»Wohin sind sie gegangen?«

»Zu Pat's.«

»Klingt, als wüsste sie, was sie tut.«

»Ich weiß nicht so recht. Mir ist das Jim's lieber.«

»Dir ist es lieber, in der South Street herumzulungern und den kurzen Röcken nachzuschauen.«

Parker zuckte gleichgültig mit den Schultern. »Das Ambiente ist nicht unwichtig.«

»Tourist.«

Die Jungs von der Gerichtsmedizin lauerten schon in der Nähe, und einer von ihnen schaute ungeduldig auf die Uhr.

»Ich hab die Leute so lange zurückgehalten, wie es ging«, berichtete Parker, während er über den nächsten Strick stieg. »Lass uns schnell noch einen Blick auf die Tote werfen, bevor sie sie mitnehmen.«

Die Seile bildeten ein Gitter von fünf mal fünf Quadraten. Im äußersten Eckquadrat blieb Parker stehen.

»Hier ist der erste Teil«, sagte er und deutete auf den Boden. Zuerst sah Madison nichts, doch nach einer Weile fielen ihr fünf bunte Plättchen auf. Bei näherem Hinsehen entdeckte sie daneben eine skelettierte Hand, dann die Armknochen.

Sie ging in die Hocke und untersuchte die fünf buntbemalten künstlichen Fingernägel, die einen unpassenden Kontrast zu den fleckigen braunen Knochen, den Ästchen und der Erde bildeten. Die Nägel changierten von hellrot bis grün an den Spitzen, und auf jedem waren eine weiße Palme sowie ein silberner Mond zu sehen.

Madison drehte sich zu Parker um. »Zerstückelt?«

Er zuckte mit den Achseln und schüttelte den Kopf. »Wahrscheinlich Tiere. Hunde oder so was. Der Rest ist intakt.« Er reichte ihr eine kleine durchsichtige Tüte. »Das hier haben wir auch gefunden.«

Es war eine Monatskarte für den Bus in einer Plastikhülle mit Metallclip, in dem ein kleiner blauer Stofffetzen hing. »Die ist von letztem April«, stellte Madison nach einem Blick auf die Buskarte fest. »Passt dieses Stoffstück zu etwas?«

Parker nickte. »Und das große *W* bedeutet weiblich, falls du dich das fragst.«

»Dann, schätze ich, haben wir einen ungefähren Todeszeitpunkt, oder?«

»Ja.« Er stieg über die Seile, bis er in dem Quadrat stand, das dem mittleren am nächsten war. »Komm hierher.«

Er beugte sich über das Seil, nahm einen Stock und hob den Haufen aus Ästen und Erde an, um Madison den Leichnam zu zeigen. »Okay, was siehst du hier?«

Madison kauerte sich hin und blinzelte.

Die Überreste waren noch halb unter Zweigen und verrottendem Laub verborgen, und anfangs konnte sie die Knochen nicht erkennen, weil sie die Farbe der Umgebung hatten.

Zuerst entdeckte sie die leeren Augenhöhlen, die sie anstarrten und ihr einen Schauer über den Rücken jagten. Ein langer Knochen ragte aus den Zweigen heraus. Wahrscheinlich der Oberschenkel. Das Stück, das zu sehen war, leuchtete fast weiß, den Rest bedeckte die Patina von verwestem Fleisch. Die Leiche war in zerfetztes blaues Tuch gehüllt – ursprünglich war es wohl mit roten Tulpen bedruckt gewesen, doch es war so verwittert, dass das Muster kaum noch zu erkennen war.

»Da ist unser blauer Stoff«, meinte Madison. »Sieht aus wie ein Schwesternkittel.«

Das meiste Fleisch war weg, allerdings konnte man nicht sagen, wie viel davon die Ratten oder Hunde gefressen hatten oder inwieweit die Verwesung schuld daran war.

Ein knochiger Arm war ausgestreckt, als wollte die Tote unter dem Laubhaufen hervorkriechen und als gäbe es etwas, was sie zurückhielt. An der Hand befanden sich die gleichen Fingernägel mit den Palmen wie an der anderen, die sie bereits in Augenschein genommen hatten.

Der Schädel war bis auf eine Lage Dreck und Fleischfetzen kahl. In den Ästen neben der Leiche hatte sich ein großes Knäuel aus drahtigem schwarzem Haar verfangen. Näher am Fluss hing ein noch größeres Haarbüschel in den Ästen des Gestrüpps. Ein rosa Band markierte die Stelle für die Spurensicherung.

»Mann, es wird höchste Zeit«, brummte einer der Männer von der Gerichtsmedizin, als er auf sie zukam. »Liebe Güte, ich hatte schon Angst, dass sich das arme Ding erhebt und selbständig in die Pathologie trampt.«

Madisons Handy klingelte. Sie schaute aufs Display, klappte den Apparat auf und wandte sich von Parker ab.

»Madison Cross«, meldete sie sich.

»Hier spricht Dr. Chester«, sagte die Stimme am anderen Ende der Leitung. »Soviel ich weiß, haben Sie um Rückruf gebeten.«

»Danke, dass Sie sich so schnell melden. Ich wollte mich wegen eines Ihrer Patienten mit Ihnen in Verbindung setzen. Er heißt Horace Grant.«

»Was ist mit ihm?«

»Sein Sohn wurde heute tot in dem gemeinsamen Haus aufgefunden, und er ist ziemlich verstört. Ich hatte gehofft, Sie könnten ihm etwas verordnen, was ihm über die Nacht hinweghilft.«

»Und was schwebt Ihnen so vor?«

»Keine Ahnung … Valium vielleicht? Ich weiß nicht, welche Arzneimittel er sonst noch nimmt. Er ist Ihr Patient.«

Chester lachte. »Wohl kaum.«

»Was soll das heißen?«

»Ich habe den alten Herrn nur ein paarmal gesehen. Einmal war er wegen einer Bronchitis bei mir, dann wegen einer Grippeschutzimpfung. Möglich, dass er noch ein drittes Mal in meiner Praxis war – ich erinnere mich nicht mehr so genau, aber eines kann ich Ihnen sagen: Er ist ein relativ schwieriger Patient.«

»Demnach wissen Sie nicht, welche Mittel er einnimmt?«

»Keine, soweit mir bekannt ist.«

Horace Grant musste so an die achtzig sein, daher war es kaum vorstellbar, dass er ohne Medikamente auskam. »Hat er noch andere Beschwerden?«

Wieder lachte Chester. »Na ja, vor eineinhalb Jahren hatte er eine Bronchitis, allerdings bin ich ziemlich sicher, dass die inzwischen ausgeheilt ist. Und ich bezweifle ernsthaft, dass ihn die Grippe jemals erwischt hat.«

»Ich finde das gar nicht lustig.« Madison verlor allmählich die Geduld.

»Hören Sie, Miss Cross, ich möchte nicht bockig sein. Der Mann kam mit einer starken Erkältung zu mir, ich hab ihn behandelt, und er ist wieder gegangen. Wenn Sie meinen, er braucht etwas zur Beruhigung, dann verschreibe ich ihm Valium und schicke das Rezept an die Apotheke in der Ridge – das ist in seiner Nähe.«

»Danke.«

»Warten Sie eine Sekunde – ist er mittlerweile nicht in einem Heim untergebracht?«

»Er war in einem. Offenbar hat es ihm dort nicht gefallen, und er ist auf eigene Faust gegangen. Als er nach Hause kam, lag sein Sohn tot in der Küche.«

»Autsch. Sie wissen, dass sein Sohn für die Pflege des alten Herrn verantwortlich war? Ich glaube nicht, dass er alleine zurechtkommt. Er wird Hilfe brauchen … einen Pfleger oder so.«

»Stimmt. Ja, ich habe bereits beim Sozialdienst angerufen.«

Chester kicherte. »Na, dann viel Glück dabei.«

Madison bedankte sich tonlos. Als sie das Handy wegsteckte, drehte sie sich wieder um und sah, dass die Pathologiegehilfen die Leiche in den Van schoben.

»Tut mir leid, Neuling«, sagte Parker, als er ihren frustrierten Seufzer hörte. »Ich hab sie hingehalten, so lange ich konnte.«

»Ich weiß. Erinnerst du dich an den Gefallen, den du bei Ralston guthast? Jetzt schuldet ihr mir beide etwas. Und zwar einen ganz großen Gefallen.«

»Dann ist dir der Alte also direkt in die Arme gelaufen, wie?«

»Nein, er saß im Rollstuhl. Er ist ins Haus gerollt.«

Parker zog eine Grimasse.

»Ja. Der arme Tropf haut nach nur einer Woche aus dem Heim mit betreutem Wohnen ab, kommt nach Hause und erfährt, dass sein einziger Sohn, der seine Pflege übernehmen sollte, tot auf dem Küchenboden liegt.«

»Und wo ist er jetzt?«

»Immer noch dort. Das ist seit heute sein Zuhause.«

»Kann er sich selbst versorgen?«

»Ich weiß es nicht«, versetzte Madison scharf. »Augenscheinlich glaubt sein Arzt, dass er es nicht kann. Ich habe schon beim Sozialdienst angerufen. Die haben angeboten, ihm ein paar Formulare zu schicken und ihn auf die Warteliste zu setzen. Außerdem hab ich bei einer Mrs Rowan eine Nachricht auf der Mailbox hinterlassen, allerdings gehe ich nicht davon aus, jemals von ihnen zu hören.«

Parker lachte hämisch. »Bis dahin wirst du wahrscheinlich selbst Hilfe brauchen und die Formulare für dich ausfüllen müssen.«

»Der alte Herr ist vollkommen durcheinander, was man

ihm nicht verdenken kann. Ich habe seinen Arzt kontaktiert, damit er ihm ein Beruhigungsmittel verschreibt.«

»Also war er richtig nervenaufreibend?«

»Eigentlich nicht. Er scheint ein netter alter Mann zu sein, nur ... Ich hab auch noch anderes zu tun.«

Nachdem Madison in ihr Auto eingestiegen war, rief sie die Auskunft an und ließ sich mit dem einzigen Pflegedienst verbinden, dessen Namen sie kannte – aufgrund einer Fernsehwerbung mit einer tapferen Krankenschwester, die durch ein heftiges Gewitter fuhr. Sie sprach auf Band, nannte ihren Namen, erklärte Horace Grants Situation und gab ihre Handy- und ihre Privatnummer an.

Bevor sie das Telefon in die Tasche stecken konnte, klingelte es. Zu ihrer Überraschung meldete sich Mrs Rowan vom Sozialdienst.

Madison erklärte die Lage, worauf Mrs Rowan sich erstaunlich hilfsbereit und verständnisvoll zeigte. Unter den gegebenen Umständen wolle sie die Abläufe beschleunigen und zumindest versuchen, Horace eine vorübergehende Pflege zu organisieren.

Madison wies sie darauf hin, dass Horace im Rollstuhl saß. »Ist das ein Problem?«, fragte sie.

»Nein ...«, erwiderte Rowan zögerlich. »Wissen Sie, welche körperlichen Gebrechen er hat?«

»Er braucht einfach einen Rollstuhl«, gab Madison ungehalten zurück.

»Na ja, egal«, sagte Mrs Rowan zurückhaltend. »Diese Information finde ich sicherlich auch in seiner Akte.«

»In seiner Akte?«

»Ja, in seiner Krankenakte. Wir brauchen eine Kopie, ehe wir eine passende Pflegekraft für ihn bereitstellen können. Wenn Sie wollen, kann ich veranlassen, dass einer unserer Mitarbeiter sie bei seinem Arzt anfordert.

Doch das würde die Dinge beträchtlich verzögern. Wenn Sie selbst die Unterlagen bei uns vorbeibringen oder dafür sorgen könnten, dass sie uns zugesandt werden, ginge alles viel schneller.«

»Gut.« Madison verdrehte die Augen und fragte sich, worauf sie sich da eingelassen hatte. »Okay, ich sehe, was ich tun kann.«

Mrs Rowan gab die Postadresse durch. Madison dankte ihr, legte auf und wählte unverzüglich Dr. Chesters Nummer. Diesmal kam sie direkt zu ihm durch.

»Ich habe das Rezept für Mr Grant in der Apotheke hinterlegt«, erklärte Chester freundlich. »Was kann ich noch für Sie tun, Miss Cross?«

Sie legte ihm die Situation dar, und als sie sich erkundigte, ob sie bei ihm vorbeikommen könne, um die Unterlagen abzuholen, fing er an zu lachen.

»Tut mir leid, Miss Cross, aber ich kann Ihnen die Akte nicht aushändigen. Ich schicke sie gern an Mr Grant, wenn Sie wollen, bezweifle jedoch ernsthaft, dass sie eine große Hilfe ist.«

»Und weshalb?«, hakte sie mit unterdrücktem Ärger nach.

»Die Akte besteht aus vielleicht zwei Seiten von seinem früheren Arzt und ein, zwei weiteren, die ich selbst angelegt habe. Ich habe ihn gebeten, Formulare über seine Krankengeschichte auszufüllen, die hat er mir jedoch fast unbeschrieben zurückgegeben. Er kann wirklich ziemlich schwierig sein.«

»Hat Ihnen sein vorheriger Arzt die Akte zugeschickt?«

»Ein paar Seiten. Sie meinten, das sei alles, was sie über ihn haben. Ich habe wirklich nicht die Zeit, solchen Dingen hinterherzulaufen, verstehen Sie?«

Madison schwieg einen Moment.

Chester seufzte tief. »Kann ich Ihnen sonst noch irgendwie helfen?«, erkundigte er sich.

Am liebsten hätte sie die ganze Sache hingeschmissen. »Können Sie mir den Namen seines früheren Arztes nennen?«, hörte sie sich fragen.

»Klar.« Papierrascheln. »Dr. Bernhardt. In der Dexter Street.«

»Ich danke Ihnen.«

Kapitel 4

Als Madison wieder bei Horace Grants Haus war, fiel ihr zum ersten Mal der weiße Dodge Caravan mit den Plaketten für Schwerbehinderte auf, der vor dem Haus parkte. Der Einstieg lag ziemlich tief, und am Lenkrad befand sich eine Apparatur, die das Fahren ohne Pedale ermöglichte.

Horace wirkte niedergeschlagen, als er die Tür öffnete, doch sobald er Madison erblickte, erhellte ein Lächeln sein Gesicht.

»Sie sind zurückgekommen«, rief er erstaunt. »Sie sind ein Engel, stimmt's?«

In der einen Hand hielt sie das Päckchen von der Apotheke, in der anderen eine kleine Einkaufstüte mit Milch, Brot und Aufschnitt.

»Wie geht's Ihnen, Mr Grant?«

»Ganz gut. Ich heiße Horace, schon vergessen?« Er rollte rückwärts, um ihr Platz zu machen. »Kommen Sie rein. Kommen Sie.«

»Ich habe bereits versucht, Hilfe für Sie zu organisieren, doch so kurzfristig lässt sich da offenbar nicht viel ausrichten.«

»Nett, dass Sie sich bemüht haben, aber lassen Sie sich von dem Rollstuhl nicht täuschen. Ich kann ganz gut selbst für mich sorgen.«

Sie lächelte. »Das bezweifle ich nicht, Horace. Ihr Arzt hat ein Rezept an die Apotheke geschickt. Das Medikament beruhigt Ihre Nerven und hilft Ihnen beim Einschlafen.« Sie hielt ihm das Päckchen hin.

Er verzog das Gesicht, und sie tat es ihm gleich.

»Außerdem hab ich Zutaten für Sandwiches mitgebracht«, fuhr sie fort. »Haben Sie schon zu Abend gegessen?«

Er überlegte, dann sah er verblüfft zu ihr auf. »Wenn ich genauer darüber nachdenke, habe ich den ganzen Tag noch keinen Bissen zu mir genommen.«

Sie bedachte ihn mit einem strengen Blick. »Sehen Sie? Genau davon spreche ich. Sie müssen besser auf sich achten, Horace, damit Sie bei Kräften bleiben.«

»Ich weiß, ich weiß. Ich hab einfach nicht dran gedacht ... es war ja auch ein schrecklicher Tag.« Sein Kinn fing an zu zittern, und die Augen wurden feucht.

Madison legte ihm die Hand auf die Schulter, und er bedeckte sie mit seiner. »Wie wär's mit ein paar Sandwichs?«, bot sie an.

Er schaute aus großen, traurigen Augen zu ihr auf und nickte.

Sie belegte Brote mit Käse und Schinken, die sie schweigend am Couchtisch vertilgten. Erst jetzt wurde Madison bewusst, dass sie ebenfalls seit dem Frühstück nichts gegessen hatte, aber das behielt sie für sich.

»Es schmeckt sehr gut«, lobte Horace und biss ein klein wenig von seinem Sandwich ab.

Madison lächelte argwöhnisch.

»Ich mein's ernst«, protestierte er lachend. »Ob Sie's glauben oder nicht, es gibt unzählige Möglichkeiten, ein Käse-Schinken-Sandwich zu versauen. Im Valley Glen Village haben sie jede einzelne beherrscht.«

Madison lachte.

»Eines muss ich denen lassen – sie waren gründlich«, fuhr er fort. »Billiges, fades Brot. Synthetischer Käse mit hart gewordenen Kanten, fetter Schinken und wässriger Senf.« Er lachte. »Keine Ahnung, was sie noch mehr hätten anrichten können – außer vielleicht Schimmel und Ungeziefer … aber dann hätten sie nichts mehr gehabt, was sie uns zum Dinner hätten vorsetzen können.«

»Klingt köstlich.«

Nachdenklich legte er sein Brot weg. »Ich kann wirklich für mich selbst sorgen, wissen Sie. Draußen steht mein Van, also bin ich mobil – ich muss nur einen Parkplatz finden. Ich komme gut zurecht. Na ja, vielleicht brauche ich hier und da ein bisschen Hilfe. Nur … Derek war ein guter Sohn, vielleicht ein zu guter. Er musste sein eigenes Leben führen. Ein Mädchen finden, ein wenig Spaß haben. Er sollte sich nicht ständig Sorgen um mich machen.« Ein liebevolles Lächeln breitete sich auf seinem Gesicht aus, gleichzeitig traten ihm Tränen in die Augen. »Wie auch immer …« Er nahm sein Sandwich in die Hand, biss jedoch nicht ab. »Ich wusste, dass dieses Heim furchtbar sein würde, aber … Mann!« Er schauderte bei der Erinnerung. »Wenigstens roch der Teppich gut, und die Unterhaltung war immer anregend«, setzte er mit einem Zwinkern hinzu.

Sie schwiegen eine ganze Weile.

»Wir, Derek und ich, haben fast immer im Wohnzimmer gegessen«, sagte er leise. »Zumindest seit dem Tod meiner Frau.«

Madison nickte mitfühlend. »Wann war das?«

»Vor langer Zeit«, erwiderte er betrübt.

Als sie mit dem Essen fertig waren, brachte Madison die Teller in die Küche und spülte sie ab. Anschließend, so hatte sie es sich vorgenommen, würde sie ihm eine

Tablette geben und von hier verschwinden. Als sie jedoch ins Wohnzimmer zurückkam, saß Horace am Tisch und mischte die Karten.

»Wenn ich mich recht erinnere«, sagte er. »Liege ich um ein Spiel vorne.«

Madison seufzte. »Meinetwegen, Horace. Ein Spiel. Aber zuerst schlucken Sie Ihre Pille, okay?«

»Seien Sie nicht so gemein«, wehrte er sich scherzhaft.

»Zwingen Sie mich nicht, noch gemeiner zu werden«, gab sie zurück und reichte ihm die Medizin.

Horace teilte die Karten aus, aber Madison nahm sie nicht auf, bevor er die Tablette geschluckt und sie mit Pepsi hinuntergespült hatte.

Das Spiel war noch nicht zu Ende, als Horace' Bewegungen immer langsamer wurden. Bestimmt war das Valium zum Teil daran schuld, Madison wusste jedoch, dass ihn vor allem die Ereignisse des Tages so erschöpft hatten.

Gegen Ende des Spiels fing der alte Mann an zu gähnen. Dabei ähnelte er verblüffend ihrem Großvater Berto.

Wenn Großvater Berto in ihrer Kindheit angefangen hatte zu gähnen, konnte sie sich darauf gefasst machen, dass er ihr kurz darauf erzählen würde, wie müde sie aussah, und sie ins Bett stecken würde.

Berto war ihr Großvater mütterlicherseits, und in den ersten Jahren nach dem Tod der Mutter war er oft bei ihr, er gehörte praktisch zum Inventar. Erst Jahre später wusste Madison seine bemerkenswerte Stärke, die er sich auch noch nach dem Verlust seiner Tochter tapfer bewahrt hatte, zu schätzen.

Zwar hatte Onkel Dave, der Zwillingsbruder ihres Vaters, immer eine wichtige Rolle in Madisons Leben gespielt. Dennoch war Großvater Berto in den ersten Jahren, als ihr Vater immer mehr im Alkoholismus und was sonst noch alles versank, ihr Fels in der Brandung gewesen. Letztendlich forderte die Selbstbeherrschung jedoch ihren Tribut. Berto wurde krank und kam in die Klinik. Selbst nach der Entlassung erholte er sich nie wieder richtig. Madison sah ihn nur noch selten, und wenige Jahre später starb er. Damals kümmerten sich hauptsächlich Onkel Dave und Tante Ellie um sie und nahmen sie schließlich ganz zu sich.

»Also, jetzt sind wir quitt«, stellte Horace fest.

Madison erwachte aus ihren Erinnerungen. Augenscheinlich hatte sie das Spiel gewonnen, während sie ihren Tagträumen nachgehangen hatte.

»Aber ich möchte festhalten, dass ich bis kurz vor Schluss vorne lag«, erklärte er.

»In den Annalen wird es eine Fußnote geben«, erwiderte Madison lachend. »Es ist zwar noch nicht spät, aber Sie hatten einen langen Tag, Horace, und ich muss wirklich gehen. Sie sollten sich hinlegen.«

Er nickte. »Ja, ich denke, Sie haben recht.«

»Kann ich noch irgendwas für Sie tun, bevor ich aufbreche?«

»Nein, Madison«, antwortete er herablassend. »Ich bin schon ein großer Junge und denke, dass ich allein ins Bett finde.«

»Schön. Sie haben meine Nummer und melden sich, wenn Sie Fragen haben oder mit dem Büro des Gerichtsmediziners nicht klarkommen, okay?«

»Danke.« Wieder nickte er und hielt die Karten hoch. »Vielleicht spielen wir ja noch mal um die Entscheidung, ja?«

Sie lächelte. »Vielleicht.«

Sie parkte den Wagen in ihrer Straße und spürte plötzlich eine große Müdigkeit, als ob sie nicht nur den Motor, sondern auch ihre Energien abgestellt hätte. Einen Augenblick lang blieb sie im Auto sitzen und sammelte all ihre Kräfte, um auszusteigen.

Der Eingang des Apartmenthauses war nur einen halben Block entfernt, aber Madison kam es vor, als müsste sie Meilen zurücklegen. Was alles noch schlimmer machte, war die Bande Halbstarker, die auf den Stufen eines Nachbarhauses herumlungerten. Es waren vermutlich noch Teenager, doch sie wirkten schon wie echte Männer. Hatten die Typen nichts Besseres zu tun, als hier herumzuhängen?

Als Madison an ihnen vorbeiging, hörte sie ein paar gemurmelte Kommentare.

Einer von ihnen war lauter als der Rest.

»Hey, Baby!«, rief ein Junge. »Warum kommst du nicht her und unterhältst dich ein wenig mit mir?« Er legte die Hand auf seinen Unterleib. »Ich könnte dich glücklich machen, Baby«, sagte er und bewegte die Hüften vor und zurück.

Der Kerl hatte ihr schon früher nachgepfiffen, sie aber noch nie angesprochen. Seine Kumpel brachen in Gelächter aus, er schien jedoch im Augenblick gefangen zu sein und bewegte sich weiter mit geschlossenen Augen.

Madison hatte nicht wirklich Angst – sie hatte immer schon sehr gut auf sich aufpassen können und einiges bei der Arbeit in der Einheit dazugelernt. Heute war sie allerdings viel zu müde, um sich auch nur verbal zur Wehr zu setzen. Ihr schoss durch den Kopf, dass sie ihn zusammenstauchen oder ihre Polizeimarke zücken könnte, aber noch ehe sie sich entschieden hatte, war sie schon an der Gruppe vorbei.

Flüche und Schimpfworte wie »hochnäsige Schlampe« verfolgten sie.

Sehr hübsch, dachte sie.

Als sie vor ihrem Eingang stand, klingelte ihr Handy.

Es war Spoons.

»Hey, Spoons. Was gibt's?«

»Mir ist zu Ohren gekommen, dass Sie sauer sind, weil Ihnen nicht viel Zeit mit der geheimnisvollen Fremden geblieben ist. Ich frage mich, ob ich da nicht etwas arrangieren kann.«

Madison stieß mit einem Seufzer die Tür auf. »Wovon, zum Teufel, reden Sie?«

»Von der einzigartigen unidentifizierten Leiche.«

»Ach ja.«

»Man munkelt, Sie sind zu spät gekommen.«

»Dank der schnellen, effektiven Arbeit Ihres großartigen Teams.«

»Sie hatten eine Autopanne, das dürfen Sie dem Fahrer nicht anlasten.«

»Schön.« Wieder seufzte sie und stieg in den Lift. Allmählich verlor sie die Geduld. »Spoons, warum rufen Sie an?«

»Ich fühle mich schlecht, weil Sie das Beste verpasst haben. Schließlich gehört so was auch zu Ihrer Ausbildung, oder?«

»Was ist los, Frank – haben Sie wieder mal zu wenig Leute?« Die Aufzugtüren glitten auf.

»Wie Sie wissen, ist das ein Dauerzustand. Aber im Ernst – wir haben die forensische Anthropologin Elaine Abner hier, und sie ist eine der Besten. Vielleicht wollen Sie ja morgen früh herkommen und uns bei der Untersuchung der sterblichen Überreste helfen. Elaine hat sich für zehn Uhr angesagt.«

Zusätzliche Arbeit war das Letzte, was Madison jetzt gebrauchen konnte. Andererseits wollte sie sich die Tote unbedingt noch einmal ansehen.

Spoons schien ihr Dilemma zu erahnen. »Ich schlage Ihnen Folgendes vor: Ich werde den Lieutenant anrufen und ihm sagen, dass wir Sie den ganzen Vormittag brauchen. Dann haben Sie die Gelegenheit, wenigstens ein bisschen auszuschlafen.«

Sie steckte den Schlüssel ins Schloss ihrer Wohnungstür. »Ja, okay. Wir sehen uns.«

Eineinhalb Gläser Wein später war Madison zwar nicht munterer, aber sie kam sich ein wenig menschlicher vor.

Das war nicht immer gut.

Sie nippte an ihrem Glas und erinnerte sich an den Schmerz in Horace' Augen. Ein Kind zu verlieren war etwas ganz anderes, als sich von einem Elternteil verabschieden zu müssen. Und es bestand ein großer Unterschied zwischen einem kleinen Mädchen und einem alten Mann, doch dieser traurige, verlorene Blick hatte alles wieder zum Leben erweckt.

Sie versuchte fernzusehen, dann ein Buch zu lesen, konnte sich jedoch nicht konzentrieren. Selbst als sie längst erschöpft im Bett lag, kreisten ihre Gedanken noch um Horace. Um seinen Gesichtsausdruck. Um seinen Verlust.

In den letzten drei Monaten hatte sie im Job mehrere Begegnungen mit Menschen gehabt, die den Tod eines geliebten Menschen verkraften mussten, und es immer ganz gut geschafft, deren Schmerz auszublenden. Doch dieses Mal ging es ihr richtig nah und brachte sie dazu, über ihre eigenen Verluste nachzudenken.

Kapitel 5

Um sechs Uhr morgens war das Gefühl noch immer da: Schmerz, Trauer und Einsamkeit. Hoffnungslosigkeit.

Madison Cross war sechs Jahre alt gewesen, als ihre Mutter plötzlich verschwunden war. Sie wusste, dass jemand sie ermordet hatte. Zur gleichen Zeit verlor sie ihren Dad, auch wenn es zehn Jahre dauerte, bis er vollkommen verschwunden war.

Sie erinnerte sich nicht mehr, wann genau sie herausgefunden hatte, dass ihre Mutter nie wieder zurückkommen würde, aber sie konnte noch genau sagen, an welchem Tag es ihr bewusst geworden war. Es war ein Sonntagmorgen wenige Wochen nach dem Verschwinden ihrer Mutter. Es regnete in Strömen, und Madison lag in ihrem Bett, ließ den Kopf über die Kante hängen und beobachtete, wie die Tropfen an ihr Fenster prasselten.

Wenn ihre Mutter noch da gewesen wäre, hätten sie um diese Zeit gemeinsam in der Kirche gesessen.

Ihr Dad schlief noch und schnarchte in seinem Zimmer. Er hatte die ganze Nacht durchgemacht – gearbeitet oder getrunken. Vielleicht beides. Madison war traurig, fühlte sich einsam und sehnte sich nach einer Umarmung ihrer Mutter. In diesem Moment kam ihr die Erkenntnis: Ihre Mutter würde sie nie wieder in die Arme nehmen. Nie wieder eine Umarmung von ihrer Mommy, und auch nicht von Daddy, zumindest nicht so wie früher. Sie vergoss keine Träne, spürte aber, wie sich ihre Kehle so fest zuschnürte, dass sie kaum noch Luft bekam. Ihre Finger krallten sich in die Bettdecke und hielten sie fest. In ihrem Inneren zerbarst alles und hinterließ eine abgrundtiefe Trauer, als ob alles, was sie kannte, weg wäre. Und sie hatte nicht einmal die Gelegenheit gehabt, sich zu verabschieden.

Dieses Gefühl quälte sie bis heute jeden Morgen beim Aufwachen – manchmal stärker, manchmal schwächer, aber es war immer da.

Während sie dalag, fielen ihr die Träume der letzten Nacht wieder ein. Sie war wieder ein kleines Mädchen und saß in einem Rollstuhl. Sie kam gerade heim in das Haus, in dem sie mit ihren Eltern gewohnt hatte, ehe ihr Vater sich aufgegeben hatte und sie zu ihrem Onkel Dave gezogen war.

In ihrem Traum lag die Leiche in der Küche; Madison konnte sie nicht sehen, wusste jedoch, dass sie da war und dass es ihre Mutter war.

Madison hatte keine Ahnung, was sie tun sollte. Ihr Dad war nicht da.

Sie war allein.

Im Traum war es weniger um die Ereignisse als um ein Gefühl gegangen, und dieses Gefühl blieb auch nach dem Wachwerden.

Nach zwei Tassen heißen Kaffees und einer fast so heißen Dusche war nur noch ein dumpfer Schmerz übrig.

Frank Sponholz erwartete sie um zehn Uhr. Doch als Madison fertig angezogen auf der Bettkante saß, war es erst 6.43 Uhr.

Sie war fest entschlossen, keiner von den jämmerlichen Typen zu werden, die es ständig ins Büro trieb, weil sie sich sonst nicht beschäftigen konnten. Und selbst wenn es so war, wollte sie doch nicht den Eindruck erwecken, dass es nichts anderes in ihrem Leben gab. Dennoch fiel ihr zu Hause beinahe die Decke auf den Kopf. Sie musste unbedingt raus.

Als sie vor Horace Grants Haus stehen blieb, fragte sie sich, ob es nicht zu früh für einen Besuch war. Doch dann sah sie, dass im Wohnzimmer Licht brannte.

Die Türglocke schien kein Geräusch von sich zu geben, aber gerade als sie die Hand hob, um anzuklopfen, klickte ein Schloss nach dem anderen.

Horace Grant öffnete die Tür und blinzelte verschlafen. Kaum sah er Madison, fing er an zu strahlen.

»Mein Gott, Madison!«, rief er überrascht. »Was führt Sie denn hierher? Und noch dazu so früh?«

»Ich hoffe, es ist nicht zu früh.«

»Liebe Güte, nein!« Er rollte ein Stück zurück. »Kommen Sie rein.«

»Ich wollte nur kurz nach Ihnen sehen«, erklärte sie, als sie eintrat. Horace roch nach einem jener Aftershaves, die in altmodischen Frisiersalons noch benutzt wurden.

»Oh, mir geht's gut.« Er winkte ab. Für einen kurzen Moment wirkte sein Blick abwesend. »Ich meine … Sie wissen schon … Ich komme zurecht.«

»Ich bringe das in die Küche«, verkündete sie und zeigte ihm die Einkaufstüte.

»Was ist da drin?«

»Nur ein paar Doughnuts«, rief sie über die Schulter.

»Das ist sehr lieb von Ihnen«, sagte er und rollte hinter ihr in die Küche. »Aber das wäre nicht nötig gewesen. Ich kann für mich selbst sorgen.«

»Ich weiß«, erwiderte sie. »Ich denke nur, jeder kann bei Gelegenheit ein wenig Hilfe gebrauchen.« Sie zuckte mit den Schultern. »Und dies ist eine solche Gelegenheit.«

Er lächelte. »Ich habe gerade Wasser aufgesetzt. Möchten Sie eine Tasse Tee?«

Madison warf einen Blick auf ihre Uhr. Wenn sie ablehnte, hätte sie viel zu viel Zeit totzuschlagen. »Sehr gern.«

Horace wirbelte mit seinem Rollstuhl in der engen Küche herum und holte Tassen, Milch und Zucker aus den Schränken. Madison war beeindruckt, wie geschickt er sich selbst auf kleinstem Raum bewegen konnte. Einmal schien er sich an dem Wasserkessel verbrannt zu haben, aber als Madison danach fragte, stritt er es ab.

»Dann haben Sie also ganz gut geschlafen?«, erkundigte sich Madison, nachdem sie es sich im Wohnzimmer mit Doughnuts und Tee bequem gemacht hatten.

»Das Schlafen war okay, das Aufwachen hingegen weniger schön. Wahrscheinlich nehme ich heute Abend wieder so eine Pille.«

»Ich werde heute noch ein paar Anrufe tätigen, um eine Pflegerin für Sie zu beschaffen, aber so wie's aussieht, gibt es da eine Warteliste.«

»Ich schaffe es auch allein.«

»Jetzt mal im Ernst, Horace – wenn uns nichts einfällt, werden Sie wohl oder übel nach Valley Glen oder in eine ähnliche Einrichtung übersiedeln müssen.«

Er funkelte sie grimmig, fast drohend an. »Dazu wird es nicht kommen.«

Madison entschied, das Thema für den Moment nicht weiterzuverfolgen. Sie biss in ihren Doughnut und trank einen Schluck Tee dazu. »Haben Sie sich schon Gedanken über Dereks Beisetzung gemacht?«

»Ich …«, begann er, ließ sich aber noch ein wenig Zeit

zum Nachdenken. »Nein, nicht wirklich … ich schätze, wir werden ihn in ein paar Tagen beerdigen, aber bisher habe ich noch nichts in die Wege geleitet. Derek wollte verbrannt werden, so viel weiß ich.«

»Wenn Sie sich mit einem Bestatter in Verbindung setzen, sagen Sie ihm, dass er in der Gerichtsmedizin anrufen soll. Dort wird man ihm mitteilen, wann der Leichnam freigegeben wird.«

»Okay, aber … Was meinen Sie mit ›wann‹ …?«

»Na ja, wenn sie eben fertig sind. Mit der Autopsie und allem Drum und Dran.«

»Autopsie?« Seine Augen wurden groß. »Sie werden ihn aufschneiden?«

»Keine Sorge, diese Untersuchungen sind nur eine reine Formsache«, beschwichtigte Madison nicht gerade wahrheitsgemäß – selbst bei der oberflächlichsten Obduktion wurde beträchtlicher Schaden an den Leichen angerichtet. »In Situationen wie dieser ist so was gesetzlich vorgeschrieben. Allerdings dürften sie rasch fertig werden und die Pläne für eine Beerdigung nicht hinauszögern.«

»Eine Autopsie …«, murmelte Horace leise.

»Es wird alles gut«, beruhigte ihn Madison, während sie im Geist die letzte Obduktion, der sie beigewohnt hatte, vor sich sah: ein gutaussehender Mann in den Zwanzigern, der der Ansicht gewesen war, dass ein Motorradhelm seine Frisur verschandelte. Als sie ihn das letzte Mal gesehen hatte, waren ihm Brustplatte und die Schädeldecke abgenommen worden; seine Organe wurden gewogen und seziert. Selbst nach einer Routineobduktion wäre Derek nicht mehr als eine leere Hülle. »Vermutlich werden Sie nicht mal was merken«, fügte sie hinzu.

Horace richtete den Blick auf sie, schien jedoch regelrecht durch sie hindurchzuschauen. »Ich will ihn nur zurückhaben. Mich anständig um ihn kümmern.«

Madison fragte sich unwillkürlich, ob er wusste, was bei einer Obduktion vor sich ging. Schweigend verputzte sie ihren Doughnut und wischte sich anschließend Mund und Hände ab.

»Ich mache mich besser auf den Weg.«

Ihre Stimme riss ihn augenscheinlich aus seinem Dämmerzustand. »Danke für alles, Madison«, sagte er überschwänglich. »Ich weiß nicht, was ich ohne Sie getan hätte.«

»Keine Ursache.«

»Werde ich … werde ich Sie wiedersehen?«

»Bestimmt.« Es überraschte sie selbst, dass sie so prompt und ohne Zögern geantwortet hatte.

»Madison?«, sagte er, als sie sich zur Tür umdrehte.

»Ja?«

»Ich bitte Sie äußerst ungern um noch etwas, aber gibt es für Sie eine Möglichkeit, in Erfahrung zu bringen, wann ich Derek zurückbekomme … Ich glaube, ich würde mich besser fühlen, wenn ich wüsste, dass sie ihn in Ruhe lassen … Ich … ich will einfach nur meinen Sohn wiederhaben.«

»Ich werde sehen, was ich tun kann. Sobald ich mehr weiß, melde ich mich bei Ihnen.«

Erleichterung zeichnete sein Gesicht, und seinen Augen wurden feucht. »Danke«, flüsterte er heiser und lächelte, um den Tränen Einhalt zu gebieten.

Sie gab ihm einen flüchtigen Kuss auf die Wange und verschwand.

Gerade als sie losgefahren war, klingelte ihr Handy. David Cross.

»Ich habe gehört, dass Sponholz dich heute Vormittag ausleihen will, stimmt das?«

»Hi, Onkel David. Ja, er hat mich gebeten, ihm zu helfen und einen Blick auf die unidentifizierte Frauenleiche von gestern zu werfen. Er meinte, er wolle das mit dir klären.«

»Ja, alles bestens. Prima. Gestern dachte ich, du würdest dich am Auffindeort blicken lassen. Was war los?«

»Ich war dort, aber erst ganz am Schluss. Ich wurde in Roxborough, im Grant-Haus, aufgehalten, weil ich auf die Mannschaft der Gerichtsmedizin warten musste.«

»Ja, richtig. Mir ist zu Ohren gekommen, dass du mit einem Angehörigen des Opfers herumsitzen musstest.«

»Mit dem Vater. Er ist in dem Haus aufgetaucht, ohne zu ahnen, was passiert war. Der Tote lag noch in der Küche, weil sich der Leichenwagen verspätet hatte.«

Dave quittierte jeden ihrer Sätze mit einem »Mhm«. »Und wo bist du jetzt?«, wollte er wissen.

Sie begriff sofort, worauf er mit dieser Frage hinauswollte, und sie hatte recht damit. »Ich komme gerade aus Grants Haus.«

Er erkundigte sich nicht, wohin sie fuhr, und sie erzählte es ihm auch nicht.

»Maddy, mein Mädchen, es ist großartig, dass du dem alten Mann hilfst, aber gerade du solltest wissen, dass das Leben allzu großzügig ist, wenn man auf Kummer aus ist. In unserem Job darf man die Dinge nicht zu nahe an sich heranlassen. Bei dieser Arbeit begegnet man einer Menge Schmerz – pass auf, dass er nicht zu deinem eigenen wird. Okay?«

»Ich schätze, wir sehen uns gegen Mittag, ja?«

»So etwa.«

Manayunks Main Street war in den achtziger Jahren von einem Industriegebiet mit bescheidenen Reihenhäusern in eine moderne Einkaufsstraße umgewandelt worden, mit edlen Boutiquen, Restaurants und Nachtclubs, die von exklusiven Stadthäusern umgeben waren. Obwohl die Fahrbahn oft vom Schuykill, dem Fluss, der sich neben der Straße durchs Gelände schlängelte, überflutet wurde, bemühten die Stadtplaner immer wieder die Gerichte und erstritten die Genehmigung, näher und näher ans Flussufer zu bauen.

Madison bog nach rechts auf die Shurs Lane ab. Die führte steil bergan zur Ridge Avenue oben auf dem Hügelkamm, der das Chuylkill Valley vom Wissahickon Valley trennte.

Dr. Bernhardts Praxis, ein umgebautes Ziegelhaus am Straßeneck, befand sich direkt am Hang. Madison stellte den Wagen am Straßenrand ab und vergewisserte sich vor dem Aussteigen noch einmal, dass die Handbremse fest angezogen war.

In der Praxis herrschte reger Betrieb. Ein halbes Dutzend älterer Damen saß im Wartezimmer – alle waren für deutlich kälteres Wetter, als draußen herrschte, gekleidet.

Die Dame hinter der Scheibe nahm Madison eine volle Minute nicht zur Kenntnis.

Endlich ertönte ihre Stimme. »Ich bin gleich für Sie da.«

Madison nahm an, dass die Frau, von der sie nur den Haarschopf sah, die Empfangsdame war, schaute sich jedoch sicherheitshalber noch einmal genauer um. Die älteren Damen waren vollkommen in ihre Illustrierten mit den fünf Jahre alten Promi-Geschichten vertieft.

»Wie kann ich Ihnen helfen?« Diesmal hob die Frau den Kopf.

»Ich möchte mit Dr. Bernhardt sprechen.«

Die Frau starrte sie verdattert an, als würde Madison nicht ins übliche Raster passen, dann senkte sie den Blick. »Haben Sie einen Termin?«

»Nein, ich möchte ihm lediglich ein paar Fragen über einen seiner Patienten stellen.«

Als die Empfangsdame erneut aufschaute, war ihr der Argwohn deutlich anzusehen.

Madison beugte sich vor. »Ich bin von der Polizei«, raunte sie.

Eine Augenbraue der Frau zuckte in die Höhe, doch die Skepsis blieb.

Die alte Dame, die am nächsten saß, drehte sich um und musterte Madison durch dicke Brillengläser.

»Ich sehe nach, ob ich Sie dazwischenschieben kann.«

Dr. Bernhardts Sprechzimmer unterschied sich in seiner prahlerischen Schlichtheit nicht von anderen: Diplome und Zeugnisse an den Wänden, massiver Holzschreibtisch, darauf ein paar gerahmte Fotos neben Geschenken von Pharmafirmen.

Der Doktor selbst war ein großer, kahlköpfiger Mann mit weißem Bart und schwarzen Augenbrauen. Als Madison hereinkam, kritzelte er gerade etwas auf ein Karteiblatt. Er blickte kurz auf, ohne beim Schreiben innezuhalten.

»Eine Sekunde noch«, murmelte er abwesend.

Kurz darauf hörte er abrupt auf und machte seufzend einen Punkt. »Wie kann ich Ihnen helfen, Miss …«

»Cross, Madison Cross. Ich habe einige Fragen an Sie. Es geht um einen Ihrer Patienten.«

Er lächelte sie an. »Haben Sie einen richterlichen Beschluss oder etwas in der Art?«

Madison erwiderte das Lächeln. »Nein, es geht nicht um Arztgeheimnisse. Genau genommen ist er mittlerweile bei einem anderen Doktor – Dr. Chester. Der hat mir gesagt, dass er von Ihnen lediglich ein bis zwei Seiten seiner Krankenakte bekommen hat.«

Bernhardt lehnte sich zurück. »Horace Grant.«

»Ganz genau.« Madison fragte sich, ob Horace auch Bernhardt gesagt hatte, was er von ihm hielt, ehe er den Arzt gewechselt hatte.

»Eigentlich war er nicht mein Patient, sondern der meines Sohnes. Diese Praxis gehörte ihm.«

»Oh.« Madison hatte nirgendwo Hinweise auf einen zweiten Dr. Bernhardt gesehen. »Könnte ich dann vielleicht mit Ihrem Sohn sprechen?«

Dr. Bernhardts Miene verdüsterte sich. »Leider nein. Er ist vor drei Jahren gestorben.«

»Das tut mir sehr leid.«

»Mir auch. Er war nicht nur ein guter Sohn, sondern auch ein exzellenter Arzt.« Er schloss die Augen und schüttelte den Kopf. »Sicher können Sie verstehen, dass es uns damals schwer getroffen hat. Es war nicht leicht, die Patienten zu halten.« Er zuckte mit den Schultern. »Es ist durchaus verständlich, dass sich Mr Grant einen anderen Hausarzt gesucht hat. Und es tut mir sehr leid, dass wir nicht in der Lage waren, eine umfangreichere Patientenakte weiterzugeben. Wir haben überall gesucht.«

Hinter der freundlichen Fassade spürte Madison so etwas wie Ärger und die verzweifelte Bitte, kein Wort mehr über die Sache zu verlieren.

Sie überlegte, ob ihr noch irgendeine Frage auf dem Herzen lag, die es wert wäre, seinen Zorn zu entfachen.

Kapitel 6

Frank Sponholz arbeitete im Untergeschoss des gerichtsmedizinischen Gebäudes. Er hatte ein Büro im ersten Stock, wo er sich aber nur selten aufhielt.

Ein wirrer Haarkranz zierte seinen ansonsten kahlen Kopf, seine Kleider waren wie immer zerknittert, und seine Arbeitsgewohnheiten wurden allgemein geringgeschätzt. Trotz alledem und einer fragwürdigen Vorliebe für Flüssiges zum Lunch gelang es ihm, seinen Job ziemlich gut zu machen. Madison fragte sich, ob er die »Kraft einer Pyramide« besaß, denn sein Körper hatte nach vielen Jahren aufgrund der Schwerkraft und der »gesunden« Lebensweise eine solche Form angenommen.

Heute jedoch machten seine Klamotten einen etwas weniger verwahrlosten Eindruck. Seine spärlichen Haare hatte er womöglich ein bisschen gebändigt oder sogar gekämmt. Als Madison näher kam, sah sie hinter ihm, fast verdeckt von seinem ausladenden Körper, eine kleine Frau mit Schutzbrille und Kittel. Sie lachte über etwas, was Spoons von sich gegeben hatte.

Auf dem Untersuchungstisch zwischen den beiden war eine Anzahl Knochen so angeordnet, dass sie annähernd an eine menschliche Gestalt erinnerten. Die Gebeine waren überwiegend parallel statt linear angeordnet, aber die Füße waren auf einer Seite, der Schädel auf der anderen und die Rippen in der Mitte.

Spoons drehte sich um, als er Madisons Schritte hörte.

»Hallo, Kleines«, flötete er. »Darf ich Ihnen Elaine Abner, eine außergewöhnliche forensische Anthropologin, vorstellen?« Er wandte sich der kleinen Frau zu. »Lainey, das ist Madison Cross, die Kleine, von der ich dir erzählt habe.«

Elaine Abner schob die Brille mit dem Handrücken ein wenig nach oben. »Freut mich, Sie kennenzulernen«, grüßte sie mit einem Lächeln. Sie war jünger und attraktiver, als sie auf den ersten Blick gewirkt hatte. »Frank hat erzählt, dass Sie Ärztin sind.«

Madison erstarrte; plötzlich fühlte sie sich gezwungen, etwas zu erklären, was sie selbst noch nicht verstand. Sie lächelte unsicher. »Nun, ich … ich«, stammelte sie. »Ich habe meine Examina gemacht, mich aber gegen ein Assistenzjahr entschieden. Stattdessen bin ich hergekommen.«

»Sie brauchen sich nicht zu rechtfertigen, meine Liebe. Es ist ein faszinierender Beruf. Lebendige Menschen sind, ehrlich gesagt, langweilig. Anwesende ausgeschlossen natürlich.«

»Lass dich nicht hinters Licht führen, Elaine«, schaltete sich Spoons ein. »Sie hat im CDC gearbeitet und eine Ausbildung als DNA-Analytikerin. War sozusagen Klassenbeste in der medizinischen Fakultät der University of Washington.«

»Sehr beeindruckend.« Elaine nickte anerkennend. »Haben Sie schon eine DNA-Analyse von unserer Freundin hier gemacht?«

»Nein, dazu hatte ich noch keine Gelegenheit. Das habe ich mir für heute Nachmittag vorgenommen.«

Abner neigte den Kopf zur Seite und betrachtete die sterblichen Überreste. »Nicht so wichtig. Sie sieht nicht aus wie eine Kriminelle, deshalb wird es wohl kaum eine

Übereinstimmung in der Verbrecherkartei geben. Aber treten Sie doch näher, Dr. Cross.«

Madison zuckte zusammen. »Miss Cross wäre gut, Madison noch besser.«

Elaines Lächeln wurde freundlicher. »Okay, Madison, kommen Sie ein bisschen näher, und sehen Sie sich die faszinierende Welt der forensischen Anthropologie an.«

Spoons trat zurück und reichte Madison das Klemmbrett. »Haken Sie einfach einen Punkt nach dem anderen ab.«

Auf der rechten Seite des Blattes war ein komplettes menschliches Skelett abgebildet, auf der linken waren die einzelnen Knochen in zwei Kolumnen aufgelistet. Neben jedem Namen befand sich ein Kästchen zum Abhaken. Die Knochen mit der Überschrift »Füße« und ein Teil der »Beine« waren schon überprüft.

»Ich fange schon mal mit unserem Kumpel Derek Grant da drüben an«, verkündete Spoons. »Mal sehen, ob ich bis Mittag fertig werde.«

Spoons entfernte sich, und Elaine widmete ihre Aufmerksamkeit den Knochen.

»Wo waren wir stehengeblieben?« Mit der behandschuhten Hand nahm sie die beiden längsten Knochen vom Tisch. »Oberschenkel links, Oberschenkel rechts ... Becken.« Sie nahm den Beckenknochen auf und legte ihn wieder hin, dann sah sie Madison an und deutete auf zwei Häufchen aus kleinen Knochen. »Wenn Sie das hier aufregend finden, ist es jammerschade, dass sie nicht schon bei den Füßen dabei waren.«

In den folgenden vierzig Minuten identifizierten und katalogisierten sie alle Knochen auf dem Tisch. Gelegentlich machte Elaine auf etwas Interessantes aufmerksam – eine alte Verletzung oder Deformation. Offenbar hatte die Frau unter Arthritis in beiden Knien und in einem Daumen gelitten, und die ersten Anzeichen für Osteoporose waren bereits sichtbar.

Nachdem sie zwei Drittel der Wirbel abgehakt hatten, gab Elaine ein Grunzen von sich. Sie drehte einen der Wirbel in der Hand und hob kurz danach den nächsten auf.

Madison beugte sich näher.

»Was haben Sie gefunden, Elaine?«, murmelte Spoons, als er sich dem Tisch näherte, Blutflecken auf den Ärmeln und der Schürze.

»Ich weiß nicht«, antwortete sie ruhig, hielt die beiden Wirbel nebeneinander und fügte sie zusammen wie Puzzleteile.

Frank bückte sich, um besser sehen zu können. »Hmm.«

»Was ist?«, wollte Madison wissen. »Was haben Sie entdeckt?«

Elaine seufzte gedankenverloren. »Also … da sind so Schrammen – hier am Knochen. Genau zwischen diesen beiden Wirbeln. Schauen Sie sich das an.« Sie hielt die Wirbel erst Spoons, dann Madison hin. »Sieht aus, als wäre ein Messer zwischen diese beiden Wirbel gestoßen worden, aber da sind auch noch diese Sägespuren … Und nichts deutet darauf hin, dass diese Verletzung ausgeheilt war, demnach wurde sie der Frau entweder post mortem oder kurz vor dem Todeszeitpunkt zugefügt. Ich würde fast sagen, dieser Stich war wahrscheinlich die Todesursache.« Sie hielt die beiden Knochen wieder zusammen. »Ja, sehen Sie? Hier dazwischen war eine Klinge. Sie könnte das Rückenmark durchtrennt oder zumindest schwer verletzt haben. Die beiden Wirbel sollten wir mikroskopisch untersuchen lassen.«

Sie legte die Wirbelknochen weg und fuhr mit einem Finger leicht über die Rippen. Einen Rippenknochen hob sie hoch, besann sich aber eines anderen und nahm den danebenliegenden in die Hand, um ihn genauer in Augenschein zu nehmen.

»Okay«, sagte sie. »Da haben wir's. Sehen Sie diese Kerbe?« Sie zeigte ihnen die Rippe und die flache kurze Rille an einer Stelle, die allem Anschein nach auf der Unterseite war. »Da ist noch ein kleiner Kratzer. Sieht aus, als wäre die Klinge, oder was auch immer, von hinten schräg nach unten in den Körper gestoßen worden und zumindest bis zum Brustkorb vorgedrungen.«

»Und was sind diese Male?«, wollte Madison wissen. Sie streifte Handschuhe über und zeigte auf eine ganze Reihe kleinerer Kerben etwa zweieinhalb Zentimeter rechts und links neben der großen Rille.

Elaine inspizierte sie, dann schüttelte sie den Kopf. »Ich weiß es nicht.«

Abgesehen von längst verheilten Brüchen der Fingerknochen und der Arthritis in den genannten Gelenken, fanden sie keinerlei Auffälligkeiten mehr. Deshalb katalogisierten sie den Rest des Skeletts ohne weitere Unterbrechung.

»Endlich.« Elaine gähnte und streckte sich. »Okay«, sagte sie und streckte die Hände aus. »Können Sie mir den Schädel reichen?«

Madison nahm den Schädel, stutzte jedoch, bevor sie ihn weiterreichte.

Elaine wartete. »Was ist?«

»Wahrscheinlich gar nichts«, antwortete Madison und hielt den Kopf unters Licht, um in eine der Augenhöhlen zu spähen.

»Was haben Sie gefunden?«

»Ich weiß nicht – da ist etwas in der Augenhöhle.«

»Hmm. Okay. Ist es lose oder fest?«

Madison steckte den Finger in die Augenhöhle und tastete vorsichtig die Ränder ab. »Es scheint teilweise festzustecken.«

»Nicht daran ziehen!«, rief Elaine eindringlich.

»Schon klar«, gab Madison zurück und versuchte, ihre Entrüstung über diese überflüssige Zurechtweisung zu unterdrücken.

Elaine reichte ihr ein Fläschchen mit Spülflüssigkeit, und Madison träufelte erst ein paar Tropfen in die Augenhöhle, dann goss sie mehr hinein.

Dunkles, rostbraunes Zeug rann aus der Halsöffnung und tropfte auf den Tisch.

»Brauchen Sie eine Pinzette?«, fragte Elaine.

»Nein, danke.« Madison schüttelte den Kopf, während sie mit dem Finger langsam in die Augenhöhle fuhr. »Es fühlt sich weich an. Ich möchte es nicht zerbrechen.«

»Vermutlich ist es bloß weiches Gewebe oder ein toter Parasit oder so was«, rätselte Elaine kopfschüttelnd. »Freuen Sie sich also nicht zu früh.«

Madison lächelte nur – fast machte es den Anschein, als wollte sich Elaine in einen Wettstreit mit ihr begeben. Madison konzentrierte sich wieder auf das, was sie tat. Der Gegenstand war schlüpfrig, aber er lockerte sich nach und nach. Er schien an einem Faden oder so etwas zu hängen. Madison wollte keine Gewalt anwenden und erst recht nicht riskieren, ein Stück von dem Ding abzubrechen.

Elaine wurde langsam ungeduldig, deshalb fasste Madison ein wenig fester zu. So damit beschäftigt, das Objekt aus dem Schädel zu bekommen, merkte sie nicht gleich, dass es mittlerweile ganz lose war und sie den Finger in der ansonsten leeren Augenhöhle kreisen ließ.

Es dauerte eine weitere Sekunde, bis sie das glitschige Ding zu fassen bekam. Gerade als Frank sich zu ihnen gesellte, zog sie den Gegenstand heraus.

»Seit wann verstecken sie Preisschildchen in den Schädeln?«, erkundigte er sich kichernd.

»Was, zur Hölle, ist das?«, rief Elaine und hielt ihre Brille fest, als sie sich vorbeugte, um besser sehen zu können.

Das Ding sah aus wie etwas Biologisches, ähnelte jedoch nichts, was Madison in ihren Anatomiekursen zu Gesicht bekommen hatte. Es war rund, in der Mitte gewölbt und an beiden Seiten ragten gebogene Arme oder Antennen heraus. Trotz der Spülflüssigkeit war es noch mit einer schleimigen Substanz bedeckt, aber darunter schien es beinahe durchsichtig zu sein.

»Was ist das?«, wiederholte Elaine.

»Ich weiß nicht genau.« Madison hatte Vermutungen, wollte aber in Elaines Beisein keine vagen Spekulationen anstellen. Vielleicht hatte sie auch der Wetteifer gepackt.

Als sie das Ding unters Licht hielt, verzog Spoons konzentriert das Gesicht und zwinkerte. »Woher, zum Teufel, kommt das?«

»Madison hat es in der linken Augenhöhle gefunden. Ich glaube fast, es ist ein … äh …« Elaine schnippte mit den behandschuhten Fingern, weil ihr das Wort nicht sofort einfiel.

»Ich denke, es ist eine Linse«, mutmaßte Madison und zog damit die Blicke der beiden Pathologen auf sich.

»Eine was?«, hakte Spoons nach, das Gesicht noch immer zur Grimasse verzogen.

Elaine betrachtete das Objekt zweifelnd, aber auch neugierig.

»Ich glaube, dass es eine Linse ist. Ein IOL – eine Art

intraokulare Linse oder Ähnliches. Jedenfalls ein okulares Implantat.«

Spoons wandte sich an Elaine und wartete auf eine Bestätigung.

»Lassen Sie mich sehen«, forderte sie und nahm Madison das Ding aus der Hand. Stirnrunzelnd drehte sie es hin und her und versuchte vergeblich, es zu identifizieren.

Schließlich sagte sie: »Ich weiß nicht. Hier.« Sie legte es auf Madisons Handfläche zurück. »Ich schlage vor, wir nehmen es in unsere Liste auf, und Sie versuchen herauszufinden, womit wir es zu tun haben. Vielleicht finden Sie Informationen, die uns etwas über unsere geheimnisvolle Freundin verraten.«

Madison nickte und steckte das Objekt in eine kleine Beweistüte.

»Okay«, meinte Elaine zerstreut in dem Versuch, zur eigentlichen Aufgabe zurückzukommen. »Der Schädel scheint intakt zu sein.«

»Das über der linken Augenhöhle könnte eine alte Fraktur sein«, stellte Madison fest und fuhr mit dem Finger über den Wulst, der auf einen verheilten Bruch hindeutete.

»Ja, ich weiß«, gab Elaine verschnupft zurück, lachte jedoch gleich darauf verlegen, um die angespannte Atmosphäre aufzulockern. »Entschuldigung«, lenkte sie ein. »Ich weiß das, Madison. Ich habe diese Fraktur auch gesehen, aber ich meinte, dass es weiter keine Anzeichen für eine neue Verletzung gibt.«

Sie nahm sich ihre Notizen vor und fügte ein paar Zeilen hinzu, dann legte sie den Stift weg und streckte sich. »Okay, lassen Sie uns überlegen, mit wem wir es hier zu tun haben, okay?«

»Natürlich.«

Spoons stellte sich hinter Madison, verschränkte die Arme und beobachtete die beiden Frauen.

»Vieles ist reine Spekulation, die nicht wissenschaftlich nachgewiesen werden kann, trotzdem erzählen uns diese Knochen etwas über den Menschen. Einige Dinge sind auf jeden Fall ziemlich eindeutig.« Sie nahm den Beckenknochen in die Hände. »Das Geschlecht kann man in den meisten Fällen mit Gewissheit festlegen, und viele der Unterschiede zeigen sich am Beckenknochen. Bei Frauen ist das Becken meist breiter und flacher – so wie dieses hier. Der Winkel unter dem Schambein ist auch größer. Bei Männern ist er spitzer. Sehen Sie?«

Madison nickte.

»Es gibt noch mehr Unterscheidungsmerkmale. Bei Frauen ist das Hüftbein breiter und flacher. Unterhalb des Schambeins ist eine Wölbung, die den Männern fehlt.« Sie legte den Beckenknochen an seinen Platz und hob den Schädel hoch. »Auch die Schädel weisen Unterschiede auf. Der Wulst am Stirnbein ist bei Männern ausgeprägter als bei Frauen, dafür sind die Augenhöhlenränder bei Frauen scharfkantiger.« Sie strich mit der Hand über den Hinterkopf. »Der hintere Teil des Schädels ist bei Frauen glatt, bei Männern findet man eine Beule oder Wulst, die man als externe okzipitale Protuberanz bezeichnet.« Sie drehte den Schädel um. »Und die Stirn ist bei Frauen hoch und gewölbt. Die männliche Stirn ist runder und nicht so hoch. Sogar die Kiefer sind unterschiedlich. Sehen Sie? Bei Frauen ist es rund, bei Männern vorne flach mit kantigem Rand.« Sie legte den Schädel weg. »Es gibt noch jede Menge Unterschiede, aber sicher sehen Sie, dass wir mit Gewissheit davon ausgehen können, dass dies das Skelett einer Frau ist. So … kommen wir zum Alter.« Sie grinste schalkhaft. »Leider kann nicht einmal der Tod eine

Frau davon abhalten, ihr Alter zu verschleiern, allerdings gibt es einige Möglichkeiten, es zu bestimmen.«

Sie nahm sich wieder das Becken vor und legte einen Finger in die Rille an der Nahtstelle der beiden Knochen. »Diese Knochenfuge verändert sich drastisch mit den Jahren. Die Oberfläche ist anfangs mit Furchen durchsetzt und wird erst nach und nach glatter. Nach einer Weile formen sich an den Rändern Wülste wie Umrisse. Mit etwa vierzig Jahren beginnt die Oberfläche ein wenig poröser zu werden. Unsere Freundin hier hat gut definierte Wülste, und in der Mitte ist der Knochen bereits porös. Deshalb können wir ihr Alter auf etwa vierzig, fünfundvierzig schätzen.«

Elaine notierte sich etwas, ehe sie fortfuhr: »Manches, was eindeutig erscheint, kann ganz schön knifflig sein. Wie die Größe. Ab und zu besteht eine bemerkenswerte Korrelation zwischen der Länge der Schenkelknochen und der Körpergröße. Aber das variiert bei unterschiedlichen Rassen und von Geschlecht zu Geschlecht. Ich habe bereits einige Knochen vermessen – wir nehmen dafür gewöhnlich den Schienbein- und den Schenkelknochen.« Sie blätterte in ihrem Notizbuch, und als sie die richtige Seite fand, legte sie es aufgeschlagen vor sich auf den Tisch und nahm Schienbein und Schenkelknochen in die Hände. »Dieser Schenkelknochen ist genau vierhundertzweiundsechzig, das Schienbein dreihundertvierundsiebzig Millimeter lang. Bei Frauen afrikanischer Abstammung wäre der Unterschied nicht ganz so groß, bei europäischen Frauen fast zehn Millimeter größer. Also kann man keine schlüssigen Folgerungen aus diesen Zahlen ziehen. Das Einzige, was wir sagen können, ist, dass das Opfer ungefähr eins dreiundsechzig, vielleicht sogar noch etwas kleiner gewesen sein muss, wenn sie afrikanischer Abstammung war. Eine Europäerin wäre nach den gemessenen Werten zwischen eins fünfundsechzig und eins neunundsechzig gewesen. Da das Verhältnis von Schienbein zu Schenkelknochen keine eindeutige Rassenzuweisung zulässt, können wir die Körpergröße nicht exakt errechnen, aber wir haben einen ungefähren Wert: Sie war mindestens eins dreiundsechzig und höchstens eins siebzig groß.« Sie griff nach dem Schädel und dem Becken. »Das führt uns zu den Rassenmerkmalen. Wir wissen, dass eine Rasse in gewisser Weise ein trügerisches Konstrukt ist, das heißt jedoch nicht, dass einige Anzeichen nicht hin und wieder nützlich sind. Die Gesellschaft erkennt die Einteilung der Rassen nach wie vor an, und es gibt gewisse statistisch signifikante physische Charakteristiken. Allerdings sind keine davon hundertprozentig sicher, und noch weniger können wir uns festlegen, wenn das Opfer von unterschiedlichen Rassen abstammt.«

Sie lächelte und hielt den Schädel hoch. »Sehen wir uns den Schädel genauer an. Wie gesagt, diese Dinge sind vage. Dennoch können sie uns helfen herauszufinden, mit wem wir es zu tun haben. Hier haben wir eine breite Nasenöffnung.« Sie fuhr mit dem Finger unter das Loch. »Es ist fast so breit wie hoch. Im Allgemeinen ist die Breite und Höhe bei Afrikanern gleich. Ist die Öffnung doppelt so hoch wie breit, dann handelt es sich um einen Europäer – alles dazwischen lässt auf eine asiatische Abstammung schließen. Dieses hier könnte asiatisch sein, allerdings müsste dann die Kopfform eher rund, nicht länglich wie diese sein, und die Wangenknochen wären breiter. Deshalb denke ich, wir können ausschließen, dass es sich um eine Asiatin handelt.«

Elaine berührte den Knochen zwischen den Augen.

»Der Augenabstand hier ist relativ groß, was stark auf eine afrikanische Herkunft hinweist, aber das Nasenbein ist nicht so breit, wie man erwarten könnte.« Sie sah auf und wischte sich mit dem Unterarm über die Nase. »Es gibt noch andere Indikatoren, aber auch die sind hier nicht eindeutig. Es könnte durchaus sein, dass dieses Opfer von verschiedenen Rassen abstammt«, endete sie mit einem Achselzucken. »Oder aber die Merkmale widersprechen der allgemeinen Statistik.«

Spoons musterte sie mit hochgezogener Augenbraue. Offensichtlich war er nicht daran gewöhnt, dass sie zugab, etwas nicht zu wissen. Und Elaine schien selbst ein wenig verärgert, dass sie sich in diesem Fall geschlagen geben musste.

»Okay«, sagte sie und stieß hörbar die Luft aus. »Ich denke, damit kommen wir zum Ende. Danke, Madison.«

»Ich danke Ihnen, Elaine. Das war sehr informativ. Kann ich Ihnen noch irgendwie helfen?«

Elaine schüttelte den Kopf, besann sich aber eines anderen. »Oder doch. Sie schob eine Tüte über den Tisch, in der sich die bunten Fingernägel befanden. »Sehen Sie, ob Sie ermitteln können, wo diese künstlichen Nägel herkommen.«

Nachdem das »Bestandsverzeichnis« komplett war, steckten sie das Augenimplantat in eine Tüte und beschrifteten sie.

Madison vergewisserte sich, dass es Röntgenbilder vom Schädel gab, dann nahm sie eine Zange und brach einen Backenzahn aus dem Unterkiefer – für ihre DNA-Untersuchungen.

Elaine verkündete, dass Spoons sie heute wieder zu einem Käsesteak einladen würde, diesmal bei Geno's.

Madison ging auf Spoons zu, der sich gerade am Waschbecken wusch. »Danke für die Einladung, Frank. Es war sehr interessant.«

»Gern geschehen«, erwiderte er und schrubbte sich dabei die Arme. »Kommen Sie heute Nachmittag wieder her, dann machen wir die mikroskopischen Untersuchungen.«

»Können Sie schon sagen, wann Sie mit der Grant-Autopsie fertig sind?«

»Grant? Ich arbeite noch daran. Wieso?«

»Ach, nichts. Der Vater hat mich gefragt, wann er seinen Sohn zurückbekommt, das ist alles.«

»Sie kennen den Typen?«

»Ich kannte ihn nicht, aber jetzt kenne ich ihn. Ich musste im Haus warten, bis der Leichenwagen kam. Er hatte unterwegs eine Panne. Und irgendwann kam der Vater des Toten heim. Ich war diejenige, die ihm beibringen musste, dass sein Sohn nicht mehr lebt.«

»Ach, richtig. Davon hab ich gehört.«

»Dann denken Sie, Sie werden heute Nachmittag fertig?«

Er zuckte mit den Achseln. »Solange es sich um eine der üblichen Todesursachen wie Herzversagen oder so was handelt, dann ja. Falls ich auf irgendetwas stoße, dauert es länger.«

Es war kurz vor halb eins, als Madison in ihr Büro kam. Sie steuerte schnurstracks das DNA-Labor an, zermalmte den Backenzahn im Mörser zu einem körnigen Pulver und gab eine kleine Menge davon in ein Röhrchen. Der Rest kam in ein anderes Röhrchen, das sie beschriftete und in den Kühlschrank stellte. Mit einer Pipette träufelte sie ein wenig polymerase Flüssigkeit ins erste Röhrchen und stellte es in den Thermocycler. In ein paar Stunden war die Probe bereit für die Analyse.

Sobald sie sich an ihren Schreibtisch niedergelassen hatte, kam Melissa Rourke zu ihr und setzte sich auf die Tischkante.

»Hab gehört, du hast einen neuen Freund«, neckte sie.

»Meinst du die Jane Doe, oder was?«

»Nein, den Kerl im Rollstuhl.«

»Oh – den. Ja, ich kann mich wirklich glücklich schätzen.«

»Apropos Jane Doe. Hast du Elaine über die Schulter gesehen? Sie ist gut, nicht wahr?«

»Ja. Ich hoffe, ich kann heute Nachmittag noch mal in die Gerichtsmedizin, wenn sie die mikroskopischen Untersuchungen macht.«

»Schon irgendwelche Erkenntnisse?«

»Sie wurde erstochen, so wie's aussieht.«

»Ihr konntet sie noch nicht identifizieren?«

»Nein, leider nicht. Ich bin gerade an ihrer DNA dran, erwarte aber nicht, dass wir eine Entsprechung in der Datenbank finden. Wir wissen, dass es eine Frau ist, Anfang oder Mitte vierzig. Mehr kann man nicht mit Sicherheit festlegen.«

»Wieso?«

»Ich schätze, die Rassenmerkmale sind nicht eindeutig, und deshalb kann auch die Körpergröße nicht genau bestimmt werden. Etliche Merkmale deuten auf eine Herkunft unterschiedlicher Rassen hin. Ich weiß auch nicht.«

»Nun, eine Rassenbestimmung ist immer heikel, wenn bei den Vorfahren Mischehen vorkamen.«

»Ich weiß. Ehrlich, ich war beeindruckt, wie viel Elaine Abner anhand der Überreste erkennen konnte.« Sie lächelte. »Trotzdem war sie ziemlich verärgert, denke ich.«

Rourke lachte. »Ja, Elaine Abner ist eine der Besten. Ich habe höchstens ein-, zweimal erlebt, dass sie sagen musste: ›Ich weiß es nicht.‹ Sanchez hat heute Morgen die Haaranalyse vorgenommen und gemeint, dass die Tote zweifellos afrikanischer Abstammung ist.«

»Das ist ja schon mal was. Allerdings haben wir die Haare neben, nicht an der Leiche gefunden. Ich meine – aller Wahrscheinlichkeit nach ist es das Haar von Jane Doe, aber wir können nicht mit Sicherheit davon ausgehen.«

»Und was wirst du jetzt tun?«

»Wegen der Jane Doe? Keine Ahnung. Wir können die Informationen, die wir haben, an die Presse weitergeben. Frau in den Vierzigern, Schädelbruch über dem linken Auge, Katerakt-Linse. Todeszeit im letzten April.«

»Eine Katerakt-Linse?«

Madison zeigte ihr die Tüte mit der IOL. »Ja, eine intraokulare Linse, ein Implantat. Ich hab es bei der Untersuchung des Schädels in der linken Augenhöhle gefunden und muss noch ein paar Recherchen anstellen.«

»Nun, das ist immerhin ein Hinweis.«

»Ich weiß nicht. Es würde helfen, wenn wir die Rasse festlegen könnten. Ich meine, wir wissen nicht einmal, wie groß sie war. Vielleicht können wir eine Probe zur Bestimmung der mitochondrialen DNA wegschicken. Allerdings würde uns das auch nicht hundertprozentig etwas sagen.«

Rourke beugte sich zu ihr. »Und ich glaube kaum, dass der Lieutenant die Genehmigung für einen 5000-Dollar-Test gibt, der uns lediglich vage Erkenntnisse verschafft.«

»Dann habe ich noch künstliche Fingernägel, deren Herkunft ich vielleicht ermitteln kann«, fügte Madison seufzend hinzu und legte die Beweistüte auf den Tisch.

Rourke tätschelte ihr die Schulter. »Kopf hoch. Hey ... ich bin heute Abend mit einem Typen verabredet, der dir weiterhelfen könnte.«

»Mit einem Hellseher?«

Rourke lächelte lasziv. »Na ja, gelegentlich konnte er meine Gedanken lesen, aber nein, er ist kein Hellseher. Er arbeitet für eine Firma in Florida, die einige Methoden zur Bestimmung der ethnischen Herkunft anhand der nuklearen DNA-Analyse entwickelt hat.«

»Du meinst sicher die mitochondriale DNA. Das ist etwas anderes, und diese Methode hat ihre Mängel – ganz abgesehen von den Kosten.«

»Nicht so vorschnell, Kleines. Ich kenne kaum den Unterschied, aber der Typ weiß sehr gut Bescheid, und er hat definitiv von der *nuklearen,* nicht von der *mitochondrialen* DNA gesprochen.«

»Hmm.« Madison war neugierig, hatte aber ihre Zweifel.

»Hör mal, ich versuche bloß zu helfen. Er ist nur für ein paar Tage wegen einer Konferenz in der Stadt. Warum kommst du nicht kurz auf ein Bier mit? Dann kannst du ihn selbst fragen.«

»Ja, okay. Danke.«

»Gut. Vergiss meine DNA-Proben nicht – ich brauche die Ergebnisse noch heute.«

Madison hatte versprochen, bis zum Abend einige Tests für Rourke durchzuführen. »Kein Problem. Ich werde das erledigen, bevor ich wieder in die Pathologie gehe. Oh – wann und wo soll ich euch treffen?«

»Wir sind um sechs bei Dave and Buster's verabredet.«

Madisons Unterkiefer klappte herunter.

»Was soll ich sagen?«, meinte Rourke augenzwinkernd. »Er ist ein komischer Kauz.«

Kapitel 7

Als Madison nach der Mittagspause zurückkam, steckte Spoons buchstäblich bis zu den Ellbogen in Derek Grant.

Grants Brust war mit einem Y-förmigen Schnitt geöffnet worden, und die drei Fleischlappen waren aufgeklappt. Auf einem zweiten Tisch lag seine Brustplatte – der vordere Teil des Brustkorbs mitsamt dem anhaftenden Gewebe.

Spoons durchschnitt die Luft- und die Speiseröhre, zog daran und trennte sie von dem Gewebe ab, das sie an Ort und Stelle hielt.

Er schaute auf, als er Madisons Schritte hörte.

»Unheimlich, oder?«

Sie öffnete den Mund, um ihn darauf hinzuweisen, dass sie an einen solchen Anblick gewöhnt war, doch dann schoss ihr durch den Kopf, dass er gar nicht von der Leiche auf dem Tisch sprach.

»Was?«, fragte sie.

Spoons zuckte, ohne die Hände aus der Brusthöhle zu nehmen, mit den Schultern. Daraufhin holte er die Lungenflügel und den Magen heraus.

»Ich weiß nicht – ein junger Bursche, scheinbar kerngesund, fällt plötzlich tot um …«

Madison nickte ernst.

Frank grinste. »Wenn ich einen Toten wie diesen betrachte, frage ich mich manchmal, wie so ein fetter Mistkerl wie ich noch am Leben sein kann.«

»Werden Sie heute noch mit ihm fertig?«, wollte Madison wissen.

»Keine Ahnung …« Er lachte ein wenig verärgert, weil sie ihm wieder diese Frage stellte. »Bisher hab ich noch nichts gefunden. Ich weiß es nicht. Elaine ist oben in Zimmer 317.«

Das Zimmer 317 war kaum größer als eine Kammer. Darin standen ein kurzer Labortisch, ein paar Aktenschränke und ein Mikroskop. Elaine hatte das Licht gedämpft und den Stuhl so weit hochgedreht, wie es ging. Dennoch musste sie den Hals recken, um ins Mikroskop sehen zu können.

»Unsere Freundin behält ihre Geheimnisse für sich«, sagte sie, ohne aufzuschauen, als Madison hereinkam. Ihre Finger machten sich an den Knöpfen für die Feineinstellung zu schaffen. »Hier«, sagte sie, als sie so weit war, »sehen Sie sich das an.«

»Danke«, erwiderte Madison und nahm Elaines Platz ein.

In der Vergrößerung sahen die Kerben wellig und gezackt aus, und an einigen Stellen waren neben der Hauptlinie Rillen, die mit einer schwarzen Substanz bedeckt zu sein schienen.

»Was immer die Tatwaffe sein mag, es war keine glatte, saubere Klinge.«

»Was hat dieses schwarze Zeug in den kleinen Rillen zu bedeuten?«

»Keine Ahnung«, antwortete Elaine. »Ich hab so was noch nie zuvor gesehen.« Sie ließ Madison noch ein, zwei Minuten Zeit. »Und jetzt hier, schauen Sie sich die Rippe an.«

Elaine hüpfte wieder auf den Stuhl und richtete die

Rippe unter dem Mikroskop zurecht. »Bitte«, sagte sie, als sie vom Stuhl sprang.

Auf dem Rippenknochen befand sich das gleiche Muster, nur breiter und nicht so tief. Auch hier waren diese schwarzen Schmierer zu erkennen, aber weniger deutlich als am Wirbelknochen.

Madison lehnte sich zurück und rieb sich die Augen.

»Ich habe ein wenig von dem schwarzen Zeug von Brustwirbel fünf geschabt«, erklärte Elaine und zeigte Madison eine Plastiktüte mit einem kleinen verstöpselten Reagenzglas. »Können Sie Aidan bitten, eine chemische Analyse vorzunehmen?«

»Oh … selbstverständlich.«

Aidan Veste verhielt sich distanziert, aber nicht kalt, was Madison in Ordnung fand. Der dienstälteste Chemieanalytiker der Einheit war brillant, gutaussehend und ein wenig verschnupft, seit ihm klargeworden war, dass der unterschwellige Flirt, den sie seit Madisons Eintreten in die Truppe gehabt hatten, zu nichts führte.

Madison war fest entschlossen, Arbeit und Privates nicht zu vermengen. In den ersten Wochen hatte sie versucht, freundlich genug zu sein, um ihn nicht gegen sich aufzubringen, aber nicht so freundlich, dass er glauben könnte, sie würde nachgeben und sich doch mit einem Arbeitskollegen einlassen. Aidan hatte die Zurückweisung noch nicht ganz überwunden, trotzdem verhielt er sich professionell und beinahe unglaublich nonchalant.

Die Sache war nur, dass Madison auch noch nicht ganz über ihn hinweg war und trotz ihrer Proteste nicht sicher sein konnte, ob sie standhaft bleiben wollte. Doch nachdem sie nun ihren Standpunkt deutlich gemacht hatte, fühlte sie sich gezwungen, daran festzuhalten.

Er schaute von seinem Computerbildschirm auf, als sie hereinkam. »Oh … hi, Madison. Wie geht's?« Sofort wandte er sich wieder seinem Computer zu.

»Gut, Aidan. Und dir?«

»Was kann ich für dich tun?«, erkundigte er sich, während er etwas eintippte.

»Ich arbeite mit Elaine Abner an der unidentifizierten Leiche. Sie hätte gern eine Analyse von dem hier.« Madison reichte ihm die Tüte mit dem Reagenzglas.

Aidans Blick begegnete ihrem, als er die Tüte nahm, aber er sah schnell wieder weg und hielt sich das Glas dicht vor die Augen.

Er lachte. »Kann sie wirklich so viel von dem Zeug erübrigen?«

Madison lächelte. »Es ist wenig, ich weiß. Ich dachte, du könntest es vielleicht in zwei Hälften aufteilen und etwas davon aufheben, für den Fall, dass beim ersten Test etwas schiefgeht.«

Er lachte wieder, hielt aber nach einem Blick auf sie inne. »Was ist das eigentlich?«

Madison berichtete von den Kerben in den Knochen und den schwarzen Schmierern.

»Na schön, ich sehe, was ich tun kann. Ich muss heute Abend ohnehin länger bleiben, um einige Toxscreens für Spoons zu machen, und er meinte, es könnte noch mehr auf mich zukommen.«

Den Rest des Nachmittags verbrachte Madison in ihrem DNA-Labor, machte die Analysen für Rourke und die von Jane Doe fertig. Sobald die Probe die Prozedur im Thermocycler hinter sich hatte, ließ Madison sie durch die Elektrophorese laufen. Sie erhielt ein gutes Profil, aber es passte, wie erwartet, zu keinem der in der Datenbank gespeicherten.

Gegen Abend saß Madison über einigen Papieren, die sich auf ihrem Schreibtisch angesammelt hatten, dann durchsuchte sie das Internet, um mehr über das Augenimplantat in Erfahrung zu bringen – ohne Erfolg.

In den letzten Wochen hatte sie genügend Überstunden gemacht, und wenn Rourke sie nicht überredet hätte, nach Büroschluss noch ihren Freund kennenzulernen, wäre sie heute pünktlich nach Hause gegangen. Sie schaute auf die Uhr und kalkulierte, dass ihr gerade noch Zeit blieb, in die Gerichtsmedizin zu fahren und nachzusehen, wie weit Spoons mit Derek Grant gekommen war.

Zuerst dachte sie, Spoons hätte bereits Feierabend gemacht – sie suchte im Labor, im Obduktionssaal und im Rest des Untergeschosses nach ihm.

Jemand, den sie nicht kannte, riet ihr, in seinem Büro nachzusehen. Madison hätte beinahe laut gelacht, aber sie fand ihn tatsächlich dort vertieft in eine Akte. Er erschrak, als sie an die Tür klopfte.

»Entschuldigen Sie«, sagte sie sarkastisch, »ich suche nach einem Mann namens Frank Sponholz, der gewöhnlich sein Büro meidet wie die Pest.«

Er lächelte matt. »Was gibt's, Kleines?«

»Ich konnte nichts über dieses Implantat finden, aber ich werde mich heute Abend noch genauer damit beschäftigen. Falls ich nicht weiterkomme, kann ich einen Bekannten anrufen.«

»Gut.«

»Können Sie Grant schon freigeben?«

Er schüttelte den Kopf. »Leider nein.«

»Was hält Sie davon ab?«

»Es tut mir leid, Kleines«, erklärte er in einem Ton, der das Gegenteil bewies. »Manchmal dauert es eben länger als einen Tag. Wenn das alles ist … ich habe jede Menge Arbeit auf dem Schreibtisch.«

»Haben Sie etwas bei Grant gefunden?«

»Nur weil ich noch nicht fertig bin, heißt das nicht, dass ich etwas gefunden habe.« Er holte tief Luft und strengte sich an, seine Verärgerung zu unterdrücken. »Vermutlich hat es nichts zu bedeuten. Aber wenn ein junger, gesunder Mensch ohne Risikofaktoren oder bekannte Herzbeschwerden einfach so tot umfällt, muss ich genauer nachsehen, was passiert ist. Leider ist ›einfach tot umgefallen‹ keine brauchbare Todesursache, okay?«

»Okay. Entschuldigung, dass ich gefragt habe.«

Er seufzte. »Wie gesagt, es ist wahrscheinlich nichts. Wir sind auf eine hohe Dosierung Xanax gestoßen. Die Dosis reichte nicht, um ihm etwas anzutun, aber wir suchen jetzt nach Stoffen, die mit dem Xanax interagieren. Hören Sie, morgen bin ich vermutlich mit Derek Grants sterblichen Überresten fertig.«

Um fünf vor sechs kam Madison am Dave and Buster's an.

Die Musik dröhnte bis auf den Bürgersteig.

Während sie vor dem Eingang stand, hasteten vier Jungs Mitte zwanzig an ihr vorbei. Sie trugen verknitterte Anzüge und lachten eigenartig ausgelassen. Als sie die Tür öffneten, wurde die Musik noch um einige Dezibel lauter, und die scheppernden Geräusche der Spielautomaten waren zu hören, die, neben dem kalten Bier und den salzigen frittierten Speisen, als Attraktion des Lokals galten.

Dave and Buster's gehörte zu einer Kette von Bars und Amüsierlokalen. Soweit es Madison beurteilen konnte, halfen diese Kneipen Collegestudenten, den Übergang vom Leben im Studentenheim zum öden Büroalltag zu schaffen.

Sie war schon dreimal in einer solchen Kneipe gewesen – einmal in Pittsburgh, einmal in Denver und einmal irgendwo in Kalifornien. Beim ersten Mal war sie neugierig und leicht zu überreden gewesen. Beim zweiten Mal hatte sie sich gesträubt, war aber zu Besuch bei einer Freundin, deren jüngerer Bruder seinen einundzwanzigsten Geburtstag feierte. Beim dritten Mal war sie mit der Abendmaschine zu einer Konferenz angekommen und, nach zwei Stunden ergebnisloser Suche, im Dave and Buster's gelandet, das als Einziges so spät noch warmes Essen anbot.

Jedes Mal hatte sie sich geschworen, nie wieder eine solche Kneipe zu betreten, und dennoch stand sie jetzt erneut vor einer.

Philadelphias Dave and Buster's befand sich auf dem Columbus Boulevard am Delaware River. Im Grunde war es ein ins Wasser gebauter Pier. Ein kalter Wind wehte vom Fluss – so eisig war es seit dem letzten Winter nicht gewesen. Trotzdem wartete Madison vor der Tür und sann über ihren Schwur nach, den sie heute schon wieder brechen würde.

Du bist mir was schuldig, Jane Doe, dachte sie, während sie die Tür aufstieß und in das Chaos aus höllischem Lärm, blinkenden Lichtern und dem Geruch nach heißem Öl trat.

Rourke saß an einer der Theken im hinteren Teil des Lokals, auf dem Barhocker neben ihr ein großgewachsener Mann mit graumeliertem Haar und ordentlich gepflegtem Bart. Er sah attraktiv aus, wenn auch ein wenig verwegen.

Rourke hatte die Hand auf seinen Schenkel gelegt –

nicht gerade nah am Knie. Er schaute ihr mit einem wissenden Lächeln ins Gesicht. Offenbar amüsierten sich die beiden blendend und sahen nicht gerade aus, als würden sie eine Störung willkommen heißen.

Aber genau deshalb war Madison hier.

Rourke richtete sich auf, sobald sie Madison sah, und sagte etwas zu ihrem Freund, woraufhin auch er die Schultern straffte. Rourkes Hand rutschte noch ein Stück weiter nach oben, ehe sie schließlich zum Knie glitt.

»Hey, Madison«, grüßte Rourke. Ihre Lider waren schwer.

»Hi«, erwiderte Madison. »Ich hoffe, ich störe nicht.«

»Madison, das ist Mark Daniels von DNA-Print«, stellte sie ihren Freund vor, ohne auf Madisons Frage einzugehen.

»Hi, Madison.« Mark streckte ihr die Hand entgegen.

»Hi, Mark.« Madison schüttelte die Hand. »Nett, Sie kennenzulernen.«

»Ganz meinerseits«, entgegnete er. »Melissa hat mir ein wenig von Ihrem Jane-Doe-Problem erzählt. Ich denke, wir könnten Ihnen unter Umständen weiterhelfen.«

»Ja, das hat Melissa gesagt. Aber Sie machen Tests mit mitochondrialer DNA, stimmt's? Ich glaube kaum, dass mein Lieutenant dafür Geld springen lässt, und ich sehe auch nicht, wie uns das von Nutzen sein könnte.«

Noch während sie sprach, schüttelte Mark den Kopf. »Es geht nicht um die mitochondriale DNA«, stellte er betont geduldig klar, als hätte er dasselbe schon ein Dutzend Mal erklärt. »Wir testen auf die *nukleare* DNA.«

»Wie geht das?«, hakte Madison skeptisch nach.

»Nun, wir nutzen dieselbe Grundtechnik wie Sie bei den forensischen DNA-Untersuchungen. Aber wir suchen nach anderen Merkmalen. Sie brauchen den kleinen

Ausschnitt, der für die eindeutige Zuordnung genügt – wir hingegen isolieren etwa zehntausend Marker, die statistischen Untersuchungen zufolge kennzeichnend für die wichtigsten Populationsgruppen sind. Wir betreiben Studien, die die ›biogeographische Herkunft‹ oder die rassentypischen Erbmerkmale betreffen. Zurzeit untersuchen wir hundertsechsundsiebzig Merkmale. Wir entwickeln einen Test, bei dem lediglich zwanzig oder dreißig nötig sind. Wie auch immer, wir kristallisieren diese Sequenzen heraus … das ist im Grunde alles. Da es um die nukleare DNA geht, erhalten wir ein Gesamtbild, also beide Seiten der Familie. Mit der mitochondrialen bekommen Sie nur die Seite eines Elternteils. Wir können in einem Profil einen ungefähren Prozentsatz von jeder größeren Rassengruppe festlegen.«

»Wieso habe ich noch nichts von dieser Forschung gehört?«

»Keine Ahnung, aber ich werde unsere Marketing-Abteilung danach fragen.«

»Welches Equipment benutzen Sie? Und wie viel verlangen Sie für einen Test? Ist es horrend teuer?«

»So schlimm ist es nicht. Ich denke, es kostet so um die tausend. Aber das Equipment ist ganz ähnlich wie das, welches Sie in Ihrem Labor haben.«

»Ich glaube nicht, dass mein Boss einen Tausender springen lässt. Schließlich handelt es sich nicht gerade um die Nichte des Bürgermeisters. Wenigstens soweit wir wissen.«

»Ist schon okay.« Er zuckte mit den Schultern. »Ich bin ja nicht auf einer Verkaufstour, aber schade ist es trotzdem. Wissen Sie, wir sind kurz davor, eine neue Version auf den Markt zu bringen – ein Programm plus Zubehör, das Sie in Ihrem Labor benutzen können. Alles ist geprüft und zum Verkauf bereit, wir warten nur noch auf das Zertifikat. In ein paar Monaten sind Sie in der Lage, mit Ihrem eigenen Equipment die gleichen Analysen zu machen wie wir.«

Rourke schaute sich um – es war nicht zu übersehen, dass sie sich langweilte.

»Wollen Sie damit sagen«, fragte Madison sarkastisch, »dass Sie den Test schon jetzt in meinem Labor durchführen könnten?«

»Genau genommen ja«, antwortete er. »Wir verwenden zwar andere DNA-Oligos, aber ich habe welche von der Demo, die ich gerade durchgeführt habe. Ich meine – ideal ist das nicht, und das Ergebnis wäre vor Gericht nicht verwertbar, aber ich könnte den Test machen.«

»Wirklich?«

Rourkes Kopf fuhr zu ihnen herum. Ihre Hand landete auf der Innenseite von Marks Schenkel und blieb dort. »Madison muss jetzt leider gehen«, sagte sie entschieden. »Vielleicht kannst du ihr morgen zeigen, was sie tun muss, okay?«

Mark war bei der Berührung ihrer Hand zusammengezuckt, aber nun schien es ihm zu gefallen. Er lachte unsicher. »Ja, ich denke schon.« Er biss sich auf die Innenseite der Wange. »Das ist definitiv nicht so, wie wir es uns vorstellen, und ein Gericht würde die Analyse auf keinen Fall anerkennen, aber wenn Sie wollen, können wir den Test durchführen. Allerdings müssten Sie ihn noch heute Abend starten. Haben Sie DNA-fähiges Material?«

»Einen Zahn, ja.«

»Perfekt. Pulverisieren Sie ihn wie gewöhnlich, dann geben Sie folgende Reagenzien hinzu.« Er holte einen Stift aus der Brusttasche und kritzelte etwas auf eine Serviette. »Lassen Sie alles über Nacht stehen, okay?«

»Ja. Großartig.«

»Ich komme gleich in der Früh vorbei.«

»Sie wissen, wo das Labor ist?«

Rourke beugte sich zwischen ihnen nach vorn. »Ich zeige es ihm.«

Kapitel 8

Zwischen den vielen grünen Bäumen am Martin Luther King Drive war nur hier und da herbstliches Gelb und Braun zu sehen. Bald würde diese Region in allen Farben erstrahlen, allerdings nur kurz – dann würde alles grau und kahl und blieb so bis zum Frühjahr. Sobald sie die Stelle, an der Jane Doe gefunden worden war, passiert hatte, bremste Madison ein wenig ab, um die Aussicht zu genießen.

Nachdem sie die Bar verlassen hatte, war sie in ihr Labor gefahren, um die Probe nach Mark Daniels' Angaben vorzubereiten. Für die kleine Verzögerung war sie dankbar, denn sie hatte es nicht eilig, zu Horace zu kommen. Sie hatte gehofft, ihm sagen zu können, dass die sterblichen Überreste seines Sohnes freigegeben würden, und sie freute sich überhaupt nicht darauf, ihm beibringen zu müssen, dass es noch einmal mindestens vierundzwanzig Stunden dauern würde.

Als sie auf die Falls Bridge kam, tanzten die Sonnenstrahlen durch das blaue Gespinst aus Stahlgestängen, die der Brücke ihr einzigartiges Aussehen verliehen. Ihr Handy meldete sich, während sie auf den Kelly Drive abbog.

Es war Aidan.

»Hey, was gibt's?«, fragte sie.

»Es geht um Derek Grant – das ist doch der Typ, bei dem du so lange warten musstest und dessen Vater dann auch noch dazukam, oder?«

»Ja. Der Leichenwagen hatte eine Panne. Warum?«

»Spoons hat mich gebeten, ein Toxscreen zu machen. Dem Typen war Xanax verschrieben worden, deshalb haben wir zuerst danach gesucht, und er hatte tatsächlich einiges von dem Zeug intus.«

»Gut ... wie viel?«

»Eine Menge, aber nicht so viel, dass er daran gestorben wäre. Spoons wollte, dass ich noch nach anderem suche.«

»Was hast du gefunden?«

»Nichts. Orangensaft.«

»Das ist alles?«

»Ich bin noch dran, aber bisher ist das alles.«

»Denkt Spoons, dass er noch etwas genommen hat?«

»Möglich. Aber ich kann mir vorstellen, dass sie ohnehin eine Ermittlung einleiten.«

»Sie wollen ermitteln?«

»Ich denke, das müssen sie. Der Vater hat Anspruch erhoben, und die Versicherung zahlt erst, wenn die Todesursache feststeht.«

»Scheiße.« Das war's dann – sie musste unbedingt sofort zu Horace fahren. Er würde sicher am Boden zerstört sein, und sie wollte bestimmt nicht, dass ihm ein Kriminalkommissar, den er nicht kannte, über die Ermittlungen in Kenntnis setzte.

»Danke, Aidan. Halt mich auf dem Laufenden.«

»Tschüs.«

Horace öffnete die Tür und begrüßte sie mit einem Lächeln. »Madison! Sie sehen heute besonders hübsch aus. Kommen Sie rein.«

Madison fühlte sich angesichts seiner guten Stimmung noch schlechter. Sein Elan beeindruckte sie, aber vermutlich brauchte er für dieses Auftreten seine ganze Energie; es stand zu bezweifeln, dass er die Neuigkeiten gut wegstecken würde.

»Kann ich Ihnen eine Tasse Tee oder etwas anderes anbieten?«, erkundigte er sich strahlend.

»Nein, nichts, danke.«

Er rollte neben das Sofa und drehte sich zu ihr. »Nehmen Sie Platz.«

Sie dankte ihm und setzte sich. Eigentlich wäre sie lieber stehen geblieben, und der Weg zur Couch fiel ihr umso schwerer, weil sie ihm von den Ermittlungen erzählen musste.

»Ich habe bei McCafferty angerufen«, berichtete er mit einem Mal ganz ernst. McCafferty war ein Bestattungsunternehmen zwei Straßen weiter. »Das Begräbnis ist für Freitag angesetzt, und sie rechnen damit, Derek bald abholen zu können. Hat der, äh … Haben sie gesagt, dass sie ihn entlassen?«

Das klang, als würde er glauben, dass Derek im Krankenhaus oder im Gefängnis wäre.

Madison holte tief Luft. »Nein. Nein, es gibt Komplikationen.« Jetzt redete sie, als läge Derek in einer Klinik.

»Komplikationen?« Sein Kopf zuckte zurück. »Was soll das heißen?«

»Wussten Sie, dass Derek ein Medikament namens Xanax nahm?«

Horace senkte den Blick auf seine Hände und faltete sie auf dem Schoß. »Ich wusste, dass er Pillen schluckte, wenn er nervös war.« Er überlegte einen Moment, dann sah er auf. »Warum?«

»Na ja, Derek hat ziemlich viel Xanax genommen, aber es sieht aus, als hätte er noch etwas anderes geschluckt.«

»Was?«

»Das wissen wir nicht. Wir suchen noch danach.«

Horace lachte verärgert. »Das ist ein Irrtum. Derek war kein Junkie. Er hat immer sehr auf seine Gesundheit geachtet. Er hat sich nur mit Ökoprodukten ernährt und sein Gemüse selbst gezogen, um Himmels willen.«

Madison schürzte die Lippen. »Ja, aber bisher haben sie noch keine Todesursache aufgeführt. Das heißt, dass sie den Leichnam noch nicht freigeben und keine Sterbeurkunde ausstellen. Und da sie keine *organische* Ursache finden, werden sie nach anderen Hinweisen und einer anderen Erklärung suchen.«

Horace' linkes Augenlid zuckte. »Was reden Sie da?«

»Es könnte zu einer Wechselwirkung gekommen sein, von der wir noch nichts wissen ... möglicherweise ... hat er absichtlich noch etwas anderes geschluckt.«

»Was reden Sie da?«, wiederholte er bestürzt.

»Es tut mir leid, Horace. Sie müssen die Möglichkeit in Betracht ziehen, dass sein Tod kein Unfall oder so was war.«

»Sie sprechen von Selbstmord?« Er verzog das Gesicht.

Madison zuckte schweigend mit den Achseln.

»Nein ...« Horace schüttelte heftig den Kopf. »Nein ... Er hat das nicht absichtlich getan. Er hat sich nichts angetan.«

»War Derek wegen irgendetwas deprimiert?«, fragte Madison behutsam.

»Nein ... ich meine, er war allein, nachdem ich ins Valley Glen gezogen bin ... aber ... Nein, das hätte er nicht getan – er war nicht ... Ich weigere mich, das zu glauben. Nein.«

»Horace, die Polizei wird herkommen. Ich bin sicher,

sie sehen sich nur kurz um und stellen Ihnen ein paar Fragen.« Er schüttelte unentwegt den Kopf, während sie redete. »Sie wissen, dass es schwer für Sie ist, Horace«, fuhr sie fort. »Es sind nur ein paar Fragen – sie müssen sie stellen.«

Immer noch schüttelte er den Kopf, er wollte das alles nicht hören. »Nein«, erwiderte er. »Nein, nein, nein.«

Ein paar Sekunden herrschte Stille.

»Ich glaube, ich möchte jetzt lieber allein sein«, sagte er leise, ohne Madison anzusehen.

Madison legte eine Hand auf seine Schulter. »Es tut mir leid, Horace.«

Er nickte knapp.

»Wahrscheinlich kommen sie morgen früh.«

Wieder nickte er.

»Rufen Sie mich an, wenn Sie möchten, dass ich dabei bin.«

Er drehte sich weg.

Sie wartete noch einen Augenblick auf eine Antwort, dann ging sie.

Der Wagen fuhr praktisch wie von selbst zu Tante Ellies und Onkel Daves Haus, während Madison mit Valley Glen Village telefonierte. Sie erklärte der Telefonistin, dass sie bei der Polizei arbeitete und mit dem Leiter oder der Leiterin der Einrichtung sprechen wolle. Die Telefonistin verband sie mit einer nervös klingenden Frau namens Lynch, die leicht stammelte, als sie fragte, wie sie der Polizei helfen könne.

»Ich rufe wegen eines ehemaligen Bewohners an – Horace Grant.«

Die Nervosität schien sich zu steigern. »Oh?«

»Hat er bis letzten Dienstag bei Ihnen gewohnt?«

»Mr Grant war nur eine Woche hier. Am vergangenen Dienstag hat er ganz deutlich gemacht, dass er nicht länger hier leben will. Dann ist er gegangen.«

Madison schwieg einen Moment, weil sie hoffte, mehr von der Frau zu erfahren. Eigentlich hatte sie keine speziellen Fragen, aber jetzt, da Derek offensichtlich keines natürlichen Todes gestorben war, hatte sie das Gefühl, Horace' Vorgeschichte überprüfen zu müssen.

»Also … hat er einen ziemlichen Wirbel veranstaltet, bevor er ging?«, hakte sie nach.

»Mr Grant behauptete, hier in Valley Glen unglücklich zu sein. Er wollte weg. Das ist sein gutes Recht, und wir wünschen ihm alles Gute.«

»Haben Sie ihm gedroht, die Polizei zu rufen?«

Miss Lynch seufzte tief. »Mr Grant wurde ziemlich laut, und er regte die anderen Bewohner auf. Er wollte sich um keinen Preis beruhigen.«

Madison lächelte, als sie sich vorstellte, wie Horace dem Personal die Hölle heißmachte.

»Sind Sie im Besitz von Mr Grants Krankenakte?«

»Alle Unterlagen, die wir hatten, haben wir ihm nachgeschickt.«

Madison hielt vor dem Haus ihres Onkels – ihr fielen keine Fragen mehr ein. Sie bedankte sich bei Miss Lynch für die Auskünfte und unterbrach die Verbindung.

Onkel Dave und Tante Ellie wohnten in einem großen Steinhaus mit grünem Schieferdach auf einem Hügel in East Falls. Es fühlte sich immer noch seltsam an, lediglich als Gast herzukommen und nicht mehr hier zu wohnen. Tatsächlich war sie in ihren ersten zehn Lebensjahren immer nur zu Besuch bei Onkel und Tante gewesen. Erst später hatten sie sie zu sich genommen. Sie fragte sich, wie es sein mochte, mit zwei Elternteilen in einem normalen Haushalt aufgewachsen zu sein und später wieder in sein Zuhause zu kommen.

Während sie den langen Weg zu den Verandastufen hochstieg, spähte sie die Straße hinauf und hinunter. Die Nachbarschaft hatte sich verändert, seit sie nicht mehr hier lebte. Die meisten Häuser hatten den Besitzer gewechselt. Viele der großen Bäume waren gefällt worden und die damals kleinen zu großen herangewachsen.

Die Veranda war von einem schwarzen Metallgeländer umgeben, dessen Tor manchmal quietschte. Dieses Mal quietschte es nicht. Vor der Haustür erstarrte Madison plötzlich, die Hand zum Klingelknopf erhoben.

Noch ein knappes Jahr nach ihrem Einzug als Kind war ihr jedes Mal, wenn sie die Tür, ohne vorher zu klingeln, geöffnet hatte, eigenartig zumute gewesen. Anfangs weigerte sie sich rundweg, das zu tun, und läutete, obwohl ihr Onkel Dave und Tante Ellie immer wieder sagten, dass sie ein und aus gehen konnte, wann sie wollte.

Vielleicht war ihr damals unbewusst klar gewesen, dass ihr früheres Zuhause nicht mehr existieren würde, wenn sie sich hier zu heimisch fühlte. Wenn sie Onkel Dave und Tante Ellie als Vater und Mutter ansah, hätte sie zugeben müssen, dass ihre leibliche Mutter tot und ihr leiblicher Vater … weg waren.

Als sie von hier fortging, um das College zu besuchen, war es dasselbe. *Du wohnst nicht mehr hier*, pflegte sie sich damals einzureden. Zu diesem Zeitpunkt gaben Tante und Onkel ein wenig nach. Sie kamen stillschweigend überein, dass Madison, wenn sie über die Ferien heimkam, nur am ersten Tag klingeln sollte und dann nicht mehr, bis zum nächsten Besuch.

Jetzt, da sie das Studium hinter sich hatte und wieder in Philadelphia lebte, wusste sie nicht, welche Regelung galt. Es kam ihr nicht richtig vor, einfach ins Haus zu spazieren, andererseits wollte sie Tante Ellie nicht kränken oder andeuten, dass sie nicht eine Familie seien.

Sie zuckte heftig zusammen, als die Tür aufschwang.

»Maddy!«, rief Tante Ellie erfreut. »Ich wusste gar nicht, dass du hier draußen stehst.«

»Ich, äh … ich bin gerade heraufgekommen«, sagte sie erleichtert, weil ihr Problem gelöst war, auch wenn sie das nächste Mal wieder im gleichen Dilemma stecken würde.

»Komm rein. Kannst du zum Essen bleiben? Ich hab Lasagne gemacht, und wie du weißt, ist immer genug davon da.«

»Oh, das klingt echt großartig … allerdings habe ich heute Abend noch etwas zu tun. Um wie viel Uhr wollt ihr essen?«

»In etwa zwanzig Minuten. Und keine Sorge, ich bin nicht beleidigt, wenn du nach dem Essen sofort wieder gehst.«

»Okay, prima.«

»Dein Onkel ist im Keller. Kannst du ihm Bescheid sagen, dass das Essen bald fertig ist?« Sie zwinkerte Madison zu. »Sag ihm – in zehn Minuten.«

Madison ging die steile Stiege in den Keller hinunter und folgte dem Geräusch der Elektrowerkzeuge in Onkel Daves Werkstatt. Sie lächelte, als sie am Heizkessel und am Wasserboiler vorbeikam. Der Geruch nach Sägemehl, Öl, Elektrogeräten und Keller versetzte sie augenblicklich in ihre Kindheit zurück.

Früher hatte sie sich entsetzlich vor diesem Keller gefürchtet, aber es war, genau wie die Angst vorm schwarzen Mann, ein eigenartig heimeliges Gefühl im Vergleich zu den realen Ängsten.

David Cross hantierte mit einer Schleifmaschine, und Madison blieb ruhig in der Tür stehen, um ihn nicht zu erschrecken. Dennoch schien er ihre Anwesenheit zu erahnen.

»Maddy-Mädchen!«, sagte er, als er sich umdrehte. Mit einer Hand nahm er die Schutzbrille, mit der anderen die Atemmaske ab.

»Hi, Onkel Dave«, sagte sie und hauchte ihm einen Kuss auf die stoppelige Wange, als er sie in die Arme schloss.

»Schön, dich mal wieder in der realen Welt zu sehen, Maddy-Mädchen, wenn du verstehst, was ich meine.«

Madison schmunzelte. Es war schon eine Weile her, seit sie ihn in so guter Stimmung erlebt hatte – abseits der Truppe, wie er manchmal sagte.

Er hängte Brille und Maske an einen Wandhaken, legte den Arm um Madisons Schultern und manövrierte sie aus der Werkstatt in Richtung Treppe.

»Das ist eine wunderbare Überraschung. Bleibst du zum Abendessen?«

»Zu Ellies Lasagne? Die Antwort kennst du.«

»Ausgezeichnet!«

»Sie sagt, das Essen ist in zehn Minuten fertig.«

Er beugte sich verschwörerisch zu ihr. »Wahrscheinlich eher in zwanzig.«

Sie kamen in die Küche, und Dave steuerte sofort den Kühlschrank an, nahm zwei Bierdosen heraus – Chesterfield Ale, wie immer –, streckte Madison eine hin und sah sie fragend an.

»Gern«, sagte sie. Als sie nach der Dose griff, hielt er den Verschluss fest und öffnete ihn.

»Was führt dich zu uns?«, fragte er, während er seine Dose aufmachte.

Achselzuckend nahm sie einen Schluck. »Mir war einfach danach, euch zu sehen.«

Dave grinste. »Wie läuft's bei dem Grant-Fall?«

»Oh, das …« Sie lachte kläglich. »Ich weiß nicht. Anfangs sah alles ganz simpel aus, aber sie haben immer noch keine Todesursache gefunden.«

»Wirklich?« Er trank durstig.

»Er hat eine Menge Xanax geschluckt – mehr, als ihm verordnet wurde, aber nicht genug, um daran zu sterben. Aidan sucht nach etwas anderem, bisher ohne Erfolg.«

»Dann vermuten sie, dass er etwas zu sich genommen hat?«

»Es könnte sein.«

»Glaubst du, er hat sich umgebracht?«

»Keine Ahnung.«

Er musterte sie forschend. »Du machst dir Sorgen um den alten Knaben?«

»Ein wenig, ja.«

»Maddy-Mädchen, du weißt, dass bei jedem Fall, mit dem wir es zu tun haben, jemand schwer betroffen ist. Das gehört zu unserem Job, aber man darf das Leid nicht zu sehr an sich heranlassen.«

Die Lasagne war köstlich, und aus Rücksicht auf Ellie unterhielten sie sich nur noch am Rande über die Arbeit. Madison bereute ihr Versprechen, Recherchen über das Implantat anzustellen, denn um es zu halten, musste sie nach dem Essen und einer Tasse Kaffee nach Hause aufbrechen.

Augenscheinlich bin ich die einzige Person in meiner Nachbarschaft, die spätabends noch arbeitet, dachte Madison. Sie kurvte ungefähr zehn Minuten herum, bis sie eine gerade frei gewordene Parklücke anderthalb Blocks von ihrem Haus entfernt fand.

Die Straße wirkte verlassen, nur ein Betrunkener schlief auf dem Schachtgitter vor einem Heizungskeller. Madison atmete auf, weil die testosterongesteuerten Halbstarken offenbar einen anderen Block zum Herumlungern gefunden hatten. Ihre Erleichterung währte jedoch nicht lange.

Das Alphamännchen der Gang, der Junge mit der schwarzen Kappe, hing hinter einer der Außentreppen herum. Sein glühendster Anhänger war bei ihm. Sie beobachtete, wie die beiden tuschelten, als sie sie entdeckten, und zum ersten Mal verspürte sie so etwas wie Angst. Ihr Pfefferspray steckte in der Handtasche, aber sie wollte nicht schon jetzt danach kramen.

Als sie sich näherte, stießen sie sich beide von der Mauer ab, an der sie gelehnt hatten, und gingen ein paar Schritte.

Sie blockierten nicht komplett den Bürgersteig, zwangen Madison jedoch, einen Bogen um sie zu machen. Sie überlegte, in welchem Seitenfach der Handtasche das Pfefferspray steckte – die Dose war an ihrem Schlüsselbund befestigt.

Im Geiste ging sie die einzelnen Schritte der Selbstverteidigungsroutine durch; auf den Fuß des Gegners stampfen, boxen, treten. Dann loslaufen. Aber bei zwei Typen war Sprühen und Beten wohl die bessere Strategie.

Sie änderte leicht ihren Kurs, um lässig an den beiden vorbeilaufen zu können, statt sie umrunden zu müssen.

Der mit der Kappe bewegte sich ein wenig auf sie zu. »Hey, hey«, rief er, »sieh mal, wer da ist … unsere Lieblingsnachbarin!«

Madison bedachte ihn mit einem gelangweilten Lächeln. Ihr Herz klopfte schneller, als sie sich den beiden näherte.

Der mit der schwarzen Kappe trat ihr in den Weg. »Hey, komm schon – wozu die Eile?«, flüsterte er drohend.

Als sie direkt vor ihm war, sah sie, dass er gar nicht mal schlecht aussah, eben wie ein tougher, böser Bube. Doch sein Blick war unbarmherzig. »Warum leistest du uns nicht ein bisschen Gesellschaft?« Er kam auf sie zu. »Wir könnten dir zeigen, wie man richtig Spaß hat.«

Der andere Junge starrte sie ebenso drohend an, allerdings ohne in Flirtlaune zu sein. Als Madison den Mund öffnete, um etwas zu sagen, fiel ihr auf, dass sie an der Ecke zu einer engen, finsteren Gasse standen, die sie bisher noch nie bewusst wahrgenommen hatte.

»Nicht heute Abend, Jungs«, antwortete sie gepresst. »Es war ein langer Tag.« Sie fragte sich, ob die Typen das Beben in ihrer Stimme hörten.

Der mit der Kappe rückte ihr näher auf den Pelz, und sein Kumpel trat hinter sie. Sie ließ die Hand in ihre Tasche gleiten, während sie im Kopf wiederholte: Fuß, Fuß, Weichteile, Nase.

Mit glühenden Augen starrte er sie unverwandt an.

Eine Sekunde verstrich. Niemand sagte ein Wort. Plötzlich hielt ein Taxi neben ihnen. Der Fahrer fragte mit breitem Akzent, ob sie ihm den Weg zur Monkey Bar beschreiben könnten.

Auf dem Rücksitz saßen zwei Collegemädchen in hautengen, knappen Klamotten. Die beiden Jungs waren einen Moment abgelenkt, und Madison nutzte die Gelegenheit, Reißaus zu nehmen.

Sie war bereits fünf bis sechs Schritte weit gekommen, ehe sich einer der beiden nach ihr umdrehte. Ihr höhnisches Gelächter folgte ihr auf dem Nachhauseweg, dennoch lauschte sie aufmerksam, das Pfefferspray in der Hand, auf Schritte hinter ihr.

Sobald sie die Haustür hinter sich zugemacht hatte, fing sie an zu zittern. Sie vergewisserte sich, ob ihre Wohnungstür ordentlich verschlossen und verriegelt war. Anschließend goss sie sich ein großes Glas Rotwein ein, trank die Hälfte in einem Zug und schenkte sich noch einmal nach. Sie spritzte sich Wasser ins Gesicht, trocknete es ab und betrachtete sich im Spiegel. Sie war kreidebleich.

»Dummkopf«, schalt sie sich.

Als Nächstes rief sie ihren Onkel an, weil sie seine beruhigende Stimme hören wollte. Sobald er sich meldete, fühlte sie sich besser. Sie blieb nicht lange am Telefon, bedankte sich nur für den schönen Abend und das wunderbare Essen. Das Gespräch beruhigte sie so weit, dass sie die Fotos von dem Plastikimplantat aus der Tasche holen und ihre Suche im Internet wiederaufnehmen konnte.

Vierzig Minuten später fand sie etwas, doch nach weiteren zwanzig Minuten hatte sie bereits das Gefühl, alles über das Implantat erfahren zu haben, was das Internet dazu vermitteln konnte. Ihre Lider wurden schwer, und die Anstrengung, die Augen offen zu halten, ermüdete sie nur noch mehr.

Gegen halb zwei wachte sie auf, schaltete den Computer aus, kontrollierte die Schlösser noch einmal und ging ins Bett.

Kapitel 9

Mark Daniels sah am nächsten Morgen ziemlich übernächtigt aus. Rourke wirkte auch nicht gerade taufrisch, dafür äußerst zufrieden. Sie trug dieselben Kleider wie am Abend zuvor, hatte leicht wirres Haar und ein zerknittertes Gesicht, als litte sie unter starken Kopfschmerzen. Doch ihr Lächeln war heute anders als sonst – breiter, entspannter. Sie roch nach Zigarettenqualm und Bügelspray. Aber immerhin war sie zur Arbeit gekommen. Und noch dazu pünktlich.

Die beiden schienen die letzte Nacht genossen zu haben. Dafür war Madison dankbar, denn Marks Bereitschaft, ihr seine patentgeschützten Geheimnisse anzuvertrauen, schien über Nacht noch gewachsen zu sein.

Madison hatte auf dem Weg ins Büro bei Starbucks haltgemacht und drei große, extrastarke Kaffees zum Mitnehmen gekauft. Falls Rourke und ihr Freund nicht erschienen wären, hätte sie alle drei selbst getrunken. Doch als sie ins Büro kam, war Mark bereits dabei, all die Materialien, die er brauchte, in ihrem Labor zusammenzusuchen.

»Oh, Mannomann! Ich danke Ihnen«, sagte Mark ernst.

Ehe er nach dem Kaffee griff, warf er einen mit dem Automatengebräu halb gefüllten Becher in den Papierkorb. »Himmlisch«, schwärmte er nach dem ersten Schluck.

Rourke streckte die Hand aus, ohne hinzusehen. »Danke, Madison«, murmelte sie.

Mark stand mitten im Raum und nuckelte an seinem Becher wie ein Hamster am Fläschchen. Der Kaffee war immer noch sehr heiß, und Mark schien ein wenig schneller zu trinken, als es sein Mund vertragen konnte, um möglichst rasch möglichst viel Koffein in seinen Organismus zu bringen.

»Wie lange habt ihr noch durchgehalten?«, wollte Madison wissen.

Beide grinsten schuldbewusst. Mark wurde bis unter den Bart rot.

»Ich weiß nicht«, brummte Rourke. »Wie spät ist es jetzt?«

Mark räusperte sich. »Also gut. Denken Sie dran, wir machen diese Tests normalerweise im DNA-Print-Labor, und das Programm mit Zubehör ist noch nicht auf dem Markt, deshalb dürfen Sie die Ergebnisse auf gar keinen Fall vor Gericht verwenden.«

»Das hab ich kapiert«, versicherte Madison. »Sie sollen uns nur einen Hinweis geben, wo wir suchen müssen.«

»Okay. Haben Sie die präparierte Probe?«

Sie reichte ihm ein kleines Gestell, in dem ein Reagenzglas mit einer milchigen Flüssigkeit steckte.

»Okay, zuerst muss sie in die Zentrifuge.« Er klappte den durchsichtigen Plastikdeckel der Zentrifuge auf und stellte das kleine Reagenzglas hinein. Es wirbelte herum, nachdem er den Schalter betätigt hatte. Währenddessen öffnete er einen kleinen Kühlbehälter, den er mitgebracht hatte, und nahm einen Plastikbeutel heraus, in dem verschiedene Fläschchen und Röhrchen steckten. Er wählte ein Mikroröhrchen aus.

»Das ist der Filter«, erklärte er und hielt das Röhrchen

so, dass Madison es sehen konnte. Es enthielt eine durchsichtige Plastikhülse mit einem weißen Pfropfen.

Mark schaltete die Zentrifuge aus und entfernte das Reagenzglas mit der Probe. Inzwischen war die Flüssigkeit klar, aber auf dem Boden hatte sich eine Substanz abgesetzt. »Jetzt träufeln wir die Flüssigkeit in den Filter …« Mit Hilfe einer Pipette entnahm er dem Reagenzglas ein paar Tropfen und gab sie in das Röhrchen mit dem Filter. »Dann zentrifugieren wir das Ganze noch einmal.« Er stellte das Röhrchen in den Apparat und schaltete ihn an.

»Werden dabei die Schmutzpartikel herausgefiltert?«, fragte Madison, die aufmerksam zusah.

»Genau genommen nein. Die DNA bindet sich an den Filter, und die Schmutzpartikel fallen durch. Dann spülen wir den Filter mit einem Waschpuffer, um all die Unreinheiten, die noch an ihm haften, zu entfernen.«

Nachdem er das Röhrchen aus der Zentrifuge geholt hatte, nahm er den Filter heraus und steckte ihn in ein sauberes. Dann holte er ein Fläschchen aus der Plastiktüte, gab ein paar Tropfen daraus zu der gereinigten Probe und stellte sie in die Zentrifuge. »Fehlt noch der Elution-Puffer.« Er hielt ein anderes Fläschchen hoch. »Dies spült die gereinigte DNA vom Filter, dann haben wir unsere Probe.«

Er öffnete die Zentrifuge und wiederholte die vorigen Schritte, bugsierte den Filter in ein frisches Röhrchen, setzte ein paar Tropfen zu und stellte das Röhrchen in die Zentrifuge.

Schließlich schaltete er das Gerät aus und sah auf die Uhr. »Okay, wo bewahren Sie die Polymerase auf?«

Madison machte den Kühlschrank hinter ihm auf.

Er suchte ein weißes Plastikfläschchen heraus und stellte es in ein Becherglas mit Wasser.

»So, von jetzt an ist die Prozedur die gleiche wie bei der forensischen DNA-Analyse«, sagte er und ließ den Becher sanft kreisen. »Da wir nach anderen Segmenten suchen, benutzen wir auch andere Oligos, die für die gesuchten Sequenzen relevant sind.«

Mit einer Pinzette saugte er ein paar Tropfen aus einem Fläschchen, das er mitgebracht hatte, und träufelte sie in das Röhrchen, nahm die Polymerase aus dem Becher und schüttelte sie. Als er überzeugt war, dass sie nicht mehr gefroren war, öffnete er das Fläschchen und entnahm mit der Pinzette eine kleine Menge Flüssigkeit, die er zu der Probe mischte.

»Und was macht dieses Ding?«, wollte Rourke wissen, die plötzlich mehr als nur flüchtiges Interesse zu zeigen versuchte.

»Der Thermocycler? Man stellt die mit dem richtigen Reagent versetzte Probe zusammen mit Teilchen der übrigen DNA. Die Oligos suchen sich die Segmente der DNA aus, die man haben möchte, dann verdoppelt sich die DNA. Du weißt doch, wie sich die DNA selbst kopiert, oder?«

Rourke zuckte mit den Achseln und nickte.

»Erst teilen sich die Segmente in der Mitte. Und wenn die richtigen Stücke aufeinandertreffen, findet jedes seine Entsprechung. Dann hat man zwei Segmente statt einem. Die teilen sich wieder und finden ihre Entsprechung, dann hat man vier, und so weiter und so fort. Der Thermocycler beschleunigt lediglich den Vorgang. So hat man ziemlich schnell jede Menge Segmente. Gibt man dann die richtigen Oligos mit den richtigen übrigen Stücken zusammen, bekommt man nur die Teile, die man haben will.«

Rourke nickte und täuschte nur unzulänglich Interesse vor.

»Gut, ich lasse das hier drei Stunden im Thermocycler.« Mark drückte auf ein paar Knöpfe und schaute auf die Uhr. »Damit wäre vorerst alles getan. Ich komme gegen eins auf dem Weg zu meiner Konferenz wieder vorbei.« Er wandte sich an Rourke. »Und in der Zwischenzeit gönne ich mir ein bisschen Schlaf.«

Nachdem Rourke und Mark Daniels gegangen waren, nahm Madison ihr Telefon in die Hand und hielt es fast eine Minute fest, bevor sie eine Nummer eintippte. Im Grunde hatte sie gehofft, dieses Gespräch vermeiden zu können.

»Ophthalmologie«, meldete sich eine professionelle Frauenstimme.

Madison atmete tief durch. »Geben Sie mir Adam Booker bitte.«

»Möchten Sie einen Termin für eine Untersuchung vereinbaren?«

»Nein, danke.«

»Tut mir leid, Dr. Booker ist *extrem* beschäftigt, aber ich richte ihm gern etwas aus.«

»Gut. Sagen Sie ihm bitte, dass Madison Cross angerufen hat.« Sie hinterließ ihre Büronummer.

»Darf ich fragen, worum es geht?«

»Nein, das wäre alles. Danke.«

»Okay«, erwiderte die Frau in einem Ton, der klarmachte, dass Madisons Chancen, von Adam Booker zurückgerufen zu werden, beträchtlich sanken, wenn sie keine vollständige Nachricht hinterließ.

Zehn Minuten später klingelte der Apparat auf Madisons Schreibtisch.

»Madison Cross«, meldete sie sich.

»Madison Cross«, wiederholte der Mann am anderen

Ende der Leitung, als könne er nicht fassen, was er hörte.

»Hi, Adam.«

»Bist du wirklich wieder in Philly?«

»Ja.«

»Ich hab schon davon gehört, dass du zurück bist, aber kein Mensch hat dich gesehen. Deshalb dachte ich, es stimmt gar nicht.«

»Es stimmt tatsächlich.«

Er lachte. »Und wie steht's mit dem Rest? Ist das auch wahr?«

»Mit welchem Rest?«

»Dass du Doug in den Wind geschossen und deine Assistentenstelle abgesagt hast. Bist du tatsächlich bei der Polizei?«

Sie wand sich ein wenig. »Genau genommen bin ich Kriminaltechnikerin bei einer Einheit von Spurenermittlern. Ja, das stimmt.«

»Ich hab gehört, du hast schon in der ersten Woche im Alleingang einen großen Fall gelöst. Einen reichen Kerl hinter Gitter gebracht. Ist wenigstens das erfunden?«

Sie lachte verlegen. »Klingt, als hätten sie die dichterische Freiheit ausgenutzt.«

»Sag mal, was ist los?«

»Ich versuche, ein Augenimplantat aus Plastik zu identifizieren. Meiner Ansicht nach ist es eine intraokulare Linse, allerdings muss ich genau wissen, worum es sich handelt.«

»Nein.« Er lachte. »Ich meine, was ist los mit dir und Doug?«

Sie hasste es, diesen Teil der Geschichte erzählen zu müssen, weil sie wusste, dass niemand Verständnis dafür aufbringen würde. Lange Zeit hatte sie ihre Beweggründe selbst nicht verstanden, aber heute wusste sie, dass es die richtige Entscheidung gewesen war. Sie konnte nicht erklären, warum, aber sie wusste es.

»Ich weiß nicht. Es fühlte sich einfach nicht richtig an.«

»Wow. Ihr beide wart – wie lang – zusammen? Drei Jahre. Ich habe euch für Seelenverwandte gehalten.«

Sie konnte sich nicht erinnern, jemals so etwas von sich gegeben zu haben, trotzdem hätte sie nicht sagen können, ob er sie zitierte oder nicht.

»Wahrscheinlich waren wir das nicht.«

Nach einer kurzen Pause fragte er: »Bist du zurzeit mit jemandem zusammen?«

»Nein. Und nach der Geschichte mit Doug brauche ich Abstand von alldem. Ich muss eine Weile für mich sein, weißt du?«

»Schön«, entgegnete er eine Spur distanzierter. »Ich glaube, das kann ich verstehen.«

Sie schwieg – einerseits hatte sie keine Lust auf genauere Ausführungen, andererseits wollte sie nicht diejenige sein, die abrupt das Thema wechselte.

»Dann erzähl mir mal von dem Ding, das du gefunden hast«, forderte Adam sie auf und sammelte ein paar Sympathiepunkte, indem er das Gespräch auf etwas anderes brachte.

»Also«, erwiderte sie hastig, »wir haben eine skelettierte Leiche gefunden – ungefährer Todeszeitpunkt: vor sechs bis neun Monaten. Weiblich, vermutlich Mitte vierzig und afroamerikanischer Herkunft. Und dieser Gegenstand befand sich in der linken Augenhöhle, der Schädelknochen darüber zeigt Anzeichen einer alten Fraktur.«

»Wie sieht das Ding aus?«

»Ich habe bereits ein paar Recherchen gemacht, und

es sieht aus wie eine intraokulare Linse. Eine runde, refraktive Linse in der Mitte und zwei gebogene Arme rechts und links.«

»Wie groß ist es?«

»Die Linse an sich hat einen Durchmesser von sechs Millimetern. Insgesamt ist das Ganze dreizehn Millimeter groß.«

»Nun, das scheint eine IOL zu sein. Mehr kann ich dir nicht sagen, ohne es mir angesehen zu haben.«

»Ich könnte dir ein Foto schicken ...«

Er lachte. »Nein, nein, nein. Ich hab dich seit zwei Jahren nicht zu Gesicht bekommen. Von mir erfährst du gar nichts mehr, wenn du nicht wenigstens einen Kaffee mit mir trinkst.«

Sie lachte. »Wie sieht's bei dir heute Nachmittag aus?«

»Eng. Wann hättest du Zeit?«

»So gegen zwei?«

»Viertel nach zwei. Kennst du den Starbucks an der Vierunddreißigsten Straße?«

»Klar.«

»Falls ich zuerst da bin, was soll ich für dich bestellen?«

»Oh ... einen Mokka.« Sie bestellte nie Mokka, aber er hatte sie mit der Frage regelrecht überrumpelt.

»Großartig. Und wenn du vor mir da bist, besorg mir einen großen normalen Kaffee mit einem Shot Espresso, ja?«

»Kein Problem. Bis dann.«

»Prima, ich freu mich drauf.«

Sie legte den Hörer weg und starrte ihn eine Weile an. Die Aussicht auf ein Treffen mit Adam Booker ließ sie nicht kalt.

Adam war ein paar Jahre älter als sie, ein Kommilitone

von Doug. Er gehörte zu den Typen, die gut aussahen, Geld, eine Zukunft und jede Menge Mädchen hatten. Und obwohl er alles haben konnte, was er wollte, war er ein ziemlich anständiger Kerl.

Madison konnte gut verstehen, warum gerade er auf Dinge aus war, die er nicht ohne weiteres haben konnte. Kompliziert wurde es nur, wenn ausgerechnet sie eines dieser Dinge war. Wahrscheinlich hätte sie ohnehin kein Interesse an ihm gehabt, aber damals war sie gerade mit Doug zusammengezogen, und schon deshalb war Adam für sie kein Thema.

Das Telefon klingelte, während sie noch daraufstarrte.

Horace.

»Madison?«, fragte er unsicher.

»Hallo, Horace«, grüßte sie freundlich.

Sie fühlte sich immer noch schlecht, weil sie ihm gestern keine guten Nachrichten überbracht hatte, andererseits hatte ihr nicht gerade gefallen, wie er sie behandelt hatte.

»Tut mir leid wegen gestern«, begann er. »Ich war einfach aufgewühlt und verärgert. Der Gedanke, dass sie ihn in einer Kühltruhe oder was auch immer dortbehalten, macht mich wütend. Ich weiß, dass Sie keine Schuld haben.«

»Waren sie bei Ihnen, um Fragen zu stellen?«

»Sie sind gerade hier.«

Madison seufzte. »Möchten Sie, dass ich vorbeikomme?«

»Ich weiß, dass ich nicht das Recht habe, Sie darum zu bitten.«

»Ich bin in einer halben Stunde bei Ihnen.«

Lieutenant Cross kam herein, als Madison die Verbindung unterbrach.

»Lieutenant?«, rief sie und folgte ihm in sein Büro.

Seine Miene hellte sich auf, sobald er sie sah. »Ja, Maddy …« Er hielt inne. »Ja, was ist, Madison?«

»Ich bin früh ins Büro gekommen, weil ich Nachforschungen für Elaine Abner wegen der unidentifizierten Leiche anstellen sollte. Aber jetzt ist mir etwas dazwischengekommen.«

Er musterte sie geduldig.

»Etwas Persönliches«, fügte sie hinzu.

Seine Augen wurden schmal. Er forderte sie mit einem Fingerzeig auf, die Tür zu schließen. »Was ist los, Maddy-Mädchen? Alles okay?«

Sie verdrehte seufzend die Augen. »Ja – es ist nur … Der alte Mr Grant hat mich angerufen. Ich hab ihm angeboten, ihm beizustehen, wenn die Detectives zur Vernehmung kommen. Allerdings hatte ich nicht damit gerechnet, dass er sich wirklich melden würde, und jetzt hat er es doch getan.«

»Du willst ihm das Händchen halten?«

»So ungefähr.«

»Maddy-Mädchen …«

»Ich weiß, ich weiß … ich soll mich nicht auf so etwas einlassen. Aber ich bin schon mittendrin, und ich habe ihm versprochen, für ihn da zu sein.«

»Okay. Da ich dich schon mal hierhabe, möchte ich wissen, was letzte Nacht vor sich gegangen ist.«

»Was meinst du?«

»Als du angerufen hast. Irgendetwas hat dich durcheinandergebracht. Was war los?«

»Oh. Nichts, nur … gar nichts.«

Wieder betrachtete er sie mit leicht zusammengekniffenen Augen. »Ich merke sofort, wenn du mich anlügst. Irgendetwas hat dir Angst eingejagt. Was?«

»Ehrlich, es war nichts«, entgegnete sie errötend.

Er sah sie an und wartete auf mehr.

Auch sie wartete, wusste jedoch, dass sie das Spiel verlieren würde. »Ich habe dir doch von diesen Arschlöchern erzählt, die ständig in meiner Straße herumlungern, erinnerst du dich? Der Junge mit der schwarzen Kappe? Die Bemerkungen?«

»Ja.« Seine Stimme war plötzlich um eine Oktave tiefer.

Sie erzählte ihm, was ihr am gestrigen Abend auf dem Weg vom Auto zu ihrem Haus passiert war. Ihr Onkel hörte zu, seine Miene verfinsterte sich stetig, bis sie zu dem Punkt kam, an dem ihr der Schläger den Weg verstellt hatte.

»Himmel, Maddy!«, rief er aufgebracht und besorgt. »Du musst auf dein Bauchgefühl hören. Sobald du geahnt hast, dass dir etwas zustoßen könnte, hättest du die Beine in die Hand nehmen und abhauen müssen. Zumindest solltest du mich in einem solchen Fall anrufen.«

»Ich hab dich angerufen!«, protestierte sie.

»Ja, hinterher!«, schalt er. »Maddy, wenn das Taxi nicht stehen geblieben wäre, hätte dir wer weiß was passieren können. Ich meine – du hast die Toten gesehen.«

»Ich weiß«, räumte sie ein. »Jetzt ist mir klar, dass es dumm war. Das nächste Mal passe ich besser auf, okay?«

Brummelnd senkte er den Blick und nickte kaum merklich.

»Wenn ich Mr Grant beistehen soll, muss ich jetzt los.«

Er nickte, ohne aufzusehen. »Du kannst die Zeit heute Mittag oder Abend wieder reinholen.«

»Danke, Onkel Dave.«

»Und sieh zu, dass diese Extradienste nicht zur Gewohnheit werden.«

»Oh, Gott sei Dank sind Sie gekommen«, begrüßte Horace sie, als er die Tür öffnete. »Sie verwüsten das Haus und stecken ihre Nase überall hinein.«

Madison ging ins Wohnzimmer. Es sah aus wie immer – bis auf die beiden Uniformierten mit dunkelroten Handschuhen, die im Papierkorb kramten und die Augen hinter Horace' Rücken verdrehten.

Die Polizisten Gilkin und Evans – Madison hatte schon ein- oder zweimal mit den beiden zusammengearbeitet – wurden oft zur Tatortbesichtigung eingesetzt, wenn entschieden wurde, dass die Einheit der Spurensicherer nicht vonnöten war.

»Hey, Cross. Was machen Sie hier?«, fragte Evans, als sie hereinkam.

»Hallo, Evans«, gab Madison zurück. »Ich bin sozusagen als Freundin der Familie hier.«

Er bedachte sie mit einem argwöhnischen Blick und zog sie beiseite. »Als Freundin der Familie sollten Sie dem alten Kauz raten, sich zu beruhigen und uns unseren Job machen zu lassen.«

»Tut mir leid«, flüsterte sie zurück. »Er ist vollkommen durcheinander.«

Evans sah sie stumm an und machte sich wieder an die Arbeit.

Horace war augenscheinlich sehr aufgeregt.

»Horace«, sagte Madison beschwichtigend, »wir sollten von hier verschwinden und die beiden in Ruhe ihre Arbeit machen lassen. Wir könnten irgendwo zusammen eine Tasse Kaffee trinken. Wie wär's, wenn Sie mich in Ihrem Van zu einem Café fahren?«

»Schauen Sie sich die beiden Typen an«, fauchte Horace. »Sie durchwühlen alles und verursachen ein Chaos. Und wer hilft mir nachher, alles wieder in Ordnung zu bringen? Die da bestimmt nicht!«

»Ich werde Ihnen helfen, Horace, aber ich glaube, dass sie sich wirklich alle Mühe geben, nicht zu viel Unordnung zu machen.«

Er fuhr fort, als hätte sie gar nichts gesagt: »Sie stellen mir die schrecklichsten Fragen. Behaupten scheußliche Sachen über Derek.«

»Hören Sie, Horace …«, fing Madison noch einmal von vorn an, doch Gilkin unterbrach sie mit einem Ruf aus einem der Schlafzimmer.

»Evans! Komm ins hintere Schlafzimmer!«

Evans wandte sich an Madison. »Warten Sie hier«, sagte er, ehe er durch den Flur eilte.

Madison drehte sich Horace zu und wiederholte Evans' Worte, dann lief sie hinter ihm her.

Kapitel 10

Das Zimmer war dunkel, dicke Rouleaus verdeckten die Fenster. Das Bett war ordentlich gemacht, und in einer Ecke waren ein paar Kisten gestapelt.

Evans stand am Fußende des Bettes vor einem Schrank aus Ahornholz und machte aus verschiedenen Blickwinkeln Fotos. Am Spiegel haftete etwa in Augenhöhe ein zerknitterter Notizzettel, der mit blauem Kugelschreiber beschrieben war.

Ich möchte niemanden verletzen, ich will einfach nicht allein sein. Und jetzt weiß ich, dass ich das immer sein werde.

»Gut«, meinte Evans, während er den Zettel vom Spiegel abzog und in eine Beweistüte steckte. »Ich schätze, jetzt wissen wir, warum er es getan hat.«

Gilkin war bereits weg; er unterhielt sich unten im Wohnzimmer mit Horace. Seine Stimme war noch im Flur zu hören. »Sir, wieso haben Sie uns nichts von dem Brief in diesem Zimmer erzählt?«

»Von was für einem Brief?«, erwiderte Horace. »Das ist Dereks Zimmer!«

Madison hastete ins Wohnzimmer. Horace schreckte sichtlich vor Gilkins Fragen zurück und rutschte ein Stück in seinem Rollstuhl nach unten.

»Schon gut, Horace, wussten Sie von diesem Brief?«

Er löste den Blick von Gilkin und schüttelte leicht den Kopf.

»Warum nicht?«

»Es ist Dereks Zimmer. Ich war nicht mehr dort, seit er gestorben ist. Seit ich wieder heimgekommen bin. Ich habe es nicht über mich gebracht.«

»Hat er jemals etwas Ähnliches versucht?«, wollte Evans wissen.

Horace schüttelte knapp den Kopf. »Nein.«

»Sieht aus, als hätte jemand seine Sachen in Kisten gepackt«, meinte Gilkin. »Haben Sie das getan?«

Wieder schüttelte Horace den Kopf und sah Madison an, ehe er antwortete: »Derek hatte geplant, hier auszuziehen. Er wollte das Haus verkaufen.«

Für einen Moment waren alle still, während sie versuchten, sich zu beruhigen.

»Es gibt einen Abschiedsbrief?«, wollte Horace schließlich wissen.

Madison nickte.

»Und was steht drin?«

Evans reichte ihm die durchsichtige Hülle mit dem Zettel. »Ist das Dereks Handschrift?«

Horace las den Brief. »Ja«, flüsterte er beinahe lautlos.

Erst fingen seine Hände an zu zittern, dann bebte er am ganzen Leibe. Er schlug die Hände vors Gesicht und schluchzte.

Gilkin und Evans warteten, während Horace eine Probe von Dereks Handschrift zum Vergleich suchte, dann packten sie ihre Sachen zusammen und rauschten ab. Madison setzte Wasser auf. Als sie den Tee für sich und Horace fertig hatte, rollte er in die Küche. Offensichtlich hatte er die Fassung zurückgewonnen.

»Ich kann nicht glauben, dass er so was getan hat«, sagte er.

»Wissen Sie, ob er Depressionen hatte?«, fragte Madison behutsam. »Gab es etwas, was ihn belastete?«

Er schaute erst sie, dann seine Tasse an. »Wir standen uns sehr nahe … Er wollte nicht, dass ich ausziehe.« Er lachte traurig. »Ich war auch nicht gerade scharf darauf, aber Derek war noch jung, um Himmels willen. Er sollte sein Leben nicht mit der Pflege seines Alten Herrn vergeuden. Ich wollte, dass er ausgeht und sich amüsiert. Eine Frau findet. Auch deshalb habe ich in Valley Glen so lange ausgehalten, wie ich konnte.« Tränen traten ihm wieder in die Augen. »Vermutlich hätte ich das nicht tun sollen.«

Madison tätschelte seinen Arm und erhob sich, um sich zu verabschieden. »Ich muss los. Kann ich noch etwas für Sie tun, bevor ich gehe?«

Er schüttelte den Kopf und öffnete den Mund, aber dann schien er etwas hinter ihrer Schulter zu entdecken, und seine Augen weiteten sich. Madison drehte sich um, aber sie sah nur die Uhr.

»O mein Gott! Ist es wirklich schon halb zwölf?«, fragte Horace panisch.

»Ja«, bestätigte Madison ratlos. »Was ist?«

»O nein!« Er sah sie flehend an. »Madison, können Sie mit mir kommen?«

»Was? Wohin?«

»Verdammt«, murmelte er vor sich hin, als würden die Berechnungen, die er im Geiste anstellte, nicht aufgehen. »Ich muss Dereks Zeug von seiner Arbeitsstelle abholen. Sie haben gestern angerufen und gesagt, die Sachen müssten heute weg. Zwar haben sie mir angeboten, sie herzuschicken, aber ich wollte sie selbst abholen.« Er lachte unmutig. »Ich dachte, es würde mir guttun, aus dem Haus zu kommen, und dann hab ich es total vergessen.« Er bedachte sie erneut mit einem flehenden Blick. »Können Sie mir helfen? Es dauert auch nicht lang, weil alles schon verpackt ist. Nur ... ich möchte nicht allein dahin gehen, insbesondere nicht jetzt. Begleiten Sie mich?«

Madison hielt inne – ihr war bewusst, dass diese Bitte ihren Tag, ja ihr ganzes Leben komplizierter machte.

Enttäuschung zeichnete sich auf Horace' Gesicht ab. »Entschuldigung«, sagte er. »Das war vermessen. Verzeihen Sie mir, Madison. Sie haben schon so viel für mich getan – ehrlich, Sie haben mir das Leben gerettet, und ich möchte Ihnen nicht noch mehr zumuten. Bitte vergessen Sie, dass ich gefragt habe.«

»Schon okay, Horace«, sagte Madison, ohne es eigentlich zu wollen. »Ich helfe gern.«

»Nein, Madison, es tut mir leid. Ich komme allein zurecht, wirklich.«

Am liebsten hätte sie sich für sein Verständnis bedankt und davongemacht, um den Rest des Tages sinnvoll zu verbringen, aber nach ihrer Zustimmung konnte sie keinen Rückzieher mehr machen. Außerdem hatte sie den alten Herrn mittlerweile in ihr Herz geschlossen. »Alles bestens, Horace, aber wir sollten uns auf die Socken machen.«

Ihm war die Erleichterung so deutlich anzusehen, dass auch Madison aufatmete.

»Sie sind ein Engel«, sagte er und rollte rückwärts aus der Küche. »Lassen Sie mich nur noch Schuhe anziehen, dann können wir losfahren.«

Vor der Küchentür wirbelte er herum und raste förmlich durch den Flur.

Madison schüttelte lächelnd den Kopf, dann schaute sie sich in der Küche um. Die Calico-Vorhänge an den Fenstern und der Tür waren verblasst – eine Frau hätte sie wahrscheinlich schon vor fünf Jahren ersetzt. Die Küche war ordentlich, wirkte jedoch ein wenig schmuddelig, als wäre sie schon lange nicht mehr gründlich geputzt worden.

Der kleine Fernseher stand noch auf dem Tisch, das Kabel lose, nachdem Derek offensichtlich darüber gestolpert war. Madison kroch unter den Tisch, steckte den Stecker in die Dose, und nach einem Moment wurde der Bildschirm hell. Sobald das Bild erschien, schmunzelte Madison.

Das Gerät schien noch relativ neu zu sein, die Farben allerdings waren viel zu grell eingestellt, und die Leute sahen alle aus, als hätten sie eine seltsame Art Sonnenbrand. Madison erinnerte sich, wie sie und ihr Onkel bei einer älteren Tante zu Besuch gewesen waren und lachen mussten, weil die Farben ihres Fernsehapparates ebenfalls völlig übertrieben und viel zu rot waren.

Sie verschob den Riegel für die Farbeinstellung, bis das Bild normal war, besann sich jedoch eines anderen, als sie daran dachte, wie aufgebracht ihre Großtante gewesen war, nachdem sie an ihrem Gerät herumgefummelt hatten.

Sie schaltete den Fernseher aus. Wenige Sekunden später rollte Horace wieder in die Küche – mit Schuhen und frisch geschrubbtem Gesicht.

Horace benahm sich außerhalb seiner vier Wände wie ein ganz anderer Mensch. Noch während er durch die Haustür ins Freie rollte, betätigte er die Fernbedienung an seinem Schlüsselbund; die Seitentür seines Vans glitt auf, und eine kleine Rampe senkte sich auf die Bordsteinkante.

Mit einem stolzen Grinsen fuhr er die leichte Schräge hinauf in den Wagen. Der Fahrersitz war ausgebaut und durch vier Rillen ersetzt, in die die Räder des Rollstuhls mit einem lauten Klicken einrasteten.

Als Madison auf dem Beifahrersitz Platz nahm, startete Horace den Motor, die Rampe hob sich, und die Tür ging wieder zu. Sobald Madison angeschnallt war, rollte der Wagen los. Horace hatte die linke Hand auf dem Steuerknauf, mit der rechten regelte er Gas und Bremse.

Anfangs machte er einen leicht nervösen Eindruck und plapperte ohne Sinn und Verstand. Madison fragte sich, wie lange er schon keinen Beifahrer mehr gehabt hatte.

Je länger die Fahrt dauerte, umso mehr entspannte er sich. Er sprach hauptsächlich über Derek und dessen Job in einer Firma namens GreenGround.

»Derek war immer schon ein kleiner Weltverbesserer gewesen. Ich meine, er hat sich um seine Mitmenschen gekümmert, und die Umwelt lag ihm besonders am Herzen. Er zog biodynamisches Gemüse, war Vegetarier und wollte unbedingt eines dieser Elektroautos«, erklärte Horace in einem Tonfall, der ausdrückte, dass er, statt stolz auf seinen Sohn zu sein, ihm deswegen das Leben schwergemacht hatte. »GreenGround ist eines dieser Hippie-Unternehmen, allerdings nicht ganz so schlimm wie die anderen. Ich kapiere zwar nicht genau, was sie machen, aber sie sammeln Geld, eine Menge Geld, das sie Farmern zahlen, damit sie ihr Land behalten. Sollten sie es dennoch verkaufen, dann gibt es Verträge, die den Baulöwen verbieten, darauf zu bauen. Ich verstehe das alles nicht, es scheint jedoch ziemlich durchdacht zu sein. Jedenfalls gehören diese Leute nicht zu den Spinnern, die sich an Bäume ketten oder ähnliche verrückte Aktionen starten.«

Dereks Unternehmen befand sich gleich neben dem

Highway in Fort Washington, einer Vorstadt am nordwestlichen Stadtrand. Es war eine Ansammlung von modernen, mit immergrünen Sträuchern und Rhododendren umgebenen Bauten, die eher zu einer Steuerberater-Firma als zu einer gemeinnützigen Umweltorganisation gepasst hätten.

Horace steuerte den Van mühelos in eine Parklücke in der Nähe des Haupteingangs.

»Da sind wir«, verkündete er und schaltete den Motor aus.

Er drückte auf einen Knopf, und der Rollstuhl ruckte, als die Verriegelung an den Rädern aufging, die Tür aufglitt und die Rampe ausfuhr.

Horace rollte auf den Asphalt und schloss mit Hilfe der Fernbedienung den Wagen ab. Vom Rollstuhl aus beobachtete er, wie sich die Rampe hob und die Tür zuging. Beim letzten Klicken wendete er und rollte mit Madison an seiner Seite auf das Gebäude zu.

Sie gewann allmählich den Eindruck, dass er mit seinem Spielzeug angeben wollte.

Es war nicht leicht, mit ihm Schritt zu halten und nicht vorauszulaufen oder hinterherzuhinken. Als sie noch etwa fünf, sechs Meter vom nächsten Gebäude entfernt waren, schwang die grüngetönte Glastür auf, und zwei lachende Frauen – die eine Mitte fünfzig, die andere Ende dreißig – kamen heraus.

Ihr Gelächter brach jäh ab, als sie Horace sahen. Die ältere Frau eilte auf ihn zu, ihr Gesicht von Mitgefühl gezeichnet.

»O Horace, Sie Ärmster«, sagte sie und beugte sich vor, um den alten Mann zu umarmen. Madison schien sie gar nicht wahrzunehmen.

Die jüngere Frau kam langsam näher, und ihre Miene

zeigte, im Gegensatz zu der ihrer Freundin, keinerlei Mitgefühl.

»Hi, Cheryl«, begrüßte Horace die Ältere warmherzig. Die Jüngere musterte er dagegen mit eisigem Blick.

Cheryl ließ ihn los, trat einen Schritt zurück, während sie die Hand vor den Mund hielt.

»Hallo, Horace«, sagte die jüngere Frau zurückhaltend.

»Hallo, Lorraine«, entgegnete Horace ebenso kühl.

»Das mit Derek tut mir sehr leid«, sagte sie leise und mit plötzlich heiserer Stimme.

Die beiden sahen sich schweigend an, und man spürte, wie die eigenartige Spannung zwischen ihnen wuchs. Als die Luft zu knistern begann, sah Lorraine mit einem Lächeln zu Madison.

»Lorraine Vincent«, stellte sie sich vor und streckte Madison die Hand entgegen.

Madison schüttelte sie, doch ehe sie ihren Namen nennen konnte, schaltete sich Horace ein.

»Wo sind nur meine Manieren?«, sagte er mit einem lächelnden Blick auf Cheryl. »Das ist Madison Cross, meine absolute Lebensretterin seit …« Er brach ab, und eine unbehagliche Pause entstand.

Cheryl gab Madison ebenfalls die Hand. »Cheryl Finelli«, sagte sie.

»Nett, Sie beide kennenzulernen«, erwiderte Madison freundlich.

Cheryl strahlte sie an. Lorraine lächelte auch, jedoch weit weniger enthusiastisch. Es war klar, dass der Konflikt, den sie offensichtlich mit Horace hatte, nach wie vor schwelte.

Cheryl strahlte immer noch, als Lorraine ihren Blick auf sich zog.

»Schön«, sagte Cheryl mit einem Mal unsicher, »wir

müssen kurz hinüber in Gebäude C. Morgen ist Umzugstag. Sind Sie später noch hier?«

»Wir bleiben nur eine Minute«, erklärte Horace traurig. »Wir holen lediglich Dereks Sachen ab.«

»Ich weiß«, sagte Cheryl und schüttelte betrübt den Kopf. »Wir sind jedenfalls gleich wieder da. Ich hoffe, wir sehen uns noch.«

Cheryl und Lorraine gingen weiter – Lorraine mit langen, zielstrebigen Schritten. Cheryl tippelte neben ihr her und hatte Mühe, mit ihr mitzuhalten.

Horace sah ihnen nach, dann drehte er sich um und rollte mit den Augen. »Cheryl ist sehr nett«, erklärte er im Flüsterton. »Ein bisschen überkandidelt, aber lieb.«

Madison merkte, dass er auf etwas hinauswollte, und schwieg deshalb.

»Lorraine hingegen ...« Er schüttelte den Kopf. »Ich hasse dieses Miststück.«

»*Horace*!«

»Tut mir leid, aber so ist es nun mal. Derek hatte nie viel Glück mit Frauen, aber als er die kennenlernte, hatte er besonderes Pech. Sie hat ihn auf jede nur erdenkliche Weise verrückt gemacht und dann fallengelassen. An Weihnachten.«

Einen Moment herrschte Schweigen, weil Madison nicht wusste, was sie dazu sagen sollte. »Wie lange ist das her?«, erkundigte sie sich schließlich.

»Es war letztes Weihnachten«, gab er schneidend zurück. »Also vor einem knappen Jahr. Ich glaube nicht, dass er das jemals verwunden hat.«

Madison hielt Horace die Glastür auf, und er rollte ins Gebäude. Hinter dem Empfangspult befanden sich eine Reihe von Arbeitskabuffs. Über den Trennwänden sah man ein paar Köpfe. Überall standen Umzugskartons.

Am Empfang machte Horace halt. Madison konnte nicht sagen, ob er seine Energien für das Kommende sammelte oder darauf wartete, zur Kenntnis genommen zu werden. Endlich schaute eine massige Frau von Ende fünfzig auf und rief: »Horace!«

Ein halbes Dutzend Köpfe erhob sich sofort über den Trennwänden, ein weiteres halbes Dutzend mit einer Sekunde Verzögerung. Horace fuhr langsam weiter und bahnte sich einen Weg durch das Labyrinth von Kabuffs.

Einige Männer lächelten höflich und widmeten sich wieder ihrer Arbeit. Erst da fiel Madison auf, dass Horace nur von Frauen umringt wurde. Sie kauerten sich abwechselnd vor den Rollstuhl, tätschelten ihm den Arm und versicherten ihm, wie erschüttert sie seien. Einige erkundigten sich, ob sie ihm irgendwie helfen könnten. Madison hörte, dass eine anbot, für Horace Ziti zu backen.

Hin und wieder äußerte eine der Frauen etwas, was sichtlich Betroffenheit in Horace auslöste, aber die meiste Zeit verhielt er sich charmant und schien sich in der Aufmerksamkeit zu sonnen.

»Nichts liebt der gute Horace mehr als eine ordentliche Mitleidsparty«, sagte eine Stimme neben Madison.

Sie drehte sich um und sah, dass Lorraine schräg hinter ihr stand. Cheryl war auch zurück, hatte sich jedoch sofort zu den anderen gesellt.

Madison hatte keine Ahnung, wie sie auf Lorraines Kommentar reagieren sollte, deshalb lachte sie unsicher. Lorraine lächelte.

»Wir wurden nicht ordentlich miteinander bekannt gemacht«, meinte Lorraine und bot Madison erneut die Hand an. »Ich bin Lorraine Vincent. Derek hatte seinen

Arbeitsplatz gleich neben meinem. Vor einiger Zeit waren wir enger befreundet.«

»Madison Cross. Ja, Horace hat mir ein wenig davon erzählt.«

»Nur Gutes, hoffe ich«, erwiderte sie sarkastisch.

»Ja, genau das, was Sie vermutlich erwarten. Das mit Derek tut mir leid. Es muss ein ziemlicher Schock gewesen sein.«

»Ja, ich denke schon«, antwortete Lorraine achselzuckend. »Demnach kennen Sie Horace noch nicht lange?«

»Wie kommen Sie darauf?«

»Weil Sie ihn noch zu mögen scheinen.«

Madison kicherte. »Daraus schließe ich, dass Sie ihn nicht leiden können.«

»Schon lange nicht mehr.«

Der Wirbel um Horace hatte sich noch nicht gelegt, trotzdem bekam er mit, dass Madison mit Lorraine redete. Beinahe panisch bahnte er sich einen Weg zu ihnen, versuchte, elegant, aber entschieden die Unterhaltungen mit den Frauen zu beenden, und nahm die Angebote, ihm etwas zu kochen oder zu backen, dankend an.

Eine der Damen nach der anderen ging wieder an die Arbeit, und während sich Horace von der letzten Sympathisantin verabschiedete, musterte Lorraine Madison mit einer hochgezogenen Augenbraue.

»Eines Tages sollten Sie mir Fragen über Horace Grant stellen«, sagte sie.

Horace rollte zu ihnen und stellte damit klar, dass er Alleinanspruch auf Madison geltend machte.

»Es sind nur ein paar Kisten«, sagte er barsch. »Sie stehen da drüben in der Ecke.«

Es waren drei Kartons, keiner davon besonders schwer. Einen nahm Horace auf den Schoß, die anderen beiden trug Madison.

Sie war nicht sicher, ob sie sich das nur einbildete oder ihre Bürde schuld daran war, aber es kam ihr vor, als würde Horace schneller als vorhin rollen. Sie musste laufen, um auf gleicher Höhe mit ihm zu bleiben. Sie stellten die Kartons auf die Ladefläche des Vans und fuhren los.

»Danke für Ihre Hilfe«, sagte Horace mürrisch, als sie auf die Straße bogen.

»Gern geschehen«, erwiderte Madison.

Nach ein paar Minuten des Schweigens räusperte er sich. »Ich schätze, Lorraine hat Ihnen alle möglichen Lügen über mich aufgetischt.«

Madison schaute lächelnd aus dem Seitenfenster und überlegte, in welch bizarre Fehde sie da geraten sein mochte. »Nein«, sagte sie. »Nicht wirklich. Sie erzählte nur, dass Sie beide nicht gerade gut miteinander auskommen.«

»Das ist nicht gelogen«, murmelte er, noch immer argwöhnisch. »Tut mir leid, wenn ich missmutig erscheine. Das geht nicht gegen Sie, nur … na ja, es ist schwer, wenn man zusehen muss, wie das eigene Kind so verletzt wird … Und dann speziell nach … Sie wissen schon …«

»Ist gut, Horace. Machen Sie sich deswegen keine Gedanken.«

»Danke. Ich möchte nicht, dass Sie denken, ich wüsste nicht zu schätzen, was Sie für mich getan haben.«

An einer roten Ampel drehte sich Horace um und stocherte in einem Karton. »Hey, möchten Sie ein Fernsehgerät haben?«

»Was?«

»Einen Fernseher. Möchten Sie einen? Nur einen kleinen tragbaren.« Es war ein Gerät mit nur einem 6-Inch-Bildschirm, dennoch hob er es erstaunlich mühelos aus dem Karton und stellte es auf ihren Schoß. »Behalten Sie ihn. Ich sehe ohnehin nie fern und möchte das Ding nicht einmal im Haus haben. Fernsehen macht dumm.« Er lächelte. »Derek hat ununterbrochen ferngesehen. Das war eigentlich unser einziger Zankapfel. Er wollte ein großes Gerät ins Wohnzimmer stellen, aber ich habe mich geweigert und ihn gezwungen, mit dem kleinen Apparat in der Küche vorliebzunehmen.«

Als sie vor Horace' Haus ankamen, bedankte er sich überschwenglich und bestand darauf, dass sie den kleinen Fernseher mitnahm. Er wollte ihr sogar den aus der Küche auch noch aufschwatzen, doch das konnte sie nicht annehmen, zum Teil, weil sie ihn nicht ohne Fernseher lassen wollte, und auch, weil sie dessen Bildqualität gesehen hatte. Im Grunde wollte sie überhaupt keinen haben, aber sie hatte keine Zeit mehr für lange Diskussionen und nahm an, um möglichst schnell von hier wegzukommen.

»Sehen wir uns am Freitag bei der Trauerfeier?«

»Horace, der Leichnam ist noch nicht einmal freigegeben.«

»Aber Sie sagten doch, dass sie bis dahin mit ihm fertig sind, oder?« Sein Gesicht versteinerte für einen Moment. »Das stimmt doch?«

»Ich hoffe es.«

Kapitel 11

Als sie ins Präsidium zurückkam, blieben ihr gerade noch zehn Minuten vor ihrem Treffen mit Mark Daniels. Ehe sie in ihr Büro ging, fuhr sie hinauf in die Abteilung, wo die Dokumente auf ihre Echtheit untersucht wurden, um nachzufragen, ob sie sich schon mit Dereks Abschiedsbrief befasst hatten.

Der Handschriftenexperte, Perry Winch, sah fast aus wie einer von Madisons Uni-Professoren, nur etwas würdevoller: graues Haar und Schnurrbart, Glatze und Brille.

Als sie den Kopf in sein Büro streckte, studierte er gerade zwei handschriftliche Proben unter einem Doppelmikroskop.

»Hey, Perry«, grüßte sie.

»Oh, hallo, Madison.« Er bedachte sie mit einem Lächeln. »Was führt Sie hierherauf?«

Sie deutete mit dem Kopf auf die beiden Proben. »Ist das Derek Grants Abschiedsbrief?«

»Ja, ja.«

»Stimmen die Handschriften überein?«

»Ich zeig's Ihnen.« Er legte einen Schalter um, und die beiden Proben wurden an die weiße Wand projiziert: Eine war der Abschiedsbrief, die andere eine Nachricht, die Derek Grant an den Postboten geschrieben hatte.

»Das sind nicht unbedingt die besten Proben für einen Vergleich. Die Leute neigen dazu, bei einer Nachricht an den Postboten anders zu schreiben als bei ihren letzten Worten an die Menschheit, aber man muss nehmen, was man bekommt.« Er holte ein Laserlämpchen aus seiner Brusttasche. »Es gibt leichte Unterschiede, aber nichts Ungewöhnliches. Die Schrift der Briefbotennachricht ist ein wenig schräger, aber damit ist zu rechnen bei einer achtlos und in Eile verfassten Nachricht. Auf den ersten Blick sieht man, dass die Buchstaben gleich geformt sind.« Er schaltete die Laserlampe an und richtete den roten Strahl auf einzelne Buchstaben. »Die Rundungen bei Buchstaben wie *o, p, b* haben alle denselben leicht eckigen Bauch. Die Oberlängen beim *d, b* und *l* sind auf beiden Proben gleich, genau wie die Querstriche bei den *t*s. Wenn man genauer hinsieht, erkennt man bei beiden Proben, dass die Zeilen ein wenig nach oben führen, ehe es dem Schreiber auffällt und er das folgende Wort wieder auf der Höhe des ersten schreibt. Manchmal führt nur ein Wort nach oben, manchmal sind es mehrere – hier sieht man es … hier auch. Die Wörter oder Wortgruppen driften beim Schreiben nach oben, dann korrigiert er den Fehler und fängt wieder unten auf der Linie an.«

»Und …?«

»Die beiden Proben stammen von ein und derselben Person.«

Madison kam in dem Moment unten in ihrem Büro an, als Mark und Rourke aus dem Aufzug stiegen.

»Hey, Leute«, sagte sie.

Beide sahen aus, als hätten sie frisch geduscht und ein wenig Schlaf nachgeholt.

»Fühlen Sie sich besser?«, fragte sie.

»Ja, danke.« Mark grinste. »Jetzt weiß ich, warum es einen Starbucks in jedem Block gibt.«

Sie führte ihn in ihr DNA-Labor.

»Also, was geschieht als Nächstes?«, erkundigte sie sich.

»Der nächste Schritt unterscheidet sich von der forensischen Analyse. Jetzt, da die Vergrößerung abgeschlossen ist, müssen wir die Probe reinigen.«

»Was soll das heißen – ›reinigen‹?«, wollte Rourke wissen.

»Nun, sobald du die vergrößerte Probe hast, musst du all die Teile, die du nicht brauchst, entfernen.«

»Und wie machen Sie das?« Madison konnte ihre Neugier nicht verbergen.

»Manchmal benutzen wir einen Filter, aber normalerweise verwenden wir ein Enzym namens ExoSAP, das die nichtrelevanten Komponenten zerstört.«

»ExoSAP?«

Mark grinste. »*Exonuclease shrimp alkaline phosphatase.*«

Rourke lachte. »Shrimp?«

Er nickte. »Ja. Shrimp.«

Rourke schüttelte den Kopf. »Witzig.«

»Okay.« Er nahm das Gestell aus dem Thermocycler und gab das ExoSAP in das Röhrchen. »Jetzt warten wir eine halbe Stunde, dann fügen wir eine Reihe anderer Komponenten mit einer anderen Polymerase hinzu, und die Probe wandert wieder für zwei Stunden in den Thermocycler.«

Madison nickte.

Nach einer Weile des betretenen Schweigens fasste Rourke nach Marks Hand. »Willst du meinen Schreibtisch sehen?«

Mark lachte. »Klar.«

Madison ließ sich auf ihren Schreibtischstuhl fallen, bedeckte das Gesicht mit beiden Händen und atmete tief durch, um sich zu entspannen. Als sie die Hände herunternahm, entdeckte sie auf dem Schreibtisch einen pinkfarbenen Notizzettel für Telefonanrufe. Sie nahm ihn in die Hand und betrachtete ihn von allen Seiten. »Was ist mit Georgie?«, stand darauf – nichts weiter.

Sie las die Frage mehrmals, verärgert, weil weder darauf stand, wer angerufen, noch, wer den Anruf entgegengenommen hatte. »Weiß jemand etwas über diese Nachricht?«

Sanchez schaute auf und schüttelte den Kopf.

Madison hätte den Zettel um ein Haar in den Papierkorb geworfen, schob ihn aber stattdessen in die Tasche. Als sie aufstand, lief sie geradewegs in die Arme des Lieutenants.

Sie erkannte auf den ersten Blick, dass er noch immer vom Morgen wütend war oder aber dass er sich von Neuem ärgerte, weil sie so viel Zeit mit Horace vertrödelt hatte. Wahrscheinlich traf beides zu.

Er räusperte sich und warf einen auffälligen Blick auf die Uhr. »Ich möchte, dass du jemanden kennenlernst«, sagte er schroff, machte kehrt und ging in sein Büro.

Madison schaute ebenfalls auf die Uhr. Sie hatte nur ein paar Minuten Zeit, wusste aber, dass sie nicht nein sagen konnte.

»Das ist Tom Duncan«, erklärte der Lieutenant und deutete mit dem Kinn auf den Mann, der in einem der beiden Sessel vor seinem Schreibtisch saß. »Tom arbeitet bei Keystone Life.«

Tom Duncan hob sein Hinterteil ein paar Zentimeter an und streckte Madison die Hand entgegen. Sie schätzte ihn auf Anfang vierzig. Er sah nicht schlecht aus, schien jedoch ziemlich fertig zu sein, als würde er gern Party machen, war aber nicht mehr jung genug, um die Strapazen der Nacht leicht abzuschütteln. Sein Anzug war knittrig, und es schien offensichtlich, dass er lieber andere Klamotten trug.

Madison seufzte. »Hören Sie, wenn es um die Lebensversicherung geht, tut es mir leid – ich bin noch nicht dazu gekommen, die Papiere auszufüllen. Ich habe Ihren Mitarbeitern gesagt, dass sie sie gegen Ende der Woche bekommen. Falls das zu spät ist, steige ich erst nächstes Quartal ein.«

Tom Duncan musterte sie mit hochgezogener Augenbraue, dann warf er dem Lieutenant einen Blick zu. Madison sah, dass die beiden denselben Gesichtsausdruck hatten.

»Es geht nicht um deine Lebensversicherung, Madison«, stellte ihr Onkel ernst klar. »Sondern um die von Derek Grant.«

Madison spürte Tom Duncans Blick, während der Lieutenant sprach. Wenigstens war er einigermaßen diskret.

»... Wollen Sie fortfahren, Tom?«

»Wir setzen Ermittlungen in Gang«, erklärte Tom Duncan. Er blickte kurz zum Lieutenant und atmete hörbar durch. »Weil man einen Abschiedsbrief gefunden hat.«

Madison verdrehte die Augen. »Und das heißt, dass Sie die Versicherungssumme nicht auszahlen müssen, richtig?«

»Ganz und gar nicht, Miss Cross. Wir ermitteln in jedem Fall, bei dem keine natürliche Todesursache festzustellen ist.«

»Dann ist das also Routine?«

Duncan zuckte mit den Schultern.

»Und?«, hakte Madison nach.

Duncan sah Lieutenant Cross an, der ihn mit einem Nicken ermunterte.

»Eine unserer Agentinnen erinnert sich, dass Mr Grant vor etwa einem Jahr bei uns war, um über seine Deckung zu sprechen. Er fragte nach der Versicherung seines Sohnes und wollte wissen, ob er den Deckungsbereich erweitern könne, damit wir auch bei Selbstmord zahlen.«

Madison sah ihren Onkel an. »Hmm.«

»Die Agentin erklärte Mr Grant«, fuhr Duncan fort, »dass die Zweijahresfrist bereits abgelaufen sei und die Versicherungssumme auch bei Selbstmord ausgeschüttet würde. Sie machte eine Notiz über das Gespräch und legte sie zu Derek Grants Akte.«

Madison verzog das Gesicht. »Und da Sie bei Selbstmord zahlen müssen, möchten Sie jetzt beweisen, dass es kein Selbstmord war, wie?«

»Miss Cross, darum geht's gar nicht«, gab Duncan mit einem herablassenden Lächeln zurück. »Aber wenn ein Anspruch bei einer solchen Sachlage gestellt wird, würden wir unseren Job nicht anständig machen, wenn wir uns die Sache nicht genauer ansehen würden. Insbesondere da die genaue Todesursache noch nicht festgestellt werden konnte.«

Madison warf ihrem Onkel einen fragenden Blick zu, der schüttelte den Kopf.

»Hören Sie«, sagte Duncan und hievte sich aus dem Sessel. »Ich werde mein Bestes tun, Ihnen nicht in die Quere zu kommen, und hoffe, dass wir Sie nicht zu oft um Ihre Kooperation bitten müssen.« Er blieb an der Tür stehen. »Ich dachte nur, ich sollte Sie über unser … Interesse an dem Fall in Kenntnis setzen.«

Madison nickte nachdenklich.

»Gut.« Der Lieutenant klatschte in die Hände. »Danke, dass Sie hergekommen sind, um mit uns zu sprechen.«

Sobald Duncan gegangen war, öffnete Madison den Mund, um etwas zu sagen, doch der Lieutenant hob die Hand. Nach einer kleinen Weile ließ er die Hand sinken und fragte: »Was?«

Sie lachte bitter. »Ich wollte dich nur fragen, ob es etwas so Ungewöhnliches ist, dass eine Versicherung versucht, sich um eine Zahlung zu drücken.«

Er zuckte mit den Achseln. »Ich dachte, dass du, weil du so in den Fall involviert bist, von den Ermittlungen erfahren solltest. Außerdem wollte ich dich daran erinnern, dass vollkommen klare Fälle hin und wieder tückisch sein können, insbesondere wenn man sich persönlich einbringt.«

»Gut.« Madison schürzte die Lippen. Sie hatte nicht vor, die Anschuldigung zurückzuweisen. »Die Todesursache steht also nach wie vor nicht fest?«

Der Lieutenant schmunzelte über den eleganten Themenwechsel. »Noch nicht. Aidan hilft Spoons. Die beiden werden bestimmt noch fündig.«

»Sie haben nichts? Ich dachte, sie hätten Xanax gefunden.«

»Eine relativ geringe Dosis. Mehr, als ihm verordnet wurde, aber daran ist er nicht gestorben. Sie suchen noch etwas anderes.«

»Was?«

Er zuckte mit den Achseln. »Hoffentlich erkennen sie es, wenn sie drauf stoßen.«

»Gut.«

Mark Daniels schaute auf die Uhr, als Madison ins Labor kam.

»Tut mir leid«, entschuldigte sie sich. »Der Lieutenant hat mich in sein Büro gezerrt.«

Mark hob die Schultern. »Kein Problem, aber ich muss jetzt gehen. Ich füge nur noch die relevanten Komponenten hinzu und setze den Thermocycler wieder in Gang.« Wieder warf er einen Blick auf seine Uhr. »Die Probe wird in zwei Stunden fertig sein. Danach können Sie sie durch die kapillare Reihe laufen lassen und sehen, was wir haben.«

Aidan war über das Mikroskop gebeugt, als Madison hereinkam. Nicht einmal dass sie neben ihm stand, störte ihn.

Sie neigte sich zu ihm und flüsterte: »Klopf, klopf.«

»Warte nur eine Sekunde«, flötete er melodiös und justierte die Schärfe an einigen Knöpfen des Mikroskops. »Jetzt«, sagte er und sah auf. »Hallo, Madison.« Gegen seinen Willen musste er lächeln.

»Hi, Aidan.« Sie erwiderte sein Lächeln.

In letzter Zeit war ihr Umgang eher unbeholfen, was Madison bedauerte. Sie mochte Aidan und hätte ihm am liebsten klargemacht, dass es noch nicht zu spät war, um sich näherzukommen, auch wenn es bisher nicht geklappt hatte. Das bedeutete natürlich nicht, dass es unbedingt dazu kommen musste. Nur eines war sicher: Im Moment wollte sie keine Beziehung.

»Wie geht's?«, erkundigte sie sich. »Was macht Ziggy?«

Ziggy war Aidans Elite-Signature-Serienmikroskop und wahrscheinlich sein bester Freund. Madison neckte ihn oft deswegen.

»Gut, alles bestens«, entgegnete er zuckersüß. »Und wie geht's dir und dem Vater des Toten?«

Sie schnitt eine Grimasse; als jedoch sicher war, dass

er darauf nicht reagierte, gestattete sie sich ein Lächeln. »Prima. Woran arbeitest du gerade?«

»An ebendiesem Toten. Ich führe einige Toxscreens durch.«

»Der Lieutenant meint, ihr habt die Todesursache noch nicht gefunden. Was ist da dran?«

»Ich bin selbst erstaunt. Normalerweise müssten wir längst auf etwas gestoßen sein. Vielleicht ist es nichts Chemisches. Vielleicht ist er aber auch einfach bloß gestorben.«

»Sie haben einen Abschiedsbrief gefunden.«

»Tatsächlich? Ich schätze, dann muss ich wohl weitersuchen. Er hatte nicht zufällig ein Einschussloch im Kopf oder so was?«

»Leider nein.«

»Wirklich schade. Wer ist eigentlich Rourkes Freund? Arbeitet ihr zusammen an dem Grant-Fall?«

»Nein. Er ist einfach ein Freund von Melissa Rourke.« Sie lachte nervös. »Ein sehr enger Freund, wenn du weißt, was ich meine. Er arbeitet in einer Firma mit dem Namen DNAPrint und ist wegen einer Konferenz in der Stadt. Ziemlich interessante Materie. Elaine Abner konnte die Rassenzugehörigkeit der Jane Doe nicht eindeutig bestimmen. Diese Firma behauptet, sie hätte einen Test für die biologische Herkunft entwickelt.«

»Mitochondriale DNA, stimmt's? Ist das nicht zu ungenau?«

»Nein, sie untersuchen die nukleare DNA.«

»Ist so ein Test teuer? Ich glaube kaum, dass der Lieutenant Geld für so was lockermacht.«

Madison spürte, wie ihr das Blut ins Gesicht stieg. »Mark sagt, es würde tausend Dollar kosten, sehr viel weniger als der Test auf mitochondriale DNA. Aber in diesem

Fall konnte Rourke ihn, äh … überzeugen, eine Demonstration der Prozedur mit unserem Standard-Equipment durchzuführen. In unserem Büro.«

»Rourkes Hingabe an den Job ist bewundernswert«, stellte er sarkastisch fest. »Es gibt nichts, was sie nicht tun würde, um einen Fall aufzuklären.«

»Du bist schrecklich.«

»Apropos Jane Doe – ich hatte Glück. Diese schwarze Substanz in den Rillen am Knochen …«

»Was ist damit?«

»Es ist Ruß.«

»Ruß? Richtiger Ruß?«

»Ja, vermutlich von verbranntem Holz«, sagte er, »aber das ist schwer festzustellen.«

»Woher, um alles in der Welt, kommt der Ruß?«

Er zuckte mit den Schultern. »Vielleicht hat sie den Kaminkehrer gegen sich aufgebracht.«

»Ja, ganz bestimmt.«

Aidan lachte. »Jedenfalls habe ich mit Elaine Abner darüber gesprochen. Sie kann sich immer noch nicht vorstellen, was diese Schabespuren auf dem Knochen hinterlassen haben könnte.«

Adam Booker sah gut aus. Er war immer schon ein attraktiver Mann gewesen. Er saß mit zwei Kaffeetassen vor sich an einem Tisch, las in einer Akte und sprach leise in ein Diktaphon.

Als er Madison sah, hörte er auf zu reden und lächelte breit. Rasch packte er die Akte und das Diktiergerät weg, dann stand er auf und breitete die Arme aus.

»Madison. Mein Gott, du siehst großartig aus.« Sein Blick huschte an ihr herunter und schnell wieder zurück. »Wow.«

»Hi, Adam.«

Er deutete auf den freien Platz, und während sie sich setzte, schob er ihr eine der Tassen zu.

»Danke.« Sie trank ein paar kleine Schlucke von ihrem Mokka.

»Die Arbeit bei dieser Einheit scheint dir zu bekommen.«

»Danke. Du siehst aber auch nicht schlecht aus.«

Einen Moment starrte er sie an, dann senkte er den Blick auf seine Hände. »Und du bist sicher, dass du – wie war das? – ›eine Weile für dich‹ sein musst?«

Sie schmunzelte. »Zurzeit ist das das Einzige, was ich mit Sicherheit weiß.«

Er musterte sie nachdenklich. Dann trank er einen Schluck. »Okay, lass mich dieses Ding sehen, das dir solches Kopfzerbrechen bereitet.«

Madison zog die kleine Beweistüte aus der Tasche, strich sie glatt und schob sie über den Tisch. Er glättete sie noch ein wenig mehr und hob sie ins Licht, um sich das Gebilde darin genauer anzusehen.

»Es ist eine Focalens«, erklärte er. »Sieht aus wie eine aus der DL-Linie. Siehst du, wie die ›Fühler‹ gebogen sind ... diese S-Form mit dem kleinen Knick?« Er fuhr mit dem Finger über einen der Arme, die von der Linse wegführten. »Diese Linsen sind schon seit einer ganzen Weile nicht mehr auf dem Markt.«

»Na toll. Wann wurde die Produktion eingestellt?«

Er zuckte mit den Schultern. »Anfang der achtziger Jahre, glaube ich – 83, vielleicht 84. Jedenfalls vor meiner Zeit.«

»Mit wem muss ich sprechen, wenn ich herausfinden möchte, wer dieses Ding implantiert hat?«

Wieder ein Schulterzucken. »Ich denke, mit jemandem

aus dem Archiv. Mit Janeane Venturi. Ich mache dir einen Vorschlag: Ich nehme die Linse mit, schaue sie mir unter dem Mikroskop an und sehe, ob ich sie genau identifizieren kann. Dann versuche ich, für dich einen Termin mit Janeane zu vereinbaren.«

»Ich kann die Linse nicht aus der Hand geben. Dazu bin ich nicht befugt.«

»Na schön«, seufzte er. »Alles muss immer kompliziert sein, oder? Kannst du die Linse in meine Praxis bringen?«

»Hm … klar. Wann?«

Er lachte. »Genau das ist das Problem. Im Augenblick habe ich furchtbar viel zu tun … Ich sag dir was – ich versuche mir morgen früh ein wenig Zeit freizuschaufeln und ruf dich an. Meinst du, du kannst dann mit der Linse zu mir kommen?«

»Ich denke schon.«

Er reichte ihr die Tüte.

»Danke, Adam.«

Er grinste sie an. »Freut mich, wenn ich helfen kann.«

Als Madison in ihr Büro zurückkam, war der Thermocycler abgelaufen und Mark Daniels' Nachmittagskonferenz zu Ende.

»Sie sehen elend aus«, bemerkte Madison, als sie sein erschöpftes Gesicht sah.

»Es war ein langer Tag.« Er lachte. »Fast wie zwei Tage.«

»Wo ist Rourke?«

»Sie ist früher nach Hause gegangen.« Er lächelte. »Aber heute Abend sehe ich sie vielleicht wieder.« Er nahm die Probe aus dem Thermocycler und träufelte mit der Pinzette ein paar Tropfen in das erste einer Reihe von Kapillarröhrchen. »Jetzt, wo wir die Probe vergrößert und in Sequenzen aufgeteilt haben, geben wir sie in das Kapillargestell und sehen, was wir bekommen.« Er sah auf die Uhr. »Ich muss einige Telefonate erledigen. In etwa zwanzig Minuten wissen wir mehr.«

Als Madison zwanzig Minuten später in ihr Labor ging, war auf dem Computerbildschirm eine Graphik, eine Kurve mit dramatischen Ausschlägen nach oben wie nach unten, zu sehen.

Mark, der gerade den Stick aus dem Computer nahm, um ihn in seinen eigenen Laptop zu stecken, schaute auf. »Es dauert ein paar Sekunden, bis die Daten verarbeitet sind, aber ich kann Ihnen schon anhand dieser Merkmale sagen –«, er tippte mit dem Finger auf etwa ein Dutzend verschiedene Punkte der Graphik, »– dass diese Sequenzen bei Afrikanern sehr häufig vorkommen.«

Er drückte auf ein paar Tasten seines Laptops und wartete.

»Bingo«, sagte er, lehnte sich zurück und drehte Madison den Bildschirm zu. »Es gibt auch ein paar Merkmale, die auf europäische, und einige wenige, die auf indianische Vorfahren hindeuten. Das ist nichts Ungewöhnliches für Nachkommen aus Mischehen, und unsere Jane Doe hat Vorfahren verschiedener Rassen, aber zu fünfundachtzig Prozent ist sie Afrikanerin.« Er sah Madison an. »Jane Doe war schwarz.«

Kapitel 12

Obschon Mark lediglich bestätigt hatte, was Elaine Abner und Sanchez bereits vermuteten, hatte Madison das Gefühl, nur noch das Modell der Linse genau bestimmen zu müssen, um den möglichen Kreis der Opfer einzugrenzen und Jane Doe zu identifizieren.

Doch zuerst musste sie einen Anruf tätigen.

»Lorraine Vincent bitte«, sagte sie zu der Telefonistin von GreenGround.

»Darf ich ihr sagen, wer sie sprechen möchte?«, fragte die Frau, und Madison hätte ihr am liebsten geantwortet: »Wie denn, wenn du mich nicht nach meinem Namen fragst.« Stattdessen nannte sie ihren Namen.

Nach neunzig Sekunden wurde die grässliche Musik in der Warteschleife unterbrochen, und eine Frauenstimme meldete sich: »Lorraine Vincent.«

»Hi, hier ist Madison Cross. Ich war heute mit Horace in Ihrer Firma.«

Lorraine lachte. »Mann, das ging aber schnell.«

»Sie sagten, Sie würden mir mehr über Horace erzählen, wenn ich Sie anrufe.«

»Oh, das … Hören Sie, ich möchte nicht … Sie scheinen ganz nett zu sein, und ich bin überzeugt, dass sich Horace im Moment von seiner besten Seite zeigt. Ich dachte nur, Sie sollten wissen, dass er ziemlich garstig sein kann.«

»Wie zum Beispiel?«

»Na ja, er war nicht immer freundlich zu Derek, das ist mal sicher. Aber zu den Pflegern, die ihm helfen wollten, konnte er richtig gemein sein.« Sie lachte betrübt. »Und zu mir auch.«

»Als ich sagte, Dereks Tod müsse ein Schock für Sie sein, erwiderten Sie: ›Ich denke schon.‹ Kam er für Sie nicht überraschend?«

Sie schwieg eine Weile. »Na ja … Hat Derek Selbstmord begangen?«

»Wieso fragen Sie das?«

»Weil es nicht sein erster Versuch gewesen wäre.«

»Was soll das heißen?«

»Letztes Jahr wollte er sich umbringen. Ich weiß nicht, ob es ihm ernst damit war, aber ich bin ziemlich sicher, dass er es versucht hat … Es war kurz nach unserer Trennung.«

»Tatsächlich?«, murmelte Madison, weil sie Zeit brauchte, um das zu verdauen.

»Ja.«

»Hat Ihnen Derek selbst davon erzählt?«

»Nicht ausführlich. Damals herrschte eine ziemlich ungute Atmosphäre zwischen uns.«

»Und … wie hat er es versucht?«

Lorraine seufzte. »Ich würde Ihnen raten, Horace danach zu fragen, wenn er kein verdammter Lügner wäre. Ich glaube, es war Valium, eine Überdosis.«

»Wow.«

»Es überrascht mich nicht, dass Ihnen Horace nicht davon erzählt hat. Er hat es strikt abgestritten. Und es gab keinen Abschiedsbrief oder so was.«

Nachdem Madison das Gespräch beendet hatte, wählte sie Aidans Nummer und erzählte ihm von dem, was sie gerade erfahren hatte.

»Danke für den Tipp, aber nein. Ich habe bereits auf Valium getestet. Nichts.«

Als Nächstes rief sie Tom Duncan an.

»Miss Cross!«, rief er freudig. »Was kann ich für Sie tun?«

»Ich möchte ein paar Informationen austauschen.«

»Prima«, sagte er zögerlich, als läge ihm etwas anderes auf dem Herzen. »Okay.« Er seufzte. »Was haben Sie?«

»Vielleicht wissen Sie bereits davon, aber mir war es neu. Man hat mir erzählt, dass Derek Grant schon einmal versucht hat, sich das Leben zu nehmen.«

»Wirklich?«

»Das hat man mir gesagt. Wissen Sie etwas darüber?«

»Moment – mal sehen.« Er schien einig Papiere durchzublättern. »Wann war das?«

»Vor etwa einem knappen Jahr.«

»Hmm.« Noch mehr Papierrascheln. »Hmm … okay. Ja, da haben wir's. Wie wär's damit: Im letzten September wurde er in die Notaufnahme eingeliefert. Da steht etwas von versehentlich übermäßigem Medikamentengebrauch, tödlicher Dosis, Barbituraten. Hmm … anscheinend ist Ihre Information korrekt. Drei Tage danach begann er eine Therapie bei einem Dr. Soames, einem Psychiater. Interessant. Trotzdem weiß man noch nicht, was ihn getötet hat.«

»Können Sie mir eine Kopie seiner Akte zuschicken?«

»Natürlich, ich denke schon.«

»Danke. Steht da auch drin, wer ihn ins Krankenhaus gebracht hat?«

»Mal sehen … Da steht, sein Vater hat alles veranlasst.«

Diesmal brachte Madison keine Doughnuts mit, als sie auf dem Heimweg vor Horace' Haus haltmachte. Ihr Klopfen an der Haustür klang selbst in ihren eigenen Ohren wütend. Gut, dachte sie, ich *bin* wütend.

Die Tür schwang auf, Horace lächelte. »Madison, wie geht's Ihnen?« Sobald er ihr Gesicht sah, erstarb sein Lächeln.

»Nicht so gut, Horace. Darf ich reinkommen?«

»Selbstverständlich, kommen Sie.«

Während er zurückrollte, stürmte sie ins Wohnzimmer und wartete auf ihn.

»Was ist los, Madison?«

»Heute Morgen, als Gilkin Sie fragte, ob Derek schon einmal so etwas versucht hat, was haben Sie da geantwortet?«

Er verzog das Gesicht und funkelte sie an.

»Was haben Sie geantwortet?«, wiederholte sie.

»Das geht die, verdammt noch mal, nichts an ...«, protestierte er.

»Nein! Sie irren sich. Das geht sie sehr wohl was an. Um Himmels willen, sie sind die Polizei, Horace. Und eine solche Vorgeschichte geht sie natürlich etwas an.«

Schäumend vor Wut verschränkte er die Arme.

»Warum?«, fragte Madison. »Weshalb haben Sie die Polizei angelogen?«

»Es war ein Unfall!«, schrie er sie an. »Er wollte es nicht tun. Außerdem ist er jetzt tot. Was bedeutet es schon, was damals passiert ist? Das bringt ihn auch nicht wieder zurück, oder? Alles, was mir geblieben ist, ist die Erinnerung an ihn, und jetzt wollen sie mir die auch noch nehmen. Sie wollen ihn durch den Dreck ziehen, Derek vergessen – vergessen, was für ein guter Junge er war und wie viel Gutes er in seinem Leben getan hat. Sollen alle nur noch von seinem Ende reden, dass er nicht mehr zurechtgekommen ist und schließlich das Einzige tat, was Gott nie vergeben kann? Will man das für sein Kind?«

Während dieser kleinen Tirade rollten Tränen über seine Wangen. Jetzt, da er seinem Zorn Luft gemacht hatte, fing er an zu schluchzen. Er wiegte sich in seinem Stuhl vor und zurück, die Arme um sich geschlungen.

Plötzlich fühlte sich Madison ausgelaugt, ohne jede Energie. »Sie dürfen bei so was nicht lügen, Horace«, sagte sie leise. »In solchen Dingen zu lügen ist ein Verbrechen.«

Die Heimfahrt war ermüdender als sonst. Nach der Auseinandersetzung mit Horace gelang es ihr nicht, ihre Energien zurückzugewinnen. Und dass sie sich im Schneckentempo durch den Rushhour-Verkehr kämpfen musste, half auch nicht gerade.

Wie immer, wenn sie nach Hause kam, war der nächste freie Parkplatz einen Block von ihrem Apartment entfernt. Als sie ausstieg, fiel ihr Blick auf den kleinen Fernseher, den Horace ihr geschenkt hatte. Er lag auf dem Platz hinter dem Beifahrersitz. Sie war versucht, ihn im Auto zu lassen, besann sich aber eines Besseren – nicht so sehr aus Angst davor, dass er gestohlen werden könnte, sondern dass der Dieb einen beträchtlichen Schaden am Auto verursachen würde, um an den Apparat zu kommen.

Als sie, einen halben Block von zu Hause, mit bleiernen Füßen und dem plötzlich viel zu schweren Fernsehapparat um die Ecke bog, sank ihr das Herz. Mit dem Rücken zu ihr stand der Halbstarke vom letzten Abend – den hatte sie über den Tag vollkommen vergessen.

Sie machte noch ein paar schleppende Schritte, dann

blieb sie stehen und wog ihre Möglichkeiten ab. Um kehrtzumachen und die Flucht zu ergreifen, war sie zu müde. Sie könnte die Polizei oder ihren Onkel anrufen, aber was dann? Sollte sie hier warten und ihnen dann sagen, dass sie den Jungen verhaften sollen, weil er ein Arschloch ist?

Ehe sie eine Entscheidung treffen konnte, drehte sich der Typ um und entdeckte sie. Madison seufzte und tastete in ihrer Handtasche nach dem Pfefferspray. Wenigstens musste sie nicht um den ganzen Block laufen.

Doch als sie einen Schritt vortrat, wich der Halbstarke einen Schritt zurück. Erst dann fiel ihr die weiße Halskrause auf. Das Gesicht darüber wirkte finster. Die einzelnen Schwellungen und blauen Flecke konnte sie nicht ausmachen, irgendwie schien alles aufgedunsen und bläulich zu sein. Auf seiner Nase klebte ein Pflaster. Beim nächsten Rückwärtsschritt stolperte er, und als er versuchte, das Gleichgewicht zu halten, sah Madison, dass ein Arm eingegipst war. Ob er noch mehr Verletzungen hatte, konnte sie nicht feststellen, da er auf dem Absatz herumwirbelte und das Weite suchte.

Der muss sich das falsche Mädchen ausgesucht haben, dachte Madison schadenfroh grinsend und schlenderte nach Hause. Dennoch war es eigenartig, dass ihn ihr Anblick so erschreckt hatte.

Möglicherweise hatte sie ihn an das Mädchen erinnert, das ihn so zugerichtet hatte.

Der Weg zu ihrem Apartmenthaus erschien ihr heute steiler als sonst.

In ihrer Wohnung warf sie die Handtasche aufs Sofa und trug den Fernseher in die Küche. Sie schob den Toaster beiseite, um Platz zu machen, und setzte sich.

Der Küchenstuhl war hart, einer der billigeren von

IKEA, doch in diesem Moment fühlte er sich himmlisch an. Sie stützte die Ellbogen auf den Tisch, legte das Kinn in die Hände und schloss die Augen.

Als sie sie wieder öffnete, stand der Fernseher immer noch da und starrte sie anklagend an, wie sie fand.

Sie hatte ein schlechtes Gefühl, weil sie Horace gegenüber die Geduld verloren hatte, andererseits war sie im Recht gewesen. Und jetzt konnte sie nachvollziehen, wie es ihm ging.

Mit mehr Energie, als sie noch zu haben glaubte, steckte sie den Stecker in die Dose hinter dem Toaster und schaltete den Apparat ein. Beinahe sofort erwachte der Bildschirm zum Leben – die Lokalnachrichten mit einem Bericht über einen Hausbrand ganz in der Nähe. Sie atmete auf, als sie sah, dass die Farben normal eingestellt waren.

Obzwar sie sich normalerweise nie die Lokalnachrichten ansah, hatte sie keine Lust, zu einem anderen Kanal zu wechseln. Mehr noch – sie hatte gerade den richtigen Grad von erschöpfter Benommenheit erreicht, um sich einen Film über ein spektakuläres Feuer und wilde Autojagden durch die Stadt anzusehen.

Ihre Schuldgefühle wurden stärker. Sie dachte an Horace, der jetzt allein in seinem Haus saß. Er hatte nicht einmal einen Fernseher zur Gesellschaft, zumindest schaltete er ihn nicht ein. Unwillkürlich musste sie lächeln, als sie an die grellen Farben dachte, die ältere Leute bevorzugten.

Dann runzelte sie die Stirn.

Als sie die Farben gesehen hatte, hatte sie vermutet, dass Horace das Gerät benutzte. Stattdessen hatte er behauptet, nie fernzusehen.

Derek hatte ferngesehen. Möglicherweise war der Fernseher an gewesen, als der Tod eingetreten war. Schließlich hatte Horace gesagt, sein Sohn habe den Fernseher immerzu laufen lassen, und auch diesmal war er nur aus gewesen, weil er über das Kabel gestolpert war.

Eine Weile saß sie reglos da und sah sich die geistlosen Lokalnachrichten an. Plötzlich schoss ein Adrenalinstoß durch ihre Adern. Sie sprang auf, schnappte sich das Telefon, rannte ins Wohnzimmer und fing an, im Regal mit ihren medizinischen Fachbüchern nach etwas zu suchen.

Zehn Minuten später sprach sie mit Aidan.

»Digoxin«, sagte sie, sofort nachdem er sich gemeldet hatte.

»Was?«

»Digoxin. Das Herzmittel. Ich glaube, das könnte Derek Grant getötet und den Herzanfall verursacht haben.«

»Wovon redest du überhaupt?«

»Als wir Derek Grant gefunden haben, war das Kabel des Fernsehers halb um seinen Knöchel gewickelt. Gestern, als ich in dem Haus war, habe ich den Stecker eingesteckt und das Gerät angeschaltet. Die Farben waren viel zu stark eingestellt. Erst habe ich mir überhaupt nichts dabei gedacht, erst jetzt ist mir klargeworden, dass es das Senioren-TV-Syndrom gewesen sein könnte, verstehst du?«

Aidan lachte. »Jedes Wort.«

»Wie auch immer – Horace erwähnte später, dass er nie fernsieht, Derek hingegen habe den Apparat ständig laufen lassen. Das bedeutet, dass nur Derek ferngesehen hat – richtig?«

»Ich kann dir nicht folgen.«

»Na ja, ich habe mich gefragt, wieso Derek so grelle Farben bevorzugt haben könnte.«

»Drogeninduzierte Sehstörungen?«

»Ganz genau. Es gibt jede Menge Substanzen, die Sehstörungen verursachen, also sollten wir alle checken. Aber Digoxin ist ziemlich gebräuchlich, und es hat eine starke Wechselwirkung mit Xanax, das er definitiv geschluckt hat.«

Eine Weile herrschte Schweigen, dann lachte Aidan anerkennend. »Ha … der Fernseher, wie? Das ist gut. Okay, ich teste das gleich morgen früh.«

Kapitel 13

Digoxin«, sagte Parker am nächsten Morgen und baute sich vor Madison auf, ehe sie Gelegenheit hatte, sich zu setzen. »Bis zum Stehkragen.«

»Tatsächlich?« Madison gab sich alle Mühe, ihre Überraschung und Aufregung nicht zu zeigen. Das war ein Glückstreffer, und sie wusste es. »Wie viel?«

»Weiß nicht genau, aber Aidan sagte, es war genug, um ihn zu töten – selbst ohne dieses andere Zeug – Xanax.«

Lieutenant Cross kam auf sie zu. »Exzellenter Tipp, Madison«, raunte er. Ihr Onkel war mit Lob immer verschwenderisch umgegangen, aber in Gegenwart der Truppen, wie er sie nannte, hielt er sich sonst eher zurück. »Im Ernst. Gute Polizeiarbeit.«

»Danke, Lieutenant.«

Der Lieutenant nickte knapp, bevor er sich mit einem Lächeln auf dem Gesicht in sein Büro zurückzog.

Parker griente und lehnte sich an Madisons Schreibtisch. »Lass mich sehen, ob ich das begriffen habe. Du schaltest den Fernseher des Typen ein, die Farben waren falsch eingestellt, und daraus hast du geschlossen, was ihn umgebracht hat?«

Madison lachte. »So ungefähr.«

Parker schüttelte den Kopf. »Verflucht genial, was?«

Wieder lachte sie und strengte sich an, nicht rot zu werden. »Weißt du … das Digoxin verursacht nicht nur

Sehstörungen hinsichtlich der Farben, sondern auch Halluzinationen. Er könnte alles Mögliche gesehen haben.«

Sie merkte selbst, dass sie wild drauflosplapperte. Parker lehnte sich einfach zurück und hörte ihr mit belustigter Miene zu.

»Ich sollte mich mit Aidan unterhalten«, sagte sie schließlich. »Ihm danken, dass er den Test durchgeführt hat.«

Aidan Veste war, wie am Abend zuvor, über das Mikroskop gebeugt.

»Digoxin, was?«, sagte sie beim Hereinkommen.

»Ja, allerdings«, erwiderte er, ohne aufzusehen. »Das war ein Schuss ins Schwarze.«

»Danke, dass du die Tests für mich gemacht hast.«

Als er den Kopf hob, rutschte seine Brille von der Stirn auf die Nase. »Weißt du«, flüsterte er vertraulich, »man bezahlt mich hier dafür, dass ich jede Menge solcher Dinge tue.«

Sie kniff ihn in den Arm. Fest.

»Aua!«, schrie er erschrocken.

»Du weißt genau, was ich meine, Klugscheißer.« Sie grinste sarkastisch und drehte sich zur Tür.

»Gern geschehen, Madison«, sagte er. »Gut kombiniert.«

Es schien, als wollte er noch etwas hinzufügen, aber ihr Handy hielt ihn davon ab.

Es war Adam Booker.

»Entschuldige, Aidan.« Damit zog sie sich zurück. »Ich muss diesen Anruf entgegennehmen.« Aus unerfindlichen Gründen wollte sie nicht in Aidans Gegenwart mit Adam telefonieren.

»Hey, Adam«, sagte sie.

»Ich habe gerade noch eine Besprechung«, sagte er mit gedämpfter Stimme. Im Hintergrund redete jemand. »Aber in etwa fünfzehn Minuten hätte ich ein wenig Zeit. Kannst du herkommen?«

»Fünfzehn Minuten, okay.«

»Großartig. Ich freu mich schon.«

Madison blieb gerade so viel Zeit, dass sie sich auf dem Weg einen Kaffee besorgen konnte. Für Adam nahm sie eine Hausmischung mit einem Schuss Espresso mit. Das schien sein Lieblingskaffee zu sein, und sie hatte das Gefühl, ihm etwas zu schulden.

Sie trug sich am Empfang in die Besucherliste ein und zählte, während sie durch den Flur ging, die Türen ab. Eine unmarkierte Tür öffnete sich, Adam kam heraus und ging zielstrebig in die entgegengesetzte Richtung.

Ehe sie seinen Namen rufen konnte, spürte er scheinbar ihre Präsenz. Er blieb abrupt stehen und wirbelte herum. »Madison!« Er strahlte sie an.

»Hi, Adam.« Zu Adams Charme gehörte, dass er sich über die Begegnung selbst mit entfernten Bekannten aufrichtig zu freuen schien. Sie erwiderte sein Lächeln.

»Du kommst genau rechtzeitig.« Ein kurzer Blick auf die Armbanduhr. »Ich habe zehn Minuten.«

Er erspähte die beiden Kaffeebecher in ihren Händen und streckte die Hand nach dem größeren aus.

»Hausmischung mit einfachem Espresso, richtig?«

»Himmel, das kommt auch genau rechtzeitig. Danke.« Er nahm den Becher und trank einen großen Schluck. »Damit unterstützt du meine Sucht, das ist dir doch klar, oder?«

»Du scheinst ganz gut damit zurechtzukommen.« Sie folgte ihm durch den Flur.

»Ich frage mich langsam, ob die Betty-Ford-Klinik auch ein Koffeinprogramm für die Stammkundschaft der Starbucks-Läden anbietet. Ich denke, ich könnte eine Therapie ganz gut gebrauchen.« Er öffnete eine Tür fast am Ende des langen Korridors und hielt sie für Madison auf. »Da sind wir.«

Der Raum war klein und schwach beleuchtet. Er schaltete das Licht eines Mikroskops an.

»Hast du's mitgebracht?«, erkundigte er sich.

Sie holte die Beweistüte aus der Tasche und drückte sie Adam in die Hand.

Er legte die Linse unters Mikroskop und stellte geschickt die Schärfe ein.

»Hmm«, grunzte er leise.

»Was ist?«

»Du hast Glück.« Er trat zurück. »Sieh's dir an.«

Durch das Mikroskop sah sie die Prägung FOCALENS und die Ziffern 1 und 9. Schmutz hatte sich in den Rillen abgesetzt und sorgte dafür, dass die Buchstaben und Zahlen erhaben waren.

»Das ist eine Focalens DL-60. Nicht viele Firmen prägen ihren Namen direkt in die Linse.« Er schnaubte. »Ich schätze, damals hielt man das für eine gute Idee. Dieses Modell wurde nur ein paar Jahre hergestellt – von 1981 bis 1983 –, auch weil die Prägung Probleme verursachte.«

»Was bedeutet ›19‹?«

»Das ist die Stärke. So etwas wie Dioptrien. Das sollte dir helfen, den Kreis der möglichen Opfer einzugrenzen. Und ich habe mit Janeane Venturi gesprochen – sie meinte, sie hätte heute um zwei Uhr Zeit für dich. Wie klingt das?«

»Großartig, Adam. Ich bin dir was schuldig.«

»Gut.«

Sobald Madison wieder an ihrem Schreibtisch saß, rief sie in Dr. Chesters Praxis an, um nachzufragen, ob Horace Digoxin verordnet worden war. Anfangs verweigerte die Sprechstundenhilfe die Auskunft und berief sich auf die ärztliche Schweigepflicht, doch nachdem Madison ihr erklärt hatte, dass Horace' Sohn an einer Digoxin-Vergiftung gestorben war, bat sie sie, einen Moment zu warten. Nach etwa einer Minute kam sie mit der Information an den Apparat zurück: »Nein, Horace Grant bekam kein Digoxin verschrieben.« Als Madison auflegte, steckte Lieutenant Cross den Kopf aus seiner Bürotür und bat Madison, Duncan von der Keystone Life anzurufen und ihn über die Todesursache in Kenntnis zu setzen. Zudem sollte sie ihm sagen, dass Spoons mittlerweile auch den Totenschein ausgestellt hatte.

Sie tippte Duncans Nummer ein, und dabei kam ihr in den Sinn, dass Horace die Neuigkeiten sicherlich auch gern erfahren würde. Er war bestimmt erleichtert, wenn er hörte, dass man die Todesursache gefunden hatte und den Leichnam freigab, damit er seinen Sohn wie geplant morgen bestatten konnte. Sobald die turbulenten Ermittlungen und die Trauerfeierlichkeiten vorbei waren, würde er allein in seinem Haus sein – nur er und die tiefe Trauer um den Sohn.

Sie seufzte betrübt. Ihr Onkel hatte recht – sie musste lernen, Distanz zu wahren.

Tom Duncan meldete sich in einem Ton, der verriet, dass ihn der Anrufer bei etwas Wichtigem unterbrach. »Tom Duncan.«

»Hallo, hier ist Madison Cross von der Spurensicherung in Philadelphia.«

»Was kann ich für Sie tun, Miss Cross?«

»Ich möchte Sie lediglich im Derek-Grant-Fall auf dem

Laufenden halten. Wir haben die Substanz gefunden, die zum Tod geführt hat. Wie es scheint, hat er große Mengen Digoxin geschluckt – das ist ein Herzmittel.«

»Hmm.«

»Ja. Können Sie in seiner Akte nachsehen, ob ihm das Medikament ärztlich verordnet wurde?«

Duncan seufzte – er schien wirklich ein wenig verärgert zu sein wegen der Störung. Er blätterte auffallend laut in der Akte. »Nee. Sieht nicht danach aus. Keine Herzerkrankung.«

»Hmm. Danke. Okay, ich wollte Ihnen nur sagen, dass wir die Todesursache gefunden haben. Der Gerichtsmediziner wird noch heute Morgen die Sterbeurkunde ausfertigen.«

»Gut«, erwiderte er gleichgültig. »Danke für den Anruf.«

»Ich dachte, es könnte für Ihre Ermittlungen wichtig sein.«

»O ja.« Er lachte herablassend. »Wie sich mittlerweile herausgestellt hat, sind die Ermittlungen ohnehin fast abgeschlossen.«

»Abgeschlossen?«

»Nun, wir haben einen handschriftlichen Abschiedsbrief. Und der Verblichene hat vor nicht allzu langer Zeit schon einmal versucht, sich das Leben zu nehmen – das erklärt, warum sich Mr Grant senior nach der Auszahlung im Falle eines Selbstmords erkundigt hat. Da gibt's nicht mehr viel zu ermitteln.«

»Oh«, machte Madison. Diese Eröffnung bestürzte sie ein bisschen.

»Schön. Trotzdem danke ich Ihnen für die Info. Hey, und insbesondere für Ihren Tipp gestern. Lassen Sie uns wissen, wenn wir Ihnen mit irgendwas behilflich sein können. Soll ich Ihnen nach wie vor die Kopie der Versicherungsakte zuschicken?«

Sie überlegte kurz. »Ja, bitte – das wäre sehr freundlich von Ihnen.«

Madison fühlte sich eigenartig leer, als sie das Telefonat beendete. Wenn die Ermittlungen abgesagt worden waren, zahlte die Versicherung die Prämie aus. Und da die Todesursache feststand, würde der Tote nun zur Beerdigung freigegeben werden.

All das hieß, dass Horace Grant in ein paar Tagen mit seiner Trauer allein war. Und dass Madison ihr eigenes Leben weiterführen konnte.

Sie nahm den Hörer in die Hand und tippte Horace' Nummer ein.

»Hallo?«

»Hi, Horace. Hier ist Madison.«

»Madison!«, rief er munter. »Hallo.«

»Ich hab nur kurz Zeit. Aber ich möchte Sie wissen lassen, dass der Gerichtsmediziner die Sterbeurkunde unterzeichnet hat und der Leichnam freigegeben wird. Sie können also bei McCafferty anrufen und ihnen sagen, dass sie ihn abholen dürfen.«

»Oh, Gott sei Dank. Das ist eine Erleichterung … Ich danke Ihnen, Madison.«

»Kein Problem, Horace. Freut mich, dass es noch geklappt hat.«

»Also … dann sehe ich Sie dort, oder?«

Sie holte tief Luft. Sie hasste Beerdigungen, aber dies wäre wahrscheinlich ihre letzte Gelegenheit, Horace zu sehen. Und sie erkannte an seinem Tonfall, dass er sie wirklich gern dabeihaben wollte.

»Selbstverständlich, Horace.«

Sie beendete die Unterhaltung und blieb reglos sitzen.

Erst als der Lieutenant sie aufschreckte, merkte sie, wie gedankenverloren sie gewesen war.

»Was ist, Madison?«, wollte er wissen. »Alles in Ordnung?«

»Was? O ja, tut mir leid.«

»Bist du okay?«

»Ja, ja, alles bestens. Ich habe nur gerade mit Tom Duncan gesprochen und ihm von dem Digoxin und dem Totenschein erzählt. Er meinte, sie hätten die Ermittlungen sowieso abgeschlossen.«

»Tatsächlich?«

»Ja. Offenbar hat Derek Grant vor neun Monaten schon einmal versucht, sich das Leben zu nehmen. Das und die Tatsache, dass in seinem Schlafzimmer ein Abschiedsbrief gefunden wurde, hat die Sache sozusagen besiegelt.«

»Das freut mich. Es macht deinem Freund, Mr Grant, das Leben sicher einfacher, wenn er sich nicht mit der Versicherung herumstreiten muss.«

»Ja. Und das Begräbnis ist morgen.«

»Gehst du hin?«

»Ich habe das Gefühl, ich muss.« Madison hatte nie einen Hehl daraus gemacht, dass sie Beerdigungen verabscheute.

»Trotz allem muss ich dir eines sagen«, erklärte der Lieutenant. »Ich habe große Zweifel, dass das Verhältnis zwischen Vater und Sohn normal war.«

»Was meinst du?«

»Nichts für ungut – ich weiß, dass der Vater dein Freund geworden ist, aber es erscheint mir unnormal, dass der Sohn derart abhängig von ihm war, dass er selbstmordgefährdet war, weil sein Vater aus dem gemeinsamen Haus ausgezogen und in ein Seniorenheim übersiedelt ist. Das ist nicht normal, sonst hätte sich der Junge nicht umgebracht.«

»Stimmt«, räumte Madison ein. »Ich denke, Derek hatte noch mehr Probleme.«

Der Lieutenant schüttelte den Kopf. »Und dieser Abschiedsbrief ...«

»Was ist damit?«

»Na ja, er ... ich weiß nicht. So etwas schreibt ein erwachsener Mann einfach nicht, weil sein Dad aus dem Haus gegangen ist – das finde ich zumindest.«

Madison verdrehte die Augen. »*Wenn* er ein normaler erwachsener Mann gewesen wäre, hätte er sich nicht umgebracht, oder?«

Lieutenant Cross bestätigte diesen Punkt mit einem Achselzucken und ging.

Irgendwie störte es Madison, dass ihr Onkel immer noch nach Unstimmigkeiten im Derek-Grant-Fall suchte, sogar jetzt, da die Todesursache geklärt war und die Versicherungsgesellschaft keine weiteren Nachforschungen anstellte. Andererseits, dachte sie, wenn wirklich alles in trockenen Tüchern ist, warum habe ich dann um die Versicherungsakte gebeten?

Janeane Venturi war eine jugendlich erscheinende Frau mit kurzgeschnittenem, grauem Haar und freundlichem, wenn auch geschäftsmäßigem Auftreten. Sie holte Madison mit einem warmherzigen Lächeln und einem Besucherpass vom Empfang ab, dann machte sie kehrt und ging voraus. Madison hatte anfangs Mühe, mit ihr Schritt zu halten, doch sobald sie sie eingeholt hatte, gefiel ihr Venturis Elan. Sie hatte selbst noch jede Menge zu tun.

»Adam sagt, Sie versuchen, ein Objekt zu identifizieren – trifft das zu?«, fragte Venturi über die Schulter, während sie kreuz und quer durch den unergründlichen Bauch des Krankenhauskomplexes der University of Pennsylvania liefen. Jedes Mal, wenn sie nach rechts oder links abbiegen mussten, gab sie Madison ein Handzeichen.

»Ja«, bestätigte Madison. »Es wurde bei einer Toten am West River Drive, Martin Luther King Drive gefunden.«

Sie gingen zu einer Reihe von Aufzügen und betraten, ohne ihre Schritte zu verlangsamen, einen davon. Kurz darauf schlossen sich die Türen.

»Und in einer Augenhöhle steckte eine IOL? Sie haben Glück, dass es sich um eine DL-60 handelt. Es gibt eine Menge Modelle, die Ihnen die Suche nicht so sehr erleichtern würden.«

Sie verließen den Aufzug und gingen durch einen Flur. Plötzlich war Venturi verschwunden. Madison brauchte einen Moment, bis sie begriff, dass sie einen der angrenzenden Räume betreten hatte. Als sie die paar Schritte zurückgegangen war, um nach Venturi zu suchen, hatte die bereits hinter ihrem Schreibtisch Platz genommen und tippte etwas in den Computer.

»Okay«, begann sie, ohne aufzuschauen, »Sie sagen, es handelt sich um eine Focalens DL-60 mit der Stärke 19 … Gut. Zwischen 1981 und 1983 haben wir über fünftausend DL-60 implantiert. Von diesen Patienten waren etwa dreitausend Frauen.« Sie tippte rasend schnell weiter. »Okay, einhundertsiebenundachtzig hatten die Stärke 19, bei dreiundvierzig von ihnen lag eine Fraktur des Stirnbeins über der Augenhöhle vor. Bei siebzehn war die linke Seite betroffen. Und … mal sehen … Drei haben das Kästchen ›afroamerikanische Herkunft‹ angekreuzt.« Sie sah auf. »Außerdem sind einige dabei, zu denen Ihre Kriterien passen, die das Kästchen jedoch nicht angekreuzt haben.«

»Großartig«, sagte Madison. »Könnte ich …«

Das Summen und Rattern des Druckers unterbrach sie. Sie beide drehten sich dem Gerät zu.

Venturi nahm das Blatt Papier, das er ausspuckte, an sich und reichte es an Madison weiter – mit einem Grinsen, das ausdrückte: Ich bin dir immer einen Schritt voraus.

Madison erwiderte das Lächeln. »Danke«, sagte sie und überflog dabei das Schriftstück. »Wie bekomme ich solche Informationen von anderen Kliniken in dieser Gegend?«

Venturi lachte leise und biss sich nachdenklich auf die Innenseite der Wange. »Nun, Adam meinte, ich solle Ihnen auf jede nur erdenkliche Art helfen.« Sie lächelte ein wenig gezwungen. »Ich schätze, ich könnte einige Anrufe tätigen.«

Als Madison wieder in ihrem Büro war, räumte sie erst ihren Schreibtisch auf, dann machte sie sich daran, die drei Frauen mit den DL-60-Linsen anzurufen. Sie konnte mit allen persönlich sprechen, was sie wieder zum Ausgangspunkt zurückbrachte.

Sie überlegte gerade, welchen Schritt sie als Nächstes unternehmen sollte, als ihr jemand etwas auf den Schreibtisch knallte und sie ordentlich erschreckte. Es war Parker, der ihr einen Papierstapel brachte.

»Vielen Dank«, sagte sie sarkastisch. »Was ist das?«

»Ein Fax.« Damit verschwand er wieder. »Keystone Life«, rief er noch. »Ich glaube, das ist die Akte von Grant, auf die du gewartet hast.«

Madison blätterte die Papiere durch – es waren etwa zehn Seiten mit Rechnungseinträgen.

Abgesehen von einigen Beträgen, die ein Dr. Briggs, Allgemeinmediziner, in Rechnung gestellt hatte, konnte man alle anderen auf der ersten Seite Dr. Soames vom Progress Center zuordnen. Derek hatte alle zwei, drei Tage einen Termin bei ihm gehabt. Vier Monate lang dreimal die Woche.

Die Einträge auf der zweiten Seite bezogen sich auf die vier Monate davor und glichen den ersten.

Ungefähr auf der Hälfte der dritten Seite – kurz vor dem ersten Eintrag von Dr. Soames – änderte sich das Muster auffallend: Labortests, Krankenhausdienste, Behandlungen. Die Beträge für einen einwöchigen Klinikaufenthalt füllten die zweite Hälfte der Seite und etwa noch ein Viertel der nächsten.

Madison nahm das Telefonbuch zur Hand und suchte die Nummer des Progress Centers heraus.

Der Anrufbeantworter erklärte, dass der Anrufer im Notfall 911 anrufen, eine Nachricht hinterlassen oder den Pager des diensthabenden Arztes anwählen sollte. Für den Fall, dass der diensthabende Arzt Dr. Soames war, gab Madison auch noch ihre Handynummer an.

Zehn Minuten später klingelte ihr Telefon.

»Hallo, hier spricht Dr. Lyndon Soames«, sagte der Anrufer aufgebracht. »Sie wollten vom Progress Center zurückgerufen werden?«

»Ja, Dr. Soames – danke, dass Sie zurückrufen. Mein Name ist Madison Cross. Ich arbeite bei der Polizei.«

»Oh?«

»Ja, ich rufe wegen eines Ihrer Patienten an. Derek Grant.«

Soames lachte gönnerhaft. »Sicherlich wissen Sie, dass ich der Schweigepflicht unterliege. Es sei denn, Sie haben eine richterliche Anordnung oder Mr Grants schriftliche Genehmigung.«

»Derek Grant ist tot. Augenscheinlich Selbstmord.«

»Selbstmord?«

»So sieht's aus. Wir führen Ermittlungen durch.«

»O mein Gott. Wann ist das passiert?«

»Überrascht Sie das?«

»Wow. Ja, es ist ein echter Schock.«

»Wir versuchen herauszufinden, was genau vorgefallen ist, und ich hatte gehofft, Sie könnten uns dabei helfen.«

Er schwieg eine Weile, dann erwiderte er: »Ich wünschte, das könnte ich, aber Sie müssen verstehen – ich darf nichts weitergeben, was Derek mir anvertraut hat. Ich bin auch in diesem Fall an die Schweigepflicht gebunden.«

»Dr. Soames, das ist mir durchaus bewusst, aber wir wollen dahinterkommen, was passiert ist. Ich stelle keine direkten Fragen über Derek, sondern will nur ein paar Sachen von Ihnen wissen. Überrascht es Sie, dass sich Derek das Leben genommen hat?«

»Oh, ich verstehe.« Er holte tief Luft. »Ich, äh, nun, vor neun Monaten hätte es mich weniger erstaunt. Aber ... im Laufe der Zeit erschien mir diese Möglichkeit immer weniger in Betracht zu kommen. Also ... denke ich, ich bin überrascht ... ja. Nicht allzu sehr ... aber doch überrascht, ja. Das ist meine ganz persönliche Ansicht.«

»Danke, Dr. Soames. Und es tut mir leid, dass Sie einen Patienten auf diese Weise verloren haben.«

Nachdem sie aufgelegt hatte, nahm sie sich die Akte von der Versicherung noch einmal vor und fuhr mit dem Finger die Kolumne der Daten hinunter. Die regelmäßigen Besuche bei Dr. Soames begannen Anfang Januar dieses Jahres. Der Krankenhausaufenthalt endete am 30. Dezember vergangenen Jahres.

Sie blätterte zur nächsten Seite – die erste Rechnung der Klinik wurde am 26. Dezember ausgestellt.

»Alles okay?«, fragte Aidan hinter ihr.

»Was? O ja, prima«, antwortete sie geistesabwesend.

»Du siehst aus, als wärst du meilenweit weg. Ist wirklich alles in Ordnung?«

»Ja, ja, danke.«

Er drehte sich um.

»Gibt es eine Möglichkeit, das genaue Alter eines Briefes oder einer Handschrift zu bestimmen?«, fragte sie über die Schulter.

Langsam wandte sich Aidan ihr wieder zu. »Was?«

»Besteht die Möglichkeit, das Alter eines Schriftstücks zu bestimmen?«

Er zuckte mit den Schultern. »Klar, da gibt's viele Methoden.«

»Ja«, mischte sich Parker ein und kam zu ihrem Schreibtisch. »Zum Beispiel, wenn der Buchstabe S aussieht wie ein F, dann ist die Handschrift ungefähr zweihundert Jahre alt.«

Sie bedachte ihn mit einem vernichtenden Blick. »Ich mein's ernst. Gibt es eine Methode, festzustellen, ob ein Schriftstück, sagen wir mal, eine Woche, einen Monat oder ein Jahr alt ist?«

»Woran arbeitest du denn?«, wollte Aidan wissen.

»An nichts – eigentlich. Ich … ich hatte nur so eine Idee. Eine Ahnung. Aber es ist nichts.«

»Liebe Güte«, stöhnte Parker und sah flehentlich zum Himmel. »Nicht wieder eine Ahnung.«

»Halt den Mund. – Gibt es eine Methode?«, fragte sie noch einmal die beiden Kollegen.

»Ja, viele«, antwortete Aidan. »Die meisten sind ziemlich heikel.«

»Was meinst du mit ›ziemlich heikel‹?«

»Ich meine, es gibt ungefähr ein halbes Dutzend Labors im Land, die dazu berechtigt sind.«

»Oh«, machte Madison enttäuscht. »Und was ist mit anderen Techniken?«

»Worum geht es eigentlich?«, fragte Aidan.

Parker schien sich köstlich zu amüsieren.

Madison stieß einen tiefen Seufzer aus. Sie hatte keine Lust, sich ihre Tiraden anzuhören, wenn sie ihnen verriet, woran sie dachte. »Gibt es andere Techniken?«

Aidan musterte sie argwöhnisch.

Parker biss sich auf die Unterlippe. »Das hängt davon ab, wie genau die Angaben sein sollen. Und wie alt das Dokument ist.«

»Ich muss wissen, ob ein Schriftstück eine Woche oder ein halbes bis ein Jahr alt ist.«

Kopfschüttelnd öffnete Aidan den Mund, doch Parker kam ihm zuvor: »Zum Teufel, das kann ich dir sagen.«

»Wirklich? Ausgezeichnet!«

Aidan sah ihn geringschätzig an. »Parker, du bist ein Schaumschläger, und außerdem weißt du, dass so etwas vor Gericht nicht zugelassen ist.«

»Das macht nichts«, versicherte Madison eilends. »Das wäre gar nicht nötig. Ich möchte nur wissen, ob ich mich irre.«

Parker verschränkte die Arme. »Aber zuerst musst du mir verraten, was das Ganze soll.«

Aidan schüttelte wieder den Kopf und trollte sich.

Madison dachte nach. »Okay, aber du musst mir versprechen, dass du mir keine Standpauke hältst.«

An ihrem ersten Tag im Job hatte Madison bei einem Fall mitgearbeitet, der von Anfang an eindeutig wie ein Tod durch eine Überdosis erschien, aber irgendwie hatte sie geahnt, dass diese Theorie fragwürdig war. Und sie hatte recht behalten und sich damit den Ruf erworben, alles kompliziert zu machen.

»Bitte mich nicht um ein Versprechen, das ich nicht halten kann«, erwiderte er mit verletztem Stolz. »Es kränkt mich, dass du überhaupt so etwas von mir verlangst.«

Sie funkelte ihn an.

»Also, worum geht's?«

»Hör zu. Ich möchte nicht, dass der Lieutenant da mit hineingezogen wird, aber etwas, was er vorhin sagte, hat mich erst auf die Idee gebracht. Er meinte, es wäre seltsam, dass sich Derek Grant umgebracht haben soll, weil er seinen Dad so sehr vermisste, und dass das eine sehr ungesunde Beziehung gewesen sein musste. Inzwischen denke ich genauso, aber ich konnte lediglich herausfinden, dass Derek … Probleme hatte. Dann sagte der Lieutenant noch, dass ein solcher Abschiedsbrief eher nicht dem Vater gelten würde. Dereks Exfreundin meint, er hätte schon einmal versucht, sich umzubringen – nachdem sie sich von ihm getrennt hatte. In der Akte von der Versicherung steht, dass er nach der Trennung wegen einer Vergiftung in eine Klinik eingewiesen worden war und danach dreimal in der Woche eine Therapiesitzung hatte.«

»Eine wahrlich rührende Geschichte, aber wovon, zum Teufel, redest du eigentlich?«

»Nach dem ersten Selbstmordversuch hat man keinen Abschiedsbrief gefunden.«

»Und?«

»Ich frage mich, ob der Brief, den sie dieses Mal gefunden haben, nicht von seinem ersten Versuch stammt.«

Er starrte sie verständnislos an. »Warum?«

»Ich weiß nicht.«

Parker überlegte. »Diese Geschichte war das Herumstehen absolut nicht wert. Und um die Wahrheit zu sagen, ich hab keine Ahnung, wie man die Tinte untersucht. Ich wollte nur Veste eins auswischen.«

»*Parker!*«

Er hob die Hände, als hätte er Angst, dass sie ihn schlagen könnte. »Moment, Moment! Wenn du es über dich bringst, das Ganze noch einmal zu erzählen, könnten wir vielleicht Sanchez überreden, diesen Test für dich zu machen.«

Madison dachte daran, die ganze Sache hier und jetzt ad acta zu legen – zum einen wusste sie, dass es eine verrückte Idee war und sie wahrscheinlich nicht das Geringste beweisen könnte; zum anderen erweckte Elena Sanchez immer den Eindruck, als müsste sie sich den Arsch aufreißen, um ihre Arbeit zu bewältigen, und als ginge das nur, wenn alle sie in Ruhe ließen. Die meiste Zeit blieb sie für sich und arbeitete beinahe nonstop. Dabei hatte sie nicht mehr zu tun als alle anderen, und sie brauchte auch nicht länger als ihre Kollegen – sie war einfach immer fleißig und hinkte immer ein wenig hinterher.

Als sie in ihr Labor kamen, ließ Sanchez eine blassgrüne Flüssigkeit in einem Glasbecher über einer kleinen blauen Flamme kreisen. Ihre Lider hinter der Schutzbrille flatterten.

»Hey«, grüßte sie, ohne innezuhalten.

»Hey«, erwiderten Parker und Madison.

»Achtet nicht darauf. Ich muss das nur eine halbe Minute lang machen, sonst ist alles futsch. Was führt euch zu mir?«

»Wir wollen dich um einen Gefallen bitten«, begann Parker.

Diesmal drehte sie den Kopf. »Oh, komm schon, Tommy. Das ist kein guter Tag für so was. Ich kann heute nicht länger bleiben.«

Parker hielt Daumen und Zeigefinger nahe aneinander. »Einen ganz kleinen.«

Die grüne Flüssigkeit fing an zu kochen, Sanchez nahm sie sofort von der Flamme, schüttete sie in ein anderes Becherglas und mischte sie mit einer klaren Flüssigkeit. »Okay«, gab sie nach und nahm die Schutzbrille ab. »Was wollt ihr?«

Parker trat zurück und sah Madison erwartungsvoll an.

Madison atmete tief durch und erklärte, was sie wollte. Sanchez neigte den Kopf zur Seite. »Warum?«

Madison schloss die Augen. »Ich möchte nur wissen, ob da irgendwas nicht stimmt.«

»Wie auch immer.« Sanchez wandte sich an Parker. »Okay, aber ihr schuldet mir ...«

Parker brachte sie mit einem Blick zum Schweigen.

»Gut, vielleicht nicht«, fuhr sie fort, »aber das wird auf meiner Seite verbucht.«

»Wer zählt schon mit?«, gab Parker grinsend zurück.

»Du normalerweise, und diesmal solltest du es auch.«

Mit behandschuhten Händen nahm Sanchez den Brief vorsichtig aus der Klarsichthülle und legte ihn auf den Untersuchungstisch.

Madison und Parker achteten darauf, ihr nicht im Weg zu stehen, während sie ihr über die Schulter schauten.

»Erinnerst du dich, dass ich dir einen Gefallen schulde?«, flüsterte er Madison ins Ohr.

»Ja, schon kapiert«, entgegnete Madison. »Damit sind wir quitt, richtig?«

Parker richtete sich auf. »Alles dreht sich nur darum.«

Sanchez ignorierte die Unterhaltung und stieß mit einer kleinen Spritze eine Reihe winziger Löcher in das Papier – vielleicht ein Dutzend, und alle mitten in einem Strich. Parker und Madison waren still, während sie die Vorgänge beobachteten.

»So nimmt man Proben, die man dann in ein Lösungsmittel gibt«, erklärte Sanchez, als sie die Dutzend winzigen, mit Tinte bedeckten Schnipselchen in ein Fläschchen mit durchsichtiger Flüssigkeit gab. »Das Mittel löst die flüchtigen Teilchen der Tinte. Je älter die Tinte, umso weniger flüchtige Anteile hat sie.«

»Wie genau ist dieser Test?«, erkundigte sich Madison.

»Nicht sehr genau. Ich kann dir sagen, ob die Tinte sechs oder neun oder achtzehn Monate alt ist, aber ich kann nicht unterscheiden, ob der Brief diese oder letzte Woche geschrieben wurde. Und wenn er zwei Jahre alt ist, kann man's ganz vergessen. Aber ich dachte, du willst nur wissen, ob er alt oder frisch ist.«

»Ja, so ungefähr. Wie lange müssen wir aufs Ergebnis warten?«

Sanchez zuckte mit den Schultern. »Ich muss das Ganze eine Weile kochen, dann in den Gas-Chromatographen stellen. Morgen früh wissen wir mehr.«

Madison zog ein langes Gesicht. »Erst morgen?«

»Na ja, vielleicht um Mitternacht – elf Uhr oder so.« Sie lächelte zuckersüß. »Aber zu der Zeit genieße ich meinen Schönheitsschlaf.«

Madison war wild entschlossen, sich für den Rest des Nachmittags nur noch auf Jane Doe zu konzentrieren. Sie hatte sich eine Liste von Nagelstudios in verschiedenen Stadtteilen kopiert.

Chinatown war gleich nebenan, also fing sie dort in einem Studio namens International Nails an.

Das Geschäft sah sauber und irgendwie einladend aus, mit zwei langen Sitzreihen und gleichmäßig verteilten, gesund aussehenden tropischen Pflanzen. Etwa ein Drittel der Plätze war besetzt – fünf oder sechs Frauen ließen sich von kleinen Asiatinnen maniküren. Die Kundinnen schienen zufrieden zu sein mit dem Service, sie lagen entspannt in ihren Stühlen und schwelgten in der Aufmerksamkeit, die ihnen zuteilwurde.

Sobald Madison durch die Tür kam, wurde sie von einer kleinen, attraktiven Frau in den Vierzigern begrüßt, deren Auftreten deutlich machte, dass sie die Chefin war. Gleichzeitig schlugen ihr ätzende chemische Dämpfe entgegen.

»Willkommen im International Nails«, sagte die Frau breit lächelnd und streckte die Rechte aus.

Madison ergriff die dargebotene Hand, aber ihre Kehle und die Nasenschleimhäute brannten so sehr, dass sie kaum einen Laut herausbrachte. Sie schluckte einmal, dann krächzte sie: »Hi.«

»Sie wünschen eine Maniküre?«, erkundigte sich die Frau mit schwerem asiatischem Akzent und deutete mit einer ausladenden Handbewegung auf die freien Plätze.

Madison hielt ihr die Tüte mit den künstlichen Nägeln hin. »Genau genommen«, sie hustete, »bin ich hier, um anzufragen, ob Sie so etwas machen können.«

Die Frau besah sich die Nägel genauer, dann ergriff sie Madisons Hände und hielt sie hoch, damit sie sie eingehend inspizieren konnte. Sie schüttelte den Kopf.

»Kräftige Nägel, aber kurz.«

Sie murmelte etwas in einer Sprache, die Madison als Vietnamesisch identifizierte, schnippte mit den Fingern und rief das Mädchen zu sich, das sich gerade an den Händen einer untersetzten Schwarzen mit kupferfarbener Perücke zu schaffen machte. Die Frau schien zu dösen, aber sie nickte leicht, als sich das Mädchen entschuldigte.

Angestellte und Chefin wechselten ein paar schnelle

Worte auf Vietnamesisch. Dann wandte sich die Chefin Madison wieder zu.

»Than ist Airbrush-Künstlerin. Sie sagt, das Design heißt Tropical Paradise, aber Sie brauchen künstliche Nägel, weil Ihre eigenen nicht lang genug dafür sind.«

»Machen Sie oft dieses Design?«

Die Chefin musterte Madison, dann sagte sie wieder etwas zu dem Mädchen.

Das zuckte mit den Schultern und antwortete hastig.

»Sie sagt: ›hin und wieder‹.«

»Könnten Sie sie fragen, ob sie sich erinnert, jemandem vor sechs bis neun Monaten diese Nägel angeklebt zu haben?«

Die Chefin neigte den Kopf leicht zur Seite, ein kleines Lächeln umspielte ihre Lippen. Sie übersetzte Madisons Frage, und plötzlich wurde es ganz still im Raum. Die Maniküre sah die Managerin ebenso verständnislos an wie diese vorher Madison.

Mit einem Mal fingen beide an zu lachen. Madison war geschockt – nicht so sehr, weil sie lachten, sondern wegen der Lautstärke. Und alle anderen Angestellten und Kundinnen fielen mit ein, sogar die Frau mit der kupferfarbenen Perücke.

Madison spürte, wie die Röte in ihre Wangen stieg.

Die Chefin hielt eine Hand vor den Mund, die andere legte sie auf Madisons Arm. »Tut mir leid«, sagte sie und verkniff sich weiteres Lachen. »Aber wir machen so viele Nägel. Wir könnten Ihnen nicht einmal sagen, was letzte Woche los war … und sechs Monate – keine Chance.«

Den Rest des Nachmittags durchforstete Madison die Stadt, hielt Angestellten in Nagelstudios die kleine Plastiktüte unter die Nase, stellte die gleichen Fragen und erhielt fast immer die gleichen Antworten.

Sie arbeitete sich vom Stadtzentrum nach South Philly vor, machte einen Bogen nach West Philly, durch Brewerytown und Strawberry Mansion nach Kensington und Bridesburg, hinauf nach Mayfair, Logan und Oxford Circle, dann zurück durch Tioga und Hunting Park. Sie fühlte sich, als hätte sie jeden Winkel der Stadt durchstöbert.

In Wirklichkeit hatte sie in den vier Stunden nur einen kleinen Bruchteil der Nagelstudios auf ihrer Liste abgearbeitet. Noch fehlte der ganze Nordosten der Stadt. Aber Madison war erschöpft, und die Suche hatte bisher noch nichts ergeben.

Von den etwa dreißig Nagelstudios, die Madison besucht hatte, boten sechs das Tropical Paradise Design an, zwei davon nannten es allerdings Tropical Delight. Doch bei allen erntete sie Gelächter, als sie fragte, wer sich dieses Muster vor sechs bis zwölf Monaten hatte machen lassen.

Als sie langsam zurück zu ihrem Büro fuhr, erschien es ihr, als wäre ihre Freundin Jane Doe trotz all der Hinweise, die sie hatten – Ruß, die eigenartigen Sägespuren, die Fingernägel, die Linse –, ganz zufrieden ohne eigene Identität. Madison lehnte sich seufzend auf dem Fahrersitz zurück und überlegte kurz, ob sie die Frau nicht in Frieden ruhen lassen sollten. Ihr war bewusst, dass Jane Doe Opfer eines grausigen Verbrechens war und dass der Gerechtigkeit Genüge getan werden musste, dennoch fragte sie sich, ob die Tote ihre Geheimnisse nicht doch lieber für sich behalten wollte.

Ihr Handy riss sie aus den Gedanken. Sie meldete sich widerstrebend und zugleich auch erleichtert.

»Madison Cross, Spurensicherung«, sagte sie matt.

»Hallo, Miss Cross. Mein Name ist Bernard Samuels

von Delaware Valley Health Associates. Sie haben sich wegen einer Pflegehilfe an uns gewandt?«

Madison stieß wieder einen Seufzer aus. Im Moment hatte sie überhaupt keine Lust, sich um Horace' Probleme zu kümmern.

»Ja, ich habe vor ein paar Tagen schon angerufen«, gab sie schneidend zurück. »Danke für den Rückruf.«

Samuels lachte gezwungen. »Entschuldigen Sie die Verspätung, Miss Cross. Ich weiß nicht genau, warum Ihre Nachricht überhaupt auf meinem Schreibtisch gelandet ist. Normalerweise habe ich mit solchen Anfragen nichts zu tun. Aber jetzt ist es nun mal so. Womit kann ich Ihnen helfen?«

»Ich rufe wegen eines Bekannten an. Er ist kürzlich aus einer Einrichtung mit betreutem Wohnen ausgezogen und braucht jetzt vorübergehend Hilfe, bis wir etwas Dauerhaftes organisiert haben.«

»Verstehe. Also in diesem Fall kann ich Ihnen bestimmt weiterhelfen. Erzählen Sie mir etwas über Ihren Freund – Name, Adresse, irgendwelche körperlichen Gebrechen?«

»Gut. Sein Name ist Horace Grant, er ist ungefähr achtzig Jahre alt, und obschon er im Rollstuhl sitzt, scheint er bei guter Gesundheit zu sein.«

»Verzeihung, sagten Sie Horace Grant?«

»Ja, richtig.«

»In der Pendale Street?«

»Genau. Warum?«

»Können Sie bitte einen Moment in der Leitung bleiben?«

»Natürlich.«

Samuel meldete sich nach ein paar Sekunden wieder. »Es tut mir schrecklich leid, Miss Cross«, sagte er, als würde plötzlich alles Sinn ergeben. »Ich fürchte, wir können Ihnen doch nicht helfen.«

»Was? Weshalb?«

Er lachte unsicher. »Mr Grant war schon einmal Klient bei uns.«

»Oh?«

»Ich will's mal so ausdrücken – wir haben nicht gut zusammengepasst.«

»Und wieso nicht?«

»Miss Cross, unsere Pfleger und Pflegerinnen müssen eine umfangreiche Ausbildung absolvieren und einige Prüfungen bestehen, und sie sind daran gewöhnt, auch mit schwerkranken, dementen, geistig behinderten oder stark depressiven Patienten umzugehen. Aber Mr Grant war schlichtweg zu schwierig. Unser Personal weigert sich, mit ihm zu arbeiten.«

»So schlimm kann er doch gar nicht sein.« Noch während sie ihren Protest kundtat, fiel ihr wieder ein, wie vehement sich Horace in Valley Glen verabschiedet hatte und dass man dort gedroht hatte, die Polizei einzuschalten, falls er nicht sofort verschwinde.

»Miss Cross, zwei unserer Pflegerinnen haben nach der Arbeit mit Mr Grant gekündigt. Die letzte hat nicht einmal ihren fälligen Lohnscheck abgeholt. Sie erwidert meine Anrufe nicht. Miss Cross, ich kann es mir nicht leisten, wegen Ihres Freundes noch mehr Angestellte zu verlieren.«

»Ich verstehe.«

»Es gibt viele Agenturen in der Stadt. Sie können sich auch an den Sozialdienst wenden – vielleicht setzt man ihn auf die Warteliste. Oder aber Sie überreden ihn, zurück ins betreute Wohnen zu gehen.«

Kapitel 14

Madisons Plan war, im Labor vorbeizuschauen und sich die Resultate des Tintentests zu holen, ehe sie auf die Beerdigung ging. Im Grunde sollte das Ergebnis keine Auswirkungen haben, aber irgendwie hatte es das doch. Sie wollte wissen, was mit diesem Abschiedsbrief los war, ehe sie Horace wiedersah.

Sanchez war heute nicht ins Büro gekommen.

»Weißt du, wo Sanchez ist?«, fragte sie, als der Lieutenant an ihr vorbeiging.

»Charlie ist krank. Er hat sich auf dem Weg zur Schule übergeben. Elena versucht, jemanden zu finden, der bei ihm bleiben kann.«

Charlie war Elenas neunjähriger Sohn.

»Scheiße«, murrte Madison. »Verdammt!«

Der Lieutenant runzelte missbilligend die Stirn und ging in sein Büro.

Die Tests schienen abgeschlossen zu sein, aber Madison konnte die Ergebnisse nicht interpretieren. Aidan hätte ihr vielleicht weiterhelfen können, aber auch er war nirgendwo zu finden.

Der Lieutenant kam mit dem Jackett in der Hand aus seinem Büro. »Sie wird in etwa einer Stunde hier sein«, sagte er, während er hineinschlüpfte. »Die Beerdigung fängt in einer halben Stunde an. Wir sollten aufbrechen.«

Madison sah ihn an – er trug einen schwarzen Anzug. »Wir?«, fragte sie.

»Maddy-Mädchen.« Er lächelte. »Kein Mensch geht gern auf Beerdigungen, aber kaum jemand hasst sie so sehr wie du. Ich lasse dich auf keinen Fall allein dahin gehen.«

Madison lachte matt, und eine Woge der Erleichterung durchflutete sie plötzlich. Sie drückte ihren Onkel an sich, und er hauchte ihr einen Kuss auf den Scheitel, bevor sie sich gemeinsam auf den Weg machten.

Die Trauerfeier fand in der St. John the Baptist Catholic Church statt, einem massiven alten Gemäuer am Hang eines der Manayunk Hills. Wie jedes andere Gebäude an diesem steilen Berg schien es auch nach hundert Jahren keinen rechten Halt zu finden.

Auf der anderen Seite der Cresson Street, unterhalb der Kirche, fing eine alte mächtige Steinmauer unter den alten Reading-Eisenbahngleisen die Wucht des Berges ab. Falls die Kirche jemals ins Rutschen geriete, würde sie also nicht weit kommen.

Als sie aus dem Wagen stiegen, fegte ein Windstoß rotes und orangefarbenes Laub auf und jagte es den Hügel hinunter. Die Blätter wirbelten noch weiter, auch als sich der Wind längst gelegt hatte.

Die Trauergemeinde war größer, als es Madison vermutet hätte. Jede Menge Autos parkten in der Cresson und der Rector Street. Die meisten waren ältere Ladys, aber Madison sah auch ein paar junge Leute. Darunter einige von Dereks Kollegen bei GreenGround. Ein stetiger Strom von Trauernden marschierte die Straße hinauf.

Horace hatte am Fuße der Außentreppe Stellung bezogen, um Hof zu halten. Jeder sprach ihm sein Beileid aus, und er lächelte tapfer, wobei ihm die aufrichtige Sorge um das Wohlbefinden seiner Gesprächspartner ins Gesicht geschrieben stand.

Dave legte die Hand auf Madisons Rücken, als sie die Straße überquerten und sich in die Schlange einreihten.

»Das ist Horace Grant?«, flüsterte er ihr ins Ohr und deutete mit dem Kopf in Horace' Richtung.

»Ja, das ist er.«

Cross nickte und musterte den alten Mann kritisch.

Langsam schlurften sie mit dem Rest der Leute auf die Kirche zu und machten die gleichen kleinen Schrittchen wie alle, um die lange Schlange in Bewegung zu halten.

Als sie Horace erreichten, bedachte er Madison mit demselben sorgenvollen Blick wie die anderen.

»Madison«, sagte er leise. »Danke, dass Sie gekommen sind.«

Cross beugte sich zu dem alten Herrn. »Mr Grant«, sagte er und bot ihm die Hand an. »Ich bin David Cross, Madisons Onkel.«

»Nett, Sie kennenzulernen.« Horace lächelte traurig.

»Mein aufrichtiges Beileid.«

»Ich danke Ihnen.«

Als sie die Stufen zur Kirche hinaufstiegen, drehte sich Madison kurz um. Es überraschte sie, dass mittlerweile noch mehr Leute angekommen waren und die Schlange hinter ihnen kein Ende nahm. Als sie sich wieder nach vorn wandte, entdeckte sie Lorraine Vincent auf der Treppe.

Es war keine Überraschung, dass sie sich an den Menschen vorbeigeschlichen hatte.

Madison ging auf sie zu und rief verhalten: »Lorraine!«

Lorraine drehte sich um und nickte, als sie Madison erkannte. Sie sah schrecklich aus: das Gesicht blass, Augen und Nase knallrot.

»Madison, richtig?«, sagte sie und kam ein Stück näher. »Nett, dass Sie gekommen sind.«

»Ist alles in Ordnung mit Ihnen?«, erkundigte sie sich und legte die Hand auf Lorraines Arm. Ihr Onkel blieb ein wenig zurück, um den beiden Frauen Raum zu geben.

»Ich weiß nicht.« Lorraine zuckte mit den Schultern. »Es ist schmerzthafter, als ich gedacht hätte.« Ihre Lippen fingen an zu zittern. »Derek war ein Chaot, aber trotzdem ein süßer Typ. Ein guter Kerl. Es ist ein Jammer, verstehen Sie?«

Madison drückte nur ihren Arm, weil sie darauf nichts erwidern konnte.

Lorraine nickte, eilte die Stufen hinauf und hielt sich ein Papiertaschentuch ins Gesicht.

»Das war Dereks Exfreundin«, erklärte Madison ihrem Onkel, als sie die Kirche betraten.

Sie setzten sich in eine der Bänke des hinteren Drittels und machten sich auf eine lange katholische Trauermesse gefasst.

Madison drehte sich um und fragte sich, wann Horace die Kirche betreten mochte, doch gleich darauf entdeckte sie ihn ganz vorn vor Dereks Sarg.

Der Priester begrüßte Horace und nahm seinen Platz vor dem Altar ein. Zwar war er behäbig und hatte ein rotes Gesicht, schien jedoch eher streng als lustig und gemütlich. Sobald er anfing zu sprechen, beschlich Madison das ungute Gefühl, dass sie irgendwie in Schwierigkeiten steckte.

Als er zu der Stelle »Asche zu Asche, Staub zu Staub« kam, musste sie nicht an Derek, sondern an Jane Doe denken.

Ihr Mitgefühl galt Derek und Horace, auch Lorraine und allen anderen in der Kirche. Trotzdem fragte sie sich unwillkürlich, ob Jane Doe, die allein in einer dunklen Schublade im Untergeschoss der Gerichtsmedizin lag, jemals ein solches Begräbnis bekommen würde. Würden sich Freunde und Nachbarn oder vielleicht neugierige Kirchgänger in einer Schlange anstellen, um ihr die letzte Ehre zu erweisen oder ihren Angehörigen ihr Beileid auszusprechen? Womöglich wussten ihre Angehörigen gar nicht, dass sie tot war.

Madison schaute sich um, betrachtete die Trauergäste, die Kirche und den Blumenschmuck.

Jane Doe hatte nichts dergleichen.

Sie hatte nicht einmal einen Namen.

Onkel Dave legte den Arm um ihre Schultern und drückte sie an sich. Er hielt ihr ein sauberes, gebügeltes, nach seinem Aftershave duftendes Taschentuch hin. Erst da wurde sie sich bewusst, dass ihr Tränen über die Wangen strömten.

Sie senkte den Blick, wischte sich die Nase ab und rang um Fassung. Als sie den Kopf wieder hob, sah sie, dass Horace sie mit seinem traurigen Lächeln beobachtete.

Madison erwiderte das Lächeln, und er wandte sich rasch ab.

Nach dem Trauergottesdienst verkündete der Bestattungsunternehmer, dass die Zeremonie am Grab fortgesetzt würde. Anschließend gab es Kaffee und Kuchen im Haus von Mrs Helen Schloss. Onkel Dave fing Madisons Blick auf und sah sie fragend an, doch sie schüttelte den Kopf. Es war an der Zeit, zur Arbeit zurückzukehren.

Als sie um Viertel nach zehn ins Büro kamen, war von Sanchez immer noch keine Spur zu sehen. Madison konnte natürlich auch nicht damit rechnen, dass die Kollegin den ganzen Tag hier auf sie wartete, doch nachdem sie sie schon morgens verpasst hatte, war sie doppelt gespannt auf die Testergebnisse.

Sie hielt Parker fest, als er an ihr vorbeikam. »Weißt du, wo Sanchez ist?«

»Hey«, beschwerte er sich und pflückte ihre Hand von seinem Arm. »Immer sachte mit den scheuen Pferden.«

»Ich wiederhole: Weißt du, wo Sanchez ist?«

»O ja, sie sagte etwas von … was war das? Ach, richtig, sie meinte, sie ›ginge aus dem Haus‹.« Er lachte. »Aber ist schon gut, sie wollte – wann noch mal? – ach ja, ›später‹ zurückkommen.«

Madison knurrte ihn an. Gerade wollte sie ihren Gefühlen ausführlicher Luft machen, als ihr Telefon klingelte.

Es war Janeane Venturi.

Venturi berichtete, dass sie einen guten Teil des Morgens damit verbracht hätte, die umliegenden Krankenhäuser und Kliniken anzurufen. Zum Glück hatten die meisten erklärt, dass in ihrer Einrichtung nie die Focalens DL-60 transplantiert wurde. Aber leider waren in denjenigen, die damit zu tun hatten, jährlich fast fünfzigtausend Patienten mit grauem Star in Behandlung gewesen. Venturi hoffte, in ein, zwei Tagen eine Liste derjenigen Patienten vorliegen zu haben, die Madisons Kriterien entsprachen.

»Dafür ist mir Adam einen Riesengefallen schuldig«, sagte Venturi in einem Ton, der ihrer Hoffnung, er würde ihre Bemühungen für wert erachten, zum Ausdruck brachte.

Als Madison auflegte, war Sanchez immer noch nicht aufgetaucht. Am Abend zuvor war Madison, ohne die Ergebnisse des Tintentests zu wissen, ins Bett gegangen.

Dabei waren sie in Sanchez' Computer gespeichert und warteten nur darauf, gedeutet zu werden. Während der Beerdigung hatte sie eine Weile nicht daran gedacht, aber jetzt wollte sie Antworten.

Madison versuchte, die Zeit mit Papierkram totzuschlagen, ertappte sich jedoch dabei, wie sie alle fünf Minuten durch den Flur schlenderte und nach Sanchez Ausschau hielt. Zudem trank sie so viel Kaffee, dass ihr, als Sanchez endlich auftauchte, das Koffein aus den Ohren zu kommen schien.

Sie erspähte Sanchez in dem Moment, in dem diese aus dem Aufzug trat. Sie trug noch ihren Mantel und hatte die Handtasche in der Hand, als Madison wie aus der Pistole geschossen fragte: »Gibt's Neuigkeiten wegen des Tintentests?«

Sanchez verdrehte die Augen. »Verdammt, Mädchen, lass mich wenigstens erst den Mantel ausziehen und einen Kaffee holen.«

Nach einer Ewigkeit, wie es schien, setzte sich Sanchez mit ihrer Kaffeetasse an den Schreibtisch und tippte etwas in den Computer ein. »Okay«, meinte sie, als der Bildschirm hell wurde. »Mal sehen, was wir haben.«

Auf dem Monitor erschienen erst ein Titel und ein Verzeichnis, nach einem Klick dann eine schlichte Schwarzweißgraphik. »Hmmm«, machte Sanchez und tippte noch etwas.

Der Drucker erwachte zum Leben und spuckte eine Seite aus.

»Ist es das?«, wollte Madison wissen.

Sanchez nickte.

»Und, wie alt ist die Tinte?«

»Wie alt sollte sie denn sein?«

»Was meinst du damit?«

»Wann soll der Brief geschrieben worden sein?«

»Vor höchstens einer Woche.«

Sanchez schnalzte mit der Zunge. »Auf keinen Fall.« Sie schüttelte den Kopf. »Der Brief ist mindestens sechs Monate alt.«

»Sechs Monate?«

»Ja. Vielleicht auch ein Jahr.«

Madison ging zu ihrem Schreibtisch, setzte sich und versuchte das, was Sanchez ihr gerade eröffnet hatte, mit allem, was sie wusste, in Einklang zu bringen.

Parker blieb vor ihrem Schreibtisch stehen. »Hast du deine Antwort?«

Madison nickte. »Der Brief ist mindestens sechs Monate alt.«

»Und was heißt das? Das ändert alles, oder?«

»Ja, ich denke schon. Keine Ahnung – vielleicht hat er den Brief auch früher geschrieben und nur für später aufgehoben«, erklärte sie ohne Überzeugung.

»Und was heißt es deiner Meinung nach wirklich?«

Sie nagte an ihrer Unterlippe und sah Parker in die Augen. »Ich schätze, das heißt, dass ich ein Wörtchen mit Horace reden muss. Und mit dem Lieutenant.«

Lieutenant Cross telefonierte gerade, als Madison an seine offenstehende Bürotür klopfte. Er bedeutete ihr, hereinzukommen und Platz zu nehmen. Sie schloss die Tür hinter sich, während er den Hörer auflegte.

»Bei geschlossener Tür, wie?«, scherzte er. »Was hast du auf dem Herzen, Maddy?«

»Wahrscheinlich ist es nichts.«

Besorgnis zeichnete sein Gesicht. »Oh?«

»Es fing mit etwas an, was du gesagt hast«, erklärte sie und schob ihm damit eine Mitverantwortung zu. »Als du von dem Verhältnis zwischen Derek und Horace Grant gesprochen hast und meintest, dass ein Sohn normalerweise seinem Vater nicht so einen Abschiedsbrief schreibt ...«

»Und?«

»Dereks Exfreundin hat mir doch anvertraut, dass er schon einen Selbstmordversuch hinter sich hat – erinnerst du dich?«

»Ja.«

»Also, es ist ... ich weiß auch nicht, wie ich darauf gekommen bin, aber ... ich habe Sanchez gebeten, das Alter des Briefes zu bestimmen ...«

»Der Tintentest?« Er nickte ein wenig alarmiert. »Wir sind nicht berechtigt, solche Untersuchungen durchzuführen.«

»Das weiß ich, und ich brauche das Ergebnis auch nicht, um es vor Gericht zu verwerten oder so. Ich wollte lediglich wissen, ob ... Na ja, ich wollte Gewissheit.«

Der Lieutenant zog eine Augenbraue hoch und forderte sie damit auf fortzufahren.

»Sanchez meint, der Brief sei vor mindestens sechs Monaten geschrieben worden. Vielleicht sogar vor zwölf. Er ist definitiv nicht erst eine Woche alt.«

»Hmm.« Er kratzte sich nachdenklich hinter dem Ohr.

»Ja, ich weiß. Keine Ahnung, was ich davon halten soll. Fast wünschte ich, ich hätte Sanchez gar nicht gebeten, den Test zu machen. Aber das hat doch etwas zu bedeuten, oder?«

»Es bedeutet zweierlei, Maddy: Entweder hat Derek den Brief vom ersten Mal aufgehoben, oder ein anderer hat es getan und dann an diesen Spiegel gehängt.«

»Ich weiß. Aber beides erscheint mir weit hergeholt.«

Er grinste grimmig. »Mit weit hergeholten Schlüssen haben wir es hier andauernd zu tun.«

»Und was jetzt?«

»Glaubst du, der Vater hat etwas auf dem Kerbholz?«

An diese Möglichkeit wollte Madison nicht einmal denken, aber unwillkürlich tat sie es doch. »Nein«, erwiderte sie nach einer Weile. »Ein paar Sachen sprechen dagegen. Erstens war er eine Woche nicht zu Hause. Er wohnte in Valley Glen, einer Einrichtung mit betreutem Wohnen.«

»Könnte er sich dort hinausgeschlichen haben?«

»Ich glaube nicht. Er hat einen umgebauten Van, mit dem er fahren kann, aber er sagte, den hätte er daheimlassen müssen, weil es eine Warteliste für die zur Verfügung stehenden Parkplätze gibt. Außerdem bin ich ziemlich sicher, dass man sich dort in ein Buch eintragen muss, wenn man das Haus verlässt und wieder betritt. Außerdem klebte dieser Abschiedsbrief weit oben an dem bodenlangen Spiegel. Ich kann mir nicht vorstellen, dass Horace so hoch hinaufreichen kann.«

»Er könnte den Spiegel von der Wand genommen und wieder aufgehängt haben, oder?«

Sie schüttelte den Kopf. »Der Spiegel sah aus, als wäre er rundum festgemacht. Verklebt oder so. Aber selbst wenn er das könnte, hätte er es eine Woche vor Dereks Tod tun müssen. Derek mag ein wenig verschroben gewesen sein, aber ich glaube kaum, dass er seinen eigenen Abschiedsbrief eine ganze Woche am Spiegel hängen gelassen hätte.«

Sie schwiegen und überlegten beide, was sich abgespielt haben könnte.

»Dann hat er ihn vermutlich aufbewahrt«, sagte der Lieutenant achselzuckend. »Vielleicht dachte er, er könne sich nicht besser ausdrücken. Er schreibt den Brief, benutzt ihn aber nicht. Hebt ihn auf. Und als ihm wieder nach Selbstmord ist, holt er ihn hervor und klebt ihn an den Spiegel. Ich denke, so absurd ist das gar nicht.«

»Und was soll ich jetzt unternehmen? Soll ich überhaupt etwas tun?«

Der Lieutenant rieb sich das Kinn. »Wir schicken eine Probe an einen forensischen Schriftstück-Experten, damit er einen genaueren Test durchführt. Ich kenne da einen in Michigan. Und wir sollten nach Fingerabdrücken suchen. Vielleicht finden wir ja was.«

»Soll ich mit Horace darüber reden?«

»Ja, ich denke schon. Du bist sicher, dass er nichts damit zu tun hat?«

»Ich wüsste nicht, wie das gehen soll.«

»Okay. Sehen wir zunächst, ob es Fingerabdrücke auf dem Brief gibt. Sag ihm nur, dass der Brief alt ist und dass wir uns genauer damit befassen. Kein Grund, ihm alles genau zu erklären oder von den Fingerabdrücken zu erzählen.«

Kapitel 15

Melissa Rourke hackte mühsam auf ihre Computertastatur ein. Mit zwei Fingern suchte sie die Buchstaben und steckte dabei die Zungenspitze durch die Lippen. In Madisons Augen sah sie aus wie ein *Whac-A-Mole*-Spieler, der nur darauf wartete, dass der richtige Buchstabe aufsprang und er ihn mit dem Finger schlagen konnte.

Das Klick und Klack kam regelmäßig, aber ohne erkennbare Pause zwischen den Wörtern, als würde Rourke zwar die Buchstaben, nicht aber die Wörter mit Bedacht auswählen.

»Hey, Madison«, sagte sie – ihre Finger erstarrten, während sie aufschaute.

»Hey, Rourke. Was läuft?«

Rourke fing wieder an zu tippen. Klick. »Oh, du weißt schon.« Klick. »Immer dieselbe alte Scheiße.« Klick. »Ich versuche, diese verdammten Berichte fertig zu machen.« Klick. »Und was gibt's bei dir?« Klick.

»Der Lieutenant hat mich gebeten, Fingerabdrücke abzunehmen. Ich dachte, du könntest mir vielleicht helfen.«

Rourke grinste. »Wenn das heißt, dass ich diese Berichte nicht zu Ende schreiben muss, bin ich zu allen Schandtaten bereit. Was hast du?«

Madison hielt ihr den Abschiedsbrief hin, und Rourke zog ein langes Gesicht.

»Was ist?«

Klick. »Ich würde dir gerne helfen, Kleines.« Klick. »Aber mit Abdrücken auf Papier hab ich keine großen Erfahrungen.« Klick. »Frag lieber Parker.« Klick.

Jetzt fiel Madison der Unterkiefer herunter. Die Aussicht, Parker schon wieder um einen Gefallen bitten zu müssen, behagte ihr ganz und gar nicht.

»Trotzdem danke.«

»Ich wünschte, ich könnte dir helfen.« Klick. »Glaub mir.« Klick.

Madison ging auf den Flur und lief Parker direkt in die Arme.

Sie zeigte ihm den Brief. »Der Lieutenant möchte, dass du das hier auf Fingerabdrücke untersuchst.«

Er legte den Kopf schief und musterte sie aus leicht zusammengekniffenen Augen. »Das hat er gesagt, wie?«

»Ja. Ich hab ihn von dem Tintentest erzählt. Wir schicken eine Probe an einen Schriftstück-Experten, aber der Lieutenant will erst herausfinden, ob sich Fingerabdrücke auf dem Papier befinden.«

»Gut.« Er sah sie noch einen Moment argwöhnisch an. »Okay, dann gib her.«

Sie hatte Parker schon oft bei der Arbeit zugesehen. Die ersten Male hatte er ihr die einzelnen Schritte erklärt, diesmal jedoch ging er effizient und schweigend vor.

Bevor er anfing, zog er sich Latexhandschuhe über und schnitt vorsichtig den Klebestreifen und das Stück Papier, an dem er haftete, ab.

»Ich möchte nicht, dass der Klebstoff alles verschmiert«, murmelte er, als müsste er sich das selbst ins Gedächtnis rufen.

Parker holte ein flaches Tablett aus einem der unteren Schränke und eine Flasche mit der Aufschrift »DFO« aus einem der oberen. Er schüttete so viel Flüssigkeit in die flache Schale, bis der Boden bedeckt war. Schließlich zog er den Brief aus der Plastikhülle und tauchte ihn ein. Nachdem er ihn mit den Fingerspitzen einen Moment niedergedrückt hatte, holte er ihn mit Hilfe einer Zange wieder aus der Schale und hängte ihn an ein Trockengestell.

»Na gut«, meinte er, während er sich die Hände abtrocknete. »Das muss jetzt eine Stunde trocknen … es wird eine Stunde erhitzt … dann suchen wir es auf Abdrücke ab und geben das, was wir haben, in den Computer. Womit sollen wir die Spuren vergleichen?«

»Ich denke, mit Dereks Abdrücken – die haben wir von der Autopsie. Und es wäre sinnvoll, wenn wir sie auch mit Horace' Fingerabdrücken abgleichen.«

»Hast du irgendwas, wo seine Fingerspuren drauf sind?«

»Ich glaube nicht. Vielleicht sollte ich sie mir beschaffen.«

»Wir könnten ihn einfach fragen. Ihm sagen, dass wir seine Fingerabdrücke brauchen, um sie ausschließen und uns auf die anderen konzentrieren zu können.«

»Ich weiß nicht so recht. Er ist ohnehin schon außer sich. Ich würde ihn lieber nicht noch mehr belasten.«

Parker grinste.

»Das ist mein Ernst«, verteidigte sie sich. »Er ist ziemlich durcheinander. Ich hab ihm neulich schon die Hölle heißgemacht. Falls sich das Ganze zu einer richtigen Ermittlung auswächst, dann haben wir es erheblich leichter, wenn wir ihn nicht verärgern.«

Parker neigte den Kopf zur Seite. »Komm schon, Neuling.«

»Warte! Ich habe Abdrücke von ihm! Er hat mir diesen kleinen Fernseher geschenkt, der ursprünglich in Dereks

Büro stand. Er hat ihn mir mit beiden Händen überreicht.«

»Wo ist er?«

»In meiner Wohnung.«

»Okay, lass uns hinfahren.«

»Ich kann ihn allein holen. Bin in zehn Minuten wieder da.«

»Lass dir Zeit. Das hier dauert auch noch.«

Sie schnappte sich ihre Jacke und lief los. Kurz vor den Aufzügen stieß sie mit dem Lieutenant zusammen.

»Madison«, sagte er und hielt ihre Oberarme umfasst, damit sie das Gleichgewicht nicht verlor.

»Oh, hi. Lieutenant.«

»Wohin willst du?«

»Nur schnell in meine Wohnung. Ich muss den kleinen Fernseher holen, den ich von Horace Grant habe. Parker braucht ihn wegen der Fingerspuren. Bin gleich wieder zurück.«

»Prima. Ich begleite dich.« Er drückte auf den Knopf für den Aufzug.

»Du tust *was*?«

»Ich komme mit. Ist dir das recht?«

»Äh … klar.«

Der Lift klimperte, und die Türen glitten auf. Der Lieutenant stellte sich mit dem Gesicht zur Tür, drehte sich kein einziges Mal zu Madison um und wippte vergnügt auf den Ballen. Auf dem Weg über den Parkplatz begrüßte er einige Uniformierte mit großem Hallo.

»Es war ein hübscher Gottesdienst heute«, bemerkte er, sobald sich der Wagen in Bewegung gesetzt hatte.

Madison rutschte auf dem Sitz hin und her. David Cross machte selten Smalltalk, und sie war sich im Klaren, dass es nicht lange dauern würde, bis er zur Sache kam.

»Ja, das stimmt«, pflichtete sie ihm bei. »Es war schön.«

»Aber jetzt, da die Trauerfeier vorbei und der Tote unter der Erde ist, wird es Zeit, dass du dich ein wenig von Horace Grant zurückziehst, dass du professionelle Distanz hältst.«

»Ich weiß, Onkel Dave, es ist nur ...«

Er schnitt ihr mit einer Handbewegung das Wort ab und drehte sich ihr zu. »Maddy, es ist mir ernst. Insbesondere, da dies auf eine aktive Ermittlung hinauszulaufen scheint. Du darfst dich nicht zu sehr verstricken.«

Sie hielt vor ihrem Apartment in zweiter Reihe.

»Okay.«

»Schön. Du gehst rein, ich warte hier.« Er grinste. »Und pass auf, dass du keinen Strafzettel bekommst.«

Es dauerte keine zwei Minuten, bis sie wiederkam. Sie stellte das kleine Fernsehgerät in einer Plastiktüte auf dem Rücksitz ab und fuhr los. Nach etwa zwei Blocks neigte sich der Lieutenant zu ihr und sagte: »Halt mal da drüben an.« Er deutete auf einen Coffeeshop an der Ecke. »Ich brauche einen anständigen Kaffee. Komm, ich spendiere dir einen Latte oder irgendwas anderes.«

Madison schmunzelte innerlich. Sie wusste, dass das ein Friedensangebot war.

Die Schlange vor der Kasse war kurz, und es ging flott voran. Erst als der Junge direkt vor ihnen seine Bestellung aufgab, erkannte Madison ihn. Während er auf seinen Kaffee wartete, hatte sie Gelegenheit, ihn sich genauer anzusehen: die schmuddelige Halskrause, den eingegipsten Arm, die violetten und gelblichen Flecken im Gesicht, am Hals und an den Ohren. Er trug seine schwarze Kappe. Madison schüttelte mit einem kleinen Lächeln den Kopf. Jemand hatte ihn ordentlich vermöbelt.

Dennoch durchfuhr sie Angst, als sie die Möglichkeit, er könne seine Lektion noch immer nicht gelernt haben, in Betracht zog. Aber heute konnte ihr nichts passieren – ihr Onkel war ja bei ihr.

Während der Typ seinen Kaffee und das Wechselgeld an sich nahm, stellte sich Madison instinktiv etwas breitbeiniger hin, um sich besser verteidigen zu können. Als er sich umdrehte, war sie überrascht. Trotz der schillernden Verfärbungen in seinem Gesicht und der hinderlichen Halskrause grinste er wie immer arrogant und selbstbewusst. Bis er Madison erkannte.

»*Du!*«, rief er, machte einen Satz zurück und drückte seinen Becher so fest, dass der Kaffee überlief. »Oh, fuck!«, brüllte er und schaute hektisch zwischen dem Lieutenant und Madison hin und her.

Er versuchte, die Hand vor dem kochend heißen Kaffee zu schützen, ohne den Becher loszulassen. Wieder schwappte etwas über und verbrühte ihn. »Scheiße!«

Er warf den Becher auf den Boden, und der heiße Kaffee spritzte in alle Richtungen, traf jedoch keinen der Umstehenden. Die Leute waren bereits von ihm abgerückt.

Schließlich tat er einen Schritt auf die Theke zu, drehte sich um und funkelte Madison und ihren Onkel noch einmal an. »Du«, wiederholte er und wich zur Seite, dann machte er kehrt und stürmte hinaus.

Die Leute standen im Halbkreis um den Kaffeebecher auf dem Boden und starrten Madison an. Wahrscheinlich fragten sie sich, womit sie eine solche Reaktion hervorgerufen hatte.

»Das ist der Trottel, von dem ich dir erzählt habe«, raunte Madison. »Der Typ, der neulich nachts vor meinem Haus herumgelungert ist.«

Der Lieutenant drehte sich nach ihm um, aber der Halbstarke war längst über alle Berge. »Hat sich offensichtlich mit der falschen Person angelegt«, stellte er schnaubend fest.

Auf der Fahrt zum Büro schlürften sie schweigend ihren Kaffee, und Madison ließ die eigenartige Begegnung noch einmal im Geiste Revue passieren. Sie mutmaßte, dass der Junge sich an das falsche Mädchen rangemacht hatte. Aber jetzt sah es so aus, als wäre *sie* das falsche Mädchen.

»Hier ist er«, verkündete sie und stellte den Fernseher auf Parkers Schreibtisch.

Parker spähte in die Tüte. »Niedliches kleines Ding. Den hat er dir also geschenkt, wie?«

»Ja.«

Parker tupfte bereits mit einem Pinsel das Puder auf und sah auf die Uhr. »Die Abdrücke von dem Brief müssten bald fertig sein.«

Madison lehnte sich an den Türrahmen und beobachtete ihn bei der Arbeit. Er bestäubte das weiße Plastikgehäuse des Fernsehers mit schwarzem Puder, und augenblicklich wurden an die zwei Dutzend Schmierer und Fingerabdrücke sichtbar. Behutsam, aber rasch nahm er jeden mit einem Klebestreifen ab, den er dann auf einer Karte befestigte, scannte und ins System eingab. Während der Computer die Abdrücke vermaß und die Datenbank nach Entsprechungen absuchte, ging Madison zu ihrem eigenen Schreibtisch, um nach Mitteilungen zu sehen. Auf dem Weg zurück kam sie erneut dem Lieutenant in die Quere.

Nach seiner Zurechtweisung und der Szene im Coffeeshop fiel die Begegnung unbehaglich aus.

»Was Neues wegen der Fingerspuren?«, erkundigte er sich.

»Parker arbeitet daran.«

»Okay …«, begann er, wurde jedoch von Parker, der den Kopf durch die Tür steckte, unterbrochen.

»Hey, Madison«, rief er. »Oh, hallo, Lieutenant. Ich bin mit den Abdrücken fertig. Wollen Sie einen Blick drauf werfen?«

Parker klatschte in die Hände und drückte eine Taste auf der Tastatur. »Okeydoke. Hier haben wir's.« Auf dem Bildschirm war ein vollständiger Satz Fingerabdrücke zu erkennen. »Das sind Dereks Spuren – ein vollständiger Satz, den wir seiner Leiche entnommen haben.« Das Bild wechselte zu einem ähnlichen Hintergrund, diesmal jedoch waren nur acht Abdrücke zu sehen. »Die hier habe ich von dem kleinen Fernseher – die von Derek Grant und deine, Madison, konnte ich sofort aussondern.«

»Demnach sind dies Horace' Spuren, stimmt's?«, fragte Madison.

»Ja. Das waren die markantesten. Ich musste raten, welche zu wem gehören, aber einige von ihnen waren so angeordnet, als hätte jemand den Fernseher mit gespreizten Fingern zwischen beiden Händen gehalten. Etwa so.« Parker demonstrierte, was er meinte. Madison nickte und bestätigte, dass Horace den Apparat so in den Händen gehabt hatte.

»Der rechte Ring- und der linke Mittelfinger waren zu verschmiert. Wahrscheinlich könnte ich ihn rekonstruieren, falls es nötig sein sollte. Aber wie sich herausgestellt hat …«

Er drückte wieder auf eine Taste, und ein neues Bild mit nur sechs Abdrücken erschien. »Die hier habe ich von dem Abschiedsbrief: Derek Grants Daumen, Mittel-

und Zeigefinger links wie rechts. Das ist alles.« Er sandte Madison und dem Lieutenant bedeutungsvolle Blicke. »Auf dem Brief sind keine weiteren Spuren.«

Eine Weile sagte niemand etwas, dann erhob sich der Lieutenant.

»Es ist seltsam«, räumte Parker ein. »Ein Abschiedsbrief, der Monate im Voraus verfasst wurde.«

»So was ist mir noch nie zu Ohren gekommen«, meinte der Lieutenant. »Aber ich schätze, jetzt … in gewisser Weise ergibt es Sinn. Es ist eine Art Gedankenstrich. Vielleicht hatte er den Selbstmord schon einmal vor, es sich aber anders überlegt.« Er zuckte mit den Schultern. »Beim zweiten Mal hat er dann Ernst gemacht.«

»Möglicherweise hat er diesen Brief geschrieben und dann beschlossen, die Sache doch nicht durchzuziehen«, führte Madison aus. »Diesmal hatte er den Brief bereits, und es gab nichts mehr, was ihn von seinem eigentlichen Ziel ablenken konnte.«

»Also schön.« Der Lieutenant war erleichtert, dass das geklärt war. »Ich denke, damit ist die Sache eindeutig.«

Madison nickte. »Ich sage Horace Bescheid.«

Der Lieutenant nickte und ging zur Tür. »Danke, Parker.«

Madison wollte ihm ebenfalls danken, Parker stellte jedoch bereits seine »Du-schuldest-mir-was«-Miene zur Schau.

Kapitel 16

Auf der Fahrt zu Horace musste Madison wieder an die Szene in dem Coffeeshop denken. Je länger sie darüber nachdachte, umso mehr machte ihr der Vorfall zu schaffen. Am meisten störte sie der Blick, mit dem der Junge ihren Onkel angefunkelt hatte. Es ergibt keinen Sinn, dachte sie, dennoch erinnerte sie sich mit Schaudern daran, dass Onkel Dave sich erkundigt hatte, ob der Typ sie noch einmal belästigt hätte. Das war, kurz bevor sie ihn zum ersten Mal so schlimm zugerichtet gesehen hatte.

Es war kaum vorstellbar, dass der gesetzestreue Onkel Dave irgendjemanden so massiv verprügeln oder gar einen anderen damit beauftragen würde. Andererseits, überlegte sie weiter, wäre das Einzige, was ihn so in Rage bringen könnte, die Tatsache, dass jemand sie bedrohte.

Je länger sie nachdachte, desto mehr Gelegenheiten fielen ihr ein, bei denen er auf mögliche Gefahren heftig reagiert hatte. David Cross war Jungs gegenüber, die sich in der Highschool für sie interessiert hatten, ziemlich unnachgiebig aufgetreten. Einmal hatte er gedroht, Ronny Diorio zu verhaften, weil er sie auf dem Sozius seines Mofas nach Hause gebracht hatte, ohne einen Helm zu tragen. Ronny hatte ihr seinen Helm gegeben, aber Onkel Daves Argument war: Wenn man jemanden mitnahm, brauchte man einen zweiten Helm. Dabei machte er deutlich, dass ihm Ronnys Sicherheit absolut gleichgültig war – viel mehr sorgte er sich darum, was Madison alles hätte passieren können, wenn der Fahrer sich am Kopf verletzt hätte.

Immer mehr Erinnerungen an Onkel Daves Überreaktionen kamen ihr in den Sinn – so viele, dass sie allmählich glaubte, er könnte durchaus etwas mit dem zu tun haben, was dem Jungen mit der schwarzen Kappe zugestoßen war.

Die Grausamkeit stieß sie zwar ab, doch in gewisser Weise war sie auch gerührt. Außerdem würde der Junge von dieser Lektion vielleicht sogar profitieren. Möglicherweise wurde ein anderes Mädchen vor einem tätlichen Angriff und er selbst vor einer Anklage wegen Belästigung bewahrt.

Plötzlich hielt sie inne – *rechtfertigte sie etwa eine solche Handlungsweise*? Sie schüttelte vehement den Kopf. »Nein«, sagte sie laut.

Es war schlicht und ergreifend falsch. Als sie vor Horace' Haus hielt, biss sie die Zähne fest aufeinander. Sie und David Cross hatten ein Wörtchen miteinander zu reden.

Während sie an Horace Grants Haustür klopfte, wurde Madison klar, dass sie es leid war, mit alten Männern zu streiten. Doch sobald sie Horace sah, musste sie sich ein Lächeln verkneifen.

»Madison«, sagte er knapp und tippte sich an den Kopf, fast als wollte er ihr zeigen, dass sie ihn in seiner Ehre gekränkt hatte. Offenbar hatte die Teilnahme an dem Begräbnis keine Pluspunkte eingehandelt.

»Hi, Horace. Wie geht's?«

»Ganz gut.« Er machte keinerlei Anstalten, sie ins Haus zu bitten.

»Darf ich reinkommen?«

»Wenn Sie wollen.«

Ohne sie eines Blickes zu würdigen, rollte er zurück und verschwand. Madison holte ihn im Esszimmer ein. Ein Karton stand offen auf dem Tisch. Offenbar war Horace dabei gewesen, Weingläser auszupacken. Er nahm eines aus dem Karton, entfernte das Zeitungspapier, in das es gewickelt war, und stopfte es in den Papierkorb.

Madison sah zu, wie er, eisern schweigend, zwei weitere Gläser auspackte.

Plötzlich drehte er sich nach ihr um. »Sind Sie hier, um mir zuzusehen, wie ich Gläser auspacke?«

»Tut mir leid, dass ich Sie angeschrien habe.« Sie biss sich auf die Lippe, um nicht laut über seinen ungeschickten Versuch, ihr ein schlechtes Gewissen zu machen, lachen zu müssen.

»Gut.« Er beschäftigte sich wieder mit seiner Aufgabe. »Sind Sie gekommen, um sich zu entschuldigen?«

»Nein. Genau genommen möchte ich mit Ihnen über Derek sprechen.«

Er stellte das Glas ab, das noch in Zeitungspapier gewickelt war.

»Wir haben den Abschiedsbrief genauer untersucht«, fuhr sie fort.

Horace hatte sich nur halb zu ihr umgedreht, dennoch sah sie genug von seinem Gesicht, um zu erkennen, dass er entsetzt war.

»Horace, können wir reden?«, fragte sie sanft.

Er nickte und wandte sich ihr ganz zu. »Erzählen Sie«, flüsterte er heiser.

»Der Brief ist alt, Horace. Wie gesagt, wir haben ihn untersucht und herausbekommen, dass er mindestens sechs Monate alt ist.«

Er starrte sie an und nickte langsam, als wollte er sie wissen lassen, dass er verstanden hatte. Seine Miene war versteinert, aber in seinen Augen sah man Angst. Madison beeilte sich, das zu sagen, was sie sich vorgenommen hatte. Sie wollte die Sache so schnell wie möglich hinter sich bringen.

»Wie auch immer – wir haben diese Tests gemacht, und der Brief ist offenbar sechs bis neun Monate alt. Er wurde definitiv nicht erst vor ein paar Tagen geschrieben. Wir haben eine Probe an einen Experten geschickt, der das genaue Alter ermitteln kann. Jedenfalls …«

Madison wollte auf die Fingerabdrücke zu sprechen kommen, aber Horace unterbrach sie.

»Jack ist wieder da«, flüsterte er vor sich hin.

»Wie bitte?«

»Jack ist wieder da«, wiederholte er etwas lauter, aber immer noch, ohne sie anzuschauen.

Aus irgendeinem Grund stellten sich Madisons Nackenhärchen auf, als sie diese krächzende Stimme hörte. »Horace, wovon reden Sie?«

Als er aufsah, waren seine Augen weit aufgerissen und gerötet. »Ich war nicht ganz ehrlich zu Ihnen, Madison.« Das Sprechen schien ihn große Anstrengung zu kosten.

»Was?«

»Ich hab gesagt, Derek wäre alles, was mir noch geblieben ist. Das war eine Lüge.« Er schluckte schwer. »Ich habe noch einen Sohn, Madison. Sein Name ist Jack. Er ist vor langer Zeit von zu Hause weggelaufen, und jetzt glaube ich, dass er zurück ist.«

Madison kauerte sich hin, damit Horace nicht zu ihr aufsehen musste. Sie hatte das Gefühl, am Rand eines tiefen Abgrunds zu stehen, in den sie unweigerlich stürzen würde, wenn sie sich zu weit vorbeugte. Bereits jetzt meinte sie zu spüren, wie der Rand nachgab.

Sie schaute Horace in die Augen. »Erzählen Sie. Von Anfang an.«

»Jack ist vor beinahe fünfzehn Jahren ausgerissen – kurz nach dem Tod meiner Frau Estelle. Er war überhaupt nicht wie Derek – fast das genaue Gegenteil. Derek lernte fleißig, Jack war Mechaniker. Er arbeitete drüben in Roddicks Autowerkstatt. Derek war immer ein guter Junge, Jack war ganz anders, wild. Er geriet ständig in Schwierigkeiten.« Der Hauch eines wehmütigen Lächelns huschte über sein Gesicht, als er sich an früher erinnerte. »Er war kein böser Junge«, fuhr Horace fort, »aber manchmal tat er gemeine Dinge, quälte Tiere oder zerstörte irgendetwas.« Für eine Weile schwieg er und spielte mit seinen Hemdknöpfen. »Letzte Woche – als ich noch in Valley Glen war – vertraute mir Derek an, dass er glaube, Jack wäre zurück. Aber das hatte er im Laufe der Jahre oft gesagt. Irgendwie hatte er Angst vor Jack; schon als er noch hier wohnte, aber später noch mehr. Verstehen Sie mich nicht falsch – er vermisste ihn. Immerhin war Jack sein großer Bruder. Andererseits fürchtete er sich auch vor ihm … Derek war ein artiger Junge, aber auch er hatte Probleme. Manchmal, wenn seine Probleme besonders arg waren, redete er von Jack. Hin und wieder behauptete er, ihn auf der Straße gesehen zu haben, oder er meinte, Jack hätte angerufen. Ich wollte dann wissen, was Jack gesagt hatte, und Derek antwortete immer: ›Nichts.‹«

»Warum ist er durchgebrannt?«

»Jack hatte andauernd Ärger. Er war ein wenig … unbeständig. Oft beschwerte er sich, dass Derek der Liebling in der Familie sei. Es war nicht das erste Mal, dass er von zu Hause weggelaufen war, verstehen Sie? Aber beim letzten Mal war alles anders ... Seine Mutter ist nach einem Sturz gestorben. Vielleicht war es ein Unfall ... vielleicht auch nicht. Ab und zu frage ich mich, ob Jack nicht doch etwas damit zu tun hatte ... Dieser Gedanke kam mir öfter, nachdem er verschwunden war ...«

»Warum hätte er so etwas tun sollen?«

»Der Junge war voller Groll.« Horace senkte kopfschüttelnd den Blick. »Manchmal beschwerte er sich, dass wir Derek bevorzugten.«

»Haben Sie mit der Polizei über Ihren Verdacht gesprochen?«

Er schüttelte niedergeschlagen den Kopf. »Ich hab ihnen gesagt, was ich wusste. Von meinem Verdacht hab ich nicht gesprochen. Vielleicht hätte ich es tun sollen, ich weiß nicht ... Jedenfalls hat Derek kürzlich behauptet, Jack sei wieder in der Stadt.«

»Was hat ihn auf diese Idee gebracht?«

»Keine Ahnung. In letzter Zeit wirkte er ziemlich gestresst.« Horace zuckte mit den Schultern. »Wie gesagt, hin und wieder bildete er sich das ein. Anfangs versuchte ich es ihm auszureden. Schließlich hatte er schon früher solche Vorstellungen gehabt. Allerdings hatte ich dieses Mal auch das Gefühl, dass Jack zurück sei.«

»Und was hat Sie zu der Annahme veranlasst?«

Er zuckte mit den Achseln. »Derek meinte, er würde Anrufe erhalten, doch auch das hatte er schon früher behauptet. Zum Beispiel letztes Jahr so um Weihnachten sagte er, er habe wieder Anrufe erhalten und glaube deshalb, dass Jack zurück sei. Vor ein paar Wochen fing er erneut damit an. Allerdings bekam ich in letzter Zeit auch Anrufe ... jemand, der nichts sagt und auflegt, verstehen Sie? Ich melde mich, und am anderen Ende der Leitung ist niemand zu hören, aber die Verbindung wird auch nicht sofort unterbrochen ...«

»Und Sie denken, Jack hätte etwas mit Dereks Tod zu tun?«

Horace öffnete den Mund, brachte aber nichts heraus. Er schluckte und versuchte es noch einmal. »Als sie sagten, sie könnten sich nicht erklären, was Derek getötet hat, hatte ich unwillkürlich Jack im Hinterkopf. Ich würde lügen, wenn ich es leugnete.« Er holte tief Luft und wischte sich mit zittriger Hand über ein Auge. »Als sie den Abschiedsbrief fanden ... es brach mir das Herz, dass sich Derek selbst das Leben genommen hat, aber wenigstens war es nicht Jack ... und jetzt sagen Sie ... O Himmel, es *war* Jack, oder? Wenn es kein Selbstmord war, wer sonst soll es gewesen sein?«

»Aber woher sollte er den Abschiedsbrief haben?«, fragte Madison. »Moment mal – Sie sagten, an Weihnachten habe Derek geglaubt, dass Jack in der Stadt sei, richtig?«

»Das hat er gesagt, ja«, erwiderte Horace verwirrt.

»Das war zu der Zeit, als Derek ... ins Krankenhaus kam, stimmt's?«

»Ja. Ich denke, es war ...« Er sah sie an. »Um genau zu sein, als Derek aufwachte, behauptete er, Jack gesehen zu haben. Als hätte er Halluzinationen oder so was. Warum?«

»Ach, nichts. Wann bekamen Sie das letzte Mal einen solchen Anruf?«

»Ich weiß nicht. Gestern Abend. Gegen elf, denke ich.«

»Hat Sie seither noch jemand angerufen?«

»Ich weiß nicht. Warum?«

Sie griff nach dem Telefon. »Wenn es der letzte Anruf

war, könnte ich vielleicht die Nummer herauskriegen. Also, gab es noch andere Anrufe?«

Horace kratzte sich nervös am Kinn und überlegte. »Ich … ich … erinnere mich nicht mehr.«

»Horace«, beschwichtigte Madison, »ist schon gut. Ich versuch's einfach mal.«

Noch ehe sie etwas tun konnte, klingelte der Apparat. Sie seufzte und ließ die Schultern sinken.

»Soll ich drangehen?«, flüsterte Horace.

»Ja.«

Horace schnappte sich das Telefon und hielt es argwöhnisch ans Ohr. »Hallo? … Oh, hallo, Helen.« Er deutete auf die andere Straßenseite, rollte mit den Augen und hauchte lautlos: *Helen Schloss*. »Oh, das ist ungeheuer nett, Helen. Ich danke Ihnen … richtig. Na ja, im Augenblick habe ich Gesellschaft. Ich möchte nicht unhöflich sein … Noch mal danke. Auf Wiedersehen.«

Er unterbrach die Verbindung und reichte den Hörer an Madison weiter. »Hier, bitte. Wollen Sie es versuchen?«

Madison lächelte. »Rufen Sie mich einfach an, wenn es noch einmal passiert.«

Ehe sie mit dem Lieutenant oder Parker oder sonst jemandem sprach, musste sie noch ein paar Nachforschungen anstellen. Und nachdenken.

Als sie das letzte Mal bewirkt hatte, dass ein Fall neu aufgerollt wurde, hatte sie zwar letzten Endes recht behalten, aber zugleich damit einen regelrechten Orkan entfacht. Damals hatte sie sich sehr allein gefühlt, und sie durfte gar nicht daran denken, was geschehen wäre, wenn sie sich geirrt hätte.

Madison fegte durchs Büro, lächelte Parker zu und blieb vor Melissa Rourkes Schreibtisch stehen. Die Kollegin hackte mal wieder mit zwei Fingern auf ihre Tastatur ein.

»Also schön, Kleines.« Klick. »Ich hoffe, dieses Mal strengst du dich ein wenig mehr an.« Klick. »Und lässt dir was einfallen, wobei ich dir wirklich helfen kann.« Klick. »Zum Beispiel könnte ich jemanden kaltmachen, den du nicht leiden kannst.« Klick. »Oder ich fackle ein Gebäude ab.« Klick. Sie drehte sich Madison zu. »Im Ernst. Ich tue alles, wenn ich nur diesen Mist nicht mehr machen muss.«

»Ich brauche einen Rat und Hilfe.«

»Das wird dich was kosten.«

»Ich tippe einen Bericht für dich.«

»Wen muss ich um die Ecke bringen, und soll es wie ein Unfall aussehen?«

»Wo können wir ungestört reden?«

»Das Ausweichlabor eins ist frei.«

Madison schlüpfte in den besagten Raum und wartete, bis Rourke ihr nachkam. Dann schloss sie die Tür.

»Was ist los?«

»Ich muss einige Nachforschungen anstellen. Dazu brauche ich die Akte von jemandem und muss mir vielleicht auch ein paar alte Fälle ansehen.«

Rourke musterte sie eingehend. »Und ich muss den Grund erfahren, weil du wieder diesen eigenartigen Blick hast. Ich muss wissen, in welche Richtung ich rennen soll, wenn hier die Hölle losbricht. Was läuft eigentlich?«

»Wahrscheinlich ist gar nichts dran«, begann sie und ersparte Rourke damit, diese Worte selbst auszusprechen. Sie erzählte von dem alten Abschiedsbrief und von Horace' Verdacht, dass sein mysteriöser Sohn Jack dahintersteckte.

»Deshalb will ich herausfinden, ob die Polizei eine Akte

über Jack Grant hat«, fügte sie hinzu. »Und ich möchte auch sehen, ob wir je in einem Fall Estelle Grant ermittelt haben. Ich glaube, ihr Tod wurde als Unfall eingestuft, aber es bestand doch zumindest ein Anfangsverdacht.«

»Was ist deiner Meinung nach passiert?«

»Ich weiß nicht. Horace scheint zu denken, dass sein verlorener, nichtsnutziger Sohn etwas mit Dereks Tod zu tun hat – demnach war es kein Selbstmord.«

»Klingt ein wenig weit hergeholt.«

Madison zuckte mit den Schultern. »Ich möchte mich nur vergewissern.«

Rourke knabberte an ihrer Unterlippe und beäugte Madison kritisch. »Und dafür tippst du einen Bericht für mich?«

»Nicht fehlerfrei.«

»Das geht schon in Ordnung.«

»Erst erledigen wir den einfachen Teil«, schlug Rourke vor, als sie in den Aufzug stiegen. Sie drückte auf den Knopf fürs Untergeschoss. »Falls die Akte des Jungen nicht ausgesondert wurde, müssten wir sie in der Datenbank finden.«

Gleich nachdem die Lifttüren aufgingen, wusste Madison, dass sie sich im Keller befanden. Der Betonboden und die gekachelten Wände unterschieden sich nicht so sehr von denen in anderen Stockwerken, aber man hatte sofort das Gefühl, unter der Erde zu sein.

Rourke nickte dem Sergeant hinter dem Schreibtisch zu, ohne ihre Schritte zu verlangsamen. Madison musste sich beeilen, um mit ihr Schritt zu halten. Unter grellem Neonlicht standen zwei Reihen Tische mit Computern, die ziemlich alt aussahen, sowie mit Aktenordnern, Schnellheftern und Schachteln vollgestopfte Regale.

Sie fanden einen unbesetzten, von Regalen fast umstellten Terminal im hinteren Bereich.

Rourke schaltete den Computer ein und rutschte auf dem harten Holzstuhl hin und her, um es sich ein wenig gemütlicher zu machen. Hellblaue Buchstaben flammten auf dem Bildschirm auf: *Philadelphia Police Department, Abteilung: Archiv.*

»Hast du seine letzte bekannte Adresse?«, fragte Rourke, während sie ihr Passwort tippte.

Madison nannte ihr die Adresse und fügte hinzu: »Sie ist aber alt.«

Rourke tippte den Namen und die Straße ein. »Die Akte wurde nicht ausgesondert«, murmelte sie. »Hmm. War ein ziemlich vielbeschäftigter junger Mann.«

Ein Dokument mit Jacks Namen, Adresse, Geburtsdatum und Versicherungsnummer war auf dem Monitor zu sehen. Darunter eine chronologische Auflistung seiner Vergehen und Konflikte mit dem Gesetz.

»Mal sehen …«, meinte Rourke. »Okay, es fängt vor … zweiundzwanzig Jahren an … festgenommen wegen Vandalismus in der Roxborouh Highschool … verhaftet wegen Alkohol am Steuer und Fahren ohne Führerschein … aufgegriffen wegen Körperverletzung, keine Anklage erhoben … Diebstahl … noch mal Diebstahl … Raub in einem Feinkostgeschäft und Körperverletzung. Hmm. Ungefähr zwei Jahre gar nichts, dann wurde er wegen des Todes seiner Mutter vernommen – das war vor achtzehn Jahren. Danach nichts.«

»Das ist alles?«

»Alles in Philadelphia.« Rourke verließ das Archivprogramm und drückte ein paar Tasten. »Du sagtest, er ist abgehauen, richtig? Mal sehen, ob unsere Nachbarn auch ihren Spaß mit ihm hatten.«

Rourkes Finger flogen geradezu über das Keyboard, und Madison fragte sich, ob ihr Widerwille, Berichte zu tippen, mehr mit ihrer Gemütsverfassung als mit Ungeschicklichkeit zu tun hatte.

Der Bildschirm leuchtete ein- oder zweimal auf, dann erschien eine einzelne Zeile ganz oben: Der Computer entschuldigte sich, weil er nichts fand.

»Okay«, brummte Rourke und tippte wieder etwas. Der Monitor blitzte erneut auf, dann zeigte er das Siegel des Justizministeriums und die Buchstaben NCIC – National Crime Information Center.

Rourke gab ein anderes Passwort und Jack Grants Daten ein. Es dauerte ein paar Sekunden, bis die Datei geladen wurde. Als es so weit war, scrollte Rourke die Einträge ab und pfiff durch die Zähne. »Dein Kumpel Horace könnte seinem missratenen Sohn auf die Schliche gekommen sein.«

Jack Grant hatte in Colorado, Oklahoma und Texas wegen Körperverletzung, schwerer Körperverletzung und bewaffneten Raubüberfalls im Knast gesessen. Vor sechs Jahren war er entlassen worden, wurde aber noch in zwei anderen Staaten gesucht, weil man in Nevada Haftbefehl gegen ihn erlassen hatte.

»Scheint ein Problemkind zu sein«, bemerkte Madison, die über Rourkes Schulter mitgelesen hatte.

Rourke lehnte sich zurück, um Madison einen besseren Blick auf die Datei zu gewähren. »Meinst du, das liegt an der schlechten Erziehung?«, fragte sie grinsend.

»Hey, ich weiß es nicht«, protestierte Madison. »Horace benimmt sich wie ein lieber alter Mann, aber wir sind nicht die besten Kumpels oder so was.«

»Okay.« Rourke hievte sich von dem Stuhl. »Jetzt zum zweiten Teil deiner Bitte.«

Kapitel 17

Sergeant Mortenson wirkte gelangweilt und müde hinter seinem Schreibtisch. Madison fragte sich, was er getan hatte, um in den Keller verbannt zu werden. Sie hoffte, dass er wenigstens zum Mittagessen ans Tageslicht kam.

Er hörte gänzlich ungerührt zu, als Rourke ihm erklärte, wonach sie suchten. Madison fügte noch ein paar Einzelheiten hinzu. Dann verschwand er zwischen den Regalen und kam nach ein paar Minuten mit einer abgegriffenen Pappschachtel zurück. Zwei Ecken des Kartons waren nur durch gelb gewordenes, brüchiges Klebeband zusammengehalten.

»Estelle Grant«, verkündete er, während er den Karton abstellte, als würde er Fasan unter Glas servieren.

Sie dankten ihm und nahmen die Schachtel mit zu einem der Tische. Madison wollte den Deckel hochheben, aber Rourke legte die Hand darauf. »An diesem Punkt verlasse ich dich.«

»Danke, Rourke.«

Rourke stand auf, beugte sich aber noch zu Madisons Ohr. »Vergiss nicht, morgen brauche ich diese Berichte.«

In der Schachtel herrschte ein heilloses Durcheinander – handgeschriebene Notizen auf vergilbtem Papier, Spiralblöcke, deren Seiten mit Kugelschreiber vollgekritzelt waren, und Schnellhefter mit Formularen und Berichten. Dazu kam der modrige Geruch von altem Staub.

Ganz oben lag eine Kopie des Abschlussberichts, unterschrieben von einem Detective Fred Dugerty. Estelle Grant wurde am 29. April tot aufgefunden. Am 13. Mai wurde der Fall abgeschlossen; als Todesursache nahm man einen Unfall an. Zwei Wochen – das war eine relativ lange Ermittlungszeit bei einem Unfall. Madison blätterte in den Notizen und bekam nach und nach ein deutlicheres Bild.

Die Tote wurde am Fuße der Kellertreppe gefunden – offenbar war sie gestolpert und hatte sich den Hals gebrochen. Der Spurensicherung gelang es nicht, den Unfallhergang zu rekonstruieren, aber man fand keinerlei Hinweise auf Fremdeinwirkung.

Im Schnellhefter steckten ein paar Fotos vom Auffindeort. Sie sagten nicht viel über Estelle Grant aus, aber einige Dinge stellten sie klar. Mit dem grauen, glattgekämmten Haar, das zu einem flachen Dutt hochgesteckt war, und dem altmodischen Kittelkleid wirkte sie wesentlich älter als neunundvierzig. Sie schien nicht der Typ Frau gewesen zu sein, der gern tanzte, aber das grässliche Kleid war hochgerutscht, und Beine und Arme waren in eigenartigen Winkeln ausgestreckt, so dass es fast den Anschein hatte, als würde sie in einer Disco wilde Verrenkungen machen.

Madison lächelte betrübt.

Ihrer Aufmachung nach zu schließen, war diese schamlose Pose für Estelle Grant vermutlich das Schlimmste an dem Sturz gewesen.

Auf einer Nahaufnahme von ihrem Gesicht sah man einen winzigen Blutstropfen am linken Nasenloch. Ihr Mund war leicht geöffnet, einige Zahnsplitter hatten sich in die Unterlippe gebohrt. Ihre Augen waren noch geöffnet, die Augäpfel leicht verdreht. Die Position ihres

Kopfes auf den gebrochenen Halswirbeln verlieh ihr einen verwirrten Ausdruck, als könnte sie nicht verstehen, was vor sich ging.

Der älteste Sohn Jack, der damals achtzehn Jahre alt war und bereits eine Reihe von Gewalttaten begangen hatte, fand die Tote. Er sagte aus, dass er es mit Wiederbelebung versucht und erst dann den Notruf angerufen hatte. Die Polizei vernahm ihn noch in derselben Nacht. Aber als sie am nächsten Morgen zurückkam, um mehr Fragen zu stellen, war Jack bereits verschwunden. Was den Verdacht gegen ihn nur noch verstärkte. Da es jedoch keinerlei Anzeichen für eine Gewalttat und niemanden mehr gab, den man befragen konnte, wurde der Fall als bedauerliches Unglück eingestuft und die Ermittlungen abgeschlossen.

Die Formulare in den Heftern waren nur spärlich ausgefüllt: rudimentäre Antworten und viel mit »k. A.« – »keine Antwort« – beschrifteter Platz. Madison kam es so vor, als wäre Detective Dugerty fest entschlossen gewesen, keinen Stein zu viel umzudrehen – vermutlich eher, weil die Steine zu schwer waren, als aus Angst vor dem, was darunter zum Vorschein kommen könnte.

Auf einige Seiten waren Randbemerkungen gekritzelt, viele mit den Initialen »K.C.« gekennzeichnet. Einige dieser Fußnoten waren komplett durchgestrichen. Doch eine war trotz der dicken Striche noch lesbar: »Jack war bei Laurie – K.C.« Das stand neben der Aussage eines Klassenkameraden von Jack Grant. In der Aussage wurde Jack als netter, aber schwieriger Junge beschrieben.

Madison fiel noch etwas auf: Die Schriftstücke waren alle auf den 4. Mai oder später datiert, obwohl Estelle Grant schon am 29. April die Treppe hinuntergestürzt und am selben Tag gefunden worden war.

In der nächsten Stunde arbeitete sie sich durch einen kleinen Teil der Unterlagen, wovon sich das meiste wiederholte – Aussagen von verschiedenen Personen, die das Gleiche erklärten. Die Randbemerkungen widersprachen dabei oft dem Inhalt der Seiten.

Madison lächelte, als sie die Aussage von Helen Schloss durchlas. Sie war beinahe identisch mit den anderen: Estelle Grant war eine gute Mutter und eine liebende Ehefrau … Sie hatte kein leichtes Leben mit einem Mann im Rollstuhl, auch wenn er ein anständiger Kerl war. Und dieser Jack – er geriet ständig in Schwierigkeiten. Aber Estelle beklagte sich niemals.

Madison wusste immer noch nicht, ob das alles reichte, um mit dem Lieutenant über den Fall zu sprechen. Andererseits schien Horace bei dem Gedanken, Jack könnte seine Finger im Spiel gehabt haben, ziemlich unruhig zu werden. Ein Blick auf die Uhr verriet ihr, dass sie schon zu viel Zeit im Keller vertrödelt hatte. Sie machte sich ein paar Notizen, bündelte die Papiere, die sie durchgesehen hatte, mit einem Gummiband und kündigte Mortenson an, dass sie sich die Akte am folgenden Tag noch einmal vornehmen würde.

Rourkes Bericht war in fünf Minuten abgetippt. Madison erntete dafür einen bösen Blick und ein widerstrebendes »Danke«.

Auf dem Weg zu Roddicks Autowerkstatt in Roxborough tätigte Madison einige Telefonate. Als Erstes rief sie Parker an.

»Hey, Neuling!«, begrüßte er sie mit der üblichen Begeisterung.

»Parker. Ich habe eine Frage an dich.«

»Und ich hab die Antwort.«

»Als du Derek Grants Abschiedsbrief auf Fingerabdrücke untersucht hast, hast du doch den Klebestreifen abgeschnitten, stimmt's?«

»Ja. Ich wollte nicht, dass das Klebezeug mit den Chemikalien reagiert.«

»Hast du auf dem Streifen auch nachgesehen?«

»Wie bitte?«

»Das Klebeband. Hast du es nach Spuren untersucht, nachdem du es abgeschnitten hast? Ich weiß, dass du dir nur den Brief vorgenommen hast, aber was ist mit dem abgeschnittenen Stück?«

Parker grunzte, mehr war von ihm für eine ganze Weile nicht zu hören, dann sagte er: »Weißt du was? Ich werde dich in dieser Sache zurückrufen.«

Madison hatte bereits eine schlagfertige Antwort parat, aber Parker legte schnell auf. »Ich werte das als Nein«, murmelte sie vor sich hin, während sie Horace' Nummer eintippte.

»Hallo?«, meldete er sich wachsam.

»Hi, Horace, ich bin's – Madison.«

»Oh. Hallo, Madison.« Er klang geradezu zerknirscht nach seiner Bockigkeit von vorhin.

»Erinnern Sie sich an eine von Jacks früheren Freundinnen namens Laurie?«

»Wie bitte?«

»Hatte Jack eine Freundin, die Laurie hieß? Kommt Ihnen der Name vertraut vor?«

»Na ja … äh … Nein. Nein, ich glaube nicht.«

»Sind Sie sicher?«

»Hm, ich weiß nicht, nein, ich erinnere mich definitiv nicht an ein Mädchen namens Laurie.«

»Gut. Danke, Horace.«

»Moment mal – warten Sie. Er hatte eine Freundin, die

hieß Julie, und da war noch ein Mädchen … Marie. Sind Sie sicher, dass Sie nicht eine von denen meinen?«

»Nein, nein. Schon gut, Horace. Danke.«

»Da war noch ein anderes Mädchen …«

»Okay, Horace – ich muss auflegen.«

Sie unterbrach die Verbindung und schlängelte sich durch Roxboroughs schmale Seitenstraßen.

Roddicks Werkstatt sah von außen klein aus – nur drei Reparaturplätze und ein Büro mit verglaster Tür. Doch als Madison näher kam, entdeckte sie, dass sich die Halle weit nach hinten erstreckte.

Vier Mechaniker waren bei der Arbeit. Alle hielten augenblicklich inne, als Madison auf der Bildfläche erschien. Sie wischten ihre Hände an ölverschmierten Lumpen ab und kamen langsam auf sie zu.

»Ist der Boss da?«, fragte Madison.

Drei blieben zurück, nur der Älteste ging weiter.

»Ich bin Bert Roddick«, sagte er. »Was kann ich für Sie tun?«

Madison schätzte ihn auf Anfang sechzig. Er war, bis auf einen schmalen Haarkranz, kahl. Sein großer, runder Bauch füllte den Blaumann aus.

»Es ist eine Art Routinebefragung«, erklärte Madison. »Ich bin von der Spurensicherung des Philadelphia Police Departments.«

»Oh?«

Die anderen drei Mechaniker waren mit einem Mal wie vom Erdboden verschluckt.

»Wie lange sind Sie schon Inhaber dieser Werkstatt?«

»Seit fast dreißig Jahren. Wieso?«

»Hatten Sie einen Angestellten namens Jack Grant?«

Bert Roddick fing an zu lachen – so laut, dass zwei seiner Mechaniker die Köpfe neugierig unter den Autos hervorstreckten. »Mein Gott, zerrt ihr diese alte Geschichte wieder ans Licht? Lieber Himmel, das war ein Unfall, okay?«

»Gibt es einen Ort, an dem wir uns ungestört unterhalten können?«

Er schüttelte resigniert den Kopf. »Okay. Ja, ich habe da vorn ein Büro.«

Sie folgte ihm in ein Zimmer, wo er sich schwer auf den Schreibtischstuhl fallen ließ. Er sank in sich zusammen, als hätte das Stehen ihn bis dahin größte Anstrengungen gekostet. Sicherlich wäre es nachher noch strapaziöser, ihn wieder auf die Beine zu kriegen.

»Also, womit kann ich Ihnen dienen?«, erkundigte er sich skeptisch.

»Worauf haben Sie eben angespielt? Was war ein Unfall?«

»Der Tod von Jacks Mom.«

Madison rutschte an den Rand des fadenscheinigen Stuhls vor seinem Schreibtisch. »Dann sind Sie überzeugt, dass es ein Unfall war?«

»Zum Teufel, ja. Jack hatte immerzu Ärger, aber er war ein guter Junge. So etwas hätte er niemals getan.« Er beugte sich vor und sah ihr in die Augen. »Seine Mom die Kellertreppe hinunterstoßen? Auf gar keinen Fall.«

»Warum nicht?«

»Er hat seine Mom vergöttert – und sie ihn. Selbst bei all den Schwierigkeiten, in die er geraten ist, war Jack einer von den Guten.«

»Er hat jede Menge Gewalttaten verübt. Vorher und auch danach.«

»Was meinen Sie damit? Nachdem er die Stadt verlassen hat?«

Madison nickte.

»Hmm. Ich hab mich oft gefragt, was aus ihm geworden ist.«

»Er ist in den Westen gezogen.«

»Kalifornien?«

»Colorado, Oklahoma. Diese Gegend.«

»Was hat er gemacht?«

»Körperverletzung. Bewaffneter Raubüberfall. Er hat auch gesessen. In zwei Staaten steht er noch auf der Fahndungsliste wegen mehrerer Vergehen, die er nach seinem Gefängnisaufenthalt begangen hat.«

Roddick schüttelte bekümmert den Kopf. »Ein Jammer. Der Junge hatte Talent. Er kannte sich mit Autos richtig gut aus und hatte sogar ein eigenes Schweißgerät in seiner Garage. Seine Schweißarbeiten waren nahtlos, absolut unsichtbar. Er wollte sich damit selbständig machen, verstehen Sie? Kunden mit Luxuskarossen. Dann passierte das mit seiner Mom, und er suchte das Weite. Echt ein Jammer.«

»Trotz allem denken Sie, dass es ein Unfall war?«

Er rieb sich den Nacken. »Verdammt, ich dachte, er hätte sich gebessert, aber was Sie da erzählen, klingt nicht gerade danach. Vielleicht wollte er nur ein wenig Urlaub machen.«

»Demnach hatten Sie keinen Kontakt mit ihm? Und wissen auch nicht, wie man ihn erreichen kann?«

Er lachte und schüttelte den Kopf. »Ich hab ihn das letzte Mal hier in diesem Raum gesehen, am Tag bevor seine Mom starb.«

Madison erhob sich. »Schön. Danke für Ihre Hilfe.«

»Worum geht es überhaupt?«

»Jacks Bruder ist gestorben.«

»Derek? Der langweilige Tropf?«

»Ja.«

»Wie ist er gestorben?«

»Genau das wollen wir herausfinden. Sieht nach Selbstmord aus.«

Roddick pfiff durch die Zähne. »Die arme verkorkste Familie. Verdammt. Na ja, ich denke, Sie werden sich melden, falls ich Ihnen irgendwie helfen kann.«

Madison wollte schon gehen, blieb aber noch einmal stehen. »Genau genommen können Sie mir helfen. Irgendeine Ahnung, wer ›Laurie‹ sein könnte?«

»Laurie?«, wiederholte er kopfschüttelnd. »Laurie wer?«

»Das weiß ich nicht. Möglicherweise war sie mit Jack befreundet.«

Ein Grinsen breitete sich auf seinem Gesicht aus. »Das könnte Laurie Dandridge sein. Sie und Jack hatten damals was miteinander – aber das wissen Sie nicht von mir.«

»Was soll das heißen?«

»Ah – war nur ein Witz. Lauries Eltern konnten Jack nicht ausstehen, absolut nicht. Sie hatten ihr strikt verboten, ihn zu treffen. Einmal haben Sie die beiden zusammen erwischt und der Kleinen für einen Monat das Auto weggenommen. Aber sie war ein ziemlich heißer Feger.«

»Und was war mit ihr, nachdem Jack sich aus dem Staub gemacht hatte?«

»Anfangs war sie sauer.« Roddick zuckte mit den Schultern. »Irgendwann ist sie darüber hinweggekommen, denke ich. Vor ein paar Jahren hat sie geheiratet. Sie heißt jetzt Simons.«

»Wissen Sie auch, wo sie wohnt?«

»Nicht weit weg von hier. Drüben in Chestnut Hill auf der anderen Seite des Parks.«

Kapitel 18

Der nordwestliche Teil von Philadelphia wird durch das Wissahickon Gorge, ein idyllisches Tal, das zum riesigen Fairmount Park gehört, buchstäblich in zwei Hälften geteilt.

Auf der einen Seite liegen Germantown, Mount Airy und Chestnut, auf der anderen Roxborough, Manayunk und Andorra. Der Hauptteil des Parks erstreckt sich über fast vier Meilen – eine Oase mit Bächlein und Wegen mitten in der Stadt. In der Mitte befindet sich die Schlucht des Wissahickon Creek neben dem Forbidden Drive, einer Schotterstraße, die nicht befahren werden durfte, seit es Automobile gab.

Normalerweise war dies Madisons Lieblingsgegend. Heute jedoch verfluchte sie diese, da sie, auch wenn Laurie Simons nur ein, zwei Meilen von Roddicks Werkstatt entfernt wohnte, mindestens zwanzig Minuten fahren musste.

Sie startete den Motor, blieb jedoch ein paar Minuten wie paralysiert sitzen, während sie über die beiden fast gleich langen Routen nachdachte. Ein paar Meilen östlich könnte sie die Walnut Lane Bridge nehmen, die sich über die Baumwipfel von Roxborough nach Germantown spannte. Zwei Meilen westlich schlängelte sich die Bells Mill Road durch den Park und auf die Anhöhe von Chestnut Hill.

Sie beschloss, trotz des Navigationssystems eine Münze zu werfen. Kopf: Bells Mill, Zahl: die Brücke. Bells Mill gewann.

Während sie auf eine Lücke im Verkehr wartete, um zu wenden, klingelte ihr Handy: Horace.

»Hi, Horace.«

»Er hat wieder angerufen«, sagte er atemlos.

»Jack?«

»Ja.«

»Wann?«

»Vor einer Minute.«

»Okay, ich bin schon auf dem Weg. Haben Sie Stift und Papier zur Hand?«

Sie hörte ein Rascheln. »Ja. Ich hab alles.«

»Gut. Ich bin in einer Minute bei Ihnen. Aber vorher müssen Sie eines tun: Nachdem wir aufgelegt haben, wählen Sie Sternchen und 69, okay? Dort werden die Anrufe registriert, und man sagt Ihnen, von welcher Nummer Sie zuletzt angerufen wurden. Ich möchte, dass Sie sich die Nummer aufschreiben und auf mich warten.«

Horace' Haus war nur zwei Blocks von der Werkstatt entfernt. Madison brauchte keine fünf Minuten.

Noch ehe sie anklopfen konnte, schwang die Tür auf. Horace hielt ein Stück Papier mit einer Telefonnummer in der Hand. Madison nahm den Hörer und tippte noch einmal Sternchen und 69, nur um sicherzugehen, dass er die Ziffern korrekt notiert hatte.

»Und sonst hat niemand angerufen?«

Horace schüttelte den Kopf.

Madison kritzelte die Nummer in ihr Notizbuch, dann rief sie im Präsidium an und bat um eine Lokalisierung des entsprechenden Anschlusses.

»Haben Sie ein Foto von Jack?«, fragte sie Horace, während sie wartete.

Die Frage schien ihn aufzuschrecken. »Was meinen Sie?«

»Ein Foto, Horace.«

»Oh, natürlich.« Er rollte ins Esszimmer und kramte in den Schubladen der Anrichte. Unterdessen betrachtete Madison die Wände. Sie hätte sich auch ein hängendes Foto geschnappt, aber da war keines.

Der diensthabende Officer kam wieder an den Apparat und berichtete, dass Horace' Nummer von einer öffentlichen Telefonzelle an der Ridge Avenue 5000 angewählt worden war. Madison hatte keine Ahnung, auf welcher Höhe der Ridge das sein könnte.

Die Sekunden verrannen, und Madison wusste, dass die Chance, Jack zu finden, gering war und gegen null tendierte, je mehr Zeit verstrich. Sie war drauf und dran, ohne Foto loszufahren, um sich zumindest anzusehen, von wo aus Jack angerufen hatte. In dem Moment beförderte Horace einen wattierten Umschlag zutage und schüttelte einige ausgebleichte Fotos heraus. Er drückte ihr einen Schnappschuss von zwei halbwüchsigen Jungs – der eine war etwa zwölf, der andere siebzehn – in die Hand.

Madison nahm ihn an sich und stürmte zur Tür. Als sie in ihren Wagen stieg, rief Horace ihr nach: »Der Rechte ist Jack!«

Auf der Fahrt zur Ridge Avenue spähte Madison immer wieder auf das Foto. Derek auf der linken Seite wirkte schmächtig und intelligent, ein scheues Lächeln im Gesicht. Er stand buchstäblich im Schatten seines älteren Bruders. Jack war fünfzehn Zentimeter größer und kräftiger gebaut. Er hatte lockiges blondes Haar, ein verwegenes Lächeln und sah gut aus, aber seine Augen verrieten, dass er durchaus Ärger machen konnte.

Madison fühlte sich nicht besonders zu gefährlichen Typen hingezogen, dennoch konnte sie sich vorstellen, dass sie Jack Grant nur schwer widerstehen könnte.

Sie fuhr die Ridge entlang und überlegte, wo der Block 5000 begann. Sie überquerte die Shurs Lane nicht weit von Dr. Bernhardts Praxis und nur wenige Blocks von der Stelle entfernt, an der die Ridge Avenue einen Knick machte und steil bergab führte.

Block 5000 befand sich am Fuße des Hügels, wo der Wissahickon Creek in den Schuylkill River mündete.

Ein Stück westlich davon war Roxborouhs Gewerbegebiet, im Osten die Hauptstraße von East Falls, die durch North Philly und Fairmount führte, ehe sie in der Innenstadt endete. Die Gegend war belebt, aber öde; viele Autos, sonst nichts, bis auf die malerische Brücke und den regen Busverkehr.

Madison hielt an, betrachtete die Gesichter der Menschen an einer Haltestelle und suchte nach Ähnlichkeiten mit Jack Grants Foto.

Ein Bus fuhr vor, und als er wieder anrollte, waren die wartenden Menschen weg, dafür waren ein Dutzend andere zu sehen.

Innerhalb von Minuten standen wieder ebenso viele Leute an der Haltestelle und wurden vom nächsten Bus verschluckt.

Selbst ohne Auto hätte der mysteriöse Anrufer sowie alle, die ihn vielleicht gesehen hatten, innerhalb kürzester Zeit von hier verschwinden können.

Madison wendete und fuhr die Ridge Avenue hinauf durch Roxborough und über die Walnut Lane Bridge nach Mount Airy. Anschließend passierte sie die alten Steinhäuser und die großen Bäume an der Wissahickon Avenue auf dem Weg nach Chestnut Hill.

Laurie Simons wohnte in einem riesigen, massiven Herrenhaus in einer kleinen Seitenstraße, die Madison bisher noch nie aufgefallen war. Sie rechnete fast damit, dass ihr ein Bediensteter die Tür öffnen würde. Stattdessen erschien Laurie Simons selbst, einen schniefenden Zweijährigen an ihrem rechten Bein.

»Bitte?«, fragte sie geistesabwesend.

»Hi, mein Name ist Madison Cross. Sind Sie Laurie Simons?«

»Ja. Was kann ich für Sie tun?«

»Die frühere Laurie Dandridge?«

»Ja.« Ein argwöhnisches Lächeln wurde sichtbar. »Worum geht's?«

»Ich möchte Ihnen ein paar Fragen über Jack Grant stellen.«

Sie blinzelte und stieß ein kurzes Lachen aus. »Jack Grant? Sie machen Scherze, oder?«

»Ich bin von der Polizei. Spurensicherung.«

Laurie lehnte sich an den Türrahmen. »Liebe Güte, was hat er denn angestellt? Nein, nein, ich glaube nicht, dass ich das wissen will. In diesem Punkt kann ich Ihnen bestimmt nicht weiterhelfen.«

»Ehrlich gesagt, ich möchte mit Ihnen darüber sprechen, was vor seinem Verschwinden geschehen ist.«

Laurie Simons war enttäuscht. Augenscheinlich suchte sie fieberhaft nach einer Entschuldigung, um nicht mit Madison reden zu müssen. Nach ein paar Sekunden ließ sie die Schultern sinken und seufzte. »Okay, kommen Sie rein.«

Sie machte die Tür weit auf, um Madison in ein zweistöckiges Foyer mit dunklem Holzboden und handgeknüpften Teppichen zu bitten. Dann hob sie den Zweijährigen auf den Arm und bedeutete Madison, ihr zu folgen.

»Bitte«, sagte sie und zeigte mit einer Handbewegung in ein großes Wohnzimmer. »Hier können wir uns setzen.«

Eine Dose mit Graham Crackers stand auf dem Couchtisch. Sie gab dem Kind einen Cracker und bot Madison einen an.

»Nein, danke.« Madison lächelte.

Simons zuckte mit den Achseln und bediente sich.

»Was möchten Sie wissen?«, fragte sie und brach ein Stück vom Cracker ab, um es in den Mund zu stecken.

»Waren Sie mit Jack Grant befreundet?«

»Ja, sozusagen.«

»Sozusagen?«

»Meine Eltern mochten ihn nicht. Wir mussten uns heimlich treffen.«

»Wie war er?«

»Wie er war?«, wiederholte sie lachend. »Er war ein durch und durch unartiger Junge. Was meinen Sie?«

»Hat er Sie jemals geschlagen?«

»Niemals.«

»Sonst jemanden?«

»Offenbar. Aber gesehen habe ich es nie.«

»Wie kam er mit seinen Eltern aus?«

»Jack redete nicht gern über seine Familie.«

»Und was ist Ihrer Meinung nach passiert?«

»Himmel, darum geht's also? Sie versuchen ihm wieder den Tod seiner Mom anzuhängen?«

»Sein Bruder ist gerade gestorben.«

»Und das wollen Sie ihm auch noch anlasten? Er ist seit beinahe zwanzig Jahren weg, um Gottes willen.«

»Kurz bevor er starb, hat Derek behauptet, Jack sei wieder in der Stadt.«

»Ja, na ja – es ist schade, dass Derek nicht mehr lebt,

aber er war nicht gerade ein Kirchenlicht, wenn Sie verstehen, was ich meine.«

»Sein Dad hat in etwa dasselbe gesagt.«

»Nun, Derek hat seine Unzulänglichkeiten von ihm.« Diesmal klang der Sarkasmus gezwungener. »Horace ist selbst auch nicht besonders helle.«

»Die Grants haben Anrufe erhalten, bei denen gleich wieder aufgelegt wurde. Erst heute hat Horace wieder einen bekommen. Er glaubt, dass es Jack ist.«

Zum ersten Mal zeigte sich eine Spur von Angst in ihren Augen, aber auch eine gewisse Erregung. »Ich habe heute auch einen solchen Anruf bekommen«, sagte sie leise. »Aber es wurde nicht aufgelegt. Zumindest nicht sofort.«

»Wann war das?«

»Vor ungefähr einer Stunde.«

Etwa zu derselben Zeit wie Horace. »Haben Sie ein Display, auf das die Nummer des Anrufers angezeigt wird?«, fragte Madison, ohne etwas von ihrer Aufregung zu zeigen.

»Ja«, antwortete Laurie Simons abweisend. »Aber ich kenne die Nummer nicht.«

»Kann ich sie sehen?«

Achselzuckend holte Laurie Simons das Telefon, drückte auf eine Taste und zappte die Anrufe ab, bis sie bei der richtigen Nummer angelangt war.

»Hier.« Sie reichte Madison den Hörer.

Es war die Nummer von der Telefonzelle an der Bushaltestelle.

»Was ist?«, wollte Laurie Simons wissen, als sie Madisons Gesichtsausdruck sah.

»Vom selben Apparat wurde Horace Grant angerufen.«

»Im Ernst? Können Sie das zurückverfolgen?«

»Das haben wir bereits getan. Es ist ein Münztelefon an der Ridge Avenue in der Nähe der Main Street.«

Laurie starrte sie an. »War es Jack?« Jetzt schimmerte nicht nur Angst und Erregung, sondern auch Hoffnung in ihren Augen.

»War Jack an dem Abend, an dem Estelle Grant ums Leben kam, mit Ihnen zusammen?«

»Ich glaube schon. Allerdings nicht die ganze Nacht.«

»Erinnern Sie sich, um wie viel Uhr Sie sich getrennt haben?«

»Das ist fast zwanzig Jahre her. Ich meine, darüber muss ich echt nachdenken.«

Madison gab ihr eine Visitenkarte. »Würden Sie mich anrufen, falls Ihnen etwas einfällt?«

Laurie nahm die Karte und nickte. »Eines kann ich Ihnen sagen«, erklärte sie, als sich Madison zur Tür umdrehte. »Wenn Jack Grant einen Elternteil hätte loswerden wollen, dann bestimmt nicht seine Mutter.«

»Weißt du«, sagte der Lieutenant, als Madison hereinkam. »Normalerweise nehmen wir ungelöste Fälle und lösen sie. Nicht umgekehrt.« Er lehnte sich auf seinem Schreibtischsessel zurück, ein leichtes Lächeln in den Mundwinkeln.

Madison spürte, wie sie langsam errötete. Erst wurde ihr Gesicht warm und färbte sich rosa. Die Verlegenheit darüber ließ noch mehr Hitze in ihr aufsteigen, was bedeutete, dass sie schließlich feuerrot anlief. Es war ein Teufelskreis.

Der Lieutenant grinste. »Ich sage das nur«, fuhr er scherzhaft fort, »weil du in die andere Richtung zu arbeiten scheinst.«

Madison legte die Hand über die Augen und senkte

den Kopf. »Ich weiß, Onkel Dave, und es tut mir leid. Das Letzte, was ich wollte, war, diesen Fall in die Länge zu ziehen, besonders weil ich es Horace nicht noch schwerer machen möchte. Aber es passt einfach alles nicht zusammen.«

»Es fing an mit einer natürlichen Todesursache, dann wurde daraus Selbstmord. Und jetzt denkst du … was eigentlich?«

Madison lachte unsicher. »Ich weiß es nicht. Genau das versuche ich dir ja klarzumachen.«

»Und welcher Detective hat den Fall der Mutter bearbeitet?«

»Dugerty, glaube ich.«

»Lieber Himmel.«

»Was ist denn?«

»Dugerty!«, fauchte der Lieutenant. »Dieser fette, sommersprossige, rothaarige Blödmann!«

Madison riss die Augen auf. »Mann!« Diese derbe Ausdrucksweise war untypisch für ihren Onkel.

»Tut mir leid, Maddy-Mädchen. Aber dieser Kerl war zu nichts zu gebrauchen. Keine Ahnung, wie der es überhaupt zum Detective geschafft hat. Ehrlich, das ist mir ein Rätsel. Er ist einer der größten Faulpelze, die ich kenne. Und einer der dümmsten. Ich glaube, der Durchschnitts-IQ des Departments schnellte am Tag seiner Pensionierung um zehn Punkte nach oben.« Er schüttelte den Kopf. »Ich bezweifle, dass er irgendetwas Brauchbares hinterlassen hat. Was hast du als Nächstes vor?«

Ihr Gesicht war mittlerweile ein wenig abgekühlt. »Ich weiß es nicht. Ich denke, ich verbringe meinen Abend im Archiv und durchforste diese chaotische Schachtel.« Sie zuckte mit den Schultern. »Vielleicht versuche ich auch, diesen Dugerty ausfindig zu machen.«

Der Lieutenant sah sie mitfühlend an, stützte das Kinn in die Hand und nickte. »Genau das würde ich auch tun.«

Er nahm seinen Stift zur Hand und machte sich an die Arbeit. Da Madison sitzen blieb, legte er ihn wieder weg und schaute auf. »Was gibt's noch?«

»Können wir reden?«

»Worum geht's?«

Sie machte die Tür zu, holte tief Luft und überlegte sich ihre Worte sorgfältig.

Seine Stirn legte sich in Falten. »Was ist, Maddy? Bist du in Schwierigkeiten?«

»Nein.« Sie lachte nervös und senkte den Blick. »Ich … wegen heute Vormittag … ich … Ich weiß, dass du dich um mich sorgst und auf mich aufpassen möchtest. Aber ich bezweifle, dass das die beste Art ist. Und … ehrlich gesagt, ich bin erstaunt über dich, Onkel Dave.«

Er starrte sie mit hochgezogenen Augenbrauen an und öffnete erst nur den Mund, ehe er schließlich sagte: »Hör mal, Madison, ich … ich glaube, ich verstehe dich. Aber ich denke, die Sorge war berechtigt, und ich habe nicht überreagiert.«

Sie biss sich auf die Lippe und dachte nach. »Wie auch immer, Onkel Dave, ich … ich wollte dir nur sagen, dass ich so etwas nicht gerade schätze, aber ich bin dankbar für deine Fürsorge, okay?«

Er musterte sie mit unbewegter Miene. »Okay.«

Sofort hatte sie ein schlechtes Gewissen, aber sie hatte ihren Gefühlen Luft machen müssen. »Ich denke, ich mache mich jetzt besser an die Arbeit.«

Der Lieutenant rührte sich nicht. »Gut.«

Madison brauchte eine Weile, bis sie sich wieder auf die vor ihr liegende Aufgabe konzentrieren konnte.

Sie wusste selbst nicht, welche Reaktion sie erwartet hatte – Zerknirschung vielleicht oder Ärger –, aber nicht dieses Schweigen.

Seine Handlungsweise war falsch gewesen, sagte sie sich. Und wenn Onkel Dave wütend war, weil sie ihm klargemacht hatte, wie sie darüber dachte, dann sollte er eben wütend sein. Er würde schon darüber hinwegkommen.

Gerade als sie ihre Gedanken von dem Gespräch im Büro des Lieutenants losgeeist hatte und sich auf die Unterlagen vor ihr konzentrieren wollte, schlenderte Parker herbei und stellte sich hinter sie. »Eins muss ich dir lassen, Neuling, ich hab noch nie jemanden so fleißig arbeiten sehen, nur um einen Selbstmord zu klären.«

Madison winkte ab, ohne aufzuschauen.

»Oh, tut mir leid.« Er kicherte und trollte sich. »Wahrscheinlich willst du nichts über die Spuren an dem Klebeband wissen.«

Madison ließ die Zeugenaussage, die sie gerade gelesen hatte, auf den Tisch fallen. »Parker, komm sofort wieder her.«

Grinsend drehte er sich zu ihr um. »Ich wusste, dass du mich nicht gehen lassen kannst.«

»Ja, ja, ja. Was hast du?«

Er legte einen Ausdruck auf den Tisch. Es war die Abbildung von zwei vergrößerten Stücken Klebestreifen mit Fingerabdrücken.

»Die stammen hauptsächlich von Horace. Die Spuren sind auf beiden Streifen – hier, hier, hier und hier.« Er deutete auf die eine Gruppe von Abdrücken. »Nicht ungewöhnlich, denke ich, er ist dort zu Hause. Und natürlich gibt es auch Abdrücke von Derek – hier und hier.« Parker zeigte auf die Mitte der Streifen. »Auch das ist plausibel, wenn man bedenkt, dass er den Brief vermutlich an den Spiegel geheftet hat.«

»Sonst noch was?«

»Vielleicht. Sieh dir das an.« Er wies auf zwei Teilabdrücke hin, die die von Derek überlagerten. »Diese scheinen keinem von beiden zu gehören.«

»Wem dann?«

»Keinen Schimmer. Und ich weiß auch nicht, ob wir das jemals herausfinden. Zum einen sind sie nicht gerade deutlich, zum anderen überlagern sie sich mit einigen von Dereks Fingerspuren. Das erschwert die Analyse.«

»Und was hast du jetzt vor?«

Er kratzte sich hinter dem Ohr. »Mir fällt eine Möglichkeit ein. Es gibt da eine Software, die wir zusammen mit dem Poliview-System gekauft haben. Sie ist relativ gut, aber man weiß ja nie. Eine heikle Geschichte, wenn sie sich so überlappen.«

»Glaubst du, du schaffst es?«

»Ja, vielleicht. Das dauert aber eine Weile. Ich hatte noch nicht die Zeit, mich so ausführlich mit dem Programm zu beschäftigen, aber ich komme schon zurecht damit. Wir sprechen uns morgen früh wieder, ja?«

»Danke.«

»Du weißt ja, was das heißt, oder?«

Madison sah ihn an. »Was?«

»Das heißt, dass du die Hälfte der verdammten Einheit einspannst, um herauszufinden, wer den Selbstmord dieses Jungen begangen hat.«

Er brach in donnerndes Gelächter aus, ehe er sich auf den Weg durch den Flur machte.

Ein paar Minuten später hörte Madison wieder Schritte. Kurz bevor sie explodierte, entdeckte sie, dass es Aidan war. Er hielt zwei Kaffeetassen in den Händen.

»Was ist?«, erkundigte er sich defensiv, als er ihren Gesichtsausdruck sah.

»Oh, gar nichts. Ich dachte, du bist Parker. Er kann manchmal eine echte Nervensäge sein.«

»Manchmal? Gibt es auch noch andere Zeiten?«, erwiderte er schlagfertig.

Sie lachte. »Und was führt dich in den Keller?«

»Der Lieutenant meinte, dass du hier unten arbeitest, und da dachte ich, ich bringe dir einen Kaffee.« Er reichte ihr eine Tasse, dann beugte er sich vor und flüsterte verschwörerisch: »Ich habe eine Extrakanne aufgebrüht – mit wenig Wasser.«

»Toll. Vielen Dank. Ich habe gerade erst angefangen, und schon schwinden meine Kräfte.« Sie deutete auf seine Tasse, die er gerade zum Munde führte. »Hast du auch vor, heute länger zu arbeiten?«

Er trank einen großen Schluck. »Das Zeug wirkt bei mir nicht mehr. Schade eigentlich. Der Lieutenant sagt, du durchforstest alte Dugerty-Akten.«

»Leider – ja.«

Aidan wand sich. »Ist es so schlimm, wie man munkelt?«

Madison hob eine Handvoll Papiere hoch, die sie schon durchgesehen hatte. »Ich weiß nicht. Manches ist echt katastrophal, aber das meiste ist einfach nur … fade.«

»Vor ein paar Jahren habe ich mehrmals mit Dugerty zusammengearbeitet«, sagte er abwesend, nahm ein paar Seiten in die Hand und kniff die Augen zusammen, als versuchte er zu lesen. »… Er war genau so unbrauchbar, wie alle behaupten.«

»Super.«

»Also … brauchst du jemanden, der dir hilft, das alles durchzugehen?«

Madison lehnte sich zurück und streckte sich. »Ich weiß nicht mal, wonach ich genau suche.«

Er lächelte. »Aber du wirst es wissen, wenn du es siehst?«

»Selbst das weiß ich nicht.«

»Also schön. Dann Waidmannsheil.« Er wollte gehen.

»Hey, Aidan?«

Er drehte sich noch mal um.

»Danke.«

Die Akte Estelle Grant bestand hauptsächlich aus Berichten von Nachbarn – es waren erstaunlich viele Zeugenaussagen für etwas, was letztendlich als Unfall ad acta gelegt wurde.

Alle folgten demselben Muster: Schock, Erstaunen und Trauer über Estelles Ableben, dann Mitgefühl für Horace und speziell für Derek, den sie als »liebes Kind« und »guten Jungen« beschrieben. Mit Jack hatte niemand Mitleid; die meisten erwähnten ihn gar nicht. Und diejenigen, die es doch taten, nannten ihn einen »jugendlichen Kriminellen«, »Ganoven« oder »verdorbenen Punk«. Aber nur wenige redeten Klartext und sagten, dass sie Jack verdächtigten, die Finger im Spiel gehabt zu haben. »Er hat vermutlich etwas damit zu tun«, sagte ein Zeuge. »Es würde mich keineswegs überraschen, wenn er sie wegen des Haushaltsgeldes umgebracht hätte«, erklärte ein anderer. Wieder ein anderer sagte: »Ich wette, er hat seine Mutter gestoßen. Das würde ich ihm durchaus zutrauen.«

Keiner von ihnen schien gemerkt zu haben, dass Jack nach dem Tod der Mutter abgehauen war.

Madison trommelte mit den Fingern auf den Tisch und versuchte, nicht an die vielen Dinge zu denken, die sie jetzt tun könnte, statt in den staubigen Papieren herumzuwühlen. Irgendwann kam Parker wieder vorbei und schob ihr einen kleinen Zettel zu. »Ein Fax von Janeane Venturi.«

Kapitel 19

Von den elftausend Patienten in und um Philadelphia, denen eine Focalens DL-60 in den zwei Jahren, die sie auf dem Markt war, eingepflanzt worden war, hatten viertausenddreihundert die Stärke 19. Von diesen hatten zweihunderteinundfünfzig traumatische Verletzungen – im Gegensatz zu jenen, die im Alter grauen Star bekommen hatten. Von den zweihunderteinundfünfzig wiederum wiesen zweiundachtzig Frakturen über der Augenhöhle auf, aber nur vierunddreißig von ihnen auf der linken Seite. Zwanzig der verbleibenden vierunddreißig waren Frauen, und von diesen nur neun afroamerikanischer Herkunft. Zwei waren Jahre nach der Operation eines natürlichen Todes gestorben.

Von den restlichen sieben meldeten sich vier persönlich am Telefon. Bei Yolanda Frank und Cassandra Sheets ging niemand ans Telefon. Dorothy Ann Curtis' Anschluss war gekündigt, was sie am ehesten zu der Kandidatin machte, die neun Monate zuvor das Leben verloren hatte.

Cassandra Sheets wohnte in Wyndmoor außerhalb der Stadt. Yolanda Frank war in der Morris Street in Germantown gemeldet, also nicht weit weg von dort. Dorothy Curtis' Apartment lag an der Sixty-sixth Street, ganz in der Nähe von Madisons Unterkunft, aber deutlich entfernt von den ersten beiden Kandidatinnen. Madison war klar, dass sie bei der Adresse kaum Glück haben würde, wenn schon der Telefonanschluss nicht mehr existierte.

Die leichte Flaute vor dem nachmittäglichen Berufsverkehr neigte sich dem Ende zu, als Madison die Woodland Avenue entlangfuhr, um in die Sixty-sixth Street zu kommen. Plötzlich drängte der Verkehr von allen Seiten, und immer mehr Autos bevölkerten die Straße.

Als Madison in die Sixty-sixth Street einbog, überkam sie Ärger und Erleichterung zugleich. Der gesamte Block, in dem Dorothy Ann Curtis gewohnt hatte, war abgerissen worden. Ein großes Schild verkündete, dass an dieser Stelle ein neuer Walgreens Drugstore entstand. Eine Zeichnung des geplanten Gebäudes zwischen blühenden Kirschbäumen war zu sehen und eine Mutter mit zwei Kindern, die vergnügt auf den Eingang zuging.

Madison blieb im Auto sitzen und sah zu, wie der Zement aus der großen Mischmaschine auf dem Laster quoll und durch eine Förderrinne in die Grube lief, die für das Fundament ausgehoben worden war.

Sie nahm die Liste aus der Tasche und las sie noch einmal durch. Mit einem tiefen Seufzer schob sie das Blatt Papier zurück in die Tasche und wendete den Wagen.

Eine der drei Frauen auf dieser Liste war höchstwahrscheinlich seit Monaten tot. Dennoch konnte Madison das Gefühl nicht abschütteln, dass alle drei, solange sie die richtige nicht fand, weder tot noch lebendig waren, sondern sich in einer Art Schwebe befanden. Wenn sie das Ganze auf sich beruhen und Jane Doe unidentifiziert ließe, könnten die Frauen unbehelligt ihr Leben weiterführen – auch diejenige, die sich letzten Endes als Jane Doe erweisen würde. Natürlich wusste sie, dass das Unsinn war, dennoch wurde sie dieses Gefühl einfach nicht los.

Zehn Minuten nach fünf bog Madison von der Woodland Avenue auf den Schuylkill Expressway. Nach einer oder zwei Meilen kam sie auf die Zufahrt zum Vine Street Expressway, über die schon die ersten von vielen Tausenden Berufspendlern donnerten. Madison biss die Zähne zusammen und gab Gas, um nicht in den richtigen Feierabendstau zu geraten.

Holpernd und schwankend fuhr sie unter der Thirtieth Street Station hindurch. Sie drückte das Gaspedal durch, verließ innerhalb weniger Minuten den Expressway und fuhr über den kurvigen Lincoln Drive weiter.

Viele hassten den Lincoln Drive: zwei schmale Fahrbahnen in jede Richtung und Haarnadelkurven, mit dem Creek auf der einen und bloßen Felsen auf der anderen Seite. Und alle fuhren schnell. Madison liebte diese Strecke. Abgesehen von dem Spaß beim Kurvenfahren war die Szenerie atemberaubend. Trotz der Kälte kurbelte sie das Fenster herunter und lachte. Als Madison vor Yolanda Franks Haus hielt, hatte sie beinahe vergessen, weshalb sie hergekommen war.

Während sie die Veranda betrat, die das gesamte Parterre umgab, musste sie sich regelrecht zwingen, an Yolanda Franks Schicksal zu denken. Ein skelettierter Leichnam in einer Schublade der Gerichtsmedizin oder ein langes, glückliches, produktives Leben – das wurde entschieden, sobald sie die Hand hob, um an die Tür zu klopfen.

Sie kam nicht dazu, denn eine weibliche Stimme fragte von drinnen: »Kann ich Ihnen helfen?«

Die Tür ging auf, und eine Frau mittleren Alters kam zum Vorschein. Ihr Haar war zu vielen kleinen Zöpfchen geflochten, ihr orangegelber Schal bildete einen starken Kontrast zu ihrer dunklen Haut. Eine dünne Narbe durchschnitt die linke Augenbraue.

Madisons Kehle wurde eng. »Ich suche Yolanda Frank.«

»Und wer sind Sie?«, erkundigte sich die Frau argwöhnisch.

»Mein Name ist Madison Cross. Ich bin vom Philadelphia Police Department.«

»Und was soll das Ganze?«

»Sind Sie Yolanda Frank?«

Sie beäugte Madison wachsam. »Ja.«

Madison atmete befreit auf und fühlte sich prompt schuldig, weil sie nicht unparteiisch war. »Nett, Sie kennenzulernen, Miss Frank. Ich arbeite an einem Fall – eine Person wird sozusagen vermisst …« Sie war ratlos, wie sie es ihr erklären sollte. »Wir haben ein menschliches Skelett gefunden und wollen die Identität der Toten ermitteln.«

»Sie haben *was* gefunden?«

»Ein Mordopfer«, antwortete Madison. »Aber es ist alles in Ordnung. Sie sind ja noch am Leben.«

Madisons Ansicht nach standen die Chancen fünfzig zu fünfzig, dass die Knochen in Spoons' Schublade Cassandra Sheets gehörten. Dorothy Curtis' Chancen sanken dramatisch, als Madison vor dem Sheets-Haus abbremste.

Im Vorgarten ruhte sich eine Frau Ende vierzig vom Laubharken aus. Sie hatte den Arm auf den Stiel des Rechens gestützt und trank Wasser aus der Flasche.

Madison brauchte gar nicht zu fragen, tat es aber trotzdem. »Cassandra Sheets?«

»Ja?« Die Frau blinzelte in der schrägstehenden Herbstsonne.

Schlechte Nachrichten für Dorothy Ann Curtis.

Madison zückte ihren Dienstausweis und erklärte eilends, dass sie Miss Sheets als mögliches Mordopfer ausschließen wollte. Dann rauschte sie wieder ab. Am Ende des Blocks blieb sie wieder stehen und rief Parker an.

»Jane Doe ist vielleicht nicht Dorothy Curtis«, berichtete sie ihm. »Aber alle anderen kommen auch nicht in Frage.«

»Du hast die anderen gesehen?«

»Sogar mit ihnen gesprochen. Abgesehen natürlich von den beiden, die vor einer Weile gestorben sind.«

Er grunzte.

Sie erzählte ihm von Dorothy Curtis' Apartmenthaus. »Und was jetzt?«, wollte sie wissen.

»Bleib eine Sekunde dran.« Es dauerte nicht lang, dann kam er wieder an den Apparat. »Ich habe hier eine Kopie von Dorothy Curtis' damaligem Aufnahmeformular, als sie wegen der Operation in der Klinik war. Sie hat eine Beatrice Curtis als die Person angegeben, die im Notfall alle Entscheidungen treffen durfte. Scheint ihre Mutter zu sein. Möchtest du Nummer und Adresse haben?«

»Ich denke schon, ja … Hey, bist du noch länger im Büro?«

»Ja. Alles okay mit dir? Soll ich sie anrufen?«

»Nein, ist schon gut. Ich mach das.«

»Hör mal, wenn sie auf irgendeine Weise bestätigt, dass unsere Jane Doe ihre Tochter sein könnte, dann warte auf Verstärkung, ehe du ihr reinen Wein einschenkst. Besser noch – lass es die Leute von der Opferhilfe machen.«

»Ja, vielleicht.«

»Das ist mein Ernst. Dafür sind sie da.«

»Ja, okay. Danke, Parker.«

Beatrice Curtis meldete sich nach dem ersten Klingelton.

»Hallo?«

Madison hatte das sichere Gefühl, dass die Frau diesen Anruf erwartet hatte. »Hallo. Ich versuche, Dorothy Ann Curtis zu erreichen.«

»Wer spricht?«

»Ich bin Madison Cross. Ist Dorothy zu sprechen?«

Es entstand eine kleine Pause. »Darf ich fragen, worum es geht?«

»Es ist eine Polizeiangelegenheit. Ich muss Dorothy lediglich ein, zwei Fragen stellen.« Madison hatte gedacht, dies sei ein glaubhafter Vorwand, doch kaum hatte sie ihn ausgesprochen, erschien er ihr ziemlich durchsichtig.

Diesmal war die Pause länger. Madison hörte die Atemzüge am anderen Ende der Leitung. »Dottie ist tot, oder?«

Madison schloss die Augen und überlegte, was sie antworten sollte. Noch hatte sie die Idee, dass die Leute von der Opferhilfe die schlechte Nachricht überbringen sollten, nicht gänzlich aufgegeben. Zumindest hatte sie gehofft, ein paar Minuten Zeit für Fragen zu haben, um Beatrice darauf vorzubereiten.

»Wir denken, dass es so sein könnte, ja«, antwortete Madison.

»Sie ist im letzten April wütend aus dem Haus gegangen«, sagte Beatrice Curtis leise, aber deutlich. »Sie meinte, sie würde nach Kalifornien übersiedeln. Und als sie nicht zurückkam, dachten wir, dass sie tatsächlich fortgegangen ist. Aber danach hörten wir nie wieder von ihr. Sie ist zwar im Zorn gegangen, aber so wütend war sie auch wieder nicht. Anfangs war ich nicht überrascht, dass sie sich nicht meldete. Aber dann vergingen ein paar

Wochen … Monate. Nein, so wütend war sie nicht … Wie ist sie gestorben?«

»Na ja, noch sind wir nicht absolut sicher, dass es sich um Dorothy handelt.«

»Und Sie müssen sich vergewissern.«

»Ja, Ma'am.«

»Ich soll sie identifizieren?«

»Genau genommen glaube ich, dass wir nur einige Tests durchführen müssen.«

»Oh.«

Der Schmerz, die Resignation und die Würde, die diese eine Silbe ausdrückte, trafen Madison tief und hinterließen sie sprachlos. Es gab nichts zu sagen, also schwieg sie.

»Nun, wenn Sie irgendetwas brauchen«, sagte Mrs Curtis, und es klang fast, als müsste sie Madison trösten, »lassen Sie es mich wissen.«

Madison hatte einen Kloß in der Kehle und brachte keinen Ton heraus.

»Sind Sie noch dran?«

»Ja«, krächzte Madison. »Vielen Dank, Mrs Curtis.«

»Brauchen Sie …?« Sie seufzte. »Ich habe ein Foto hier, ihre Haarbürste und ein paar andere Sachen.«

Madison war ein wenig entsetzt über die Gelassenheit der Frau. »Das wäre eine große Hilfe, Mrs Curtis. Würden Sie uns Bescheid geben, wenn Sie bereit sind, uns zu empfangen?«

»Ich bin jetzt bereit … Ich möchte auch Gewissheit haben.«

»Natürlich. Ich könnte in … mal sehen …«

»Kommen Sie einfach her, Kind, wann auch immer. Ich gehe nirgendwohin.«

Madison war vollkommen niedergeschlagen, als sie das Gespräch mit Mrs Curtis beendete. Sie ließ sich ein paar Minuten Zeit, um sich zu sammeln, ehe sie Parker anrief. »Ich glaube, wir haben die Identität unserer Jane Doe«, sagte sie.

»Du hast mit der Mutter gesprochen?«, fragte Parker nach. »Wie ist es gelaufen?«

»Scheinbar hat sie es schon gewusst oder wenigstens geahnt. Sie sagte, Dorothy habe ihr Haus im Streit verlassen und sei nie zurückgekommen. Vorher hatte sie noch angekündigt, dass sie nach Kalifornien gehen wollte. Als sie sich nicht meldete, dachten sie, sie hätte diesen Plan wahr gemacht. Erst nach ein paar Wochen oder Monaten entwickelte sich der Verdacht, dass ihr etwas zugestoßen sein könnte.«

Die Aufregung, endlich einen Durchbruch in dem Fall erzielt zu haben, erfasste sie allmählich.

»Sollen wir sie morgen anrufen und einen Termin für unseren Besuch ausmachen, damit wir Material zum Vergleich abholen können?«

»Die Mutter braucht Gewissheit. Sie möchte, dass wir jetzt gleich oder heute Abend vorbeikommen. Sie hat eine Haarbürste und andere Gegenstände.«

»Jetzt?«

»Ja. Meinst du, du kannst mich begleiten?«

Er seufzte. »Ja, gut, Neuling.«

Parker wartete auf dem Parkplatz auf sie und amüsierte sich mit einigen seiner nikotinabhängigen Kumpels.

»Ich hab Elaine angerufen«, sagte er beim Einsteigen. »Und ihr gesagt, dass wir möglicherweise die Identität haben. Ich melde mich wieder bei ihr, wenn wir Genaueres wissen.«

»Danke, Parker.«

»Wäre gut, das hier zu Ende zu bringen.«

»Dass sie dasselbe Implantat hatte und wir keine Bestätigung haben, dass sie noch lebt, heißt noch lange nicht, dass sie auch die Richtige ist«, warnte Madison.

»Nein«, erwiderte Parker. »Aber ich hab noch mal ihre Krankenakte aus der Klinik gecheckt. Sie hat die richtige Größe. Die richtige Verletzung. Das richtige Alter. Die Umstände passen zusammen.« Er zuckte mit den Schultern. »Bald werden wir es genau wissen.«

Madison bemerkte, dass sie die ganze Zeit mit der Tüte, die die Fingernägel enthielt, herumgespielt hatte. Sie hielt sie hoch. »Sollen wir ihr das hier zeigen?«

Parker verzog das Gesicht und überlegte. »Ja, ich denke schon. Es wird sie vermutlich aufregen, aber es ist gut, wenn wir das Ganze hinter uns bringen.«

Beatrice Curtis lebte in einem gepflegten Reihenhaus in einer ordentlichen Wohngegend in North Philadelphia, aber um dorthin zu gelangen, musste man einige ziemlich verwahrloste Stadtteile durchqueren.

Teile der Gegend waren mit dem Bulldozer plattgewalzt worden, andere wurden von Colleges vereinnahmt. Es gab riesige Abschnitte, die noch immer wie ausgebombt wirkten. In manchen Blocks war ein Drittel der Gebäude verfallen, und der Rest sah ebenfalls baufällig aus. In anderen Straßenzügen waren bis auf ein oder zwei Häuser alle mit Brettern vernagelt.

Madison stellte sich unwillkürlich vor, wie das Leben in dieser Gegend sein mochte und wie es früher hier wohl gewesen war. Ließ man den Schmutz und die Vernachlässigung außer Acht, war die Architektur durchaus zu bewundern: kunstvolle Fassaden, verzierte Steinmetzarbeiten und verspielte Türmchen.

Als sie sich Beatrice Curtis' Straße näherten, wurde die Architektur weniger spektakulär, dafür solider. Der Block, in dem sie wohnte, war gut gepflegt, die Häuser wirkten robust. Neben einigen Haustüren standen Pflanztröge mit Grünpflanzen oder fast verwelkten einjährigen Blumen.

Sie fanden die richtige Hausnummer und stellten den Wagen am Straßenrand ab.

Die Fenster waren mit dicken Sicherheitsgittern versehen, und hinter den Scheiben hingen üppige Vorhangarrangements. Durch ein Fenster sah man eine kitschige Lampe mit gerüschtem Schirm.

Die alte Frau, die ihnen die Tür öffnete, wirkte gebrechlich und hager, mit hohlen Wangen und tiefliegenden Augen.

Parker zeigte ihr seinen Dienstausweis, doch noch ehe er sich vorstellen konnte, brachte ihn die Frau mit zittriger Hand zum Schweigen. Zur Begrüßung tippte sie sich an die Schläfe und neigte den Kopf zur Seite, während sie zurücktrat und ihnen bedeutete hereinzukommen. Ein feiner Geruch nach gebratenem Speck lag in der Luft. Das Wohnzimmer war blitzsauber, aber abgenutzt.

In einer Ecke thronte ein korpulenter Mann mit zornigem Gesichtsausdruck unbehaglich auf einem Stuhl aus Chrom und Plastik. Dieser war gerade groß genug, um einer Hälfte seines gewaltigen Hinterteils Platz zu bieten.

Trotz der bösen Blicke, die er ihnen zuwarf, hatte er ein weiches Babygesicht. Madison schätzte ihn auf Mitte vierzig. Dabei sah er aus, als würde er hauptsächlich von Moms oder Grandmas Kochkunst leben.

Während die alte Dame sie zu einer ausgeblichenen Sitzgruppe führte, verlagerte der Typ in der Ecke sein Gewicht auf die andere Pobacke. Mrs Curtis ließ sich auf einen unbequem aussehenden Schaukelstuhl nieder und bot den Besuchern mit einer Handbewegung den Platz auf dem Sofa an.

Eine ganze Weile sagte niemand etwas. Man hörte nur die Busse, die auf der Straße hin- und herfuhren, und das Ächzen und Stöhnen aus dem Zimmereck.

Schließlich räusperte sich Parker und rutschte auf der Couch ein Stück nach vorn. »Mrs Curtis, als Erstes möchte ich Ihnen meine Dankbarkeit für Ihre Hilfe aussprechen.«

Sie hob wieder die Hand und nickte kaum merklich, um anzudeuten, dass sie ihn verstanden hatte und er nicht fortzufahren brauchte. Die Augen, die sie aus der Ecke anfunkelten, wurden schmal.

»Sie sagten am Telefon, dass Sie ein paar Sachen von Dorothy hier haben«, begann Madison behutsam. »Damit können wir die Identität zweifelsfrei nachweisen.«

Mrs Curtis nickte wortlos und hievte sich aus dem Sessel. Sie streckte einen Finger in die Luft, während sie aus dem Zimmer hinkte.

Madison konnte sich nicht entsinnen, dass die Frau auch nur einen Laut von sich gegeben hatte, dennoch war das Schweigen, das sich während ihrer Abwesenheit über sie senkte, beinahe mit Händen greifbar. Die Stille wurde von dem Geräusch quietschender Bremsen in der Ferne nur noch unterstrichen.

Madison schaute sich um und entdeckte ein Sofakissen im Regal. Es war an die Wand gelehnt, damit man das aufgedruckte Foto von Dorothy Curtis mit kunstvoll verziertem Rahmen besser sehen konnte. Sie hatte ein breites, gewinnendes Lächeln und kluge Augen. Unwillkürlich erwiderte Madison das Lächeln.

Mrs Curtis kam nach ein paar Minuten mit einer kleinen braunen Tasche in der einen und einer türkisfarbenen Plastikhaarbürste in der anderen Hand zurück.

»Ich habe auch ihre Zahnbürste«, erklärte sie mit matter, brüchiger Stimme. »Und eine Nagelfeile und nichtgewaschene Socken ... Ich wusste nicht, was Sie sonst noch gebrauchen können.«

Parker stand auf, um die Sachen an sich zu nehmen. »Das ist großartig, Mrs Curtis«, sagte er leise. »Das genügt uns.«

Sie nickte tapfer, steckte die Haarbürste in die Tasche und reichte sie Parker. Ihre Augen waren rot unterlaufen.

Madison holte tief Luft und erhob sich ebenfalls. Dabei holte sie die Beweistüte aus ihrer Tasche. »Tut mir leid, Mrs Curtis, ich habe noch eine Frage an Sie.«

Die alte Lady drehte sich zu ihr um und sah sie ängstlich an.

Der Mann in der Ecke bewegte sich, stand auf und machte einen Schritt vorwärts.

»Lass das, LeVon«, sagte sie streng, ohne ihn eines Blickes zu würdigen. »Was möchten Sie wissen, meine Liebe?«, fragte sie Madison furchtsam, aber in dem offenkundigen Versuch, höflich und zuvorkommend zu sein.

»Können Sie mir sagen, ob Ihnen diese hier bekannt vorkommen?«, erkundigte sich Madison und hielt ihr die Tüte hin. »Diese künstlichen Nägel haben wir gefunden. Könnten die Ihrer Tochter gehören?«

»Sie ist meine Enkelin«, betonte Mrs Curtis, ehe sie die Tüte in die Hand nahm, um den Inhalt genauer zu inspizieren.

Madison hatte den Eindruck, als wollte sie noch einmal im Präsens von Dorothy sprechen, ehe sie sich der Tatsache stellte, dass sie tot war.

»Sie ist ein anständiges, tüchtiges Mädchen. In der Schule ist sie immer gut gewesen, und sie will etwas aus sich machen. Ihr ganzes Leben widmet sie der Hilfe für ihre Mitmenschen. Sie kümmert sich um sie … sie umsorgt Kranke und Alte.«

Das leichte Zittern, das an ihren Händen sichtbar wurde, erfasste allmählich ihren ganzen Körper, während sie den Inhalt der Tüte in Augenschein nahm.

»Könnten die Dorothy gehört haben?«, hakte Madison nach.

Mrs Curtis schien zu nicken, es konnte aber auch der Tremor gewesen sein, der mit jeder Sekunde schlimmer wurde. Sie richtete den Blick auf Madison und öffnete den Mund. Bevor sie jedoch etwas äußern konnte, fing sie an zu taumeln.

Eines musste man ihm lassen – LeVon war schnell; er fing die alte Lady auf, bevor sie fiel. Mit seinen fleischigen Händen hielt er sie fest und überlegte, ob er sie stützen oder in die Arme heben sollte.

Seine Augen sprühten vor Zorn, als er sich an Madison und Parker wandte. »Sind Sie jetzt fertig?«, stieß er hervor.

»Ja, wir sind fertig«, erwiderte Parker.

Madison hätte gern die Hand auf seine Schulter gelegt, um ihm ein wenig Trost oder Unterstützung zu spenden, aber er war derart angespannt, dass eine solche Geste möglicherweise eine Explosion zur Folge gehabt hätte. »Danke für Ihre Hilfe.«

Kapitel 20

Der Besuch bei Dorothy Curtis' Großmutter hatte Madison deprimiert. Es lag nicht daran, dass Jane Doe tot war – das hatte sie schon die ganze Zeit gewusst. Viel mehr machte ihr die Tatsache zu schaffen, dass sie einmal gelebt hatte.

Jane Doe war ihre entzückend stille, geheimnisvolle Freundin, Dorothy Curtis hingegen eine reale Person, die geliebt und vermisst wurde – das machte ihren Tod zu einer wahren Tragödie, zu einem echten Verbrechen.

Parker nahm von der Zahn- wie von der Haarbürste einige Fingerabdrücke ab, um sie mit denen von der Busfahrkarte zu vergleichen. Madison bereitete die DNA-Proben aus den Haaren vor. Von den zwanzig Haaren, die sie aus der Bürste gezupft hatte, war ein halbes Dutzend vollständig mit Wurzeln und daher geeignet für die Analyse. Sie suchte vier aus, schnitt die Wurzeln ab und legte jede in ein Reagenzglas. Mit einer Pinzette träufelte sie eine Lösung, die die Haarstruktur aufbrechen würde, in die Gläser.

Sobald sich die Proben aufgelöst hatten, stellte sie die Gläser in den Thermocycler, der sie bis fast zum Siedepunkt erhitzte. Dadurch wurde die doppelte Helix der DNA in zwei separate Stränge zerteilt. Danach fügte sie die Enzyme hinzu, die die DNA aufschlossen und in kleinere Segmente aufteilten.

Jeder Zyklus von Erhitzen und Abkühlen verdoppelte

die Größe der Proben. Nach dem Erhitzen teilt sich die Probe in zwei einzelne Stränge, beim Abkühlen formen sich die Enzyme und Proteine zu den fehlenden Hälften der Stränge und kreieren so zwei neue Hälften. Nach zwanzig Zyklen waren die Gläser voll mit Tausenden genauer Kopien der Original-DNA – genug, um die Probe zu analysieren, mit anderen zu vergleichen und nach Übereinstimmungen zu suchen.

Während der Thermocycler brummte und dafür sorgte, dass sich die Probe multiplizierte, klingelte Madisons Handy. Die Nummer kam ihr vage bekannt vor.

»Madison Cross.«

»Hi, hier ist Melanie Sternbach. Ich glaube, Sie haben mich angerufen, oder?«

»Ja, stimmt.« Melanie Sternbach war Horace' ehemalige Physiotherapeutin. »Danke, dass Sie zurückrufen.«

»Tut mir leid, dass ich mich nicht früher gemeldet habe, aber ich war unterwegs. Was kann ich für Sie tun?«

»Ich rufe wegen eines ehemaligen Patienten an – Horace Grant.«

Sie lachte. »Horace? Steckt er in Schwierigkeiten?«

»Nein, eigentlich nicht. Wieso fragen Sie danach?«

Wieder lachte sie. »Ich liebe Horace. Er ist großartig, ehrlich. Aber er kann eine ganz schöne Nervensäge sein. Ausgesprochen charmant, aber nicht gerade der beste Patient der Welt.«

»Nun, er ist nicht wirklich in Schwierigkeiten«, sagte Madison und verschwieg geflissentlich seinen Auftritt in Valley Glen. »Aber er hat ein paar Probleme, und ich hatte gehofft, dass Sie ihm helfen könnten.«

»Braucht er wieder eine Therapie? Ich finde ja, die erste hat ihm gutgetan, aber ehrlich gesagt bezweifle ich, dass er kooperieren würde.«

»Horace hat in Valley Glen Village gewohnt, ist jedoch kürzlich wieder nach Hause gezogen. Sein Sohn, der sich vorher um ihn gekümmert hat, ist, kurz bevor Horace heimkam, gestorben. Und ich versuche jetzt, wenigstens vorübergehend einen Pfleger zu organisieren, der zu ihm ins Haus kommt – was gar nicht so einfach ist.«

»Kann er nicht wieder nach Valley Glen gehen? Auch vorübergehend? Ich kenne dort ein paar Leute, und wenn Sie wollen, kann ich ein gutes Wort für ihn einlegen.«

»Nein, danke. Ich glaube kaum, dass das eine Option ist. Er hat sich nicht gerade im Guten von ihnen getrennt. Hat eine große Szene gemacht, ehe er mit Sack und Pack ausgezogen ist.«

Melanie Sternbach brach in Gelächter aus. »Ja, das sieht ihm ähnlich. Wie kann ich dann helfen?«

»Ich habe mit dem Sozialdienst gesprochen und gebeten, dass sie ihn auf die Liste setzen. Sie sagten, sie könnten eventuell helfen, aber zuallererst brauchen sie Horace' Krankenakte. Es ist nicht leicht, so etwas aufzutreiben. Sein gegenwärtiger Arzt, Dr. Chester, behauptet, die Kartei, die er von Dr. Bernhardt bekommen habe, sei nutzlos. Es sind nur ein paar Seiten.«

»Tatsächlich?«, fragte Melanie Sternbach überrascht. »Meiner Erfahrung nach war Dr. Bernhardt sehr penibel mit seinen Unterlagen. Genau wie sein Vater. Ich schätze, die Dinge sind ein wenig außer Kontrolle geraten, als Dennis getötet wurde.«

»Er wurde getötet?«

»Na ja … als er starb. Es muss damals ein heilloses Durcheinander gewesen sein.«

»Wie ist er denn gestorben?«

»Oh – es war schrecklich. Er wurde angefahren, und der Unfallverursacher beging Fahrerflucht. Furchtbar. Er war ein ausgesprochen netter Kerl und ein hervorragender Arzt. Außerdem sah er gut aus, müssen Sie wissen.« Sie seufzte. »Wirklich schade.«

»Hat man den Schuldigen gefunden?«

»Nein. Man fand lediglich das Auto sechs Blocks entfernt. Es war gestohlen. Wahrscheinlich Jugendliche, die Spritztouren mit gestohlenen Autos unternehmen. Und noch dazu fing Horace gerade an, echte Fortschritte zu machen. Es war sehr mühsam, aber ich dachte wirklich, dass er die Chance hätte, aus dem Rollstuhl herauszukommen. Doch als der Doktor ums Leben kam, gab Horace alle Anstrengungen auf. Er kam überhaupt nicht mehr zur Therapie. Wir alle waren sehr bestürzt.«

Madison antwortete nicht sofort.

»Sind Sie noch dran?«, fragte Melanie.

»Was? O ja«, entgegnete Madison geistesabwesend. »Erinnern Sie sich, welche Verletzung Horace in den Rollstuhl gebracht hat?«

»Soweit ich weiß, war es eine Nervenschädigung. Das ist viele Jahre her. Ich habe auch nie eine richtige Krankenakte gesehen, und sämtliche Unterlagen habe ich an Horace oder Dr. Bernhardt zurückgegeben.«

Als die DNA-Proben im Thermocycler fertig waren, nahm Madison sie heraus und bereitete sie für den Elektrophorese-Apparat vor. Mit Hilfe einer Pipette gab sie ein paar Tropfen der ersten Probe in das erste Röhrchen der Kapillarreihe.

Dieses Gerät setzte die Lösung unter niedrigen, stetigen Strom und schickte so die verschiedenen Segmente der DNA durch die Kapillarröhrchen. Diese waren mit einem linearen Polyacrylamidgel gefüllt. Die DNA-Partikel wanderten mit unterschiedlicher Geschwindigkeit durch das Gel und erreichten zeitversetzt das Ende der Kapillarreihe. Ein Laser aktivierte dann die Färbungen der einzelnen Segmente, wenn sie das Röhrchen hinaufstiegen, und ein Scanner las die verschiedenen Farben ab. Der Computer analysierte schließlich das Muster und übersetzte es in ein quantitativ bestimmbares genetisches Porträt des Probenspenders – in diesem Fall in das von Dorothy Curtis.

Gerade als Madison den Raum verlassen wollte, stutzte sie und lief zurück: Sie hatte vergessen, den Apparat anzustellen. Sie hoffte, dass sie sonst nichts übersehen hatte. Seit sie von Dr. Bernhardts Tod erfahren hatte, plagte sie ein ungutes Gefühl.

Ihr Mitgefühl für Horace, der so viele Tragödien durchlitten hatte, wuchs. Es musste ihm so vorkommen, als lauerte jedes Mal, wenn alles gut lief, ein Schicksalsschlag auf ihn. Seine Charakterstärke beeindruckte sie. Vielleicht hatte ihn das Leben im Rollstuhl ja auch auf all die folgenden Schicksalsschläge vorbereitet.

Doch die Tatsache, dass es in seinem Umfeld so viele Todesfälle gegeben hatte, war irgendwie verdächtig, und Madison fragte sich unwillkürlich, ob das alles Zufall war.

Nachdem sie sich vergewissert hatte, dass der Apparat lief, wollte sie erneut ihr Labor verlassen. Aidan, der gerade den Kopf zur Tür hereinstreckte, bemerkte sie erst, als sie schier auf ihn prallte. In der letzten Sekunde schreckte sie zurück.

»Alles okay mit dir?«, erkundigte er sich mit einem Lächeln.

»Ja, ich war nur … in Gedanken.«

»Ich hab gehört, du und Parker habt Jane Does Mom besucht. Manchmal kann einem so was ordentlich auf den Magen schlagen. Möchtest du darüber reden?«

»Ja, es war sehr traurig, aber mich beschäftigt Horace Grant mehr.«

»Der alte Knabe im Rollstuhl?«

Sie nickte.

»Ist das überhaupt ein Fall? Offiziell, meine ich.«

»Ich weiß es nicht. Ich versuche nur, dem alten Mann zu helfen. Und je mehr ich über ihn erfahre … er hat wirklich viel durchgemacht.«

Aidan hörte aufmerksam zu.

»Zum Beispiel hat gerade seine ehemalige Physiotherapeutin angerufen. Es ist eine lange Geschichte, also frag lieber nicht. Ich versuche ihm eine ambulante Pflege zu beschaffen, um mein schlechtes Gewissen zu beruhigen, weil ich ihn alleine lasse. Doch um Hilfe für ihn zu bekommen, brauche ich seine Krankenakte, und jetzt stellt sich heraus, dass die Akten nicht auffindbar sind, weil sein Arzt gestorben ist.«

Aidan zuckte mit den Achseln.

»Dass er tot ist, wusste ich schon. Neu war mir nur, dass er angefahren wurde und der Autofahrer Fahrerflucht begangen hat.«

Noch immer schwieg Aidan, aber er zog eine Augenbraue hoch.

»Richtig – genau das habe ich auch gedacht«, fuhr sie fort. »Und dann Derek, der, wie es zuerst schien, eines natürlichen Todes gestorben ist, dann war es Selbstmord, und jetzt kann es wer weiß was sein. Horace' Frau starb nach einem Treppensturz. Der andere Sohn verschwand nach dem Tod seiner Mutter. Horace' Arzt kam bei einem Unfall um – der Unfallgegner wurde nie gefunden. Das alles ist ein bisschen viel, findest du nicht?«

»Du glaubst, der alte Herr ist für all das verantwortlich?«

Sie winkte ab. »Nein, natürlich nicht. Ich kann mir gar nicht vorstellen, dass er physisch dazu in der Lage wäre.«

Wieder zog Aidan eine Augenbraue hoch.

Sie schüttelte den Kopf. »Nein. Und bei Derek war er nicht einmal in der Nähe – er lebte eine Woche in einem Heim. Außerdem war der Abschiedsbrief hoch oben an den Spiegel geklebt – so weit hinauf kann Horace gar nicht reichen. Der Doktor wurde bei einem Unfall mit Fahrerflucht getötet – der Wagen, der ihn angefahren hat, war gestohlen. Horace fährt einen speziell für ihn umgebauten Van, mit einem normalen Auto kommt er nicht zurecht. Und dass er eines auf der Straße stiehlt, ist ausgeschlossen.«

»Was dann?«

»Ich weiß nicht …«

»Was?«

»Horace denkt, dass sein Sohn Jack wieder in der Stadt ist, der sich nach dem Tod seiner Mutter aus dem Staub gemacht hat. Horace hat angedeutet, dass Jack für den Tod seiner Mutter verantwortlich sein könnte und dass er deshalb abgehauen ist.«

»Hmm«, brummte Aidan.

»Und er argwöhnt, dass Jack auch etwas mit Dereks Tod zu tun hat«, fügte sie leise hinzu.

»Und was denkst du?«

»Ich weiß nicht. Es könnte möglich sein. Jack hat ein ellenlanges Vorstrafenregister – hauptsächlich Gewalttaten – vor und nach dem Tod seiner Mutter. Und er ist gleich nach ihrem Tod ausgerissen.«

»Und was willst du jetzt unternehmen?«

»Keine Ahnung.«

Das Einzige, was Madison einfiel, war gleichzeitig das

Letzte, was sie tun wollte. Aber zehn Minuten später saß sie doch wieder unten im Archiv.

Bevor sie sich erneut der staubigen Schachtel mit den Unterlagen über Estelle Grants Sturz widmete, bat sie Mortenson, ihr alles, was er über Dennis Bernhardt hatte, herauszusuchen. Daraufhin kam er mit einem Schnellhefter, der von einer Flügelklammer zusammengehalten wurde, zurück.

Madison breitete den spärlichen Inhalt auf dem Tisch aus. Der Polizeibericht war kurz. Das Opfer wurde von einem Fußgänger gefunden – es lag am Straßenrand. Noch am Unfallort verstorben. Hinter der Stelle des Aufpralls wurden Bremsspuren festgestellt – als ob der Fahrer erst nach dem Unfall auf die Bremse gestiegen wäre. Aus diesen Spuren, den starken Verletzungen des Opfers und der Entfernung, die es vom Unfallort weggeschleudert wurde, schloss man, dass der Wagen sehr schnell gewesen war.

Das Fahrzeug wurde mit einer starken Beschädigung an der Motorhaube ein paar Blocks entfernt aufgefunden. Blutspuren, Haare und Textilfasern passten zum Opfer. Der Wagen war gestohlen worden, und die Spur endete dort.

Der Detective, der in diesem Fall ermittelte, war Greg Dunleavy. Madison erinnerte sich, seinen Namen schon gehört zu haben, aber sie wusste nichts über ihn. Er arbeitete noch bei der Polizei, doch als Madison oben anrief, war er nicht an seinem Schreibtisch. Sie hinterließ eine Nachricht, erklärte den Grund ihres Anrufs und bat ihn, sich bei ihr zu melden.

Dem Polizeibericht lagen Fotos bei. Einige zeigten die Unfallstelle. Bernhardt lag halb auf der rechten Seite, sein Körper war nach hinten gekrümmt. Den linken Arm hatte er ausgestreckt, der rechte schien unter ihm zu liegen.

Die Beine hatten viel abbekommen: Das linke war am Knie nach vorne abgeknickt, das rechte war S-förmig gebogen und schien an vielen Stellen gebrochen zu sein.

Überall war Blut – es bedeckte sein Gesicht und machte es schwer, die Verletzungen am Kopf zu erkennen. Sein Hemd war an Ellbogen und Schultern zerrissen und blutig. Auch die Hose war an den Knien und am Gesäß zerfetzt und blutig, demnach musste er mehrere offene Wunden gehabt haben.

Sicherlich hatte er auch innere Verletzungen, dachte Madison.

Die Stelle war aus verschiedenen Winkeln fotografiert worden.

Es gab auch einige Aufnahmen, die vor und während der Autopsie gemacht worden waren. Bernhardt lag gesäubert und nackt auf dem Seziertisch, wo seine Verletzungen klinischer, aber auch brutaler wirkten.

Die Haut auf der rechten Seite des Gesichts war zum größten Teil weggeschabt. Der Kiefer war zertrümmert, und der Schädel schien eingedellt zu sein. Der Rumpf war nur eine blutige Masse, das Fleisch an der linken Hüfte aufgeplatzt und gerissen – eine tiefe, lange, gezackte Wunde war zu sehen. Beide Arme wiesen Schürfwunden auf; an manchen Stellen war überhaupt keine Haut mehr vorhanden.

Die Beine waren noch schlimmer in Mitleidenschaft gezogen. Es sah aus, als würde das linke Knie ganz fehlen; dort, wo man die Kniescheibe vermutete, klaffte ein großes Loch. Das rechte Bein glich einer fetten, dunkelroten Schlange. Nur die gezackten weißen Splitter, die an drei Stellen aus dem Schenkel ragten, wiesen darauf hin, dass überhaupt ein Knochen darin war.

»Lieber Himmel«, hauchte Madison und legte die Fotos weg.

Der Gerichtsmediziner hatte die Verletzungen aufgelistet – eine volle Seite – und als Todesursache massive innere Blutungen angegeben.

Als sie die Sachen wieder in den Hefter packte und die Flügelklammer anbrachte, stand ihr plötzlich das Gesicht von Dr. Bernhardt senior vor Augen – der Schmerz und die Wut.

Kapitel 21

Kopfschüttelnd schob sie die Akte Bernhardt beiseite und öffnete die Schachtel mit den Unterlagen über Estelle Grant.

Unter den Aussagen, die sie bereits alle gelesen hatte, lagen zwei Notizblöcke, die, der Handschrift nach zu schließen, Dugerty vollgekritzelt hatte. Außerdem die Berichte des Gerichtsmediziners, Donald Carr, und des Verantwortlichen von der Spurensicherung, Oscar Simmons.

Im Obduktionsbericht waren mehrere Verletzungen aufgezählt: Fraktur an der Speiche, zwei gebrochene Rippen, multiple Quetschungen, ein gebrochener Halswirbel mit massivem Trauma der Wirbelsäule. Der Tod wurde als Unfall eingestuft, obwohl die Nackenverletzungen nicht ganz zu dem Sturz passten.

Der Spurensicherer berichtete, dass der Leichnam am Fuß der Treppe gefunden worden war. Es gab keinerlei Hinweise auf einen Kampf.

Madison stieß auf weitere Aussagen mit Bemerkungen. Wie zuvor waren die meisten Randnotizen durchgestrichen, aber einige konnte man noch lesen. Am Rand des Autopsieberichts stand zum Beispiel: »Eigenartiger Winkel? – K. C.« Ein älterer Nachbar sagte, er habe Jack an diesem Tag mehrere Male ein und aus gehen gesehen, und am Rand stand: »War nicht zu Hause. – K. C.« Gleich darunter in einer anderen Handschrift: »Blöder Wichser.« Madison lächelte über den Kommentar.

Während Madison weiterlas, gingen ihr ein paar Dinge durch den Kopf. Viele der Nachbarn schienen überzeugt gewesen zu sein, dass Jack die Finger im Spiel gehabt hatte, und der Gerichtsmediziner hatte Probleme, den Sturz als Unglück einzustufen.

In seinen offiziellen Berichten berücksichtigte Fred Dugerty ganz offensichtlich nicht alle Schritte der Ermittlungen, doch wenigstens in seinen handschriftlichen Notizen zog er sämtliche Möglichkeiten in Betracht. Es war eine schizophrene Ermittlung, nicht nur, weil man nicht genau wusste, ob an Estelles Tod etwas faul war, sondern auch, weil nicht klar zu sein schien, wer verantwortlich dafür war. Die Nachbarn schienen alle für Jack zu stimmen, aber Dugerty hatte anscheinend jemand anderen im Blick. In den offiziellen Berichten wiederum ließ er keinen Zweifel daran, dass es ein Unfall war.

Madison überlegte, ob Dugerty nicht doch wissbegieriger und fleißiger gewesen war, als man ihm zugetraut hatte. Vielleicht hatte er alle Möglichkeiten beleuchtet, sie dann aber in den Berichten nicht erwähnt, weil er wusste, dass alle Theorien in eine Sackgasse führen würden.

Trotzdem schlich er wie die Katze um den heißen Brei, bewertete alle Randerscheinungen, aber nicht den Kern der Sache. Irgendetwas schien zu fehlen.

Gähnend kramte Madison in den restlichen Papieren und lehnte sich zurück. Sie rieb sich die Augen, dann sah sie auf die Uhr. Es war erst acht, aber sie hatte das Gefühl, schon die ganze Nacht gelesen zu haben.

Ihre Stirn legte sich in Falten, während sie nachdachte. Plötzlich nahm sie das Telefonbuch, das auf dem Tisch lag, und suchte Fred Dugertys Nummer heraus.

Madison stand auf, streckte sich, schüttelte die Arme aus und rieb sich das Gesicht. Sie wollte nicht mit Dugerty sprechen, bevor ihr Gehirn nicht anständig mit Sauerstoff versorgt war.

Fred Dugerty meldete sich nach dem vierten Klingelton – gerade als Madison auflegen wollte.

»Hallo?«, sagte er mit leicht schleppender Aussprache.

»Hallo, spreche ich mit Fred Dugerty?«

»Wer will das wissen?« Die Worte flossen ineinander. Möglicherweise hatte sie ihn aus dem Schlaf gerissen.

»Mein Name ist Madison Cross. Ich rufe von der Spurensicherung vom Philadelphia Police Department an. Spreche ich mit Fred Dugerty, der früher im Morddezernat gearbeitet hat?«

»Ja«, entgegnete er leicht verschnupft. »Fred Dugerty, der jetzt Sicherheitschef bei Lundy Real Estate ist.«

»Tatsächlich?« Sie versuchte, beeindruckt zu klingen.

»Ja.«

»Hoffentlich störe ich Sie nicht. Ich ... genau genommen dachte ich, dass Sie mir vielleicht bei einem Fall helfen können.« Sie schüttelte den Kopf über sich selbst, weil sie den guten Mann so zögerlich um Hilfe bat, statt ihn mit Fragen zu bombardieren.

»Sehr gern«, entgegnete er mit einem Mal freundlich, »aber nicht am Telefon.«

Madison biss die Zähne zusammen. Eigentlich hatte sie sich vorgenommen, ihn zur Mitarbeit anzustacheln, nicht zu einem Rendezvous. Andererseits war er vielleicht bei einer persönlichen Begegnung etwas zugänglicher als am Telefon. Sie überlegte, welche Kneipe sie in seiner Gegend kannte. »Wie wär's mit Bob's Diner? Das ist ganz in Ihrer Nähe. Ich könnte in einer halben Stunde dort sein.«

Bob's Diner war ein Wahrzeichen in Roxborough, ein klassisches, makelloses Lokal, freundlich und mit Ausblick auf den angrenzenden Leverington-Friedhof.

»Sagen wir lieber: Murphy's Tavern.« Er lachte. »Ich bin in fünf Minuten dort.«

Sie öffnete den Mund, um einen Gegenvorschlag zu machen, aber er hatte schon aufgelegt. Vier Minuten später saß sie in ihrem Wagen. Sie hätte viel Geld darauf verwettet, dass die nützlichen Informationen, die sie aus Dugerty herausbekommen konnte, im umgekehrten Verhältnis zu der Zeit standen, die in Murphy's Tavern auf sie wartete. Wie es schien, hatte er bereits einiges intus, und er trank wahrscheinlich noch ein oder zwei Gläser, bevor sie dort ankam.

Das Murphy's war eine relativ saubere, ordentliche Kneipe. Madison war einmal mit ihrem Onkel dort gewesen, nachdem er versucht hatte, ihr das Golfen auf dem Golfplatz an der Walnut Lane beizubringen – ein stadtbekannter Platz, weil er steile Hänge hatte, auf denen man im Winter wunderbar Schlitten fahren konnte.

Am Ende der Bar saßen zwei Männer und eine Frau Ende fünfzig. Sie unterhielten sich mit der Barfrau, die in etwa das gleiche Alter hatte, und lachten. Ein paar Grüppchen älterer Herrschaften saßen in den Nischen und plauderten miteinander.

Weit hinten saß ganz allein ein Mann in grauem Poloshirt. Er sah aus, als würde er einhundertvierzig Kilo auf die Waage bringen, und hatte unendlich viele Sommersprossen; das einst rote Haar war inzwischen ergraut. Madison wusste, dass dies ihr Mann war.

Während sie auf ihn zuging, wurde ihr Gesicht länger. Vor ihm stand ein fast leeres Whiskyglas mit Eis. Daneben lagen ein Zehner, ein Eindollarschein und drei Vierteldollarmünzen. In Kneipen wie dieser hieß das, dass dies das Wechselgeld auf einen Zwanziger war und er schon drei Drinks intus hatte. Und bestimmt keine Weinschorle.

Er entdeckte sie im Spiegel und lächelte. Als er sich zu ihr umdrehte, folgte sein Blick zeitverzögert der Bewegung seines Kopfes.

»Dugerty?«, erkundigte sie sich geschäftsmäßig.

Er musterte sie von Kopf bis Fuß, und sein Grinsen wurde breiter. Madison verdrehte die Augen. Sie trug einen weiten Pulli unter einem Anorak und dazu eine Jeans – in diesem Aufzug hatte sie Kurven wie eine Milchtüte.

»Dugerty?«, wiederholte sie.

Er schaute ihr in die Augen und nickte, ehe er den letzten Schluck seines Whiskys hinunterkippte. »Ich nehme an, ich bin eingeladen, stimmt's?«

Madison zog den Blick der Barfrau auf sich und bedeutete ihr, Fred Dugerty noch einen Scotch zu bringen. Die Barfrau nickte und nahm das leere Glas von der Theke. Dugerty wandte sich ihr ganz zu und schwankte leicht bei der Drehung auf dem Hocker. »Also, wie kann ich Ihnen helfen, Miss …«

»Cross. Madison Cross.« Sie fragte sich, um wie viel Uhr er zu trinken angefangen hatte. Die geplatzten Äderchen in den Augen und auf der Nase ließen vermuten, dass er selten eine Pause machte.

»Okay, Miss Cross, wie kann ich Ihnen behilflich sein?« Er sah seinem frischen Drink entgegen, der gerade gebracht wurde.

»Ich möchte Ihnen einige Fragen über einen Ihrer alten Fälle stellen. Sie haben vor etwa achtzehn Jahren daran gearbeitet.«

Er schlürfte ein Drittel des Whiskys. »Vor achtzehn Jahren?« Er lachte. »Da sind Sie ungefähr siebzehn Jahre zu spät dran – mein Gedächtnis ist nicht mehr das beste.«

»Es ging um eine Frau mit dem Namen Estelle Grant. Sie hat sich bei einem tödlichen Sturz über die Kellertreppe den Hals gebrochen. Das hat sie das Leben gekostet. Der Gerichtsmediziner hat das Ganze als Unfall eingestuft.«

Er lachte noch lauter, bevor er wieder einen Schluck trank. Dabei schwappte etwas Whisky über den Rand des Glases. »Sie erwarten von mir, dass ich mich an einen Unfalltod erinnere, der achtzehn Jahre zurückliegt?«

»Ich bin überzeugt, dass es kein Unfall war.«

Er schüttelte den Kopf, leerte sein Glas und stellte es mit großem Brimborium ab.

Madison winkte der Barfrau, die das leere Glas abräumte.

»Okay, dann erzählen Sie mir von Ihrem Fall«, forderte Dugerty sie großmütig auf.

»Na ja, wie gesagt, sie wurde tot am Fuß der Kellertreppe vorgefunden. Sie hatte einen Ehemann, der im Rollstuhl saß, und zwei Söhne. Der eine, der zu der Zeit so um die achtzehn Jahre alt war, verschwand gleich nach dem Vorfall. Ich glaube, einige Nachbarn verdächtigten ihn, bei dem Sturz nachgeholfen zu haben.«

Der neue Drink wurde gebracht, und er setzte das Glas an die Lippen. In seinen Augen sah Madison, dass er sich allmählich erinnerte.

»Eines kam mir noch komisch vor«, fuhr Madison fort. »Sie wurde am 29. April gefunden, aber die Dokumente in ihrer Akte waren alle auf den 13. Mai oder später datiert.«

Dugerty lächelte bedächtig und wissend. Konzentriert runzelte er die Stirn und kniff die Augen fest zu. Nach einer Weile riss er den Kopf in die Höhe und schnippte mit den Fingern.

»Estelle Grant«, rief er, als ob er den Namen aus den Tiefen seines Gedächtnisses gegraben und Madison ihn nicht gerade vor einer halben Minute ausgesprochen hätte. »Ja, ich erinnere mich«, fuhr er fort und trank triumphierend seinen Scotch. »Es war ein nervenaufreibender Fall.«

»Wieso? Was war so schwierig?«

»Alles. Ich schwör's. Dabei war es ursprünglich nicht mal mein Fall. Ich hab ihn von dem Hurensohn geerbt.« Er sah zu Madison auf, zog den Kopf zurück und musterte sie aus schmalen Augen. »Sie sind bei der Truppe, hab ich recht?«

»Ich bin bei der Einheit der Spurensicherer«, wich sie seiner Frage aus.

Er stutzte, dann zuckte er mit den Schultern und redete weiter: »Dieses Arschloch, von dem ich den Fall bekam, hatte lauter Verschwörungstheorien parat – erst hat der eine den Mord begangen, dann der andere. Himmel, der Gerichtsmediziner hat festgestellt, dass es ein Unfall war, oder? Damit war die Sache eigentlich erledigt.« Er trank. »Aber nicht für dieses Arschloch. Es war nicht mal mehr sein Fall, aber er hat mich tagtäglich mit Anrufen bombardiert. ›Haben Sie dies untersucht?‹ ›Haben Sie danach gefragt?‹ ›Vergessen Sie das und jenes nicht.‹ Der Dickschädel hat mich dazu gebracht, die gesamte Nachbarschaft zu befragen. Himmel, war das ein blöder Wichser!«

»Also war es ein Unfall?«

»Was?«

»Estelle Grant. War ihr Tod ein Unfall?«

»Scheiße, das weiß ich nicht. Könnte sein. Der Gerichtsmediziner hat es gesagt.«

Madison biss sich auf die Lippe, um ihm nicht zu antworten: »In Ihrem Bericht steht das auch.« Stattdessen fragte sie: »Könnte auch nicht sein?«

»Ja.« Er zuckte mit den Achseln. »Ich sag Ihnen was: Der nichtsnutzige Sohn der Grants hatte Dreck am Stecken. Er hat sich gleich nach dem Tod seiner Mutter aus dem Staub gemacht. Was sagt Ihnen das?«

»Sie glauben, er hat es getan?«

»Keine Ahnung. Vielleicht. Er schien der Typ zu sein.«

»Was ist mit dem Ehemann?«

Er sah sie an, als hätte sie den Verstand verloren. »Der Krüppel?«

»Ja. Er heißt Horace.«

»Liebe Güte, Sie klingen schon wie Detective Arschloch: ›Ich weiß nicht, warum, aber irgendwas ist an dem Mann …‹«, sagte er mit verstellter Stimme. »Verdammt, nein, der Krüppel kann es nicht gewesen sein.« Er schloss die Augen – entweder dachte er nach, oder der Raum drehte sich um ihn und er wollte ihn stoppen. »Wenn ich mich recht an den Grundriss der Küche entsinne, konnte er mit dem Rollstuhl nicht näher als drei Meter an die Kellertreppe gelangen.«

»Also war es sein Sohn Jack.«

»Möglich.«

Sein Glas war bis auf die Eiswürfel leer, und Madison beobachtete, wie Dugerty den letzten Rest des Whisky-Eiswassers über seine Zunge laufen ließ und auf die nächste Runde wartete. Sie sah, dass nicht mehr viel fehlte, bis er nur noch wirres Zeug von sich geben würde, also wartete sie erst mal mit der nächsten Bestellung.

»Weshalb haben Sie in Ihrem Bericht behauptet, dass es ein Unfall war?«

Er betrachtete sie argwöhnisch. »Was ist? Wollen Sie mich in die Pfanne hauen?« Er zählte an der Hand ab: »Ich habe einen Fall geerbt, bei dem es erstens keine Verdächtigen und zweitens keine Spuren gab, und dann erklärt der Pathologe, dass der Tod ein Unfall war. Könnte es Mord gewesen sein? Ja, vielleicht. Aber was würden Sie machen?

Monatelang in einem hoffnungslosen Fall herumstochern, der vielleicht nicht mal ein Mord ist, oder alles so belassen, wie es ist? Sollen sie doch einen Unfall draus machen, und es gibt einen Mord weniger für die Statistik.« Er lachte. »Es war kein kniffliger Fall. Und wenn Detective Dickschädel mir nicht ständig im Nacken gesessen hätte, hätte ich den Abschlussbericht viel früher verfasst.«

»Wer war dieser andere Detective?«, fragte Madison nach. Vielleicht bekam sie aus dem mehr heraus. »Und weshalb wurde er von dem Fall abgezogen?«

»Ach, das war eine Schande. Ich meine, der Bursche war ein Arschloch, aber trotzdem … Seiner Frau ist irgendwas zugestoßen, ich weiß nicht mehr, was genau.«

»Und wie hieß er?«

Dugerty kicherte und starrte ins Leere, als versuchte er sich zu erinnern. »Liebe Güte, das ist lange her. Sein Name … Mann, ich sehe ihn vor mir und hab seine Stimme im Ohr … Er liegt mir auf der Zunge … Warten Sie … wie war Ihr Name noch mal?«

»Madison Cross.«

Er lachte. »Das ist komisch. Wenn ich genauer darüber nachdenke – er hieß auch Cross. Vielleicht sind Sie ja mit ihm verwandt! Kennen Sie einen Detective Kevin Cross?«

Die Lichter im Parterre von Daves und Ellies Haus waren aus, aber im oberen Stock brannten sie noch. Das musste reichen.

Es dauerte fünf Minuten, bis Onkel Dave nach dem dritten Klingeln die Tür öffnete. Er trug einen Pyjama und einen Morgenmantel und hielt eine Hand hinter dem Rücken versteckt. Wahrscheinlich hatte er eine Waffe bei sich.

»Maddy-Mädchen«, sagte er erstaunt. »Liebe Güte, was machst du hier?«

»Warum hast du es mir nicht gesagt?«

»Was?«

»Ich hab mit Dugerty gesprochen. Über den Estelle-Grant-Fall.«

»Himmel, Maddy.«

»Wieso hast du es mir nicht gesagt?«

Er trat zurück. »Komm rein«, meinte er und ging voran durchs Wohnzimmer in die Küche.

Sie kam nach, gerade als er zwei Bier aus dem Kühlschrank holte. Er hielt ihr eines hin und durchquerte die Küche zur Hintertür. Auf dem Patio blieb er stehen und trank einen Schluck. »Es ist schon mindestens zwölf Jahre her, seit ich mit dem Rauchen aufgehört habe. Ich vermisse nicht so sehr die Zigaretten, sondern diese Aufenthalte hier draußen.«

Madison nahm auch einen Schluck. »Also, warum hast du es mir nicht gesagt?«

»Ich bin auch erst heute Nachmittag dahintergekommen. Nachdem du mir eröffnet hast, dass Dugerty den Fall bearbeitet hat.«

Eine Brise fegte durch die Bäume. Der nächste Windstoß riss Blätter von den Bäumen und wirbelte sie über die Veranda.

»Ich musste daran denken, wie sich dein Vater über den nichtsnutzigen Blödmann Dugerty aufgeregt hat, weil er nichts Anständiges zustande brachte.« Er lächelte. »Er hat ihn einen unbrauchbaren fetten Scheißkerl genannt. Damit hatte er recht, dabei hat ihm Dugerty wahrscheinlich das Leben gerettet.«

Madison hätte um ein Haar ihr Bier ausgeprustet, als sie das hörte. »Wie das?«

»Es ist mein Ernst. Sie haben deinen Dad beurlaubt – er war am Boden zerstört. Er war wie besessen von dem Gedanken, den Mörder deiner Mom aufzuspüren. Hätten sie den Estelle-Grant-Fall nicht einem Idioten wie Dugerty überlassen, hätte dein Dad nichts gehabt, was ihn von seiner Trauer ablenkt, und wahrscheinlich komplett den Verstand verloren.«

Er trank von seinem Bier, Madison tat es ihm gleich. Der Wind frischte erneut auf und ließ das Laub um ihre Füße tanzen.

Madison konnte die Blätter riechen.

»Ich denke, die Lästereien über Dugertys Inkompetenz haben ihn am Leben erhalten.«

Das könnte gut sein, dachte Madison, *ich jedenfalls vermochte es nicht.*

Als Madison zu Bett ging, entschied sie, dass es ein bemerkenswerter Zufall war, dass ihr Vater mit dem Estelle-Grant-Fall zu tun gehabt hatte – mehr nicht. Es brachte ein bisschen Licht in diese finsteren Tage, erhellte seine obsessive Seite und trübte zugleich ihre Meinung über ihn. Wenn er sich so sehr für einen unwichtigen Unfalltod einsetzte, dann hatte seine Besessenheit, etwas über das Schicksal ihrer Mutter herauszufinden, mehr mit beruflichem Ehrgeiz als mit persönlicher Trauer zu tun.

Sie lag noch wach, während Erinnerungen an ihre Kindheit und an ihren Vater auf sie einstürmten. Dann schweiften ihre Gedanken zu dem heutigen Tag, zu ihren Ermittlungen im Fall Derek Grant und ihrer Freundschaft mit Horace. Und unwillkürlich fragte sie sich, wie viel von der Besessenheit sie von ihrem Vater geerbt hatte.

Vielleicht war es an der Zeit, nachgiebiger zu werden.

Kapitel 22

Die Arbeit bei der Einheit der Spurensicherung war kein gewöhnlicher Job mit 35-Stunden-Woche und freiem Wochenende. Trotzdem hatte sich Madison vorgenommen, an diesem Samstagvormittag zu entspannen und das Wochenende zu genießen.

Bei der ersten Tasse Kaffee las sie die dünne Samstagszeitung, bei der zweiten erstellte sie eine Liste all jener Personen, die sie wegen Horace' Pflege kontaktiert hatte. Sie machte eine Spalte für die Namen, eine für die Telefonnummern und eine dritte für die jeweilige Reaktion.

Horace Grant brauchte in der Tat Hilfe, aber er könnte sich selbst ein wenig mehr darum bemühen. Möglicherweise würde sie ihm später wieder unter die Arme greifen, doch vorerst musste er etwas Verantwortung für sich selbst übernehmen. Dass er im Rollstuhl saß, hieß schließlich nicht, dass er kein Telefon bedienen konnte.

Melanie Sternbach hatte eine Nachricht auf Madisons Mailbox hinterlassen und ihr die Namen und Nummern von drei zurzeit verfügbaren Pflegerinnen angegeben. Madison notierte sie ganz unten auf ihrer Liste.

Dann trank sie ihren Kaffee aus und verließ die Wohnung.

Die Sonne schien, und die Luft war frisch und belebend; endlich schickte der Herbst seine ersten richtigen Vorboten. Madison widerstand dem Drang, sich warm anzuziehen. Zu dieser Jahreszeit konnte es am Morgen herbstlich sein und zu Mittag sommerlich heiß.

Ein farbenfrohes Banner, auf dem Herbstlaub abgebildet war, hing von Mrs Schloss' Veranda. Im Garten stand eine kleine Vogelscheuche, die Madison zuzuwinken schien. Mrs Schloss war im Garten und pflanzte hinter der Vogelscheuche Chrysanthemen. Als sie Madison entdeckte, richtete sie sich auf, lächelte breit und winkte.

Madison winkte zurück, während sie durch Horace' Vorgarten ging und klingelte.

Die Tür schwang auf, und Horace rollte in Sicht. »Madison«, sagte er mit gespielter Überraschung. »Ich hab mir schon Sorgen um Sie gemacht.«

»Sorgen?«

»Klar. Sie sind gestern davongerannt, um nach Jack zu suchen, und seither hab ich kein Wort mehr von Ihnen gehört.«

»Oh. Nun, es geht mir gut. Die Telefonnummer gehörte zu einem öffentlichen Münzapparat, aber dort war niemand, der Jack ähnlich sieht. Da war ziemlich viel los.«

»Möchten Sie reinkommen?«

»Nein, danke. Ich habe heute noch viel zu tun und muss weiter.«

»Oh? Was haben Sie vor?«

Sie lächelte, ignorierte jedoch seine Frage. »Hier.« Sie reichte ihm die Liste der Telefonnummern. »Hier ist alles, was ich bisher in Sachen Pflegedienste für Sie tun konnte.«

Horace nahm das Papier und warf einen Blick darauf, dann sah er sie verständnislos an.

»Die ersten Nummern sind die von Sozialdiensten«,

erklärte sie und deutete auf das Papier. »Dort bekommen Sie langfristig Hilfe. Ich denke, die Dienste sind kostenlos, aber Sie müssen sich selbst darum kümmern und dort anrufen.«

Horace starrte sie an, als könnte er das alles nicht begreifen.

Madison fuhr ungerührt fort: »Die nächste Gruppe sind private Agenturen. Anscheinend haben einige Mitarbeiter von den privaten schon hier gearbeitet. Sie schicken niemanden mehr.« Sie lachte sarkastisch. »Stellen Sie sich das vor!«

Sein Gesicht verfinsterte sich zusehends.

»Da unten, das sind diejenigen, bei denen Sie am ehesten Glück haben könnten«, erklärte sie weiter. »Melanie Sternbach hat mir die Namen und Nummern gegeben. Sie sagt, diese Leute wären sofort verfügbar und könnten für Sie da sein, bis Sie eine dauerhafte Lösung gefunden haben.«

»Melanie …?«

»Ihre Physiotherapeutin – erinnern Sie sich? Das war damals, als Sie noch bei Dr. Bernhardt in Behandlung waren – sie findet es jammerschade, dass Sie seinerzeit die Therapie abgebrochen haben. Sie meint, Sie hätten gute Fortschritte gemacht.«

»Wie kommen Sie dazu, mit Melanie Sternbach zu reden?« Sein Gesicht war blass und wutverzerrt, seine Stimme klang gepresst.

Madison sah ihn an – mit einem Mal wurde sie ärgerlich. »Liebe Güte, ich habe mit Melanie Sternbach gesprochen, weil ich, verdammt noch mal, Hilfe für Sie organisieren wollte.« Sie spürte, wie sie kurz davor war, ihn anzuschreien.

»Ich habe Sie nie darum gebeten.«

»Ach ja? Dafür haben Sie mich um einiges anderes gebeten. Vielleicht hatte ich deshalb das Gefühl, dass Sie Hilfe brauchen.«

»Aber ich habe Sie nicht gebeten, das hier zu tun! Ich hab doch gesagt, dass ich keine Hilfe brauche. Ich komme sehr gut allein zurecht.«

»Schön, weil Sie wahrscheinlich jede Menge Zeit allein verbringen müssen. Und das geschieht Ihnen ganz recht.«

Ihm blieb der Mund offen stehen, sein Kinn zitterte, aber er brachte kein Wort heraus. Plötzlich rollte er rückwärts, als würde er von einer Schnur gezogen, und knallte ihr die Tür vor der Nase zu.

Madison betrachtete ihre noch ausgestreckte Hand, bevor sie mit einem Achselzucken kehrtmachte und zu ihrem Auto ging.

Als sie die Wagentür öffnete, fragte ein dünnes Stimmchen: »Ist alles in Ordnung mit Ihnen?«

Sie drehte sich um und sah Mrs Schloss, die auf der Erde kniete und die Augen vor der Sonne abschirmte.

»Oh, hi, Mrs Schloss. Ja, alles bestens.«

»Seien Sie nicht zu streng mit ihm – er meint es nicht so«, riet sie Madison. »Ich weiß, dass er ziemlich wunderlich sein kann, aber er hat auch viel durchgemacht.«

»Ja, ich weiß.«

»Er ist launisch und kann ganz schön aufbrausend sein.« Sie grinste und schüttelte den Kopf.

Madison reckte sich, um ihren Gesichtsausdruck deuten zu können. »Was ist?«

»Oh, nichts. Er hat sich eigentlich schon sehr gebessert. Ich … Mir ist nur gerade eingefallen, wie er vor vielen Jahren einmal an einem Abend kurz vor Weihnachten die Haustür aufriss und die Kinder anschrie, die dort standen und Weihnachtslieder sangen. Er drohte ihnen mit der Polizei.«

Madison lachte, und Mrs Schloss biss sich auf die Lippe, um nicht auch loszuprusten. »Er ist schon eine Marke. Früher hat er die Kinder immer von seinem Rasen gescheucht. Er schoss mit seinem Rollstuhl aus dem Haus, manchmal hatte er sogar seinen Derek in der Hand. Damit fuchtelte er dann in der Luft herum, und die Kinder rannten schreiend davon. Estelle war entsetzt und versteckte sich vor Scham im Haus. Die beiden Jungs auch.«

Madison wollte eine Frage stellen, aber ehe sie sie aussprechen konnte, klingelte ihr Handy.

Es war Greg Dunleavy, der zuständige Detective im Fall Bernhardt.

»Ich habe Ihre Nachricht erhalten. Was kann ich für Sie tun?«

»Ich bin mit einem Fall befasst, der entfernt etwas mit einem Ihrer ehemaligen Fälle zu tun hat – dem Unfall von Dr. Bernhardt.«

»Ach ja?«

»Ich habe mich gefragt, wie Sie das Ganze beurteilt haben.«

»Den Unfall mit Fahrerflucht? Himmel, ich weiß nicht – ich meine, es war Fahrerflucht.«

»Das ist alles?«

»Ja, ich denke schon. Das Auto war gestohlen, und es sah aus, als hätten Jugendliche eine Spritztour damit gemacht. Sie haben den Mann angefahren, Fersengeld gegeben und das Auto irgendwo abgestellt. Dann sind sie davongelaufen.«

»Schön. Das klingt ziemlich eindeutig. Ich wollte mich nur vergewissern. Danke, dass Sie mich zurückgerufen haben.«

»Kein Problem.«

Madison unterbrach die Verbindung und warf einen Blick auf Horace' Haus.

»O Gott, ich muss wieder rein«, sagte Mrs Schloss, nachdem sie auf die Uhr gesehen hatte. »Ich habe einen Obstkuchen für den Literaturzirkel im Ofen. Keine Angst, Süße.« Sie tätschelte Madisons Arm. »Ich habe ein Auge auf ihn.«

Kapitel 23

Heißes Wasser prasselte auf ihren Rücken, floss über ihre Schenkel und die schmerzenden Waden. Schon während ihrer Radtour hatte Madison gewusst, dass sie es übertrieb, aber es war ein so schöner Tag gewesen, und sie hatte das Bedürfnis gehabt, überschüssige Energie loszuwerden.

Statt der kurzen, gemütlichen Route, die sie eigentlich geplant hatte, war sie auf den Port-Royal-Fahrradweg in Manayunk geradelt, am Schuylkill entlang durch Conshohocken und bis zum Valley Forge Park. Sie hatte den Park sogar einmal umrundet, ehe sie den Heimweg angetreten hatte.

Der Himmel hatte sich zugezogen, und auf der Nachhausefahrt kam sie in den Regen. Als sie dann endlich ihr Auto erreichte, fühlte sie sich ein wenig benommen. Am nächsten Morgen würde sie für all das bezahlen, vielleicht auch noch am übernächsten, aber der Ausflug war es wert gewesen.

Als sie nach Hause kam, war sie angenehm müde. Sie trank ein großes Glas Eiswasser, füllte es noch einmal und trank auch das zweite aus. Dann zündete sie eine Kerze mit Zitronen-Verbenen-Duft an und nahm eine heiße Dusche. Das Prasseln des Wassers konkurrierte mit dem strömenden Regen draußen.

Der Duft der Kerze wehte ins Badezimmer, gerade als das Wasser kälter wurde, und Madison genoss die letzten heißen Tropfen. Ein Klopfen an der Tür schreckte sie auf.

Das Klopfen klang eigenartig. Sie bekam selten Besuch, und wenn, dann klingelte er unten und sie ließ ihn mit dem elektrischen Türöffner ins Haus. Sie drehte die Dusche ab, trat vorsichtig aus der Wanne, hüllte sich in ein großes Badetuch und wickelte sich ein kleineres Handtuch wie einen Turban um den Kopf.

Als Madison durchs Wohnzimmer schlich, machte sie einen kleinen Umweg zu ihrer Handtasche, die an einem Haken hing. Sie nahm ihren .22er heraus, den sie von ihrem Onkel zum letzten Geburtstag geschenkt bekommen hatte, hielt die Waffe hoch und spähte durch den Spion. Es war niemand zu sehen.

Sie war sich durchaus bewusst, dass sie halbnackt war, und dachte daran, schnell ein paar Klamotten anzuziehen, ehe sie die Tür aufmachte. Doch dann gewann die Neugier die Oberhand – sie legte die Kette vor und öffnete die Tür einen kleinen Spalt.

»Horace! Lieber Gott, was machen Sie denn hier?«

»Tut mir leid, Madison. Ich fühle mich ehrlich schlecht wegen vorhin, und ich … ich möchte mich entschuldigen. Darf ich reinkommen?« Er sah jämmerlich aus. Er trug einen Regenponcho und hatte einen Sauerstoffschlauch unter der Nase. Der Schlauch war mit einer großen Flasche, die hinten an seinem Rollstuhl hing, verbunden. Horace schaute mit großen Hundeaugen zu ihr auf. Eines musste man ihm lassen, er versuchte nicht, einen Blick auf ihre Reize zu erhaschen.

»Geht es Ihnen gut? Was hat es mit dem Sauerstoff auf sich?«

»Oh, alles in Ordnung. Bestens – ich hatte nur … Sie wissen schon, einen Asthmaanfall. Manchmal habe ich so was, aber es ist nichts Schlimmes. Ich muss nur vorsichtig sein.«

»Wie sind Sie ins Haus gekommen?«

»Was? Oh.« Er zuckte mit den Schultern. »Jemand hat mir die Tür aufgehalten, als er hinausging. Sie haben ein behindertengerechtes Haus. Das ist schön.« Er sah sie zerknirscht an.

»Ich komme gerade aus der Dusche.«

»Oje, das tut mir leid, Madison.«

Er ließ den Kopf hängen. So wirkte er klein und bedauernswert.

»Ist schon okay«, seufzte sie. Sie machte die Tür zu und steckte die Waffe in ihre Handtasche. Dann nahm sie die Kette ab und öffnete die Tür ganz, wobei sie sich ein wenig versteckte, als Horace hereinrollte.

Er wandte sich züchtig von ihr ab.

»Machen Sie sich's im Wohnzimmer bequem«, sagte sie ihm und klemmte sich die Handtasche unter den Arm. »Ich bin gleich zurück.«

»Ihr Apartment ist größer, als Sie es beschrieben haben«, stellte er fest, bevor sie die Schlafzimmertür hinter sich zumachte.

Madison atmete tief die Zitronen-Verbenen-geschwängerte Luft ein. Der Regen, der ans Fenster trommelte, wirkte beruhigend, aber Horace' Überraschungsbesuch hatte sie aus der Fassung gebracht. Sie ließ sich Zeit, bürstete ihr Haar, dann zog sie eine Jeans und ein Sweatshirt an und setzte sich aufs Bett. Einen Moment lauschte sie dem Regen, ehe sie tief durchatmete und ins Wohnzimmer ging, um erneut mit Horace zu sprechen.

Er saß mit dem Rollstuhl am Couchtisch gegenüber dem Sofa und blätterte in der Zeitung.

Seine Kleider waren feucht vom Regen, und ein Tropfen lief ihm über Schläfe und Wange. Plötzlich war die Luft in der Wohnung stickig, und den delikaten Zitronen-Verbenen-Duft überlagerte ein Geruch, den Madison im Geiste als »feuchter alter Mann« bezeichnete. Sie lächelte, als sie sah, dass er die Zeitung bei den Todesanzeigen aufgeschlagen hatte. Ihr Großvater Berto hatte regelmäßig die Todesanzeigen studiert. Onkel Dave hatte ihn deswegen aufgezogen und von der »Gesellschaftsseite für Senioren« gesprochen.

Sie ließ sich aufs Sofa fallen und musterte ihn belustigt. »Okay, Horace, was führt Sie hierher?«

Horace legte die Zeitung weg und sah sie eine Weile an.

»Nun ...« Er verstummte und rieb sich die Handflächen an der Hose ab. »Wie gesagt, ich fühle mich schlecht wegen heute Morgen. So wie ich mit Ihnen geredet, was ich zu Ihnen gesagt habe ...«

»Haben Sie eine der Nummern angerufen, die ich Ihnen gegeben habe?«

»Nein. Nein, noch nicht. Aber ich werde es tun. Vielleicht morgen.«

»Gut.« Sie lehnte sich zurück. Plötzlich kehrte die Benommenheit von vorhin zurück. Sie kniff die Augen zu und öffnete sie wieder, doch es half nicht.

»Ich wollte Ihnen auch sagen, dass ich sehr dankbar bin für alles, was Sie für mich getan haben.«

»Das weiß ich doch, Horace.«

Er schaute auf seine Uhr und zupfte einen Fussel von seiner Hose.

Der Wind heulte und fegte den Regen laut an die Fenster. Madison ließ ihm noch ein wenig Zeit, aber er schwieg beharrlich. Ihre Übelkeit wurde immer stärker, und sie fragte sich, ob ihre Befindlichkeit vielleicht doch nichts mit ihrer Radtour zu tun hatte. Vielleicht bekam sie eine Grippe.

»Okay, wenn das alles ist, dann …«, begann Madison. Sie schlug sich mit den Handflächen auf die Schenkel und beugte sich vor, aber die Bewegung verschlimmerte ihren Zustand noch. Sie hatte das Gefühl, keine Luft mehr zu bekommen.

Horace beobachtete sie. »Gut. Wie gesagt, ich wollte mich nur entschuldigen und bedanken. Aber ich möchte auch, dass Sie wissen, wie viel mir das alles bedeutet – alles, was Sie getan haben. Es bedeutet mir eine Menge.« Er beugte sich vor und musterte sie forschend. »Sie sehen nicht gut aus. Soll ich Ihnen ein Glas Wasser holen?«

»Vielleicht muss ich mich nur ein wenig hinlegen. Vermutlich brüte ich etwas aus.« Ihr Magen rebellierte, und sie hatte das Gefühl, gleich in Ohnmacht zu fallen.

»Ja, Sie sollten ein wenig schlafen. Sie sehen müde aus.«

Sie wollte Horace bitten, einen Arzt zu verständigen oder irgendjemanden anzurufen, aber sie merkte, dass ihr Mund nicht mehr funktionierte. Mit wachsender Panik wurde sie sich bewusst, dass hier etwas ganz Entscheidendes schiefließ. Ihre Sehkraft ließ nach. Ihre Glieder fühlten sich so schwer an wie ihre Augenlider.

Horace rollte zu ihr und inspizierte ihr Gesicht. »Gut, jetzt können Sie sich ausruhen«, sagte er leise. Seine Stimme klang, als würde sie durch einen langen Tunnel an ihr Ohr dringen.

Madisons Lider flatterten und schlossen sich, ohne dass sie sie davon abhalten konnte.

In der Ferne hörte sie einen Klingelton. Erst erkannte sie den Ton nicht, aber es war ihr Telefon – der Festnetzanschluss. Ihr Anrufbeantworter schaltete sich ein.

Den Anfang der Nachricht bekam sie nicht mit, aber plötzlich erkannte sie Tante Ellies Stimme. »… deine Nachrichten abhörst.« Dann sagte sie etwas von einem gemeinsamen Essen. »… bin in fünf Minuten da … besser, du widersprichst mir nicht …«

Madison strengte sich mächtig an, um die Augen ein letztes Mal zu öffnen.

Horace wandte sich von ihr ab und rollte in die Ecke, in der der Anrufbeantworter stand.

Das Letzte, was sie sah, bevor ihr die Augen endgültig zufielen, war die Duftkerze, die schwach inmitten des Zimmers flackerte. Die Flamme wurde immer kleiner. Dann verlöschte sie. Ihr Blick folgte dem dünnen Rauchfähnchen, das sich in Richtung Decke kräuselte.

Dann wurde alles um sie herum schwarz.

Kapitel 24

Sie war nicht tot. Sie hätte es sein können, aber sie war es nicht. Ihr Kopf fühlte sich an, als wäre er drei Nummern zu groß und würde dem Schmerz so viel Raum bieten, wie er brauchte. Ihr war schlecht, sie schwitzte und hustete heftig, aber sie war am Leben.

Als sie aufwachte, saß sie, an die Mauer gelehnt, auf dem Bürgersteig vor ihrem Haus. Das war eine Überraschung.

Und nicht die einzige, wie sich herausstellen sollte.

Ellie, kreidebleich und verängstigt, sah auf sie nieder. »Alles ist gut, Liebes. Dir fehlt nichts«, sagte sie mit gedämpfter Stimme.

David Cross eilte auf sie zu. Sein Gesicht war angespannt und ein wenig verzerrt. Gleich hinter ihm stand Aidan. Er hatte die Hände in den Hosentaschen und wusste sichtlich nicht, wie er sich verhalten sollte. Er blieb abseits, als wollte er nicht stören, aber er schien sich um sie zu sorgen. Madison fing seinen Blick auf und lächelte ihm zu.

Aidan erwiderte das Lächeln.

»Ist sie okay?«, wollte Dave von Ellie wissen – auch er sprach leise. Madison wusste, dass es kein gutes Zeichen war, wenn die Menschen um sie herum von ihr in der dritten Person redeten, deshalb versuchte sie sich aufzurichten und sich in die Unterhaltung einzubringen. Aber ihr wurde augenblicklich schwindlig.

»Ganz ruhig, Maddy-Mädchen«, sagte Dave sanft und kniete sich neben sie. »Lehn dich zurück und geh's langsam an.« Jetzt klang seine Stimme klarer.

Ellie strich ihr die Haare aus dem Gesicht.

Ihr Onkel wandte sich ab und ließ ein paar handfeste Flüche vom Stapel – sie zielten auf den Notarztwagen ab. Augenblicklich tauchten zwei Sanitäter an ihrer Seite auf.

»Ich bin okay«, behauptete sie.

»Bleib ruhig sitzen, Maddy-Mädchen«, beschwichtigte Dave sie, während ihr einer der Sanitäter in die Augen leuchtete.

»Ich bin okay«, erklärte Madison noch entschiedener. Sie schob die Sanitäter beiseite und sah sich um. Die Kopfschmerzen waren verflogen, und nur noch eine leichte Übelkeit machte ihr zu schaffen. Eine kühle Brise ließ sie wieder klar denken und brachte sie zum Frösteln, insbesondere, da ihr Shirt durchgeschwitzt war.

»Wie bin ich hier herausgekommen?«, fragte sie.

»Sie scheint in Ordnung zu sein«, sagte einer der Sanitäter mit einem Achselzucken zu Dave.

»Maddy-Mädchen, erinnerst du dich, was passiert ist?«

»Nein, ich … ich saß auf dem Sofa und unterhielt mich mit Horace …« Sie schaute sich wieder um. »Warte eine Sekunde!«, rief sie panisch. »Wo ist Horace?«

Sie sprang auf die Füße und rannte zur Haustür, die von einem dicken Stapel Speisekarten aus dem Pizzaimbiss um die Ecke aufgehalten wurde.

»Maddy, warte!«, schrie Ellie. »Wir wissen nicht, was da oben los ist! Du musst dich beruhigen.«

Die Sanitäter protestierten auch, aber Madison war bereits im Haus. Die Tür zu ihrem Apartment war angelehnt, und sie stürmte direkt hinein. Sie sah im Schlafzimmer und im Bad nach, aber von Horace war keine Spur zu sehen.

Lieutenant Cross kam hinter ihr hergerannt. »Was ist los, Maddy?«, wollte er wissen.

Aidan folgte ihm vor zwei Cops in Uniform – Rooney und Localski. »Madison, du musst dich schonen. Sei vorsichtig«, riet er ihr. »Wir wissen noch nicht, was mit dir geschehen ist.«

»Ich saß hier mit Horace«, erinnerte sie sich.

»Hier?«, hakte Cross nach.

Sie nickte. In dem kleinen Apartment versammelten sich immer mehr Menschen. Mittlerweile waren auch die beiden Sanitäter eingetroffen. Der stickige Geruch lag noch in der Luft, er schien sogar noch stärker geworden zu sein.

»Horace war hier?«, fragte Cross noch einmal. »Weshalb?«

Die Benommenheit war wieder da. Ihr kam in den Sinn, dass die anderen recht haben könnten – vielleicht sollte sie doch noch nicht durch die Gegend rennen.

»Wir hatten heute Morgen einen Streit«, erklärte sie verwirrt, während sie sich die genauen Vorkommnisse ins Gedächtnis zu rufen versuchte. »Er kam her, um sich zu entschuldigen.«

Ellie eilte zu ihr. »Madison, du siehst gar nicht gut aus. Warum setzt du dich nicht, Süße, und ich hole dir ein Glas Wasser?«

»Die Kerze ging aus«, murmelte Madison.

»Wie bitte?«, fragte Aidan. Er hatte Schweißperlen auf der Stirn.

»Die Kerze«, sagte sie – jetzt war die Erinnerung klarer. »Bevor ich das Bewusstsein verlor, verlöschte die Kerze ganz von selbst.«

»Was soll das heißen?«

Madison nahm die Streichholzschachtel, die neben der Kerze auf dem Tisch lag, und versuchte eines anzureißen. Es glomm, aber entzündete sich nicht. Sie versuchte es mit einem anderen, aber auch das brannte nicht.

Ihre Knie wurden wieder weich, und die Kopfschmerzen kamen zurück. Madison sah ihren Onkel ratlos an. Der erwiderte den Blick noch ratloser. Sein Gesicht war rot und schweißnass.

Aidan nahm ihr die Streichhölzer aus der Hand und versuchte es selbst – ohne Erfolg.

Eine Sekunde lang betrachtete er die Streichhölzer, dann wirbelte er herum. »Alle raus! Sofort!«, brüllte er. Dann lief er zu den Fenstern, riss eins nach dem anderen auf und schrie den Uniformierten, die an der Wohnungstür standen, zu: »Sorgen Sie dafür, dass alle das Apartment verlassen. Augenblicklich!«

Madison wollte sich wehren, als einer der Sanitäter sie am Arm packte, aber sie fühlte sich zu schwach und ließ sich auf den Flur führen. Ellie folgte ihr – auch sie hatte einen Schweißfilm im geröteten Gesicht.

»Durch die verglaste Haustür sah Madison, dass sich hinter den Notarzt- und Streifenwagen, die die Straße blockierten, eine kleine Menschenmenge versammelt hatte.

Die Menge teilte sich, und Parker und Rourke bahnten sich einen Weg. Beide hielten ihre Dienstausweise hoch.

»Was, zum Teufel, geht hier vor, Neuling?«, wollte Parker wissen, sobald er ins Foyer kam.

»Mannomann, Madison«, sagte Rourke, »sieh dir dieses Durcheinander an.«

»Ich habe nicht die geringste Ahnung, was passiert ist«, beteuerte Madison. Aber als sie wieder einen klaren Kopf bekam, dämmerte es ihr. Seit sie sich im Vestibül aufhielt, besserte sich ihr Zustand. Es musste also etwas in ihrer Wohnung sein.

Gas. Jemand hatte versucht, sie zu vergiften.

»Sag mir, dass du nicht der ›Officer außer Gefecht‹ bist, von dem im Funkspruch die Rede war«, meinte Rourke verärgert. »Du siehst blendend aus, finde ich, und streng genommen bist du auch kein Officer.«

Madison ignorierte die beiden und lief zurück in ihr Apartment, wo Aidan mit Lackmuspapier das Kondenswasser von ihrem Wasserglas wischte.

Er sah sie und hielt ihr das Lackmuspapier hin. Wo es feucht war, hatte es sich von Rosa zu Blau verfärbt.

»Lackmuspapier?«, fragte sie.

»Kohlenstoff, glaube ich«, sagte Aidan nachdenklich.

Der Lieutenant und alle anderen sahen ihn verwirrt an.

»Hast du immer Lackmuspapier bei dir?«, erkundigte sich Madison sarkastisch.

»Ich bin Chemieanalytiker.«

»Also, was zum Teufel, hat das zu bedeuten?«, wollte Lieutenant Cross aufgebracht wissen. »Was geht hier vor?«

»Kohlenstoff«, antwortete Aidan.

»Um Himmels willen!«, tobte Dave. »Verrät mir jetzt endlich jemand, was das alles soll?«

»Mit ziemlicher Sicherheit ist es Kohlendioxyd«, sagte Madison. Sie war beeindruckt.

»Es scheint eine ungewöhnlich große Menge zu sein«, erwiderte Aidan.

»Woher wusstest du das?«, fragte Madison.

»Ich wusste es nicht, ehrlich. Aber ich dachte mir, dass der Stoff – welcher auch immer – stark genug war, eine Kerze zu löschen, aber nicht stark genug, um dich umzubringen. Also kann er nicht besonders toxisch sein.« Er zuckte mit den Schultern. »Hier drin roch es stickig. Du warst erhitzt, hast geschwitzt, dazu die Kopfschmerzen und die Bewusstlosigkeit. Es hätte vieles sein können, aber ich dachte, CO_2 würde die Kriterien erfüllen.«

Der Lieutenant verdrehte die Augen. »Und …?«

»Madison wird bald wieder die Alte sein.«

Der Lieutenant sah sich in der Wohnung um. »Aber wo kommt es her?«

Parker und Rourke, die in der Tür standen, wechselten einen Blick.

»Wisst ihr was?«, sagte Parker freundlich. »Dies hier ist ganz offensichtlich ein Tatort.« Er legte die Arme um Ellie und Madison. »Warum geht ihr nicht hinaus, schnappt ein bisschen frische, sauerstoffhaltige Luft. Rourke und ich, wir sehen uns hier ein wenig um.«

Entgegen der Anordnung ihres Onkels weigerte sich Madison, ins Krankenhaus zu gehen. Die Sanitäter pflichteten dem Lieutenant bei und erklärten ihr, dass es klug wäre, einige Tests durchzuführen und eine Weile unter Beobachtung zu bleiben.

»Tut mir leid, Lieutenant«, erwiderte sie trotzig. »Aber du bist genauso wenig ein Arzt wie diese beiden da.« Sie deutete auf die Sanitäter. »Ich hingegen bin Ärztin. Und mir geht es gut.«

Der Lieutenant riss den Mund auf, um ihr zu widersprechen.

»*Ich bin Ärztin*«, wiederholte sie, »auch wenn ich nicht damit protze.« Bevor er etwas erwidern konnte, wandte sie sich an die Sanitäter. »Wenn Sie mir eine Sauerstoffflasche ausleihen könnten, wäre alles in Ordnung.«

Sie drückte sich die Sauerstoffmaske aufs Gesicht und

machte somit deutlich, dass ein Klinikaufenthalt nicht mehr zur Debatte stand.

Verärgert, wenn auch erleichtert, funkelte der Lieutenant Aidan an, der Madisons Befehlsverweigerung mit einem Grinsen verfolgt hatte.

Das Grinsen verschwand unverzüglich, wenn er auch sein Amüsement nicht ganz verbergen konnte. »Ich gehe Rourke und Parker hier ein wenig zur Hand«, schlug er vor.

Als sich der Lieutenant zur Tür umdrehte, brüllte Parker aus dem Wohnzimmer: »Lieutenant, hier haben wir was!«

Parker stemmte eine Seite des Sofas hoch. Darunter lag ein grauer Metallzylinder, etwa fünfzehn Zentimeter im Durchmesser und fast sechzig Zentimeter lang; ein zehn Zentimeter langer schwarzer Schlauch war an das Ventil montiert. »Unter dem Sofa«, sagte er. Auf dem Behälter stand: »CO_2«.

»Ich schätze, das ist es«, meinte Rourke.

»Sieht so aus«, bekräftigte Aidan.

»Aber Kohlendioxyd ist nicht giftig«, gab der Lieutenant zu bedenken.

»Eine ausreichende Menge schon. Es verdrängt den Sauerstoff, und dann erstickt man.«

Sie sahen Madison an. Selbst bei offenen Fenstern war die Luft noch ziemlich schlecht.

Madison ließ die Sauerstoffmaske sinken. »Horace«, flüsterte sie und schüttelte den Kopf.

»Was ist?« Aidan kam zu ihr.

»Horace. Als er zu mir kam, hatte er eine Sauerstoffflasche am Rollstuhl – ein Schlauch führte zu seiner Nase. So etwas hatte er vorher nie gehabt.«

Madison drehte sich der Magen um, und Tränen schossen ihr in die Augen, als ihr vollständig klarwurde, dass sie gerade einem Mordversuch entkommen war – und dass Horace der mögliche Täter war. Sie wirbelte herum und rannte auf die Straße zu ihrem Auto.

Aidan holte sie auf dem Bürgersteig ein. »Wohin willst du?«, fragte er.

»Ich muss mit Horace sprechen«, stieß sie durch zusammengebissene Zähne hervor. »Und herausfinden, was zum Teufel mit ihm los ist.«

»Bist du sicher, dass es dir gutgeht?«

»Nein, nein – es geht mir nicht gut!«, schrie sie. Ihre Stimme überschlug sich beinahe. »Jemand hat gerade versucht, mich zu ermorden!«

Aidan drückte ihre Schulter, aber er war klug genug, es dabei zu belassen.

»Hör mal, es ist schon okay«, beteuerte sie. Es gelang ihr, ein bisschen Selbstbeherrschung zurückzugewinnen. »Ich muss nur in Erfahrung bringen, worum es eigentlich geht.«

»Schön«, schaltete sich der Lieutenant ein, der plötzlich hinter ihnen stand. »Aber du machst das nicht allein. Und wir lassen uns von einem Streifenwagen begleiten.«

Auf der Fahrt die Vine Street hinauf bis zum Schuylkill Expressway schwiegen sie die meiste Zeit. Als sie die Hälfte der Strecke hinter sich gebracht hatten, sagte Aidan: »Glaubst du, der alte Knabe hat versucht, dich umzubringen?«

»Ich weiß es nicht«, gab sie sachlich zurück, ohne eine Miene zu verziehen.

»Eine ziemlich clevere Art, jemanden zu töten.«

Sie warf ihm einen Blick zu, sagte jedoch nichts.

»Wenn ein Mensch stirbt, hört er auf zu atmen«, fuhr

Aidan fort. »Er stößt das Kohlendioxyd, das sich im Körper angesammelt hat, nicht mehr aus und ist innerhalb von Minuten davon durchdrungen.«

»Und?«

»Wird man durch Kohlendioxyd getötet, sind die Spuren davon nach wenigen Minuten im Körper nicht mehr nachzuweisen. Und es gibt keine Möglichkeit, die Todesursache zu bestimmen. Zwar würde man jede Menge CO_2 feststellen, aber das findet man bei jedem Toten.«

Er musterte sie forschend, um sicherzugehen, dass ihr nichts fehlte.

Madison spürte seinen Blick, ließ sich aber nichts anmerken. Sie starrte stur geradeaus und schaute nur ab und zu in den Rückspiegel. Lediglich ein Mal, als sie den Wagen vom Expressway über die lange Abfahrt steuerte, die den Fluss überspannte, wandte sie den Blick vom Verkehr ab.

Eine Wohnsiedlung schmiegte sich fast an den Highway – die Häuser sahen aus, als wären sie nur wenige Meter von der Fahrbahn entfernt. Man hatte das Gefühl, direkt auf die Fenster im zweiten Stock zuzufahren, bevor die Straße sozusagen in letzter Sekunde einen scharfen Knick machte.

Wie sie es schon als kleines Mädchen getan hatte, wenn sie diese Strecke gefahren war, spähte sie auch diesmal in die Fenster der Reihenhäuser und stellte sich vor, welchen Ausblick die Bewohner haben mochten.

Das Auto des Lieutenants war gleich hinter ihnen. Während der ganzen Fahrt achtete er darauf, zwei Autolängen Abstand zu halten – er blieb also nahe genug, dass Madison im Rückspiegel Parker auf dem Beifahrersitz erkennen konnte. Als sie Parker winken sah, musste sie wider Willen lächeln.

Rooney und Localski folgten ihnen mit Blaulicht, aber ohne Sirene. Sie hielten ebenfalls zwei Autolängen Abstand zum Lieutenant, bis alle an der roten Ampel auf dem Ridge-Avenue-Hügel halten mussten.

Wenige Minuten später blieben die drei Wagen vor Horace' Haus stehen. Sie stiegen aus, und der Lieutenant bedeutete den Uniformierten, das Blaulicht abzustellen. Rooney kam der Aufforderung nach.

Horace' Van stand in der Einfahrt.

»Ist das der umgebaute Van?«, flüsterte der Lieutenant.

»Ja«, bestätigte Madison.

»Ist er mit diesem Auto zu dir gefahren?«

»Ich weiß nicht, aber ich nehme es an.«

Rooney und Localski postierten sich rechts und links von der Haustür, zogen ihre Waffen und hielten sie mit beiden Händen fest.

Auch Parker und der Lieutenant entsicherten ihre Revolver. Als Madison ihrem Beispiel folgte, erntete sie einen finsteren Blick von ihrem Onkel, aber sie hielt ihm stand und steckte die Waffe in den Hosenbund.

Aidan sah sich mit einem unsicheren Lächeln um – er war der einzige Unbewaffnete, deshalb trat er zurück, um nicht im Weg zu sein.

Madison klopfte an die Tür. Dreißig Sekunden danach klopfte sie noch einmal etwas fester. Erst als die Tür ein Stück aufschwang, merkte sie, dass sie nur angelehnt gewesen war. Madison drehte sich um und sah ihren Onkel fragend an. Parker nickte, und der Lieutenant hob kaum merklich die Schultern. Mit den Fingerspitzen stieß sie die Tür weiter auf.

Die Jalousien waren heruntergelassen, und es brannte kein Licht. Das Wohnzimmer war dunkler, als Madison es je erlebt hatte. Sie spähte durch den Türspalt und trat einen Schritt vor, aber der Lieutenant streckte den Arm aus und hielt sie zurück.

Sie schaute zu ihm auf, und er flüsterte: »Sag seinen Namen.«

»Horace?«, rief sie und lauschte auf eine Reaktion. »Horace?«, versuchte sie es noch einmal, dann drückte sie die Tür ganz auf. In der anderen Ecke des Raumes konnte sie die Rückseite des Rollstuhls ausmachen. »Horace?«

Sie wandte sich an den Lieutenant, nickte und deutete mit dem Finger auf den Rollstuhl. »Ich glaube, er ist da drin«, wisperte sie.

Der Lieutenant zog eine Augenbraue hoch und drehte sich zu Parker um. »Hinreichender Tatverdacht?«, raunte er.

Parker zuckte mit den Achseln und nickte. »Ich denke schon.«

Der Lieutenant bedeutete den beiden Uniformierten, vorzukommen und das Zimmer zu betreten. Er und Parker flankierten Madison, dann zwängten sie sich durch die Tür.

Die Luft hier drin war genauso stickig wie vorher in Madisons Apartment.

Horace saß in seinem Rollstuhl mit dem Rücken zu ihnen. Sein Kopf war leicht nach vorn geneigt, der Sauerstoffschlauch wand sich um das eine Ohr und führte zur Nase.

Als Madison vorwärtsschlich, realisierte sie, dass ihre Waffe noch im Hosenbund steckte. Aber Parker und ihr Onkel standen ihr zur Seite; Rooney und Localski hatten mit gespreizten Beinen mitten im Zimmer Posten bezogen und ihre Revolver schussbereit in den Händen. Sie zielten auf Horace' Hinterkopf. Das genügte, sie brauchte ihre Waffe gar nicht, um sich zu verteidigen.

»Horace?«, rief Madison noch einmal leise, während sie ein paar Schritte machte.

Er reagierte nicht, saß nur reglos da.

»Horace!«, rief sie nun lauter.

Immer noch nichts. Sie streckte die Hand aus und berührte seine Schulter. Da er sich weiterhin nicht rührte, schüttelte sie ihn sanft.

Mit einem Mal zuckte sein Kopf in die Höhe, und er sah sich mit weit aufgerissenen Augen um. Als er die Revolver entdeckte, die auf ihn gerichtet waren, stieß er einen schrillen Schrei aus.

»Horace«, beschwichtigte Madison, »ist schon gut. Schsch.« Sie tätschelte seinen Rücken. »Es ist alles in Ordnung.«

Als der Schrei verklungen war, hatten alle ihre Revolver gesenkt – alle bis auf Rooney, der in seiner Haltung blieb.

»Liebe Güte, Madison!«, rief Horace. »Was, um alles in der Welt, soll das hier?«

»Alles okay, Horace«, besänftigte sie ihn.

»*Okay*?« Die Angst wich der Entrüstung. »Ich wache auf und schaue in die Läufe von Revolvern! Das nennen Sie *okay*?«

Rooney rührte keinen Muskel.

»Horace«, sagte Madison. »Jemand hat heute versucht, mich zu ermorden.«

Das brachte ihn zur Vernunft. »Was?«

»Heute, in meinem Apartment. Genau genommen, als Sie bei mir waren.« Aus den Augenwinkeln nahm sie eine Bewegung wahr: Aidan machte sich an irgendetwas zu schaffen.

Jetzt, da die erste Aufregung vorüber war, bekam sie wieder ein flaues Gefühl im Magen.

»Wovon reden Sie überhaupt?«

»Was haben Sie getan, als ich das Bewusstsein verlor?«

»Das Bewusstsein …? Sie sind eingeschlafen. Ehrlich, ich fand das ziemlich ungehobelt, aber Sie sagten ja, dass Sie sich nicht gut fühlen.« Er zuckte mit den Schultern. »Also bin ich gegangen. Ich habe keinen Schimmer, was danach passiert ist.«

»Jemand hat einen Zylinder voll Kohlendioxyd mit geöffnetem Ventil unter mein Sofa plaziert.«

»Kohlen*dioxyd*? Sie meinen wohl Kohlenmonoxyd.«

»Nein, ich meine Kohlendioxyd.«

Er lachte. »Sind Sie sicher, dass man nicht einfach versucht hat, Ihnen eine Eiercreme zuzubereiten?«

»Horace, es ist mein Ernst.«

Er sah sich in seinem Wohnzimmer um und stutzte, weil Rooney immer noch mit dem Revolver auf ihn zielte. »Mein Gott, Sie meinen es wirklich ernst … Aber Kohlendioxyd? Warum?«

»Lieutenant«, meldete sich Aidan zu Wort.

Die Blicke aller richteten sich auf ihn. Er versuchte, ein Streichholz anzureißen; es glomm, entzündete sich jedoch nicht. Er probierte es noch einmal – mit demselben Ergebnis.

»Alle raus hier«, ordnete der Lieutenant an.

Kaum waren diese Worte ausgesprochen, spürte Madison, dass die Kopfschmerzen zurückkehrten, diesmal noch schlimmer. Sie machte auf dem Absatz kehrt, drängte sich an Parker und Localski vorbei und stürmte ins Freie.

Sie hörte Horace' schrille Stimme wie von weit her. Er

verlangte zu wissen, was in seinem Haus vor sich ging. Madison stützte die Hände auf die Schenkel und beugte sich vor, nach Luft schnappend. Die anderen kamen ihr nach. Aidan schob Horace' Rollstuhl.

Parker hatte sein Handy am Ohr. Offenbar forderte er einen Notarztwagen und ein paar Spezialisten von der Polizei an.

Die Sanitäter trafen nach wenigen Minuten ein. Nachdem sie alle mit Sauerstoff versorgt hatten, untersuchten sie einen nach dem anderen. Der Lieutenant wartete neben Madison, sah sie allerdings nicht direkt an.

Parker und Aidan gingen ins Haus und öffneten die Fenster.

Wenige Minuten später rief Parker: »Lieutenant!« Aidan und er brachten einen großen grauen Zylinder heraus. Er sah aus wie der, den sie in Madisons Wohnung gefunden hatten, nur größer. »Das hier lag auf dem Küchenschrank.«

Horace verscheuchte die beiden Sanitäter, die sich gerade um ihn kümmerten. »Was, zum Teufel, hat das in meinem Haus zu suchen?«

Madison ging zu ihm. »Der sieht aus wie der Behälter, den wir in meiner Wohnung gefunden haben, nur größer. Horace, das ist Gas – CO_2. Sieht so aus, als ob jemand versucht, uns beide umzubringen.«

Er schüttelte verständnislos den Kopf und dachte angestrengt nach. Dann bedachte er sie mit einem grimmigen Blick. »Ich dachte, ich hab versucht, Sie zu töten.«

»Ich wusste nicht, was ich von alldem halten soll, Horace. Es war eigenartig, dass Sie mit einer Sauerstoffflasche bei mir auftauchen und dann dieses Gas in meine Wohnung strömt.«

»Ich war bei Ihnen, um mich zu entschuldigen.«

»Ich weiß.«

»Und Sie dachten, ich hätte einen Mordanschlag auf Sie verübt.«

»Horace, ich wusste nicht, was ich davon halten sollte.«

Er wandte sich von ihr ab. »Wenn ich den Sauerstoff nicht gehabt hätte, wäre ich jetzt vermutlich tot. Ich glaube, er wusste nichts von meinem Sauerstoff.«

»Wer?«

Er sah sie an. »Jack.«

Kapitel 25

David bestand darauf, bei Madison mitzufahren. Ihr war nicht klar, ob er sie nur nicht aus den Augen lassen oder ob er ihr eine Standpauke halten wollte. Wahrscheinlich beides.

»Interessanter Selbstmordfall, nicht wahr?«, bemerkte er.

»Bis jetzt.«

Er nickte bedächtig, als hätte sie etwas gesagt, worüber er nachdenken musste. »Ich finde, du solltest vorerst Abstand zu Mr Grant halten. Du bist viel zu sehr in all das verstrickt, zu nah dran, verstehst du?« Er sah sie ernst an. »Man hat versucht, dich umzubringen, Maddy.«

»Ich weiß, Onkel Dave«, pflichtete sie ihm bei, ohne Zugeständnisse zu machen. »Das Komische ist, dass ich mich noch erinnere, wie ich kurz vor der Ohnmacht war und mich nicht vom Sofa rühren konnte. Ich weiß allerdings nicht mehr, dass ich aufgestanden und hinausgegangen bin, aber ich bin draußen aufgewacht.«

Er überlegte eine Weile, dann hob er die Schultern. »Du sagtest, dass Horace da war. Vielleicht hat er dir geholfen.«

»Nein.« Sie schüttelte den Kopf. »Er sagte, dass er gegangen ist, weil er dachte, ich wäre eingeschlafen. Könnte es Tante Ellie gewesen sein?«

»Nein. Sie kam kurz vor mir an. Sie hat erzählt, dass du schon auf dem Bürgersteig warst, als sie eintraf. Vielleicht hast du dich selbst gerettet, Maddy. Möglich, dass du kurz zu dir gekommen bist und die Wohnung verlassen hast. Der Selbsterhaltungstrieb kann ganz schön stark sein.« Er lächelte. »Das ist eine gute Sache. Und es ist keineswegs überraschend, dass du dich nicht daran erinnerst.«

Eine ganze Weile sagte niemand etwas, dann fing Madison an: »Hat mein Dad irgendwelche Unterlagen oder Berichte hinterlassen, als er – du weißt schon – verschwand?«

»Was meinst du damit? Persönliche Dinge? Ja, ich habe ein paar Kartons auf dem Speicher und im Keller.«

»Eigentlich meinte ich berufliche Dinge wie Fallakten.«

Onkel Dave seufzte, ohne sie anzusehen.

»Ich frage mich, ob er die Unterlagen von den Fällen, an denen er arbeitete, aufgehoben hat ... Wie zum Beispiel von dem, von dem er abgezogen wurde, als Mom ... du weißt schon.«

Dave stieß wieder einen tiefen Seufzer aus. »Ja, Maddy-Mädchen, ich habe ein paar Aufzeichnungen«, gestand er widerstrebend. »Aber ich möchte, dass du vorsichtig bist. Ich meine es ernst. Was immer auch im Busch sein mag, es wird allmählich gefährlich.«

»Keine Sorge, Onkel Dave.« Sie legte die Hand auf seinen Arm. »Ich pass schon auf mich auf.«

Der Karton stand in einem Regal im Keller ihres Onkels. Es war einer von einem halben Dutzend braunen Schachteln mit Deckeln.

»Hier ist er«, sagte Dave, während er den Karton vom Regal nahm und ihn Madison in die Arme drückte. Zwei Ecken waren ein wenig aufgeplatzt.

»Wonach suchst du eigentlich?«, fragte er, als er ihr zu ihrem Auto folgte.

»Das weiß ich selbst nicht.«

»Aber du lässt es mich wissen, wenn du auf etwas gestoßen bist, ja?«

»Soll ich dich zum Präsidium mitnehmen?«, erkundigte sie sich, nachdem sie den Karton auf den Rücksitz gestellt hatte.

»Nein. Ich hab hier noch einiges zu tun. Danach rufe ich an und bitte jemanden, mich abzuholen. Maddy-Mädchen, du bist vorsichtig, ja?«

»Ja, Onkel Dave.« Sie tätschelte seine Wange. »Ich bin immer vorsichtig.«

Es fühlte sich seltsam an, wieder in der Wohnung zu sein.

Vor nur zwei Stunden hatte jemand versucht, sie hier zu töten. Deshalb hatte sie in ihren eigenen vier Wänden ein ganz anderes Gefühl als sonst, zudem war die Luft immer noch schlecht und schal. Sie stellte die Schachtel auf den Couchtisch und öffnete sämtliche Fenster, um ganz sicherzugehen.

Während sie die alten Fenster aufschob, entdeckte sie, dass ein Riegel am unteren Holzrahmen lose war. Sie schob einen Finger darunter und zog daran. Er bewegte sich ganz leicht.

Ein Schauer lief ihr über den Rücken. War das Fenster schon vorher so gewesen? War jemand auf diesem Weg in ihre Wohnung eingedrungen?

Selbst wenn es nichts mit den Ereignissen von vorhin zu tun hatte, schauderte sie bei dem Gedanken daran, wie angreifbar sie war.

Was, wenn einer der Halbstarken versucht hätte, nachts

bei ihr einzusteigen? Was, wenn der mit der schwarzen Kappe nach der Lektion von Onkel Dave vorhatte, Rache zu üben? Madison fröstelte, als sie daran dachte, was alles hätte passieren können.

Sie setzte sich an den Tisch und nahm sich die Schachtel vor. Als Erstes fiel ihr die Handschrift auf der Hülle eines Schnellhefters auf: *Estelle Grant – K. C.*

K. C. stand für Kevin Cross.

All die Randbemerkungen in Dugertys Akten stammten also von ihm, und jeder einzelnen ging vermutlich ein Anruf bei Dugerty voraus. Kein Wunder, dass ihn Dugerty als Nervensäge empfunden hatte.

Sie lächelte, als sie sich vorstellte, dass ihr Dad dabei zugesehen hatte, wie Dugerty den Fall verpfuschte. Das hatte ihn sicherlich von seinem eigenen Schicksal abgelenkt.

In dem Karton herrschte Chaos: lose Blätter von einem halben Dutzend verschiedener Blocks – weiß, gelb, blau, groß, klein, mittelgroß –, verknitterte Fetzen, Quittungen, Streichholzbriefchen und Visitenkarten, zusammengefaltete Kopien von Fotografien. Alles lag wild durcheinander, und alles schien irgendwie mit dem Fall Estelle Grant zu tun zu haben, aber ganz sicher war sich Madison dessen nicht.

Onkel Dave hatte sich früher oft über das »interne Ordnungssystem« ihres Vaters lustig gemacht. Es musste eine große Leistung sein, bei einem solchen Wirrwarr einen klaren Gedanken zu fassen.

Ihre Hände zitterten, als sie den Inhalt der Schachtel durchforstete.

Die Handschrift ihres Vaters war schwungvoll, groß und verriet Selbstbewusstsein. Nichts Künstlerisches, aber gut lesbar. Dies war die Handschrift eines Mannes, dessen Frau noch nicht ermordet worden und aus dem noch kein hoffnungsloser Trinker geworden war. Jemand, der möglicherweise zu besessen von seinem Job war, andererseits aber auch ein glückliches Familienleben hatte – eine Frau und eine Tochter, die ihn liebten. Unwillkürlich fragte sich Madison, was ihm, so wenige Tage bevor sich ihr Leben für immer verändert hatte, wohl durch den Kopf gegangen war. Sie ertappte sich dabei, wie sie reglos dasaß und die handgeschriebenen Dokumente anstarrte, die gar nichts von dem Fall enthüllten, dafür verlockende Einblicke in das Leben des Mannes boten, der sie verfasst hatte.

Mit einem langen, tiefen Seufzer fing sie an, ein Papier nach dem anderen zu studieren.

Vieles kannte sie schon aus Dugertys Akten: die gerichtsmedizinischen Berichte, Berichte von der Spurensicherung, Zeugenaussagen. Daneben gab es Zettel mit persönlichen Notizen, mit möglichen Theorien: wenn das der Fall wäre, dann wäre auch dieses – wenn das jenes bedeutet, kann es nicht so sein, was uns auf dieses zurückführt …

Auf einigen Seiten hatte er Spekulationen über Horace Grants Kindheit angestellt, auf anderen untersuchte er Schlussfolgerungen, zu denen Madison selbst auch schon gekommen war. Manches war ihr bekannt, anderes ergab überhaupt keinen Sinn. Einige Seiten schienen eine Fortsetzung von einem anderen Text zu sein oder mussten selbst eine Fortsetzung haben, aber Madison fand die passenden Blätter nicht.

Alles in allem hatte sich ihr Vater offensichtlich kaum Gedanken darüber gemacht, dass Estelle Grants Tod ein Unfall gewesen sein könnte. Möglicherweise weil Unfälle keine Erklärungen brauchten. Die Verletzungen passten nicht zu dem Sturz, die Winkel der Gewalteinwirkung stimmten nicht, aber irgendwie musste es geschehen sein. Ihr Vater hätte sich nicht so sehr bemüht, eine Erklärung zu finden, wenn er davon ausgegangen wäre, dass Estelle Grant ohne Fremdeinwirkung gestürzt war.

Derek, der damals etwa zwölf Jahre alt gewesen war, fand kaum Erwähnung. Er hatte sich im Haus eines Freundes aufgehalten, als seine Mutter gestorben war. Mit diesem nicht zu erschütternden Alibi kam er als Verdächtiger nicht in Frage.

Horace wurde etwas mehr Aufmerksamkeit zuteil. Auch wenn er nicht imstande war, sich der Kellertreppe auf weniger als drei Meter zu nähern, galt der Ehemann wie in den meisten Fällen als Hauptverdächtiger. Und scheinbar hatte Kevin Cross Horace Grant überhaupt nicht gemocht. In seinen Notizen folgten auf vage Verdächtigungen und negative Eindrücke die unglaublichsten Szenarien – Horace habe einen langen Stock benutzt, um seine Frau die Treppe hinunterzustoßen, oder er habe sich mit den Händen über den Boden bis zur Treppe gezogen und Estelle ein Bein gestellt, damit sie stolperte. Doch immer kam ihr Vater zu der Schlussfolgerung, dass diese Theorien unhaltbar waren.

Die meisten Notizen befassten sich mit Jack, dem kriminellen Sohn mit der Neigung zu Gewalttätigkeit. Schon vor seinem Verschwinden nach dem Tod der Mutter schien alles auf ihn als Täter zu deuten. Madisons Vater schien sich die größte Mühe zu geben, den Verdacht gegen Jack Grant zu mildern, aber es gab unleugbare Tatsachen, die dafür sprachen, dass er seine Mutter getötet hatte.

Der einzige Punkt zu seinen Gunsten war die Aussage eines Klassenkameraden, dass Jack zum Todeszeitpunkt der Mutter mit Laurie Dandridge zusammen gewesen sei.

Doch mittlerweile hatte sich herausgestellt, dass Laurie Dandridge das nicht zweifelsfrei bestätigen konnte.

Madison fragte sich, ob ihr Dad so unparteiisch gewesen wäre, wenn er gewusst hätte, dass der Junge die Stadt verlassen hatte, um als Berufskrimineller Karriere zu machen.

Neben einer Notiz über Jack klebte ein alter Post-it-Zettel. Darauf stand in Blockbuchstaben: »Was ist mit Georgie?« Es war Kevin Cross' Handschrift.

Sie las es zweimal. Was hatte das zu bedeuten?

Sie schnappte sich ihre Handtasche und suchte in den Telefonnachrichten von letzter Woche. »Was ist mit Georgie?«, sagte sie laut. Hatte das nicht auf dem kleinen Zettel gestanden? Sie schloss die Augen und konzentrierte sich, um sich die Aufschrift des Zettels bildlich vorzustellen und sich zu erinnern, was sie damit gemacht hatte. Doch dann schellte es an der Tür, und sie war dankbar für den Vorwand, die Sache vorerst auf sich beruhen lassen zu können.

Madison streckte den Kopf aus der Wohnungstür und sah, dass Aidan draußen stand. Sie ließ ihn herein.

»Hi.«

»Hi. Der Lieutenant meinte, dass du nach Hause gefahren bist. Ich dachte, ich schaue mal vorbei und sehe nach dir.«

»Das ist lieb.«

Er lächelte. »Wie geht's dir?«

»Ganz gut. Willst du reinkommen?«

»Klar.« Er folgte ihr ins Wohnzimmer. »Parker hat ein paar Fingerabdrücke von den CO_2-Behältern abgenommen. In beiden Fällen sind es die von Jack Grant.«

»Wow. Also hat er versucht, Horace und mich umzubringen, oder?«

»Sieht so aus, ja. Sie haben ihn auf die Fahndungsliste gesetzt und Haftbefehl erlassen. Ihr beide hattet verdammtes Glück.«

Sie nickte ernst. »Kannst du dir das mal ansehen?« Sie ging zum Fenster und zeigte ihm den kaputten Riegel.

»Oh, ist das neu?«

»Ich weiß es nicht – das ist ja das Schlimme. Vorher ist mir nichts aufgefallen.«

»Soll ich es reparieren?«

»Ist schon gut – ich kümmere mich selbst darum.«

»Du schwelgst in Erinnerungen, wie?« Er warf einen Blick auf die Schachtel, die noch immer auf dem Tisch stand.

»Das sind Dads Notizen über den Fall Estelle Grant. Er war der ermittelnde Detective, bis meine Mom verschwand. Dann haben sie den Fall Dugerty übertragen.«

»Ja, hab davon gehört. Ein ziemlicher Zufall, was?«

»Allerdings.«

»Und wie ist das für dich? Irgendwie komisch, oder?«

»Ein bisschen. Aber auch interessant. Mein Dad glaubte, dass irgendetwas bei dem Sturz nicht ganz koscher war. Horace tut mir leid. Ich meine, wenn Jack versucht hat, uns zu töten, dann ist es auch viel glaubhafter, dass er bei Derek irgendwie nachgeholfen haben könnte, oder? Außerdem stand er schon nach Estelle Grants Tod unter Verdacht. Stell dir vor: Der eigene Sohn ermordet deine Frau und den anderen Sohn, und dann versucht er, dich auch noch um die Ecke zu bringen.«

»Ganz zu schweigen von meiner neuen umwerfenden Freundin.«

»Hör auf damit. Ich meine es ernst.« Sie stopfte die Papiere zurück in den Karton. »Lass mich das Zeug wegräumen.«

»Nein, du hast recht. Der arme Kerl hat eine Menge durchgemacht. Noch dazu sitzt er im Rollstuhl. Muss schwer für ihn sein.«

»Ich weiß.« Sie stand mit der Schachtel in den Händen auf. »Und was mir noch mehr zu schaffen macht, ist, dass ich ihn verdächtige, bei alldem die Finger im Spiel zu haben.«

Aidan zuckte mit den Schultern. »Er war hier nun mal die einzige andere Person. Hey, weißt du, dass dein Karton hier aufgerissen ist?« Er deutete auf eine Kante. »Das wird nicht mehr lange halten. Hast du ein Klebeband?«

Sie stellte den Karton wieder auf den Tisch und fischte eine Rolle Paketband aus einer Schublade. »Danke.«

»Kein Problem«, sagte er und zog einen etwa zwanzig Zentimeter langen Streifen von der Rolle.

Madison sah ihm aufmerksam zu, wie er den Streifen über die Ecke der Schachtel klebte.

»Was ist?«, fragte Aidan verlegen.

»Nichts«, erwiderte sie geistesabwesend. »Die gegenüberliegende Ecke ist auch kaputt.«

»Okay.« Ihr Verhalten verwunderte ihn. Wieder rollte er gute zwanzig Zentimeter ab. Als er sich die andere Ecke vornahm, beugte sich Madison vor, um noch besser sehen zu können.

»Was ist denn?«, wollte er noch einmal wissen.

Sie schüttelte den Kopf. »Dieser Hurensohn.«

»Was ist los?«, fragte er, erschrocken über ihre Reaktion.

»Komm mit«, sagte sie und schnappte sich ihre Jacke.

»Wohin gehen wir?«

»Ins Labor.«

Sein Unterkiefer klappte herunter. »An einem Samstagabend? Nach allem, was wir heute erlebt haben? Nach dieser Woche?«

»Genau genommen musst du gar nicht mitkommen.«

Er seufzte resigniert. »Kannst du mir wenigstens den Grund nennen?«

»Unterwegs erzähl ich dir alles.« Madison stand schon im Vestibül und tippte Parkers Nummer in ihr Handy, während sie auf Aidan wartete.

»Da versucht man, etwas Nettes zu tun«, murrte er, als er die Wohnungstür hinter sich zuzog. »Man klebt eine kaputte Schachtel, und was bringt einem das ein?«

Parker meldete sich, als sie in den Wagen stiegen.

»Hey, Neuling! Lange nicht gesehen. Was hast du in den letzten zwei Stunden getrieben?«

»Parker, ich muss dich im Labor treffen.«

Er brach in Gelächter aus. »Ach, wirklich? Na ja, und ich möchte, dass du vor mir auf und ab hüpfst, bis Funken aus deinem Hintern sprühen. Wie wäre das?«

Aidan kicherte – Parkers donnernde Stimme war so laut, dass er jedes Wort verstand.

Madison funkelte ihn böse an. »Ich meine es ernst.«

Wieder lachte Parker. »Das ist das Lustigste an der Sache.«

»Erinnerst du dich an die Fingerabdrücke auf dem Klebestreifen vom Abschiedsbrief?«

»Ja, und?«

»Das war doch ein ganz normales Scotch-Band, oder?«

»Um genau zu sein, es war Magic Tape.«

»Okay, gut. Weißt du noch, wie die Spuren gruppiert waren?«

»Nicht genau, aber – doch …« Die Ungeduld wich langsam der Neugier.

Aidan spitzte die Ohren.

»Dereks Abdrücke waren in der Mitte, stimmt's? Und die von Horace näher am Rand.«

»Richtig. Und dann waren da noch diese mysteriösen Spuren«, bestätigte Parker.

»Genau. Und die beiden Klebebandstreifen waren ungefähr zwölf Zentimeter lang. Also vierundzwanzig Zentimeter im Ganzen.«

»Und?«

»Na ja, sogar die größeren Rollen haben einen Durchmesser von höchstens sechs Zentimetern.«

Aidan hatte es bereits im Kopf durchgerechnet. »Dieser Hurensohn.«

»Neuling, ich kriege Kopfschmerzen. Komm zum Punkt.«

»Der Umfang eines Kreises mit dem Durchmesser von sechs Zentimetern ist knappe zwanzig Zentimeter.«

»Willst du mir Geometrie beibringen? Das Fach konnte ich schon in der Schule nicht ausstehen.«

»Na schön, dann hör mir einfach zu. Beträgt der Umfang ungefähr zwanzig Zentimeter und sind die Streifen, mit denen dieser Brief festgemacht wurde, insgesamt ungefähr vierundzwanzig Zentimeter lang, dann konnten auf etwa vier Zentimetern des benutzten Klebestreifens vor dem Abwickeln keine Fingerabdrücke gekommen sein. Derek hatte seine Spuren nicht auf der ganzen Rolle verteilt, deshalb ist es durchaus möglich, dass seine Abdrücke alt sind. Nur von einer einzigen Person haben wir Abdrücke auf dem gesamten benutzten Streifen gefunden, auch auf dem ursprünglich verdeckten Stück. Und diese Person ist Horace Grant.«

»Alles klar. Ich komme.«

Parker musste auf der Fahrt die vertrödelte Zeit wieder

hereingeholt haben, weil er gleichzeitig mit ihnen ankam. Er und Aidan nickten zum Gruß, als sie aufeinander zugingen.

»Wie hast du es so schnell geschafft?«, wollte Madison wissen. »Ich wohne acht Blocks entfernt und hatte die Hälfte der Strecke schon hinter mir, als ich dich endlich überredet hatte herzukommen.«

»Es stinkt mir gewaltig, dass ich nicht selbst auf diese Sache mit dem Abrollen des Bandes gekommen bin«, brummte er. »Außerdem war ich nicht zu Hause, als du angerufen hast«, fügte er augenzwinkernd hinzu. »Aber ehe wir anfangen ... Hier.« Er warf ihr eine Rolle Klebeband zu. »Zeig mir noch mal genau, wovon wir hier eigentlich reden.«

Madison ließ die Rolle um den Finger kreisen und überlegte, wie sie die Sachlage am besten erklären konnte. »Okay, pass auf«, sagte sie. Sie nahm einen roten Filzstift zur Hand und setzte ihn in der Mitte der Rolle an. Dann zog sie eine Linie rund um die Rolle. »Stell dir vor, diese Linie wären Fingerabdrücke von allen, die die Rolle in der Hand hatten. Die waren schon drauf, als sie in Dereks Schublade lag, okay?«

Parker kniff die Augen leicht zusammen und nickte.

»Jetzt schneiden wir zwei Streifen, von denen jeder in etwa zwölf Zentimeter lang ist, ab. Der erste –«, sie zog zwölf Zentimeter ab, bearbeitete das Band mit den Schneidezähnen, bis das Stück durchgebissen war, und klebte es an die Wand. »Dann der andere.« Wieder wickelte sie zwölf Zentimeter ab und klebte den Streifen unter den anderen an die Wand. »Siehst du, dass die rote Linie hier endet? Demnach konnte nur die Person, die den Klebestreifen an den Spiegel geklebt hat, Abdrücke auf diesem Stück hinterlassen, das anfangs noch von dem anderen verdeckt war.« Sie zeigte mit dem Stift auf den Teil ohne rote Linie. »Wenn da Fingerabdrücke sind, dann können sie nur von der Person stammen, die den Brief an den Spiegel geklebt hat. Zumindest muss sie dabei gewesen sein und den Streifen angefasst haben.«

Parker ging in sein Labor, setzte sich an den Computer und öffnete die Datei mit den Digitalbildern der zwei Klebestreifen. Beide Stücke waren deutlich länger als das 10-Zentimeter-Lineal, das zwischen ihnen abgebildet war.

»Das obere ist dreizehn Zentimeter lang«, verkündete er, »das untere knapp zwölf.« Er drehte sich zu den anderen beiden um. »Ich glaube, du hast recht, Madison. Der alte Bastard hat den Brief selbst aufgehängt.«

»Kannst du uns eine Ansicht zeigen, die zwischen dem äußeren Teil der Rolle und dem erst kürzlich freigelegten differenziert?«, fragte Aidan.

Parker schnitt eine Grimasse. »Vielleicht. Das hängt davon ab, wie viel Zeit zwischen den verschiedenen Abdrücken liegt und unter welchen Bedingungen die Rolle gelagert wurde.« Er tippte etwas. Alle paar Sekunden erschien ein neues Bild auf dem Monitor. Einige Abbildungen zeigten die Abdrücke im Relief, auf manchen waren sie gar nicht zu erkennen. Auf wieder anderen war ein regenbogenartiges Farbband zu sehen.

Dann erschien ein Bild, das dem Original ziemlich ähnlich war, nur etwa ein Drittel des einen Streifens hatte eine andere Hintergrundfärbung – es war etwas dunkler.

Parker stieß einen Überraschungslaut aus. »Hmm. Sehr schön – da ist es. Ein ziemlich deutlicher Unterschied. Dieser Teil rechts oben, das ist der Streifen, der ursprünglich noch von dem anderen bedeckt war.«

Die Linie, die das alte Stück vom neuen trennte, lief

genau durch die Ansammlung von Horace' Fingerabdrücken. Das waren auch die einzigen auf dem dunkleren Abschnitt.

»Es war sehr clever, den Brief so hoch oben anzubringen«, meinte Aidan. »Aber wie hat er das gemacht?«

Parker zuckte mit den Achseln. »Vielleicht hat er einen Stock oder so was benutzt. Oder er hat sich mit den Armen hochgestemmt, vielleicht auf einen Stuhl oder eine Trittleiter. Ich hätte nie gedacht, dass diese Abdrücke so entscheidend für den Fall sind.«

Aidan biss sich auf die Lippe. »Das wirft die Frage auf, warum er den alten Abschiedsbrief an den Spiegel geheftet hat.«

Parker stieß hörbar die Luft aus. »Mir fällt nur ein Grund dafür ein: Jemand wollte, dass es wie Selbstmord aussah.«

Beide blickten Madison an.

»Ich weiß«, räumte Madison ein und schloss die Augen. »Das heißt, es war Mord.«

Kapitel 26

Im Haus brannten keine Lichter, und Horace' Van stand nicht in der Einfahrt. Madison hatte das bestimmte Gefühl, dass der alte Herr für immer verschwunden war.

»Und was jetzt?«, fragte sie im dunklen Vorgarten.

»Können wir eine Durchsuchungserlaubnis beantragen?«, fragte Aidan.

Parker schüttelte den Kopf. »Nur wenn wir nach etwas Bestimmtem suchen.«

»Wartet«, protestierte Madison. »Dies ist doch ein Tatort, und wir haben sicherlich das Recht, uns hier umzusehen.«

»Na ja, im eigentlichen Sinne ist es kein Tatort, aber du hast recht – es sollte einer sein.« Parker rieb sich das Kinn. »Okay, wir machen Folgendes: Wir stellen klar, dass es Mord und nicht Selbstmord war, und bringen den Lieutenant dazu, die Ermittlungen wiederaufzunehmen. Dann wird das Haus zum Tatort erklärt, und wir können nachsehen, ob es etwas Interessantes zu entdecken gibt.«

»Falls Horace in einem dieser Mordfälle mitgemischt hat, dann könnte er auch in alle verwickelt sein«, sagte Madison, während sie zum Wagen zurückgingen. »Wir sollten einen Streifenwagen hier postieren, für den Fall, dass er zurückkommt. Wenn er heute Abend nicht wieder auftaucht, könnte er ein für alle Mal abgehauen sein.«

Aidan lachte. »Ich sehe schon die Schlagzeilen: ›Achtzig Jahre alter Mann im Rollstuhl entkommt der Polizei‹.«

Parker lachte nicht.

Madison rief den Lieutenant an und informierte ihn über die Neuigkeiten.

»Du denkst, Horace Grant hat seinen Sohn umgebracht und alles so eingerichtet, dass es wie Selbstmord aussieht?«

»Ich weiß es nicht. Ich meine, die Fingerabdrücke verraten, dass er den Abschiedsbrief an den Spiegel gehängt hat, aber … dagegen spricht nicht nur, dass er ein kleiner Mann im Rollstuhl ist, sondern auch, dass er eine ganze Woche nicht zu Hause war.«

Beide schwiegen eine Weile.

»Wo bist du gerade?«, wollte Onkel Dave wissen.

»Auf dem Heimweg.«

Er lachte leise. »Ich sehe, du hast dir meinen Rat, leiserzutreten, zu Herzen genommen.«

»Ja, ich weiß. Aber ich war dabei, mir die Sachen in dem Karton anzusehen, und habe kaum an den Derek-Grant-Fall gedacht, sondern hauptsächlich an meinen Dad.«

»Ist schon okay. War nur Spaß, Maddy-Mädchen. Wir treffen uns morgen früh um acht vor Horace' Haus.«

»Gut, Onkel Dave.«

»Oh, und Maddy?«

»Ja?«

»Gute Arbeit.«

Kapitel 27

Am folgenden Tag um acht Uhr, als sie die Streifenpolizisten vor Horace' Haus ablösten, war das ganze Grundstück mit Polizeibändern abgesperrt.

Der Lieutenant war bereits da, lehnte am Streifenwagen und unterhielt sich mit den beiden Uniformierten.

»Verdammt, der Mann arbeitet schnell«, staunte Parker, der Madison folgte.

Auch sie war beeindruckt. »Und noch dazu an einem Sonntag. Ich hoffe, du warst in der Frühmesse, Onkel Dave«, sagte sie.

»Die hab ich leider verpasst. Noch ein Opfer für das Wohl der Bürger«, sagte er scheinheilig. Er war ein widerstrebend praktizierender Katholik und würde glücklich das Leben eines Atheisten führen, wenn Ellies Frömmigkeit nicht für sie beide reichen würde.

Madison beugte sich zum Fenster des Streifenwagens hinunter. »Keine Spur von einem alten Mann im Rollstuhl? Kein weißer Dodge Caravan in langsamem Tempo oder so was?«

»Nichts dergleichen«, antwortete der Uniformierte. »Und ich hab nicht ein Mal geblinzelt.« Der Polizist machte den müden, aber zufriedenen Eindruck eines Mannes, der gerade in einem ernsten Fall Überstunden sammelte. Seine Augen sahen tatsächlich so aus, als hätte er Stunden nicht mehr geblinzelt.

»Okay, gute Arbeit. Danke.«

»Hey, Boss!«, rief Parker. »Gut gemacht mit der schnellen Eingreiftruppe. Und das an einem Sonntag. Wie viele Gefallen sind Sie den anderen schuldig?«

Der Lieutenant lächelte schmallippig, antwortete aber nicht. Da begriff Madison, warum die Sache nicht bis Montag warten konnte – es ging um ihr Leben. Es war die gleiche Reaktion wie bei dem Halbstarken in ihrer Straße. Nicht immer konnte sie seine Taktik gutheißen, aber seine Fürsorge rührte sie.

Der Lieutenant öffnete den Kofferraum seines Autos und nahm einen stählernen Rammbock mit zwei Griffen heraus.

Als Madison das Gerät sah, bekam sie ein schlechtes Gewissen. Im Grunde ihres Herzens befürchtete sie nach wie vor, dass sie sich irrten und einem alten Mann, der ohnedies schon genug gelitten hatte, eine weitere Demütigung zufügten.

»Wartet. Ich glaube, ich kann einen Schlüssel organisieren«, rief sie.

Parker grinste. »Einen Schlüssel? Fütterst du seine Katzen, solange sein Sohn auf der Flucht ist?«

Sie ignorierte den Kollegen. »Ich bin gleich zurück«, sagte sie zum Lieutenant und rannte über die Straße.

»Madison!«, rief der Lieutenant sie zurück.

Sie drehte sich auf halbem Wege zu ihm um.

Er wedelte mit der Hand. »Jede Menge Überstunden hier, okay?«

Madison nickte, machte kehrt und rannte noch schneller.

Helen Schloss erschien beim vierten Klingeln an der Haustür.

»Oh, hallo, Madison«, grüßte sie freundlich. »Wie geht es Ihnen?«

»Prima, Mrs Schloss. Und Ihnen?« Madison erkannte ihren Fehler sofort, aber es war zu spät.

»Oh, leidlich gut«, sagte die ältere Dame. »Meine Arthritis macht mir Ärger, aber damit muss man fertig werden, hab ich recht? Ich schlucke meine Pillen, obwohl sie mir hin und wieder ganz schön auf den Magen schlagen.« Sie holte Luft und war drauf und dran weiterzuplappern, als Madison ihr das Wort abschnitt.

»Tut mir leid, dass ich Sie stören muss, Mrs Schloss, aber haben Sie Horace letztens gesehen?«

»Lassen Sie mich nachdenken … ich glaube schon. Ja, ich hab gesehen, wie er gestern Nachmittag mit seinem Van weggefahren ist.«

»Okay. Wir untersuchen immer noch Dereks Tod und müssten in sein Haus. Horace ist nicht zu erreichen, und ich möchte nicht, dass meine Kollegen die Tür aufbrechen. Haben Sie einen Schlüssel?«

»Ja, natürlich. Wissen Sie«, vertraute sie Madison stolz an, »ich habe zu fast jedem Haus in diesem Block einen Schlüssel.« Sie strahlte.

»Könnten Sie ihn holen?«

»Oh, selbstverständlich. Bin gleich zurück.«

Während Mrs Schloss ins Haus ging, drehte sich Madison zur anderen Straßenseite um. Aidan war mittlerweile ebenfalls eingetroffen und unterhielt sich mit dem Lieutenant, während Rourke und Sanchez gerade aus Rourkes Auto ausstiegen. Parker sah auf seine Uhr.

Mrs Schloss kam mit dem Schlüssel wieder. »Hier, bitte, meine Liebe. Bringen Sie ihn mir zurück, wenn Sie fertig sind.«

Madison ging zum Streifenwagen, dabei hörte sie ihren Onkel sagen: »… Ich möchte, dass Madison erklärt, wonach wir suchen.«

Alle wandten sich ihr zu.

»Hey, Leute«, grüßte sie unsicher. »Danke, dass ihr gekommen seid. Also, äh – aus den Fingerspuren an dem Klebeband schließen wir, dass Horace Grant der Letzte war, der die Streifen berührt hat. Er war die einzige Person, die sie an dem Tag, an dem der Abschiedsbrief aufgehängt wurde, angefasst haben konnte. Das legt den Schluss nahe, dass er ihn an den Spiegel geheftet hat. Zumindest hat er Beweismittel manipuliert – es könnte aber auch mehr gewesen sein. Ich weiß selbst nicht, wonach wir suchen. Beispielsweise nach Dingen, die uns verraten können, wie er den Abschiedsbrief so hoch oben am Spiegel anbringen konnte oder wie er seinem Sohn das Digoxin verabreicht hat. Uns interessiert alles, was irgendwie außergewöhnlich ist. Noch wissen wir nicht, womit wir es hier zu tun haben, also haltet einfach die Augen offen, okay?«

Drei Stunden später hatten sie fast jeden Gegenstand in Horace Grants Haus hochgehoben, durchsucht, geöffnet oder verrückt. Nichts Aufschlussreiches hatte sich ergeben.

Im Grunde war Madison erleichtert – noch bestand die Möglichkeit, dass Horace nichts mit den Todesfällen zu tun hatte. Andererseits hatten sie auch nichts gefunden, was ihn entlastet hätte. So oder so mussten sie herausfinden, was sich genau abgespielt hatte.

Sie saßen auf einem Mäuerchen hinter dem Haus. Da das Haus auf einen Hang gebaut war, bestand der Garten aus einer etwas abgesackten Veranda, die von einer niedrigen, mit Gras bewachsenen Stützmauer umgeben war; dahinter befanden sich ein Blumengarten und noch ein Stück weiter ein Hochbeet mit Kletterhilfen für Tomaten und Bohnen.

Rourke rauchte eine Zigarette. Alle anderen tranken Wasser.

»Das heißt noch gar nichts«, erklärte Parker gutgelaunt. »Sobald wir den alten Knacker aufgreifen, schütteln wir einige Infos aus ihm raus. Und wir *werden* ihn finden, diesen hinterlistigen Bastard.«

»Am Donnerstag kommt hier die Müllabfuhr«, gab Sanchez zu bedenken. »Wer weiß, was er alles weggeworfen hat.«

Madison nickte, sagte jedoch nichts. »Ich sehe in der Garage nach.« Sie sprang von der Mauer.

Rourke trat ihre Zigarette mit dem Absatz aus, als Madison an ihr vorbeikam. Außer ihr schien niemand Lust zu haben, sich wieder an die Arbeit zu machen.

Madison öffnete das Garagentor. »Scheiße.« Drei Reihen Umzugskisten waren bis unter die Decke gestapelt. »Was, zum Teufel, ist das?«

»Oh, verdammt«, fluchte Parker, als er zu ihr kam.

Parkers Reaktion rief auch die anderen auf den Plan.

»Was ist?«, erkundigte sich der Lieutenant.

»Jede Menge Kartons, Boss«, rief Parker über die Schulter.

»Horace sagte, dass Derek das Haus verkaufen wollte«, erklärte Madison. »Erinnert ihr euch an die Kisten im Schlafzimmer, in dem der Abschiedsbrief gefunden wurde?«

Sanchez seufzte. »Na ja, es macht mir nichts aus, das alles durchzusehen, aber es ist Sonntag. Muss das unbedingt heute noch geschehen?«

Der Lieutenant schüttelte den Kopf. »Nein. Wir versiegeln die Garage und kommen morgen wieder her. Madison, sollen wir uns sonst noch etwas ansehen, bevor wir gehen?«

Sie verneinte. »Ich denke, nicht.«

»Gut.« Er nickte. »Ich versiegle die Garage, und wir lassen die Absperrung um das Haus – es ist nach wie vor ein Tatort. Und ich sorge dafür, dass in regelmäßigen Abständen ein Streifenwagen hier vorbeifährt – für den Fall, dass unser Freund zurückkommt.«

»Vielen Dank euch allen«, sagte Madison.

Von einigen erntete sie ein halbherziges »Kein Problem«.

»Ich schließe innen alles ab«, verkündete sie noch.

»Ich helfe dir«, bot Aidan an. »Vielleicht können wir uns dabei noch mal kurz umschauen.«

Madison betrat die Küche durch die Hintertür, Aidan folgte ihr. Ihr Blick fiel auf die Stelle, an der Derek auf dem Teppich gelegen hatte, dann auf den Tisch mit dem Fernseher, dessen Kabel halb um Dereks Knöchel gewickelt gewesen war.

Es musste irgendetwas geben.

Aidan suchte in den Küchenschränken, nahm eine Tüte mit Puderzucker heraus und steckte einen angefeuchteten Finger hinein. »Sanchez hat recht, selbst wenn es etwas Verdächtiges gab, hat es ganz bestimmt die Müllabfuhr am Donnerstag mitgenommen. Es ist ein bisschen viel verlangt, zu erwarten, dass ein verräterischer Hinweis offen herumliegt.«

Er leckte mit der Zunge am puderigen Finger. »Zucker«, sagte er mit einem resignierten Lächeln. Dann drehte er den Wasserhahn auf und wusch sich die Hände.

Madison sah ihm zu, und plötzlich fielen ihr die vielen Elektrogeräte auf, die auf der Arbeitsplatte aufgereiht waren. Einige von ihnen kannte sie nicht einmal.

»Was ist das alles?«

»Was?« Aidan trocknete sich die Hände ab.

»All diese Geräte.« Sie deutete auf die Theke.

»Na ja, das hier nennt man ›Toaster‹ ...«

»Jetzt komm schon, Klugscheißer, sieh dir die ganzen Dinger doch mal an.« Sie ging zur Theke. »Okay, da sind ein Toaster, ein Mixer, eine Küchenmaschine – aber das hier?« Sie deutete auf eine weiße Plastikbox. »Okay, das ist eine Brotbackmaschine.« Sie zuckte mit den Schultern.

»Ich schätze, Derek hat sehr auf seine Ernährung geachtet.«

»Ja«, bestätigte Madison. »Alles musste biologisch angebaut sein, das hat mir Horace erzählt.« Sie hob ein anderes Gerät hoch. »Und was ist das? Ein Ice-Crusher?«

»Ein Entsafter«, belehrte Aidan sie. Er nahm den Deckel ab und zeigte ihr, wo man das Obst hineintun musste.

»Oh.«

»Also schön«, sagte er. »Hast du vielleicht noch mehr hauswirtschaftliche Fragen, oder können wir hier Schluss machen und abhauen?«

Sie schnippte mit den Fingern. »Warte einen Moment. Was hat man in Dereks Magen gefunden?«

»Digoxin.«

»Ja, aber was noch?«

»Keine Ahnung ... Orangensaft.«

Madison stürmte durch die Hintertür und sprang auf das Mäuerchen.

»Madison!«, schrie Aidan und rannte hinter ihr her. »Warte! Was ist?«

Parker und der Lieutenant folgten ihnen auf dem Fuße, blieben aber an der Stützmauer stehen.

»Noch nichts«, rief Madison, während sie sich einen Weg durch den Gemüsegarten bahnte.

Die Winterkürbisse waren noch prall, alles andere hingegen war vertrocknet, welk und braun.

»Derek arbeitete für eine Umweltorganisation«, erklärte Madison. »Er hat sich seinen Orangensaft selbst gepresst und sein Gemüse biologisch angebaut. Mir scheint …« Sie hielt inne und verschwand zwischen Sträuchern. »… hier muss irgendwo ein Komposthaufen sein.«

Aidan folgte ihr, bis sie vor einem großen Haufen aus Laub, gemähtem Gras, Kaffeesatz und Orangenschalen standen.

Aidan grunzte, als Madison anfing, in den Orangenschalen zu stochern.

»Bingo«, rief sie und hielt sich die Schale einer Orangenhälfte vor die Augen. Sie konnte durch ein kleines Loch sehen. Ein Loch, das durch eine Subkutan-Spritze entstanden sein könnte.

Aidan lächelte. »Bingo.«

Kapitel 28

Während die anderen loszogen, um den Rest des Wochenendes zu genießen, packten Aidan und Madison die Orangenschalen ein und nahmen sie zu einer Analyse mit ins Labor. Nur eine Schale hatte ein Loch, aber für alle Fälle legten sie auch den Rest dazu.

Aidan schabte ein bisschen vom Weißen der Schale ab und nahm noch eine Kernprobe, indem er ein Loch hineinbohrte. Beide Proben gab er in Reagenzröhrchen und bedeckte sie mit Ethanol.

Vierzig Minuten später zog er ein wenig von den Proben in eine Spritze auf und injizierte sie in eine Gummimanschette an der Seite des Gas-Chromatographen.

»Und was jetzt?«, fragte Madison.

»Ich fange schon mal mit den anderen Proben an, obwohl ich glaube, dass bei den Schalen auch nichts zu finden ist, wenn diese hier nichts ergibt.« Dann sah er über Madisons Schulter und sagte: »Was, zur Hölle, machst du hier?«

Madison drehte sich um: Parker steckte den dicken Kopf durch den Türspalt. »Gibt's schon Ergebnisse?«

Aidan verneinte. »Ich habe gerade die ersten Proben hineingegeben.«

»Bist du nur deswegen hier?«, wollte Madison wissen.

»Du hast mich an einem Sonntagmorgen aus dem Bett gezerrt. Scheiße, und jetzt weiß ich nicht, was ich mit mir anfangen soll.« Er lachte. »Nein, das stimmt nicht, ich lasse gerade ein paar Muster durch Poliview laufen. Ich bin kurz davor, diesen mysteriösen Fingerabdruck zu isolieren. Allerdings bezweifle ich, dass er uns viel verraten wird, da er auf dem oberen Teil des Klebebandes und, wie es scheint, viel älter ist. Trotzdem haben uns die Klebestreifen schon gute Hinweise geliefert. Also wer weiß?«

Madison half Aidan, die weiteren Proben vorzubereiten, ehe sie zu Parker ging und sich Poliview in Aktion ansah.

Parker hatte sich einen bestimmten Rhythmus angeeignet. Er gab die Koordinaten ein, veränderte die Parameter ein klein wenig, dann holte er sich einen Kaffee, räumte eine Schublade auf oder beschäftigte sich ein paar Minuten mit Papierkram, während der Computer die Rechenarbeit leistete. Nachdem er die Resultate überprüft hatte, veränderte er die Parameter wieder ein bisschen.

Parkers Monitor zeigte zwei stark vergrößerte Fingerabdrücke, die sich zu etwa achtzig Prozent überlappten. Einer war um einiges größer als der andere.

Madison sah zu, wie die Abbildung ein halbes Dutzend Veränderungen durchmachte. Jedes Mal wurde der rechte Abdruck um eine Spur klarer, während der auf der linken Seite nach und nach verschwand.

Zwanzig Minuten später beschloss sie, wieder einmal nach Aidan und seiner Arbeit zu sehen. Schon auf dem Flur hörte sie das leise »Pling« seines Computers, das den Abschluss der Analyse im Chromatographen verkündete. In der sonntäglichen Stille trug das leise Geräusch weit.

Während Madison ihre Schritte beschleunigte, ertönte hinter ihr lautes Gebrüll. Parker stieß wilde Flüche auf die Götter, die ganze Welt, Poliview IV und seine Kollegen aus. Das trieb Madison zu mehr Eile an. Was immer

Parker derart aufbrachte, sie hatte keine Lust, ihm jetzt in die Quere zu kommen.

»Was ist mit Parker los?«, wollte Aidan wissen, als sie hereinkam.

»Ich glaube, das will ich lieber nicht wissen«, erwiderte sie. »Und wie lautet das Urteil hier?«

»Schuldig im Sinne der Anklage.«

»Wirklich?«

»Der Digoxingehalt ist nicht so hoch wie im Mageninhalt, aber trotzdem reichlich.«

»Beeinflusst die Säure des Orangensaftes nicht die Wirkung des Digoxin?«

Aidan zuckte mit den Schultern. »Vielleicht – ein wenig. Nicht sehr. Der Wirkstoff befand sich einige Zeit da drin, aber Orangensaft ist relativ mild im Vergleich zur Magensäure.«

Parker kam herein – er sah hundeelend aus. »Ich hoffe, ihr habt wenigstens ein paar gute Neuigkeiten.«

»Allerdings«, bestätigte Madison.

»Warum? Was stimmt dich so fröhlich?«, wollte Aidan von Parker wissen.

»Ach – ich weiß nicht. Ich glaube, irgendetwas ist mit dem Programm oder dem Computer nicht in Ordnung. Ich hab all diese verdammten Durchläufe gemacht, und jetzt sieht es so aus, als wären die Daten durcheinandergeraten. Verdammter Kasten!«

»Du glaubst, es liegt am Computer?«, fragte Madison. »Oder ist es … ›menschliches Versagen‹?«

Parker blitzte sie wütend an, aber die Frage war immerhin berechtigt, deshalb zügelte er seinen Zorn. »Verdammt, ich weiß es nicht. Ich glaube, irgendwas hat das Programm oder den Computer durcheinandergebracht. Jetzt, da ich weiß, wie diese Durchläufe funktionieren, hab ich noch mal von vorne angefangen, um sicherzugehen, dass ich das Richtige eingegeben habe.« Er ließ sich auf den Stuhl fallen und spielte mit einem Bleistift. »Also, was hat es mit den Orangenschalen auf sich?«

Aidan gab die Frage an Madison weiter.

»Ich weiß nicht genau«, erwiderte sie. »Jedenfalls würde man so etwas nicht tun, wenn man Selbstmord begeht. Es sieht aus, als wäre Derek ermordet worden.«

»Es sieht aus, als hätte dein gerissener alter Freund Horace ihn umgebracht – das ist die Wahrheit«, fügte Aidan hinzu. »Ziemlich clever. Digoxin in eine Orange spritzen und dann aus dem Haus ausziehen. Ein paar Tage später erwischt Derek die vergiftete Orange, presst sie aus … und bum – er fällt tot um, und vom Täter ist weit und breit nichts zu sehen. Perfektes Alibi.«

Parker schnaubte. »Ja, es wäre eines, wenn Mr Umweltschutz nicht einen Komposthaufen gehabt hätte.«

»Ja, aber wir sollten Horace' nichtsnutzigen Sohn Jack nicht vergessen, dessen Vorstrafenregister ellenlang ist und der versucht hat, sowohl seinen Vater als auch mich umzubringen«, rief Madison ihren Kollegen ins Gedächtnis. »Seine Fingerabdrücke waren immerhin auf diesen CO_2-Behältern, schon vergessen?«

Beide nickten nachdenklich.

Parker schaute auf seine Uhr. »Also schön. Verdammt, ich bin mit meinem Kumpel Ralston im Dirty Frank's verabredet. Ich komme später wieder her und checke die ganzen Fingerspuren.«

»Ralston, wie?«, sagte Madison. »Schuldet er dir immer noch einen Gefallen?«

Parker zwinkerte ihr zu. »Er hat mich eingeladen«, sagte er lachend. »Gute Nacht, Aidan.«

»Wir sehen uns morgen, Tommy.«

Als Parker weg war, wandte sich Aidan an Madison. »Das Wochenende ist fast vorbei. Möchtest du es noch ein wenig ausdehnen, oder willst du dich für Montag ausruhen?«

Madison lachte. »Was, du willst noch ausgehen?«

Er zuckte mit den Achseln. »Ich bin noch unentschlossen.«

»Also ich bin erledigt. Das Wochenende war ziemlich anstrengend. Aber danke für das Angebot und vor allem für deine Hilfe.«

»Schön, dann mache ich mich auf die Socken. Bis morgen.«

Als Madison vom Parkplatz fuhr, wollte sie plötzlich doch nicht nach Hause, auch wenn sie keine Lust auf ein Bier hatte. Sie hielt an, um sich einen Kaffee zu besorgen, und als sie sich wieder in den Verkehr eingefädelt hatte, merkte sie, dass sie unbewusst in Horace' Richtung fuhr. Sie beschloss, eine Weile vor dem Haus zu warten, um zu sehen, ob der Streifenwagen wirklich regelmäßig vorbeikam. Warum sollte sie nach Hause gehen und sich eine langweilige Krimiserie ansehen, wenn sie im wahren Leben etwas Ähnliches geboten bekam?

Horace' Haus war immer noch dunkel. Es wirkte fast unbewohnt.

Helen Schloss auf der gegenüberliegenden Straßenseite war noch auf. Sowohl die Lichter als auch der Fernseher waren eingeschaltet. Hin und wieder erhaschte Madison einen Blick auf sie, während sie im Haus herumging.

Der Rest des Kaffees war schon lange kalt geworden, als sich Madison entschied, für heute Schluss zu machen. Kaum hatte sie den Motor gestartet, klingelte ihr Handy.

Es war Parker. Die Hintergrundgeräusche ließen darauf schließen, dass er in einer Bar saß.

»Hey, Neuling!«, schrie er, um den Lärm zu übertönen.

»Wo bist du, Parker?«

»Im Dirty Frank's – zusammen mit Ralston.«

»Ich dachte, du wolltest noch mal ins Büro und die Fingerabdrücke checken.«

»Das hab ich auch gemacht«, brüllte er. »Deshalb rufe ich ja an. Eigentlich wollte ich dir erst morgen davon erzählen, aber Ralston meinte, ich soll dich gleich anrufen.« Er kicherte. »Ich glaube, er mag dich«, fügte er im Flüsterton hinzu. Protest von Ralston wurde laut.

»Das ist wahnsinnig komisch, Parker. Aber warum rufst du an?«

»Ich wollte dir sagen, dass wir endlich eine Übereinstimmung mit Jane Doe gefunden haben.«

»Wir haben sie bereits identifiziert, Parker.«

»Ja, ich weiß, aber jetzt haben wir auch noch eine Übereinstimmung. Ich hab es zweimal getestet. Es ist der Fingerabdruck von dem Klebestreifen am Abschiedsbrief. Er stimmt mit dem, den wir von der Busfahrkarte haben, überein. Sie gehören beide zu Jane Doe … Was ist das?«

»Wie?«, rief Madison, die begriff, dass er plötzlich mit jemand anderem sprach, wahrscheinlich mit Ralston.

»… Nein, nein, du erinnerst dich«, sagte Parker mit gedämpfter Stimme, »die Jane Doe von letzter Woche. Die von Elaine Abner untersucht wurde. Ja, genau – die skelettierten Überreste. Die Abner sagte, die Frau sei mit einem Schwert oder so was erstochen worden … Ja, mit einem Dirk oder Dolch.«

Madison lächelte, als ihr in den Sinn kam, dass das Wort »skelettiert« in den Wortschatz der Highway-Streifenpolizisten aufgenommen werden sollte. Doch als sie

Parker von einem Dirk reden hörte, überlief sie ein eisiger Schauer.

»Parker!«, kreischte sie. »*Parker!*«

»Was? O ja, Madison.«

»Parker, was hast du gerade von einem Dirk gesagt?«

»Wovon?«

»Von einem Dirk. Du hast gerade von einem Dirk gesprochen.«

»Ja, ja. Das ist die schottische Bezeichnung für eine Art langen Dolch. Ich habe Ralston von unserer Jane Doe erzählt.«

»Was ist mit ihr?«

»Elaine Abner meinte, sie wäre mit einem Dolch oder einem Schwert durchbohrt worden. Sie sagte, es könne ein Dirk gewesen sein. Wie auch immer … ich leg jetzt auf.« Er brach in Gelächter aus. »Ich muss morgen früh raus.«

Kapitel 29

Sobald Madison aufgelegt hatte, sprang sie aus dem Wagen. Bei Mrs Schloss brannte noch immer Licht im Parterre. Madison lief zur Haustür und drückte kurz auf den Klingelknopf. Der Laut schien durch die stille Straße zu hallen.

Im Haus raschelte es, dann wurde ein Riegel zurückgeschoben, und schließlich ging die Tür ein Stück auf. Mrs Schloss spähte argwöhnisch durch den Spalt.

»Madison, sind Sie das?«, fragte sie und zwinkerte, weil die Außenlampe blendete. »Guter Gott, was ist passiert?«

»Es tut mir sehr leid, dass ich Sie stören muss, Mrs Schloss, aber ich habe nur ein paar kurze Fragen. Ich würde sie nicht so spät noch belästigen, wenn es nicht wirklich wichtig wäre.«

Mrs Schloss warf einen sehnsüchtigen Blick in Richtung Fernseher. »Na ja, okay. Was wollen Sie wissen?«

»Als wir uns neulich unterhalten haben, erzählten Sie, dass Horace früher die Kinder mit seinem Derek gejagt hat. Aber sie sagten auch, dass sich die Jungs im Haus versteckt hielten, weil ihnen das Ganze peinlich war. Welche Jungs haben Sie gemeint?«

»Jack und Derek natürlich. Was dachten Sie denn?«

»Aber Sie sagten doch, er hat die Kinder mit seinem Derek vertrieben.«

Mrs Schloss fing an zu lachen. »Nein, er hat die Kinder

nicht mit *Derek* verscheucht, sondern mit seinem *Dirk*. Das ist so was wie ein altes Schwert oder Messer. Er nannte es Dirk – ich weiß nicht, warum. Angeblich stammt das Ding aus Schottland. Er sagte, es sei schon viele Jahre im Besitz seiner Familie, aber es hat ausgesehen wie alter Schrott. Er hat es als Schürhaken verwendet.«

Madison verschlug es für einen Moment den Atem.

Mrs Schloss blinzelte sie an. »Ist das alles?«

»Wissen Sie, ob Horace diesen … Dirk noch hat?«

Mrs Schloss lachte. »Oh, das kann ich Ihnen nicht sagen. Zurzeit wohnen nicht viele Kinder in diesem Block, deshalb habe ich lange nicht mehr gesehen, wie Horace sie von seinem Grundstück scheucht. Falls er das Ding noch hat, benutzt er es vielleicht als Schürhaken für den Kamin.«

»Gut.« Im Haus hatte sie kein Kaminbesteck gesehen, also war er es vermutlich längst losgeworden. »Vielen Dank, Mrs Schloss. Tut mir leid, dass ich Sie gestört habe.«

»Also, dann«, begann Mrs Schloss, hielt jedoch inne, ehe sie die Tür zumachte. »Natürlich hat Derek jede Menge von Horace' Sachen zusammengepackt, als der nach Valley Glen gezogen ist. Vielleicht ist das Ding in der Garage.«

»Danke, Mrs Schloss.«

»Gute Nacht, Madison«, sagte sie und schloss die Tür.

»Gute Nacht, Mrs Schloss.«

Madison machte sich auf den Weg zu ihrem Wagen, blieb jedoch mitten auf der Straße stehen und nahm ihr Handy aus der Tasche.

»Hallo?«, meldete sich Beatrice Curtis.

»Hallo, Mrs Curtis. Leider muss ich Sie kurz stören. Hier spricht Madison Cross von der Polizei.«

»Ja? Was gibt's, meine Liebe?«

Madison hatte ein schlechtes Gewissen, nachdem sie es dem Opferdienst überlassen hatte, Mrs Curtis zu sagen, dass die sterblichen Überreste ihrer Enkelin identifiziert werden konnten.

»Es tut mir sehr leid, dass ich Sie erneut belästigen muss, Mrs Curtis, aber ich habe noch eine Frage. Können Sie mir sagen, für welches Unternehmen Dorothy gearbeitet hat, bevor sie verschwand?«

»Selbstverständlich. Das war das Delaware Valley Health Associates.«

Madison gelang es, ein »Danke schön« und »Gute Nacht, Mrs Curtis« herauszubringen, obwohl sich ihr die Nackenhärchen aufstellten.

Sie schaute nach rechts und links – nirgendwo war ein Auto in Sicht. Dann ging sie zu Horace Grants Haus.

Mit Hilfe eines kleinen Taschenmessers, das an ihrem Schlüsselbund hing, schlitzte sie das Polizeiband, das sich über die Haustür spannte, auf und schlüpfte hinein. Sie fand einen Lichtschalter und betätigte ihn, woraufhin zwei Wandleuchten das Wohnzimmer in einen gedämpften Schein tauchten. Madison kämpfte gegen den Drang an, alle Lichter anzuknipsen, und ging stattdessen in die Küche, ehe sie noch eine Lampe anmachte. In dem grellen fluoreszierenden Licht sah sie den Garagenöffner und drückte auf den Knopf. Die nächtliche Stille wurde vom Knirschen und Quietschen des sich langsam öffnenden Garagentors unterbrochen. Als Madison durch die Hintertür ins Freie trat, wurde das Geräusch lauter, und fast schien es, als würde das Garagentor den Mond anheulen.

Sie stellte sich davor und wartete, bis es oben einrastete. Dann betrat sie die Garage. Ohne das Sonnenlicht, das tagsüber durchs Fenster gedrungen war, fühlte sich der Raum klaustrophobisch eng an. Die aufgeschichteten Kisten warfen lange Schatten im Licht der nackten Glühbirne. Madison blickte zurück auf die dunkle Straße und fühlte sich angreifbarer denn je.

Madison näherte sich den Kartons neben der Tür, hängte ihre Handtasche an einen Haken und schlug die Laschen der obersten Kiste zurück. Diese enthielt hauptsächlich alte Ausgaben der Zeitschriften *National Geographic* und *Sports Illustrated.* Sie kramte kurz darin, dann schob sie die Kiste beiseite und öffnete die darunterliegende.

In den folgenden neunzig Minuten unternahm Madison eine Reise durch das archivierte Leben von Horace Grant. Dabei begegneten ihr eine Aschenbechersammlung, Gehaltszettel, Korrespondenz mit Versicherungen, Gebrauchsanweisungen, Bücher und alte Pullover. Sie durchsuchte eine Kiste nach der anderen, verrückte sie, stapelte sie aufeinander. Als sie zu dem Karton mit den Pullovern kam, legte sie eine Pause ein und streckte sich. Dabei fiel ihr auf, dass sie die Kisten längst nicht so ordentlich gestapelt hatte wie Derek.

»Oh, na gut«, sagte sie laut.

Kurz darauf wischte sie sich mit dem Handrücken über die Stirn und machte sich an den nächsten Umzugskarton. Unter einer Lage Zeitungspapier befanden sich alte Fotos – einige in Plastikhüllen, andere in Umschlägen und wieder andere lose. Die meisten schienen Familienfotos zu sein.

Auf einem saß ein viel jüngerer Horace mit buschigen Koteletten und breitem Revers an der Stirnseite eines Tisches, zwei kleine Jungs links und rechts neben sich. Zwischen ihnen auf dem Tisch stand eine Geburtstagstorte.

Madison grub tiefer und fand noch ältere Fotografien, vielleicht aus den dreißiger Jahren, und etliche von den Jungs. Eines der Bilder zeigte die ganze Familie. Vater, Mutter und beide Söhne. Sie machten einen gezwungenen, unbehaglichen Eindruck, als wollten sie gar nicht für die Aufnahme posieren.

Als sie die Fotos zurück in die Kiste legte, fiel ihr Blick auf zwei neuere Bilder. Das erste zeigte eine lächelnde blonde Frau von etwa fünfzig Jahren auf einem Gartenstuhl. Hinter ihr war die Stützmauer, die die Veranda vom Garten abgrenzte. Trotz des Lächelns machte die Frau einen extrem erschöpften Eindruck. Und in ihren Augen lag noch etwas anderes, eine Mischung aus Angst und Verwirrung. Madison konnte sich nicht erinnern, je einen solchen Gesichtsausdruck gesehen zu haben; diese Frau berührte sie. Sie nahm an, dass es sich um Estelle Grant handelte, und fragte sich, wie lange vor ihrem Tod die Aufnahme gemacht worden war und ob sie gewusst hatte, was auf sie zukommen würde.

Die zweite Aufnahme entstand vermutlich an einem Weihnachtsmorgen. Die beiden Jungs spielten inmitten von zerrissenem Geschenkpapier auf einem Teppich. Der ältere, ein Raufbold mit blonden Locken, hatte einen Football in der Hand. Der jüngere war dagegen dünn und schmächtig. Er zog einen Spielzeuglastwagen mit einem grünen Tankstellen-Logo hinter sich her.

Ein Rad und eine Armlehne des Rollstuhls waren auf einer Seite des Bildes zu sehen. Im Hintergrund loderte ein Feuer im Kamin, daneben lehnte ein kleines, gerades Schwert an der Wand.

»Ich will verdammt sein«, flüsterte Madison.

Als sie beide Fotos in ihre Gesäßtasche steckte, wurde sie von einem lauten Knall, gefolgt von dem gequälten

Knirschen des rostigen Garagentors, erschreckt. Sie wirbelte herum und sah, dass sich das Tor senkte. Davor saß, flankiert von den Kisten, Horace in seinem Rollstuhl.

Quer über seinem Schoß lag ein kurzes, rußgeschwärztes Schwert. Es war das vom Foto. Es hatte eine gerade Klinge und eine schlichte Scheide, der Griff war mit ausgefranstem Isolierband umwickelt.

Zwischen den aufgeschichteten Kisten verstellte Horace nicht nur den einzigen Weg zum Tor, das mittlerweile ohnehin fast zu war, sondern auch den zu ihrer Handtasche, in der ihre Waffe steckte. Vielleicht könnte sie es bis zur Seitentür schaffen, aber sie wusste nicht, ob sie abgesperrt war.

»Horace!«, rief sie mit vorgetäuschter Erleichterung. »Gott sei Dank, Ihnen ist nichts passiert. Ich habe gerade …«

»Suchen Sie das hier?«, fragte er und drehte bedächtig das Schwert in den Händen. »Das stimmt doch?«

»Was ist das?«

»Ich dachte, wir sind Freunde, Madison.« Er rollte langsam näher.

»Wir *sind* Freunde, Horace.«

Er schüttelte mit einem traurigen Lachen den Kopf. »Ich dachte, Sie würden sich um mich kümmern. Dabei sind Sie nur darauf aus, mir zu schaden – genau wie alle anderen. Sie glauben all diese Lügen, dass ich schreckliche Dinge getan habe. Das denken Sie doch, oder?«

»Was für schreckliche Dinge?«

»Ich bin sehr enttäuscht, Madison.« Der Rollstuhl blieb knappe drei Meter von ihr entfernt stehen.

»Es gibt ein paar Dinge, die einfach schwer zu erklären sind«, erwiderte sie. »Warum haben Sie den Abschiedsbrief an den Spiegel gehängt?«

»Madison«, tadelte er. »Es ist furchtbar, dass Sie so was fragen.«

»Haben Sie Derek getötet?«

»Machen Sie sich nicht lächerlich. Derek war mein Sohn.«

»Sie haben Dorothy Curtis ermordet.«

»Es schmerzt mich, so was aus Ihrem Munde zu hören, Madison. Das tut sehr, sehr weh.«

»Haben Sie es getan?«

»Denken Sie das?«

»Ich denke, dass sie mit dieser Waffe getötet wurde. Wenn Sie es nicht waren, müssen Sie mir das Schwert geben, damit ich herausfinden kann, wer es getan hat.«

»Das kann ich nicht, Madison.« Er lächelte betrübt. »Tut mir leid.«

Er rollte noch ein Stück näher. Madison war schon drauf und dran, zur Seitentür zu sprinten, und betete, dass sie nicht verschlossen sein möge, als sie sich plötzlich öffnete.

Als Erstes sah sie einen Revolver. Anfangs bildete sie sich ein, es wäre ein Cop, möglicherweise der Streifenpolizist, der das Haus im Auge behalten sollte.

Aber es war kein Cop.

Er trug schmutzige Jeans und Stiefel und eine rissige Lederjacke über einem dreckigen T-Shirt. Obwohl Madison ihm nie zuvor begegnet war, strahlte er etwas seltsam Vertrautes aus.

Horace lachte sarkastisch. »Oh, das ist perfekt.«

»Hi, Dad«, sagte der Bursche mit dem Revolver. »Ich freue mich auch, dich zu sehen.«

»Hi, Jack. Ist lange her. Bist du den Problemen ausgewichen?« Horace spielte mit dem Dolch, seine Finger berührten, streichelten und drehten ihn unablässig.

Jack trat langsam vor, die Waffe fest in der Hand, und zielte auf Horace' Brust. »Ich versuche, dem Ärger aus dem Weg zu gehen, Dad. Das ist nicht immer leicht, hab ich recht? Und was ist mit dir? Gehst du dem Ärger aus dem Weg? Oder hast du Derek getötet, so wie du Mom getötet hast?«

Horace rollte mit den Augen. »Ich habe nichts dergleichen getan, du kleiner Rotzlöffel«, fauchte er.

»Du hast wohl vergessen, dass ich es mitbekommen habe. Ich weiß, dass du dort warst. Kurz bevor ich sie gefunden habe, hab ich dich aus der Küche kommen sehen. Ich weiß, dass du dazu imstande bist. Die Frage ist nicht, was du getan hast, sondern … wie oft du es getan hast.«

»Du hältst dich wohl für besonders schlau, was, Jack?«

»Nein …« Er schüttelte den Kopf. »Derek war immer der Intelligentere. Bis du ihn umgebracht hast.«

»Richtig – du bist nicht besonders klug, stimmt's, Jack? Das warst du nie. Hättest du auch nur einen Funken Verstand, wärst du weggeblieben.«

»Wenn ich schlau wäre, wäre ich früher hergekommen, um das hier zu tun.« Der Muskel an Jacks Unterarm zuckte, als Jack den Finger um den Abzug krümmte. »Vielleicht wäre Derek dann noch am Leben.«

Madison wusste, dass sie etwas unternehmen musste.

»Sie sind also Jack, wie?«, sagte sie, um Zeit zu gewinnen.

Jacks Blick huschte zu ihr, dann richtete er ihn wieder auf Horace. Er gab kein Wort von sich.

»Viele glauben, Sie hätten Ihre Mutter getötet.«

»Ach ja? Hat Horace Ihnen das erzählt? Das ist Schwachsinn.«

»Also haben Sie weder Derek noch Estelle auf dem Gewissen. Wieso haben Sie dann versucht, mich zu ermorden?«

Jack lachte höhnisch. »Lady, ich weiß nicht mal, wer Sie sind.«

»Und warum waren Ihre Fingerabdrücke auf den CO_2-Behältern?«

»CO_2?«

»Ja, Kohlendioxyd. Jemand hat versucht, mich damit zu vergiften. Er hat den Behälter in meine Wohnung gebracht und das Ventil geöffnet. Und dasselbe geschah bei Horace. Auf beiden Behältern waren Ihre Fingerabdrücke.«

Jack stutzte, doch gleich darauf breitete sich ein Grinsen auf seinem Gesicht aus. »Horace, du gerissener Bastard, du hast meine alten Schweißflaschen verwendet, um es mir in die Schuhe zu schieben.«

»Jack, hören Sie mir zu«, bat Madison. »Wenn Sie niemanden getötet haben, dann sollten wir beide miteinander reden, bevor es zu spät ist, denn …«

»Tut mir leid, Lady.« Er entsicherte den Revolver. »Dass ich niemanden getötet habe, heißt nicht, dass ich es nicht kann.«

»Jack, hören Sie … Denken Sie doch mal nach …«

»Halten Sie den Mund, Lady.«

»Jack, das bringt niemanden zurück …«

»Mund halten, hab ich gesagt!«, brüllte er und schwang die Waffe herum, um auf Madison zu zielen.

In dem Moment machte Horace einen blitzschnellen Satz auf seinen Sohn zu. Der mit Ruß bedeckte Dolch drang in Jacks linkes Handgelenk und heftete die Hand mit dem Revolver an die Garagenwand. Jacks Augen wurden riesengroß vor Schreck und Schmerz.

Madison wich zurück, um mehr Abstand zwischen sich und die Gewalt zu bringen, die sich vor ihren Augen entfaltete.

Horace stand aufrecht.

Sein rechtes Bein schien ein wenig zu zittern, aber er stand ohne fremde Hilfe und stützte sich nur ein wenig auf den Dolch, mit dem er das Handgelenk seines Sohnes durchbohrt hatte.

Der Einstichwinkel und die Kraft, die hinter dem Stoß steckte, erinnerten Madison an die Ruß- und Sägespuren zwischen Dorothy Curtis' Wirbelknochen.

Jacks Mund war weit geöffnet, sein Kinn zitterte genau wie seine verletzte Hand, aber er hielt den Revolver noch immer fest. Er versuchte, ihn in die andere Hand zu nehmen, musste jedoch hilflos mit ansehen, wie Horace nach der Waffe griff.

Jack wollte sie nicht loslassen, deshalb drehte Horace die Klinge weiter in die Wunde. Er grunzte vor Anstrengung.

Ein spitzer Schmerzensschrei drang tief aus Jacks Brust, als Horace die Waffe aus seinen zuckenden Fingern riss.

Horace hielt den Lauf auf den Kopf seines Sohnes gerichtet, während er den Dolch aus dessen Handgelenk zog. Blut sprudelte aus der Wunde, und Jack sank zu Boden. Die Fontäne pulsierte, offensichtlich hatte die Klinge eine Arterie verletzt. Jack blieb nicht mehr viel Zeit.

»Die ganze Zeit … du hast uns allen Theater vorgespielt«, zischte Jack, der mit der gesunden Hand auf die Wunde drückte, um die Blutung zurückzuhalten – vergeblich.

»Ich spiele kein Theater!«, kreischte Horace.

»Du bist krank – krank im Hirn.«

»Es ist kein Theater!« Speichel spritzte von Horace' Lippen. Sein Gesicht war hochrot angelaufen.

»Du bist jämmerlich«, sagte Jack angewidert. Noch immer sprudelte das Blut gleichmäßig aus der Wunde, obwohl er mit der Hand darauf drückte. Er wurde zusehends blasser.

»*Ich spiele kein Theater*!«, brüllte Horace noch lauter und hob den Dolch hoch, als wollte er sich auf den Todesstoß vorbereiten. Aber Madison wusste, dass Jack diesen Todesstoß nicht mehr brauchte, wenn seine Blutung nicht sofort gestoppt wurde.

»Hören Sie, Horace, ein paar Dinge kann ich ja verstehen«, sagte sie. »Aber warum Dorothy Curtis? Sie war Ihre Krankenschwester, richtig? Ihre Pflegerin. Weshalb mussten Sie sie töten?«

»Sie war eine dreckige Hure. Sie hat Geld aus meiner Schublade gestohlen, diese Schlampe. Sie dachte, ich würde es nicht merken. Und dann ist sie ohne Vorwarnung gegangen. Keine Kündigung. Sie ließ mich einfach so hängen.«

»Und deshalb haben Sie sie umgebracht?«

Er zuckte mit den Schultern, hob den Dolch wieder etwas an und ging auf Jack zu.

»Und was war mit Dr. Bernhardt?«, fügte Madison missbilligend hinzu.

Er drehte sich wieder zu ihr und sah sie eiskalt an. »Was wissen Sie über diese Sache?«

Die nackte Angst packte sie, als ihr klarwurde, dass sie keine Ahnung hatte, wie viele Leichen Horace Grants Weg tatsächlich pflasterten. Er konnte stehen, er konnte gehen. Er konnte töten.

»Wissen Sie, ich muss über all dies Bericht erstatten«, fuhr sie fort, um ihn von Jack abzulenken.

Eine eisige Ruhe erfasste Horace, während er sich erneut zu Madison umdrehte. Seine Miene war wie versteinert.

Jack lag wie ein Häufchen Elend in seinem Blut auf dem Boden und stöhnte. Horace wechselte die Waffen in seinen Händen und zielte mit dem Revolver auf seinen Sohn, während er langsam auf Madison zuging, die Spitze des blutverschmierten Dolchs auf ihre Kehle gerichtet.

»Ich darf das nicht unter den Tisch fallen lassen, Horace. Ich muss dem Lieutenant alles melden und mit den Mordermittlern sprechen. Und die werden sich ganz bestimmt mit Ihnen unterhalten wollen.«

Horace schien wild entschlossen zu sein. Er trat noch einen Schritt näher – das rechte Bein zitterte nach wie vor. Madison stand ein bisschen verdreht da, aber sie glaubte, ihr Bein trotzdem mit einiger Wucht nach vorn schleudern zu können. Wenn Horace nur noch einen Schritt näher kam, würde sie auf sein linkes Bein zielen, ihn zu Fall bringen und entwaffnen, ehe er den Revolver auf sie richten konnte.

Er war fast nahe genug herangekommen. Die Klingenspitze bewegte sich etwa dreißig Zentimeter von ihrem Hals entfernt langsam hin und her.

Jack hustete und spuckte, womit er Horace' Aufmerksamkeit auf sich zog. Er schaute zu ihm auf, das Gesicht kalkweiß. »Alter Mann, du weißt, dass ich dich auf jeden Fall töten werde.« Er versuchte zu lächeln, bekam aber nur eine Grimasse zustande. Es gelang ihm, ein Bein unter sich zu ziehen und sich an die Wand zu lehnen. Dann schob er sich in die Höhe und hinterließ eine verschmierte Blutspur an der Wand.

Horace lachte und schüttelte den Kopf, bevor er mit dem Revolver auf Jack zielte.

»Leb wohl, mein Sohn.«

Madison stemmte sich gegen die Kisten hinter ihr, stieß sich ab und wirbelte mit ausgestrecktem Bein um die eigene Achse. Ihr Fuß traf auf Horace' Knöchel und riss ihm das Bein weg. In dem Moment ertönte ein explosiver Knall in der vollgestopften Garage.

Horace stürzte mit einem dumpfen Laut zu Boden, sein Kopf schlug auf den Betonboden auf.

Madison drückte sich an ihm vorbei, nahm den Revolver an sich und trat den Dolch außer Reichweite. Dann zückte sie ihr Handy und wählte 911, während sie sich neben Jack hinkniete, um sein Handgelenk zu untersuchen. Sie schrie die Adresse ins Telefon, meldete, dass ein Polizist in Bedrängnis war und dass ein Notarztwagen sowie alle verfügbaren Einheiten anrücken sollten.

Horace lag reglos auf dem Boden und starrte blinzelnd an die Decke.

Jacks Wunde blutete immer noch, aber der pulsierende Strom war beträchtlich schwächer geworden. Er schien kurz davor zu sein, das Bewusstsein zu verlieren. Madison zog einen der Kartons heran und legte seinen Arm darauf. Dann sah sie sich hektisch nach etwas um, woraus sie einen Pressverband machen könnte. In den Kisten ringsherum befanden sich vermutlich lauter geeignete Gegenstände, doch Jack hatte nicht mehr viel Zeit. Deshalb holte sie tief Luft und zog erst den einen Arm aus dem Ärmel des Pullovers, dann den anderen. Jack beobachtete sie, während sie sich verrenkte, um ihren BH zu öffnen und unter ihrem Pulli hervorzuziehen.

Madison wickelte den BH fest um sein verletztes Handgelenk, schob einen Kuli unter den improvisierten Verband und drehte ihn noch fester. Erst jetzt fiel ihr auf, dass Jack sie die ganze Zeit anstarrte.

»Sie kommen wieder in Ordnung«, behauptete sie, obschon sie selbst nicht ganz daran glauben konnte.

Ein mattes Lächeln huschte über seine bleichen Lippen. »Wer sind Sie?«

Noch ehe ihr eine passende Antwort eingefallen war, fielen ihm die Augen zu. Madison sorgte dafür, dass der verletzte Arm hoch gelagert war, dann sah sie nach Horace.

Er hatte sich nicht gerührt, lag auf dem Rücken und starrte auf die nackte, grelle Glühbirne. Sie fragte sich, was in seinem verdrehten Kopf vorging.

Er schien ihre Anwesenheit gar nicht wahrzunehmen.

Das ferne Heulen von Sirenen kam näher, und Madison drehte sich zum Garagentor um. Während sie auf den Knopf zum Öffnen des Tores drückte, streckte Horace plötzlich die Hand aus und umfasste ihren Knöchel mit erstaunlicher Kraft.

Madison schnellte herum, bereit zurückzuschlagen. Aber als sie den Blick nach unten richtete, sah sie einen gequälten, verängstigten alten Mann.

»Madison«, jammerte er heiser und so leise, dass ihn das knirschende Garagentor fast übertönte. »Lassen Sie mich nicht allein, Madison.«

»Ich gehe nicht weg«, erwiderte sie. Ein kalter Windstoß fegte eine Handvoll Laub in die Garage.

»Ich … ich fühle meine Beine nicht«, krächzte Horace.

Zuerst dachte sie, er würde wieder seine alte Masche anwenden, aber dann sah sie das Blut, das unter seinem Rücken hervorsickerte.

»Ich glaube, ich habe einen Schuss abbekommen«, sagte er erstaunt.

Inzwischen waren die Sirenen ganz nah. Blaulicht flackerte über die Hauswände auf der gegenüberliegenden Straßenseite, und eine Sekunde später kam erst ein, dann ein zweiter Streifenwagen mit blauem und rotem Licht in der Einfahrt zum Stehen. Gleich darauf trafen die Sanitäter ein. Nacheinander kamen sie alle in die Garage gerannt.

Madison kauerte sich nieder und nahm Horace' Hand von ihrem Knöchel, während uniformierte Polizisten um sie herumschwirrten.

»Es ist okay, Horace«, sagte sie leise. »Alles wird gut.«

Doch dieses Mal wusste sie, dass es gelogen war.

Kapitel 30

Sowohl Jack als auch Horace überlebten.

Horace wurde noch im Klinikbett wegen Mordes an Derek Grant und Dorothy Curtis sowie versuchten Mordes an Madison Cross festgenommen. Die Staatsanwaltschaft prüfte außerdem, ob ihm weitere Verbrechen zur Last gelegt werden konnten.

Horace hatte tatsächlich eine Schussverletzung in der Seite. Die Kugel hatte sein Becken durchschlagen und die Leber verletzt. Sein Rückgrat war gebrochen.

Zwischen den Schläuchen und Drähten, die ihn mit den Geräten an seinem Bett verbanden, war auch die Metallkette der Handschellen zu sehen, mit denen er ans Bettgestell gekettet war. Madison fand das ein wenig übertrieben, wenn man bedachte, dass er querschnittgelähmt war, aber immerhin hatte er jahrelange Übung darin, sich ohne Hilfe der Beine zu bewegen.

Im Krankenhaus erlangte er kurzzeitig das Bewusstsein wieder und behauptete, sich nicht an die Ereignisse zu erinnern, die ihn dorthin gebracht hatten. Er sagte, er entsinne sich nicht an die Konfrontation mit Jack, ja nicht einmal daran, ihn gesehen zu haben. Und angeblich wusste er auch nicht mehr, dass er von einem Schuss getroffen worden war.

Als der Arzt Horace fragte, ob er die Beine bewegen könne, lachte er: »Ich kann schon seit Jahren nicht laufen.«

Die Ärzte stachen ihn mit Nadeln in die Fußsohlen und die Beine, aber er zeigte keinerlei Anzeichen von Gefühl. Sie bestanden darauf, dass Madison nach dieser Untersuchung den Raum verließ, weil sie arbeiten mussten und Horace Ruhe brauchte.

Eine Schwester sagte ihr, dass Jack im OP sei. Er hatte eine Menge Blut verloren und war noch nicht über den Berg, aber vorerst galt sein Zustand als stabil.

Auf dem Flur wartete der Lieutenant mit einem Detective vom Morddezernat auf sie. Der Detective wandte sich verlegen ab, als ihr Onkel sie in die Arme schloss.

»Maddy-Mädchen«, sagte er, »bist du in Ordnung?«

»Ja, alles bestens, Onkel Dave.«

Er wandte sich an seinen Begleiter. »Das ist Detective Ted Johnson. Ihm wurde der Fall Derek Grant zugeteilt, als klar war, dass es sich nicht um Selbstmord handelt.«

»Freut mich, Sie kennenzulernen, Miss Cross. Ich weiß, Sie hatten eine anstrengende Nacht, aber wir müssen uns unterhalten.«

Sie setzten sich in der Krankenhauscafeteria an einen Tisch, und in der folgenden Stunde erzählte Madison ihm alles, was sie über Horace Grant wusste.

Sie war nicht ganz sicher, was in der Garage wirklich geschehen war, dennoch berichtete sie alle Fakten.

»Wir brauchen einen vollständigen Bericht über all diese Ereignisse«, sagte der Detective. »Insbesondere über den Verlauf in der Garage. Aber das kann warten.«

»Ich weiß«, entgegnete Madison. »Ich versuche selbst noch zu begreifen, was sich da abgespielt hat.«

Johnson beugte sich vor und senkte die Stimme: »Ganz unter uns – halten Sie den alten Knaben für verrückt?«

Madison schüttelte den Kopf und musste wider Willen lächeln.

»Ich weiß es nicht. In der Garage war er jedenfalls klar im Kopf und konnte sich bewegen. Aber hier in der Klinik schien er sich wirklich an nichts mehr erinnern zu können. Es war, als hätte er alles ausgeblendet. Und als er realisierte, dass er kein Gefühl mehr in den Beinen hatte und sie nicht bewegen konnte, zuckte er nicht einmal mit der Wimper. Man sagte ihm, er sei querschnittgelähmt, und er erwiderte bloß: ›Ich kann schon seit Jahren nicht gehen‹, so als würde er das tatsächlich glauben.«

Johnson nickte nachdenklich. »Okay. Die Ärzte wollen uns morgen für ein paar Minuten zu Grant lassen. Es wird auch ein Psychiater anwesend sein. Ich denke, wir sollten noch einen von uns hinzuziehen.«

»Ich möchte auch dabei sein«, sagte Madison.

Johnson zuckte mit den Achseln. »Meinetwegen. Ich rufe gleich Wendell Silas an und frage ihn, ob er morgen hier vorbeischaut. Können Sie auch um neun Uhr morgens hier sein?«

Madison nickte. »Klar.«

Erst auf der Heimfahrt registrierte Madison, dass es schon in fünf Stunden neun Uhr sein würde.

Um 4.10 Uhr kam sie in ihrer Wohnung an, ging schnurstracks ins Schlafzimmer, stellte den Wecker und zog ihre Schuhe aus. Um 4.11 Uhr schlief sie tief und fest.

Als der Wecker um acht Uhr klingelte, hatte sie das Gefühl, fünf Minuten geschlafen zu haben.

Kaum zu glauben, dass es erst eine Woche her war, seit sie Parker verflucht hatte, weil er sie mit Dereks Leiche allein gelassen hatte. Auf der Fahrt zur Klinik malte sie sich aus, wie anders alles verlaufen wäre, wenn Freddy und Alvin den Leichnam früher abgeholt und in die Gerichtsmedizin transportiert hätten.

Als Madison vor Horace' Krankenzimmer ankam, stand dort der Lieutenant und unterhielt sich mit Detective Johnson sowie einem anderen Mann.

Sie begrüßten sich.

»Madison, das ist Wendell Silas, der forensische Psychologe.«

»Nett, Sie kennenzulernen«, sagte sie und schüttelte ihm die Hand.

Er war groß, gutaussehend und so um die fünfzig. Mit dem silbergrauen Haar und Bärtchen, die einen starken Kontrast zu seiner tiefbraunen Haut bildeten, wirkte er sehr distinguiert.

»Das Vergnügen ist ganz meinerseits, Miss Cross.« Seine Stimme war volltönend. »Soweit ich weiß, haben Sie eine Art Freundschaft zu Mr Grant entwickelt.«

»Ja, so in etwa. Sein Sohn wurde tot in seiner Küche gefunden, und ich war dort, um den Ort zu untersuchen. Die Gehilfen aus der Gerichtsmedizin kamen wegen einer Autopanne zu spät, und während ich auf ihre Ankunft wartete, tauchte plötzlich Mr Grant auf. Er hatte gerade sein Mietverhältnis in einer Einrichtung mit betreutem Wohnen aufgelöst und erwartete, dass sich Derek um ihn kümmern würde. Im Laufe der Woche lernte ich ihn dann ein wenig besser kennen. Ich habe versucht, einen Pflegedienst für ihn zu organisieren.«

»Welchen Eindruck hatten Sie von ihm?«

Madison stieß hörbar die Luft aus – mit einem Mal war sie sehr müde. »Keine Ahnung. Im einen Moment war er reizend, im anderen fordernd und überheblich. Undankbar.«

»Für einen alten Mann ist das typisch, oder?« Er lächelte.

Sie lachte befreit. »Vermutlich, ja.«

»Was wissen Sie über seine Verletzungen? Ich meine die, die er schon vor der gestrigen Nacht hatte und deretwegen er im Rollstuhl saß.«

»Genau genommen gar nichts. Ich habe ihn einmal darauf angesprochen, aber er wollte nicht darüber reden. Als ich versuchte, Hilfe für ihn zu finden, war eines der Probleme, dass keine Krankenakte von ihm aufzutreiben war. Ich habe mich mit seiner ehemaligen Physiotherapeutin in Verbindung gesetzt. Sie hatte seinerzeit auch keine Unterlagen, meinte jedoch, sie könne sich vage erinnern, dass es sich um eine Nervenschädigung handele. Ich … ich glaube, sein Arzt, ein Dr. Bernhardt, hat irgendetwas festgestellt. Möglicherweise hat Horace ihn getötet und die Unterlagen gestohlen.«

»Na schön.« Silas atmete tief durch und nickte, während er das eben Gehörte verdaute. »Okay, die Klinikpsychologin unterhält sich gerade mit Horace. Danach lässt man uns zu ihm – es dauert hoffentlich nicht mehr lange. Ich stelle die Fragen, okay? Wenn ich damit fertig bin, werde ich Ihnen Gelegenheit geben, ihn selbst noch zu vernehmen.«

»Okay.«

Der Lieutenant lächelte ihr aufmunternd zu. Fast aufs Stichwort ging die Tür auf, und eine attraktive dunkelhaarige Frau im weißen Arztkittel schaute heraus.

»Hi, Wendell«, begrüßte sie Silas und wandte sich an die anderen. »Ich bin Dr. Mileski. Wir sind jetzt bereit.«

Sie betraten das Krankenzimmer und stellten sich im Halbkreis um Horace' Bett auf. Die Krankenhauspsychologin machte die Männer mit Horace bekannt. »… und Madison kennen Sie natürlich.«

Er sah sie mit einem strahlenden Lächeln an. »Hallo, Madison.«

Anderthalb Stunden lang befragten Dr. Wendell Silas und Detective Ted Johnson Horace systematisch und unablässig über seine Krankengeschichte, seine Beziehungen zu Familienmitgliedern und die Ereignisse der vergangenen Woche.

Als sie zum Ende kamen, war Horace sichtlich erschöpft. Sein Gesicht war grau und mit einem Schweißfilm bedeckt, die Augen tief eingesunken und wässrig. Während der ganzen Zeit heuchelte er Liebe und Fürsorge für seine Familie. Er vermied präzise Aussagen über seine Krankengeschichte und stritt rundweg ab, irgendetwas mit den Todesfällen von Derek, Dr. Bernhardt, Dorothy Curtis oder seiner Frau zu tun zu haben.

Schließlich fielen Dr. Silas keine Fragen mehr ein. Er seufzte abgrundtief und sah Detective Johnson fragend an. Der schüttelte den Kopf. Keiner der beiden sah zum Lieutenant, aber sie warteten ab, als wollten sie ihm Gelegenheit geben, noch etwas hinzuzufügen. Er schwieg.

Dann sahen sie Madison an.

Zu Beginn der Sitzung hatte ihr der Kopf geschwirrt vor lauter Fragen, die sie unbedingt loswerden wollte. Aber mittlerweile war jede einzelne schon angesprochen worden.

Lieutenant Cross stand mit verschränkten Armen da, schaute auf seine Schuhe und wartete. Silas und Johnson sahen sie offen an. Selbst Horace schien gespannt zu sein, was sie zu sagen hatte.

Madison schwieg. Die Sekunden verstrichen, doch es kam ihr nichts in den Sinn.

Schließlich klatschte Dr. Mileski in die Hände und rieb sie aneinander. »Also schön. Ist das alles?«

Dr. Silas beugte sich zu ihr und bedankte sich für die Zusammenarbeit, als Madison endlich das Wort ergriff.

»Horace«, begann sie behutsam. »Ich habe noch eine letzte Frage.«

»Ja, Madison?« Horace sah müde aus, schien jedoch bestrebt zu sein, es ihr recht zu machen.

»Was ist mit Georgie?«

Horace stutzte, dann lachte er leise und sah sich verwirrt, aber freundlich im Zimmer um.

»Was ist mit Georgie?«, wiederholte Madison.

Wieder schaute sich Horace um, als suchte er eine Erklärung, doch inzwischen schien er nicht mehr ganz so freundlich. Zu guter Letzt starrte er Madison einfach nur wortlos an.

Das Schweigen dehnte sich in die Länge. Dr. Mileski spitzte die Lippen. Johnson und Silas wandten sich ab.

»Kommen Sie, Horace«, flüsterte Madison sanft, aber eindringlich. »Was ist mit Georgie? Erzählen Sie's mir.«

Nach und nach scharrten die anderen Anwesenden ungeduldig mit den Füßen, nur Madison hielt den Blick auf Horace geheftet. Er wandte sich ab und betrachtete seine Hände.

Madison rechnete damit, dass irgendjemand die Sitzung für beendet erklärte, doch plötzlich wisperte Horace: »Ich habe Georgie nicht getötet.«

Mit einem Mal wurde es ganz still, als hielten alle den Atem an.

»Mommy hat das getan«, fuhr Horace fort. »Sie hat ihn vergiftet.«

Er schüttelte den Kopf, und als er ihn hob, ging sein Blick ins Leere.

»Sie hat ihm über lange, lange Zeit Gift gegeben. Ich habe mir die Ohren zugehalten, um nicht zu hören, wie er sich jede Nacht übergab. Dann spuckte er Blut. Und als die Leute es leid waren, die ›arme Mrs Grant mit ihrem armen, kranken Georgie‹ zu bedauern, hat sie ihn getötet.« Er lachte bekümmert. »Oh, sie haben so einen Wirbel um sie gemacht«, erzählte er weiter. »›Sie ist ein Engel. Sie hat sich nie beklagt … Es ist eine Erlösung‹, sagten alle und nickten dazu. Eine *Erlösung*!« Er schüttelte ungläubig den Kopf. »Und dann gingen sie nach Hause.« Er senkte wieder den Blick. »Ich wusste, was als Nächstes kommt«, flüsterte er. »Ich konnte es in meinem Porridge schmecken. Ich wusste sogar, wo sie es aufbewahrte. Ich hatte beobachtet, wie sie es holte, bevor sie Georgie fütterte. Seit diesem Tag aß ich kein Porridge mehr. Ich spuckte es unter mein Hemd, stopfte es in die Hosentasche, was immer mir einfiel. Manchmal habe ich es dem Hund gegeben. Armer Sparky. Eines Tages schüttete ich das Gift in ihren Kaffee. Das ganze Gift.«

Es war so mucksmäuschenstill im Zimmer, dass Madison dachte, jemand hätte auf den Pause-Knopf gedrückt.

Plötzlich lächelte Horace stolz. »Danach haben sie um *mich* Wirbel gemacht.«

Kapitel 31

Faszinierend«, sagte Silas und lehnte sich draußen auf dem Flur an die Wand. »Das ist eine Variante des Münchhausen-by-proxy-Syndroms.«

Detective Johnson und der Lieutenant hatten, seit sie aus Horace' Zimmer gegangen waren, noch keinen Laut von sich gegeben. Beide schienen ein wenig benommen zu sein.

»Wir müssen ihn noch einige Zeit beobachten, aber ich glaube, Sie haben recht«, bestätigte Dr. Mileski.

»Münchhausen-Syndrom? Was, zum Teufel, ist das?«, meldete sich der Lieutenant mürrisch zu Wort.

Madison hatte im Medizinstudium viel über das Münchhausen-Syndrom gelernt, aber noch war sie zu perplex über Horace' Enthüllungen, um sich in die Unterhaltung einzuklinken. Derek, Dorothy, Dr. Bernhardt, seine Frau ... und jetzt auch, nach seinem eigenen Geständnis, seine eigene Mutter. Niemand konnte sagen, wie viele Leichen Horace Grant noch im Keller hatte. Madison schwieg und überließ den Experten die Erklärungen.

»Münchhausen-by-proxy ist eine seltene seelische Störung«, erläuterte Dr. Mileski. »Die davon Betroffenen bringen ihre Mitmenschen und auch sich selbst dazu, zu glauben, dass sie an ernsthaften Krankheiten und medizinischen Störungen leiden. Sie tun das, um Mitgefühl oder Aufmerksamkeit auf sich zu ziehen und in den Genuss von ungerechtfertigten medizinischen Behandlungen zu kommen – oft in Notaufnahmen. Manche ziehen sogar von einer Klinik in die andere, wenn sie bei Ärzten oder beim Pflegepersonal Argwohn wittern. Menschen mit Münchhausen-Syndrom können erstaunlich überzeugend sein. Es ist nichts Ungewöhnliches, dass ein Patient mehrere Operationen über sich ergehen lässt, bevor irgendjemand Verdacht schöpft.«

»Mr Grant allerdings scheint eher die Aufmerksamkeit seiner Mitmenschen, nicht die von Medizinern oder Pflegern zu suchen«, fügte Dr. Silas hinzu. »Eine interessante Variante.«

»Klingt eher nach Armer-Irrer-Syndrom, wenn Sie mich fragen«, murrte Johnson angewidert.

»Demnach spielt er hauptsächlich Theater?«, wollte der Lieutenant wissen.

Mileski und Silas verzogen die Gesichter.

»Ja und nein«, antwortete Silas.

»Es ist ein wenig komplizierter«, führte Mileski aus. »Der Patient kann bewusst versuchen, andere zu täuschen, und trotzdem selbst an seine Lügen glauben.«

»Und wieso mordet so jemand?«, fragte der Lieutenant. »Das klingt doch eher, als würden sie sich selbst Leid zufügen.«

»Er hat gemordet, weil ihm die Betreffenden auf die Schliche gekommen sind«, wisperte Madison.

Silas drehte sich zu ihr. »Wie bitte?«

»Sie sind ihm auf die Schliche gekommen«, wiederholte sie. »Oder sie hatten einen Verdacht, dass Horace' Behinderung nicht echt ist. Wenn irgendjemand dahinterkäme und es sich herumspräche, dann würde die ganze Geschichte wie ein Kartenhaus in sich zusammenfallen. Sein Leben wäre dann vorbei. Statt Mitleid würde er Verachtung und Abscheu ernten. Er hat all jene getötet, die die Wahrheit herausgefunden haben.«

»Sie könnten recht haben.« Silas nickte und sah Mileski an.

»Das würde alles erklären«, bestätigte Mileski.

»Ergibt Sinn«, meinte Johnson. »Wenn man bedenkt, was er alles auf sich genommen hat, um seine Lüge aufrechtzuerhalten, kann man sich schon vorstellen, dass er jemanden töten würde, um sich zu schützen.« Er kritzelte hektisch in sein Notizbuch, dann schaute er auf seine Uhr. »Meinen Sie, wir bekommen heute Morgen noch etwas aus ihm heraus?«

Mileski schüttelte den Kopf. »Das bezweifle ich. Er ist ziemlich traumatisiert von der letzten Nacht. Außerdem ist er erschöpft. Wir halten ihn unter strenger Beobachtung, aber ich bezweifle wirklich, dass wir heute noch etwas erfahren.«

Johnson entschuldigte sich, weil er in einem anderen Fall vor Gericht aussagen musste.

Silas und Mileski gingen den Korridor entlang und verabredeten sich zu einer späteren Besprechung.

Blieben noch Madison und der Lieutenant. Sie standen schweigend da, bis eine Schwester auf sie zukam und verkündete: »Vielleicht interessiert es Sie: Jack Grant kommt gerade aus dem Operationssaal.«

»Wie geht es ihm?«, erkundigte sich Madison. »Wird er wieder gesund?«

»Ja, ich denke schon. Er hat viel Blut verloren, aber die Nerven und Bänder in seinem Handgelenk konnten wiederhergestellt werden. Er hatte Glück im Unglück.« Sie lächelte. »Ich habe gehört, Sie haben ihm aus Ihrem BH einen Pressverband gemacht.«

Onkel Daves Kopf zuckte herum.

Madison wurde rot. »Es war nichts anderes zur Hand.«

»Damit haben Sie ihm wahrscheinlich das Leben gerettet.« Die Schwester wollte schon gehen, doch dann sagte sie noch: »Sie bringen ihn in neunzig Minuten ins Gefängniskrankenhaus.«

»Ins Gefängniskrankenhaus?«, wiederholte Madison niedergeschlagen. »Schade. Nach allem, was er durchgemacht hat.«

Der Lieutenant zuckte mit den Schultern. »Er hat immer noch jede Menge Ärger am Hals.«

»Ich muss jedenfalls noch mal mit ihm reden, bevor er verlegt wird. Und ich hoffe, er wird nicht wegen letzter Nacht angeklagt – das war definitiv Notwehr.«

»Warte ...«, begann der Lieutenant, aber im selben Moment eilte eine andere Schwester auf sie zu.

»Miss Cross?«, rief sie eindringlich. »Horace Grant sagt, er möchte Sie sofort sprechen. Es sei dringend und könne nicht warten.«

Die nächste Stunde redete Horace Grant fast ohne Punkt und Komma. Das Trauma nach dem Schuss und die Erleichterung, ein Teilgeständnis abgelegt zu haben, schienen ihn zumindest vorübergehend aus seiner Selbsttäuschung gerissen zu haben. Er lehnte es ab, einen Anwalt beizuziehen. Gegen Silas' oder Mileskis Anwesenheit schien er zwar nichts zu haben, aber er weigerte sich strikt, mit jemand anderem als mit Madison zu reden.

Horace gab ausführlich Auskunft und beantwortete ungezwungen alle Fragen, aber irgendwann wurde er müde und seine Stimme immer leiser. Die Schwester, die während der ganzen Zeit im Hintergrund gestanden hatte, machte einen besorgten Eindruck. Als Horace die Augen schloss, scheuchte sie die Besucher hinaus.

Die Tür fiel gerade hinter ihnen zu, als Detective Johnson mit einem Notizbuch in der Hand auf sie zueilte. Ein Schweißtropfen rollte ihm über die Schläfe.

»Was ist?«, wollte er wissen und sah einem nach dem anderen ins Gesicht.

»Er ist fertig«, sagte Madison. »Er hat aufgehört zu reden, wenigstens vorerst.«

Johnson schluckte ein paar Kraftausdrücke hinunter. »Was, zum Teufel, hat er noch gesagt?«

»Silas hatte recht«, erklärte Mileski. »Es ist so etwas wie das Münchhausen-Syndrom.«

»Und nach allem, was er sagt, hatte seine Mutter eine ähnliche seelische Störung«, setzte Silas hinzu. »Menschen mit dem ›Münchhausen-Stellvertreter-Syndrom‹ ziehen die Aufmerksamkeit auf sich, indem sie ihre Kinder krank machen. Die Mutter ist bei alldem der Dreh- und Angelpunkt. Sie hat sozusagen die Initialzündung zu Horace' psychischer Krankheit gegeben, und gleichzeitig hat sie ihm mit ihrem Verhalten den Weg gewiesen. Zudem war sie sein erstes Opfer.«

Johnson grunzte und schrieb in sein Notizbuch.

»Wir wissen immer noch nicht, wie oder wann Horace in den Rollstuhl gekommen ist«, bemerkte Mileski. »Hypnose könnte uns an manchen Stellen weiterhelfen, aber die Psychose ist tief verankert. Irgendwann zwischen dem Tod seiner Mutter und der Hochzeit mit Estelle muss ihm die Idee mit der Lähmung gekommen sein. In seiner Ehe spielte er bereits die Rolle eines Querschnittgelähmten.«

Der Lieutenant schüttelte den Kopf. »Ich kann immer noch nicht glauben, dass er diese Täuschung so lange gegenüber seiner Frau aufrechterhalten konnte. Die beiden hatten zwei Kinder, um Himmels willen.«

»Ich weiß«, erwiderte Madison. »Ich schätze, ich habe mich mittlerweile schon ein wenig daran gewöhnt, dass sich die Menschen gegenseitig umbringen, aber ein solcher Betrug über einen so langen Zeitraum … Irgendwie ist das fast noch erschreckender.« Sie schauderte. »Wie auch immer – Estelle hat offenbar irgendwann Verdacht geschöpft. Möglicherweise war sie schon vorher argwöhnisch, aber eine solche Täuschung übersteigt jedes Vorstellungsvermögen. Ich meine, man kann jemanden nicht einfach fragen: ›Tust du nur so, als wärst du ein Krüppel?‹«

Johnson schüttelte den Kopf. »Ja. Ich vermute, das würde einen ganz schönen Aufruhr verursachen, oder? Vielleicht wollte sie die Antwort gar nicht wissen.«

»Und Horace muss sehr akribisch gewesen sein«, warf Madison ein. »Er hat seine Rolle nur dann aufgegeben, wenn er sie schützen musste – zum Beispiel, als er Estelle den Hals gebrochen und sie die Treppe hinuntergestoßen hat.«

»Ab da waren Derek und Horace allein in dem Haus«, ergänzte der Lieutenant. »Allein mit ihrer ungesunden coabhängigen Beziehung.«

»Keine Ahnung, wie gut Derek über Horace' Schauspiel Bescheid wusste«, führte Madison weiter aus. »Vielleicht hatte er ihn schon früher durchschaut und mitgespielt, weil es immer schon so war. Es gehörte einfach zu seinem Leben.«

Der Lieutenant schüttelte den Kopf. »Die Fragen, die die Menschen nicht stellen, weil sie die Antworten bereits kennen«, murmelte er.

»Wie auch immer – Dr. Bernhardt war ein junger, ambitionierter Arzt, und er hat Horace mit seinen physischen Symptomen konfrontiert. Vielleicht hat er sich aber auch täuschen lassen, oder er wollte Horace einen Ausweg bieten, indem er ihm eine Physiotherapie verordnete, eine Möglichkeit, zu sagen: ›Seht her, ich bin geheilt‹, und ein normales Leben zu führen, ohne eine Beichte ablegen zu müssen. Aber Horace nutzte die Gelegenheit nicht, er hatte Angst, aufzufliegen. Das war eine echte Bedrohung – eine Bedrohung für die Lüge, die er sein Leben lang aufrechterhalten hatte. Eines Tages nahm Horace bei einem Arztbesuch seine Akte an sich. In der Nacht darauf stahl er ein Auto und wartete im Dunkeln, bis Bernhardt seine Praxis verließ. Dann überfuhr er ihn und ließ ihn verletzt am Straßenrand liegen.«

»Hmm.« Johnson machte sich Notizen. »Und was ist mit Dorothy Curtis? Ich nehme an, sie ist ihm auch auf die Schliche gekommen?«

»Richtig. Sie wusste zwar nicht, welche seelische Störung Horace hatte, dafür wusste sie, welche körperlichen Beschwerden er *nicht* hatte. Und Horace mochte sie ohnehin nicht. Eines Tages sprach sie ihn darauf an und sagte ihm nicht nur, dass sie nicht mehr wiederkommen, sondern dass sie auch ihrem Vorgesetzten von ihrem Verdacht erzählen würde. Damit war ihr Schicksal ebenfalls besiegelt.«

»Und was ist mit Derek?«

»Horace wollte nicht viel über Derek sagen. Wir wissen nicht, ob Derek ihn jemals mit der angeblichen Krankheit konfrontiert hat oder ob er einfach nicht mehr damit leben wollte. Als ihm ein neuer Job angeboten wurde, sah er das möglicherweise als die Gelegenheit an, alldem zu entkommen. Das Haus war schon auf Derek überschrieben, und er wollte es verkaufen. Und irgendwie konnte er Horace überreden, nach Valley Glen Village zu ziehen.«

Johnson sah sie zweifelnd an.

»Ich weiß«, räumte sie ein. »Horace wusste, dass er dort von Ärzten und Pflegern umgeben sein würde. Allerdings glaube ich kaum, dass er vorhatte, länger dortzubleiben. Außerdem stimmte er nur zu, nachdem ihm eine List eingefallen war.«

»Und die wäre?«

»Horace wusste, dass sich Derek jeden Morgen frischen Orangensaft presste. An dem Tag, an dem er das Haus verließ, spritzte er eine hohe Dosis Digoxin in eine Orange und legte sie ganz unten in die Obstschale. Jeden Morgen rief er zu Hause an, bis Derek nicht mehr ans Telefon ging. Dann machte er im Valley Glen eine riesige Szene und stürmte mit fliegenden Fahnen aus dem Heim. Er rechnete damit, zu Hause seinen toten Sohn vorzufinden, doch stattdessen stieß er auf mich.«

Johnson blätterte in seinem Notizbuch und fügte da und dort noch eine Bemerkung an.

»Und wie passt der andere Sohn ins Bild? Jack?«, wollte der Lieutenant wissen.

»Eigentlich gar nicht. Horace hat gesagt, dass er Jacks Namen ins Spiel gebracht habe, um von sich abzulenken. Er habe alles erfunden und sei angeblich ehrlich überrascht gewesen, ihn zu sehen. Hoffentlich kann ich Jack danach fragen, wenn ich ihn treffe«, sagte Madison mit einem Blick auf ihre Uhr. »O nein! Sie sind schon dabei, ihn zu verlegen. Ich muss los.«

Johnson schlug sein Notizbuch zu. »Okay. Wir sind noch längst nicht fertig, aber fürs Erste dürfte das genügen.«

»Warte eine Sekunde, Madison«, rief der Lieutenant. »Wohin willst du?«

»Ich muss Jack Grant sehen, ehe sie ihn wegbringen.«
»Warum?«
»Er hat mir das Leben gerettet. Ich will mich bedanken.«
»Warte«, protestierte ihr Onkel. »Er hat nicht …«
Sie winkte ab. »Nur fünf Minuten.«

Als Jack Grant in Horace' Garage gekommen war, hatte er schmuddelig und zerlumpt ausgesehen. Jetzt wirkte er alt. Die blonden Locken passten überhaupt nicht zu dem aschgrauen Geschöpf, das an allen möglichen Schläuchen hing.

Er schlug die Augen auf, als Madison hereinkam.
»Wer sind Sie?«, krächzte er.
»Madison«, antwortete sie schlicht. »Wie fühlen Sie sich?«
»Ist er tot?«, fragte er. Seine Stimme klang wie Sandpapier.
»Horace? Nein.«
Er wandte den Blick ab und drehte den Kopf zur Wand. »Schade«, flüsterte er.
»Mir ist es nicht ganz klar«, sagte sie. »Horace hat zugegeben, dass er die Telefonanrufe fingiert hatte, die angeblich von Ihnen kamen, und er hat die Gasbehälter mit Ihren Fingerabdrücken unter mein Sofa und auf seinen Küchenschrank plaziert. Alles deutete auf Sie hin, dafür hat er gesorgt.«
Jack Grants Lippen verzogen sich zu einem verwirrten Lächeln. »Er hat mir immer schon gern die Schuld für alles in die Schuhe geschoben.« In diesen Worten lag Wut, aber auch Bedauern, mehr als Selbstmitleid. Madison brach es fast das Herz bei dem Gedanken an das, was Horace Jack angetan hatte. Ein Schaden, der nie wieder-

gutgemacht werden konnte. Ohne diesen Vater hätte er ein ganz anderes Leben geführt.

Jack wäre vielleicht auch kein durch und durch braver Junge gewesen, wenn er in weniger schwierigen Verhältnissen aufgewachsen wäre, aber bestimmt ein fröhlicherer. Und jetzt erkannte Madison das Kind von den alten Fotos zwischen all den Schläuchen und Apparaten wieder.

»Er hat zugegeben, dass er all die Dinge über Sie frei erfunden hat, dennoch sind Sie nun hier gelandet. Wie ist es dazu gekommen?«

Wieder lächelte er, diesmal wehmütig. »Ich habe Philadelphia vor langer Zeit verlassen, aber noch habe ich ein paar Freunde in der Stadt. Sie haben mir von Dereks Tod erzählt und davon, dass irgendwas nicht stimmte. Ich wusste, dass Horace ihn auf dem Gewissen hat.« Seine Stimme wurde schwerfälliger. »Ich bin ihm entkommen, verstehen Sie? Aber Derek ist dageblieben. Ich wusste, was passieren würde. Es hat achtzehn Jahre gedauert, aber ich wusste, dass Horace ihn früher oder später töten würde. Und er hat es getan. Als ich hörte, was geschehen ist, war mir sofort klar, was ich tun musste. Ich hätte es schon vor achtzehn Jahren tun müssen.« Ein Schluchzer erschütterte seinen Körper.

Madison legte ihm die Hand auf den Arm und tätschelte ihn leicht. »Na ja, ich wollte mich auf jeden Fall bei Ihnen bedanken. Sie haben mir das Leben gerettet.«

Er wischte sich mit der gesunden Hand über die Augen. »Wie das?«

»Als Sie auf Horace geschossen haben. Ich weiß, dass er mich trotz allem umbringen wollte. Sie haben mir das Leben gerettet.« Wieder tätschelte sie seinen Arm. »Danke.«

Jack hörte auf zu weinen und setzte sich auf. »Ich habe nicht auf ihn geschossen«, stellte er klar. »Ich habe meine Waffe fallen lassen, als er meine Hand durchbohrt hat.«

Madison sah ihn verwirrt an.

»Ich sag Ihnen was«, raunte er, während er sich zurücklegte. »Wenn ich geschossen hätte, wäre er jetzt tot.«

Der Lieutenant hörte aufmerksam zu, als Madison ihm von dem Gespräch mit Jack Grant erzählte. Sobald sie zum Ende kam, hob sie beide Arme. »Das verstehe ich nicht.«

Zuerst sagte er nichts dazu. Als Madison ihn ansah, lächelte er betrübt.

»Was ist?«, fragte sie.

»Ich habe ein paar Fragen an dich, Maddy.«

»Und zwar welche?«

»Hast du Horace jemals erzählt, dass ich dein Onkel bin?«

Sie schmunzelte. »Nein, ich bin ziemlich sicher, dass das nie ein Thema zwischen uns war. Warum? Hast du ihm das nicht bei der Beerdigung gesagt? Worauf willst du hinaus?«

»Als das Gas in deiner Wohnung ausströmte, hast du da die 911 angerufen?«

»Nein, ich dachte, das war Tante Ellie. Wieso?«

»Ellie war es nicht. Das dachte ich zuerst auch, aber sie sagte, sie habe keine Gelegenheit dazu gehabt, weil die Streifenwagen gleichzeitig mit ihr angekommen seien.«

»Was? Dann war es vielleicht jemand, der zufällig vorbeigegangen ist – ich weiß es nicht. Offenbar hatte ich Glück, oder?«

»Es war niemand, der zufällig vorbeigegangen ist. Der Anruf kam aus deinem Apartment.«

»Willst du damit sagen, dass Horace selbst die Polizei benachrichtigt hat?«

»Nein, das glaube ich nicht.«

»Was willst du mir dann mit alldem sagen?«

Er senkte verlegen den Blick. »Die Kugel, die sie aus Horace Grants Rücken geholt haben, passt zu keiner der Waffen, die gestern Abend im Einsatz waren.«

Das verblüffte sie. »Also … heißt das, wir wissen nicht, wer auf ihn geschossen hat?«

»Setz dich, Madison.« Er zog sie zu der Stuhlreihe an der Wand. »Als ich vor fünfzehn Jahren bei der Drogenfahndung war, versuchte ich, Beweise gegen einen Mann namens Martin Ludell, einen widerlichen kleinen Gauner, zu sammeln. Ludell machte sich gerade einen Namen und hat vielen Menschen das Leben genommen«, erzählte er ruhig. »Ich wollte ihm eine Falle stellen, von der nur dein Dad und ich wussten. Vielleicht hätten wir Ludell geschnappt oder jemanden, der uns zu ihm führen konnte. Jedenfalls sagte dein Dad: ›Da mache ich nicht mit.‹ Er fand, dass die Sache zu gefährlich sei, und schließlich habe er zu Hause ein kleines Mächen, für das er sorgen müsse. Er sagte, das Ganze sei zu riskant und dämlich … Nun, ich ließ mich davon nicht beirren und versuchte es allein. Langer Rede, kurzer Sinn: Der Deal ging schief, und Kugeln flogen durch die Luft. Im Grunde war ich ein toter Mann. Ich stand allein gegen vier Verbrecher. Ich kauerte hinter einer Mülltonne und betete, als ich plötzlich noch einen Schützen hinter mir hörte.« Er schüttelte den Kopf. »Himmel, überall zischten die Geschosse durch die Luft. Ich konnte das Feuer nicht einmal erwidern, weil ich hinter der Tonne festsaß. Und dann war von der einen Sekunde auf die andere alles still. Ich hörte nur noch die quietschenden Reifen, als diese Typen Fersengeld gaben … Fast allen gelang es. Ludell kam davon, aber er ließ einen seiner Söhne zurück – mit einer Kugel im Herzen.«

Madison hörte ihm zu. Der Leichtsinn ihres Onkels erstaunte sie mehr als alles, was er von ihrem Vater erzählt hatte.

Onkel Dave grinste grimmig. »Ich habe nie genügend Beweise gegen die Bande in die Hand bekommen, aber ich bin mit dem Leben davongekommen. Das war in der Situation mehr, als ich erwarten konnte. Die Kugel, die sie aus Martin Ludell herausholten, stammte aus einer Seecamp Kaliber zweiunddreißig – eine ausgesprochen seltene Waffe. Noch dazu eine sehr kostspielige.« Er lachte. »Das muss ich wissen, weil ich deinem Vater, als er Detective wurde, eine solche Waffe geschenkt habe. Bis zum heutigen Tag habe ich nie eine zweite Seecamp gesehen.«

»Das heißt, mein Dad ist dir bis zu dem Treffpunkt gefolgt? Um sicherzugehen, dass du zurechtkommst, und damit er den bösen Buben Feuer unter dem Hintern machen kann, falls nötig?«

»So ungefähr.«

»Onkel Dave, was willst du mir sagen?«

Er wandte sich ab. »Die Kugel in Horace Grants Rücken stammte von einer Seecamp Kaliber zweiunddreißig. Und die erste ballistische Untersuchung hat ergeben, dass sie aus derselben Waffe abgefeuert wurde wie die, die vor fünfzehn Jahren Martin Ludell getötet hat.« Er schaute ihr in die Augen. »Es war dein Dad, Madison. Kevin hat auf Horace Grant geschossen.«

Madison war verblüfft, aber nicht schockiert.

In gewisser Weise hatte sie die ganze Zeit den Verdacht gehabt. Und mittlerweile war ihr auch klar, dass ihr Vater ihr die Nachricht mit der Frage »Was ist mit Georgie?« hatte zukommen lassen. Schließlich befand sich dieselbe Notiz in seinen Akten. Und ihr Vater hatte auch den Halbstarken in ihrer Straße verdroschen. Als der seinen Kaffee fallen gelassen hatte und aus dem Coffeeshop getürmt war, hatte er zwar Dave gesehen, aber geglaubt, seinen Zwillingsbruder vor sich zu haben.

Das Wissen, dass ihr Vater auf sie aufpasste, tröstete sie. Und im Grunde war sie auch dankbar, dass er in ihrem Leben wieder eine, wenn auch unsichtbare, Rolle spielte.

Allerdings wusste sie auch, dass sich manche Dinge nicht geändert hatten.

Nach achtzehn Jahren hatte er immer noch versucht, Estelle Grants Mörder dingfest zu machen. Und alles, was in der letzten Woche vorgefallen war, stellte für ihn lediglich eine frische Spur in einem alten Fall dar.

Ausnahmsweise war er einmal zur Stelle gewesen, als sie ihn gebraucht hatte – das stimmte. Aber er war nicht hier, *weil* sie ihn brauchte.

Er war kein Schutzengel.

Er war nur ein Cop, der an einem Fall arbeitete.

ENDE

JETZT NEU

Aktuelle Titel | Login/ Registrieren | Über Bücher diskutieren

Jede Woche vorab in einen brandaktuellen Top-Titel reinlesen, ...

... Leseeindruck verfassen, Kritiker werden und eins von 100 Vorab-Exemplaren gratis erhalten.

vorablesen.de